아! 19세기 조선을 독讀하다

# 아! 19세기 조선을 독讀하다

19세기 실학자들의 삶과 사상

간호윤 지음

새물결플러스

19세기 강희·옹정·건륭, 이 세 황제가 통치한 청나라의 강건성세(康建盛世)도 시대와 함께 종말을 고하고 있었다. 청나라는 영국의 침략(아편전쟁)으로 영토가 반식민지화되었고 일본은 미국에 의해 개항되어 메이지유신(1868년)이 일어났다. 우리 조선에는 수시로 이양선이 출몰했다. 서구의 것을 받아들여 강해져야 한다는 주장도 나왔고 반대로 쇄국을 하자는 주장을 내세우기도 하였다. 조선을 움켜잡은 세도가들은 끊임없이 제 배를 불렸고 관리들은 무능하고 부패했으며 백성들의 고혈을 짜냈다. 이런 세상이었다. 백성들은 갈 곳도 멈출 곳도 몰라 이리저리 헤매기만 할 뿐이었다. 이것이 유학을 숙주(宿主)로 하는 조선의 19세기였다. 유학은 그렇게 400여 년이 지나며 이미 조선에 만개한 저승꽃이 되어버렸다.

19세기 이러한 조선에서, 이 책 속의 저이들은 모두 권력에서 추방된 주변인들이었다. 아니 진실하게 말하면 자진 이탈한 가장자리인, 즉 방외인(方外人)들이다. 저이들의 출발점은 모두 조선의 숙주 유학이었지만 과감히 만개한 저승꽃을 떼어냈다. 백과전서, 국가와 민족, 민족과 세태와 여행, 박물학과 고증학, 기와 지리, 종교와 사상으로 방사(放射)시켰다. 저이들의 학은 분명 유학이로되 검버섯 핀 조선의 유학이 아닌 이른바 실학(實學)이었다. 저이들의 실학은 철저히 백성들의 삶을 지향하였고 미래의 조선을 꿈꿨다.

저런 방외인들의 글을 함께 모아 읽어본 것이 이 책이다. 그래

이 책 속의 글자 한 자 한 자는 처음부터 끝까지 과거의 유물이다. 하지만 나는 이 과거 담론에서 감히 우리의 현재를 진단하고 거시적인 미래를 넉넉히 만난다고 생각한다. 왜냐하면 저이들이 꿈꾼 조선의 미래인 이 땅에, 저이들이 온몸으로 간절히 원했던 진정한 실학의 시대가 아직 오지 않았기 때문이다.

2020년 2월 휴휴헌에서
간호윤 삼가

# 4부 박물학과 고증학

# 5부 기와 지리

# 6부 종교와 사상

백과전서

1부

# 1장

—

## 연경재 성해응 「연경재전집」

있는 사실을 그대로 기록하다


이제 내가 병세가 좀 나아져 부인의 방에 들어갔으나

부인은 이미 이승을 하직했소.

옛 자취에 눈길이 닿으니

평생의 일이 두루 생각나는구려.

이제 슬픔이 넘쳐 오열하오.

말은 이미 다 하였으나 슬픔은 그치지 않는구려.

# 성해응의 생애

**이름**  성해응(成海應)

**별칭**  자는 용여(龍汝), 호는 연경재(研經齋)·난실(蘭室)

**시대**  1760(영조 36)-1839년(헌종 5)

**지역**  경기 포천

**본관**  창녕(昌寧)

**직업**  실학자 겸 규장각 검서관

**가족**  5대조 성후룡(成後龍, 1621-1671)이 인조 때 우의정을 지낸 김
상용(金尙容)의 서녀(庶女)와 혼인하여 서족이 되었다. 김상용은 병
조호란 당시 강화도에서 자결한 이로 김상헌의 동생이다. 조부는
찰방을 지낸 성효기(成孝基, 1727-1776)이고, 아버지는 부사를 역
임한 성대중(成大中, 1732-1809)이다. 성대중은 실학자로 서족 출
신임에도 문과에 급제한 뒤 종3품 북청 도호부사라는 최고위직까
지 오르고, 『청성집』(靑城集)을 남겼다. 종고조(從高祖)인 성완(成琬,
1639-1710)과 종증조인 성몽량(成夢良, 1673-1735), 부친 성대중까
지 3대가 연이어 통신사로 참여하였고, 이들은 7대에 걸쳐 사마시
에 합격자를 배출한 서족 중 명문가였다. 사마시(司馬試)는 소과(小
科)라고도 한다. 어머니는 전주이씨로 진사 이덕로(李德老)의 딸이
고, 포천 적안촌에서 태어났다. 선생은 이경(李瓊)의 딸 경주이씨와
혼인하여 1남 2녀를 두었다.

**어린 시절**  7세인 1766년 울진 현령으로 부임하는 부친을 따라가다.
9세인 1768년 『율곡전서』를 읽다.

**그 후 삶의 여정**  24세인 1783년에 진사시에 합격하다.

1785년 여름, 지계(芝溪) 송재도(宋載道), 해양(海陽) 나열(羅烈)과 보개산(寶蓋山)을 유람하다.

29세인 1788년 규장각 검서관으로 기용되고 동관(東觀)에서 독서하다. 이때 서얼 4검서관 이덕무·유득공·박제가·서이수 그리고 이서구 등과 친교를 맺었다.

31세인 1790년 상의원 별제(尙衣院 別提)가 되다. 왕명으로 부친 성대중과 함께 편찬 사업에 종사하다. 이때 정조가 재능을 알아보고 잘 대접해주었다. 「김은애전」(金銀愛傳)을 짓다.

33세인 1792년 모친상을 당하다.

37세인 1796년에 다시 내각에 들어가 왕명으로 『춘추좌씨전』을 편찬할 때 범례를 작성하다.

42세인 1801년에 통례원 인의(通禮院 引儀)를 거쳐 금정도¹ 찰방(察訪)이 되다.

44세인 1803년 음성 현감이 되다. 옥사를 잘 처결하여 이웃 고을의 의심난 옥사도 도맡아 처리하다.

50세인 1809년 부친상을 당하다.

54세인 1813년 정조의 「홍재전서」(弘齋全書)를 간행하는 문제로 세 차례 규장각에 들어가다. 화산서원(花山書院)에서 시사(詩社)를 결성하다.

------

1    금정도(金井道): 충청도 서부로 연결된 소로(小路)·소역(小驛)을 관장하였다. 중심 역은 청양(靑陽, 현 청양군)의 금정역이다.

56세인 1815년 벼슬을 사직하고 고향 포천으로 돌아가 학문 연구를 시작하다.

　59세인 1818년 부인상을 당하다.

　66세인 1825년 이서구의 부탁으로 『존주휘편』(尊周彙編) 14권을 완성하다.

　71세인 1830년에 아들 성헌증(成憲曾)의 임지인 목천에서 생활하다.

　75세인 1834년 고향의 본집으로 돌아오다.

　80세인 1839년 통정대부가 되고 졸하였다. 영평(永平. 포천)에 장사지냈다.

**저서**　선생 벼슬은 부사(府使)에 그쳤으나 경학(經學)에 정통했다. 저서에 『동국명신록』(東國名臣錄), 『주한잡사고』(周漢雜事攷), 『동국명산기』(東國名山記)가 있다. 본집·외집·별집으로 구성된 『연경재전집』을 남겼다. 간행 연대는 1840년경(헌종 6)으로 추정된다. 선생은 연경재(研經齋. 경학을 연구하는 집)라는 호에서 보듯 경학에 대한 저술이 많다. 당연히 박학을 바탕으로 세상을 교화시키려는 글들이다.

# 『연경재전집』, 있는 사실을 그대로 기록하다

영의정을 지낸 조인영(趙寅永, 1782-1850)은 "백 년 이전은 모르겠고 이후에 이러한 사람은 없을 것이다" 하였다. 그러나 솔직히 18세기 글을 읽다가 19세기로 오면 무게감이 떨어진다. 날카로움도 세밀함도 줄어들고, 무게감은 더욱 떨어진다. 한마디로 잡동사니를 모아놓은 듯하다. 맞다. 이 느낌이 바로 19세기 글의 미학인지도 모른다. 하지만 이러한 산만성·잡박성에서 자유분방함과 역동성·세속성 및 인정물태를 쉽게 찾는다. 그것은 더 이상 글이 식자층만의 전유물이 아닌 일반 대중의 공유물이라는 포석이다.

조인영의 말대로 성해응 선생이 그러한지는 내 깜냥으로 판단할 수 없으니 글만 독해해보겠다. 선생의 전집에서 몇 편을 소개한다.

『연경재전집』(研經齋全集) 본집은 원집 61권, 외집 70권, 속집 17책, 행장을 합하여 88책이다.

### 『연경재전집』 권10

설(說) 4편, 행장(行狀) 4편, 묘지명 10편이다. 「풍악설」(楓嶽說)은 계절별로 금강산의 이름이 다른 연유에 대해 설명하고 있다. 「사설」은 스승에게 배우는 자세를 꼬집고 있다. 이 글을 쓰는 요즈음 교권이 추락하여 교사들이 교단을 떠난다는 뉴스를 접한다. 오늘날 생각해볼 글이기에 살핀다.

## 「사설」(師說)

옛사람들은 그 덕(德)을 사모하여 스승을 택했다. 지금 사람들은 그 세력을 사모하여 스승을 택한다. 덕 있는 사람이 반드시 세력이 없는 것은 아니지만 대체로 세력 없는 자가 많다.…세력 있는 자가 반드시 덕이 없는 것은 아니지만 대체로 덕 없는 자가 많다.…덕과 세력은 처음부터 나누어진 것이 아니라 사모하는 것이 무엇인가에 달렸을 뿐이다.

'덕과 세력'을 대립 관계로 보았다. 당시에 덕 있는 사람을 찾아가 스승으로 섬기는 게 아니라 세력 있는 자를 찾아 스승으로 섬기는 현실을 비판한다. 선생은 어릴 때는 총명하였는데 성장하여 그 총명함을 잃는 이유에 대해 스승을 잘못 찾아 그렇다고 한다. 또 선생은 당시 스승을 집에 모시고 공부하는 현실도 개탄한다. 선생의 「사설」은 이렇게 끝을 맺는다.

그런즉 자제를 가르치려면 어떻게 시작해야 하는가? 찾아가서 배워야지 스승을 집에 모시면 안 된다. 어려서부터 스승의 도가 엄함을 안 뒤에야 비로소 배움에 나아갈 수 있다. 임금과 아버지는 정해진 지위가 있으나 스승은 정해진 지위가 없다. 오직 도가 있는 곳에 스승이 있다. 또한 어찌 (스승의 신분이) 귀하고 천하고 높고 낮음을 가리는가? 덕은 자기에게 달렸고 세력은 남에게 달렸다. 배우는 자는 자신을 위하여 배우고자 하는가? 아니면 남을 위하여 배우고자 하는가?

이해 못 할 구절이 없기에 마지막 구절만 토를 단다. 선생은 배우는 자의 자세를 묻는다. 자신을 위한 배움이냐, 아니면 남을 위한 배움이냐고. 자신을 위한 배움은 위기지학(爲己之學)이고 남을 위한 배움은 위인지학(爲人之學)이다. 『논어』 「헌문」(憲問)에, "옛날의 학자들은 자신을 위한 배움을 하였는데, 지금의 학자들은 남을 위한 배움만 한다"고 하였다. 선생 말의 요체는 남이 알아주기를 바라 배우는 위인지학이 아닌, 오직 자신의 덕성을 닦기 위해 배우는 위기지학을 하라는 말이다.

## 『연경재전집』 권12

전(傳)으로 의기전(義妓傳) 4편, 의복전(義僕傳) 8편, 의마전(義馬傳) 4편, 호의전(好義傳) 4편 등이 실려 있다. 전에는 의로운 행동을 한 인물과 말(馬)까지 입전되어 있다. 「속죄언」(續罪言)과 「장인재」(獎人材)는 청천강 북쪽, 즉 서북 지방의 민란과 관련하여 이곳 백성들을 교화하기 위한 방책과 인재를 등용하라는 글이다.

## 『연경재전집』 권13

서(書) 7편, 서(序) 26편이 실려 있다. 「답조운석희경서」(答趙雲石義卿書)는 조희경에게 답한 편지다. 이 편지에 '패수(浿水)는 대동강이고 살수(薩水)는 청천강'이라는 사실을 적었다. 서(序)에는 조인영,

---

1    古之學者爲己 今之學者爲人.

홍석주, 신위를 전송하는 송서(送序), 『연경재외집』 서문, 서우보(徐宇輔)의 『추담집』에 써준 서문 등이 있다.

선생은 여행을 좋아하였다. 「답조운석희경서」에서 선생은 이렇게 우리 산 이름에 대한 견해를 밝혔다.

> 우리나라의 산 이름은 『고기』(古記)에서 나온 것이 많은데 이 책은 승도들이 지었다. 금강산, 지리산, 묘향산 같은 여러 산 이름은 모두 불가의 설을 따랐다. 비로봉, 국사봉, 반야봉은 산 중에 이러한 명칭들이 있지 않은 곳이 거의 없다. 그렇지 않으면 광대산, 조가산, 울라산, 거차산, 장좌산, 가리마산 같은 산 이름은 시골 사람의 입말을 따라 서적에 올린 것에 불과하다. 숭산, 화산, 태산, 항산과 같이 특출 나서 저절로 이름 지어진 것은 거의 없다. 이런 까닭으로 뒤섞이고 어지러워 전혀 바른말이 없다.

선생은 산 이름들이 모두 불가의 설을 따른 것이며, 시골 사람들의 입으로 전해져 내려오는 이름이 많기 때문에 불명확한 명칭들로 어지럽게 뒤섞여 있다고 한다. 이는 우리나라의 국토에 대한 관심에서 비롯되었다. 국토에 대한 관심은 김부식에 대한 혹독한 평으로 다음과 같이 이어진다.

> 김부식의 『삼국사기』와 같은 책에 이르러서는 중국의 역사를 모으고 합하여 우리 역사를 반증했습니다. 그 엉성하고 어긋나고 그릇된 곳이 손가락으로 이루 다 헤아릴 수 없습니다. 패수(浿河)라 일컬어 가리키

는 것을 지금 저탄(猪灘)이라 하였으니 참으로 이보다 괴이할 만한 것이 없습니다. 우리나라 초기에 이미 문헌이 적고 산경²과 수지³도 본래 정해진 이름이 없습니다. 단지 세속에서 부르는 대로 불러 마침내 나라의 역사에 등재된 것입니다. 진실로 이를 구별하지 않는다면 뒤섞이고 잘못되지 않은 것이 드물 것입니다.

이어 선생은 『삼국사기』에서 패수가 저탄이 아니라 대동강임을 고증해놓았다. 선생은 대동강이 패수가 되고 청천이 살수임은 모두 명백한 증거가 있다며 『동국여지승람』, 『문헌비고』, 『요사』, 『도경』, 『한서지리지』, 『설문』, 『수경주』, 『사기』 따위 책에서 그 예를 찾아 고증한다. 선생의 다른 저서 『동국명산기』 51장도 이러한 국토에 대한 관심으로 저술된 책이다.

　『추담집』에 써준 서문인 「추담집서」는 문장을 논한 글이다. 선생의 문장론은 기(氣), 법(法), 식(識)이다. 즉 "문장은 반드시 기세를 위주로 하되 법도가 없으면 안 되고, 법도만 있고 견식이 없으면 안 된다" 하였다. 선생이 문장에서 가장 강조한 것은 작가가 보고 들은 앎, 즉 견식임을 알 수 있다. 선생은 이러한 문학 이론 틀이 있기에 『연경재전집』처럼 광활한 세계를 다룬 것이다.

---

**2**　산경(山經): 산맥을 기록.
**3**　수지(水志): 수맥을 기록.

기(記) 23편, 설(說) 10편, 발(跋) 9편이 실려 있다. 설(說)은 저설(藷 說), 선불(仙佛), 육경, 종연(種蓮), 대추, 국화 따위다. 여기서 육경(六 經)에 주목할 필요가 있다. 육경은 『시경』(詩經), 『서경』(書經), 『역 경』(易經), 『춘추』(春秋), 『예기』(禮記), 『악경』(樂經)으로 한(漢)나라 때 성행하였다. 이 학문은 박학하고 실증적이며 세상을 경륜하려는 의도가 강했다. 이른바 명물도수[4]다. 이는 선생이 다양한 분야에 관 심을 갖게 된 사상적 근거가 된다. 이 중 「저설」만 보겠다.

### 저설(藷說)

고구마에 대한 설이다. 일본서 고구마를 들여온 내력과 '효자우'라 불리는 이유를 서술하고 있다.

영조 계미년(1763년)에 선친께서 일본으로 여행 가실 때 칠탄(七灘) 이 광려(李匡呂)가 편지를 보내어 고구마 심는 법을 부탁하였다. 대마도 좌 수포(佐須浦)에 도착하여 비로소 얻었는데 바로 효자우(孝子芋)였다. 옛 말에 효자가 심어서 어버이를 공양했기 때문에 이름으로 되었다.

일본어로 고구마는 '고고이모'(孝子芋)라 불렀다. 배고픔을 해결하 는 데 '효자 역할을 한 감자'란 뜻이다. 선생은 이 고구마를 직접 심

---

**4** 명물도수(名物度數): 명물은 각종 사물의 명칭과 특징을 가리키고, 도수는 계산을 통해 얻은 각종 수치를 말한다.

었는데 재배 방법을 잘 몰라 겨우 참마만 한 것만 맺혔다 한다. 선생은 구황식물로 이를 재배해야 하는데 벼만을 중시하는 습속으로 이를 심지 않는다고 다음과 같이 지적한다.

> 우리나라 땅에는 본디 메벼가 넉넉하여 사람들이 아침저녁 밥을 지어 먹는다. 메벼로 밥을 지어먹지 않으면 밥을 먹지 않은 것으로 여긴다. 고구마를 비록 구황식물로 삼아도 사람들이 이를 경시한다. 작년 크게 흉년 들 때 전라도는 더욱 심하였다. 굶어 죽는 자가 줄줄이 이어졌으나 고구마로 구제했다는 말은 듣지 못하였다. 저들이 힘써 재배하지 않았던 것으로 생각할 뿐이다. 어찌 습속을 바꾸는 것이 그리도 어려운가.

선생은 습속 바꾸기를 매우 꺼리는 우리 민간 풍습을 지적한다. 저 시절도 그렇지만 이 시절이라고 다르지 않다. 지금도 우리는 틀을 벗어나는 것을 매우 두렵게 여긴다. "구관이 명관"이니, "모난 돌이 정 맞는다"느니 하는 속담이 정언명제처럼 몸속에 내재해 있기 때문이다.

아울러 우리는 고구마를 들여온 이를 조엄(趙曮, 1719-1777)으로만 기억하고 있는 것을 수정할 필요가 있다. 선생의 부친 청성(靑城) 성대중(成大中, 1732-1809)이 32세에, 정사(正使) 조엄의 서기로서 일본에 통신사로 다녀왔다는 사실도 기억할 필요가 있다.

### 『연경재전집』 권16

장(狀) 2편, 묘지명 21편, 제문 9편이 실려 있다. 제문은 제망실문,

향적산 산신, 김기서 등을 제사한 글이다.

## 「제망실문」(祭亡室文)

아내의 죽음을 기록한 글이다. 선생의 아내(이씨 부인)에 대한 마음
이 그대로 녹아 있다.

> 부인의 아름다운 행실은 내가 곧 무덤에 새기겠소. 부인이 젊어 시집
> 와서는 집안을 화락하게 하였고 안일함은 경계하는 마음을 가졌지요.
> 그러므로 나는 건강하고 병이 적었다오. 중년이 되어서는 살림을 꾸려
> 나가는 데 흔들리지 않는 아름다움으로 자질구레한 일은 아예 입 밖에
> 내지 않았소. 그러므로 나는 편안하게 책을 읽을 수 있었다오. 나이가
> 들어서는 허름한 옷차림을 즐겨하였고 가난을 맑게 받아들였소. 그러
> 므로 나는 즐거워서 근심조차 잊었소. 이 모두 부인의 아름다운 행실로
> 남들보다 뛰어났다오.
> …내 성미가 급한 편이라 부인은 늘 "부드럽고 여유를 가지세요"라
> 경계했지요. 내가 음성에서 벼슬살이를 할 때 형장 치는 소리가 혹독하
> 였소. 부인이 마음 아프게 여겨 "화가 몹시 나실 때는 죄인을 처결하지
> 마세요" 하였소. 하인들이 혹 밖의 말을 전하려 하면 딱 잘랐지요. 그것
> 은 청탁이 들어오는 것을 염려해서였다오. 벼슬살이 몇 년이 되자 문득
> 돌아갈 것을 생각하여 "청빈은 저의 본분이에요. 관의 봉록을 어찌 오
> 래도록 누릴 수 있겠어요" 하고는 마침내 아버님을 모시고 옛집으로 돌
> 아갔지요. 내가 이때 부인이 청렴하고 개결한 사람임을 알았다오.
> …내가 병세가 좀 나아져 부인의 방에 들어갔으나 부인은 이미 이승

을 하직했소. 옛 자취에 눈길이 닿으니 평생의 일이 두루 생각나는구려. 이제 슬픔이 넘쳐 오열하오. 말은 이미 다하였으나 슬픔은 그치지 않는구려.

구구절절이 아내의 아름다운 마음을 그려내고 있다. 이 해가 1818년, 선생의 나이 59세였다. 이씨 부인은 병든 몸으로 선생의 병치레를 시중들다 먼저 이승을 하직하였다. 그런 부인이기에 선생은 더욱 안타까웠으리라.

### 『연경재전집』 권18

기사(記事) 3편, 제후(題後) 16편, 잡저(雜著) 4편이다. 「기박승추사」(記朴承樞事)는 우리가 잘 아는 함흥차사 이야기다. 자청하여 함흥에 가서 태조를 귀환케 하다가 살해당한 박순(朴淳)에 대한 사적이다. 제후는 「제한석봉필첩후」(題韓石峯筆帖後) 따위다. 선생은 한석봉을 서예의 대명사 격인 중국 진나라 왕희지(王羲之)와 같이 견준다.

### 『연경재전집』 권19

소(疏) 1편, 서(書) 8편, 서(序) 4편, 기(記) 17편, 문(文) 1편이 실려 있다. 「답홍연천석주척고증서」(答洪淵泉奭周斥考證書)는 선생과 당대의 걸출한 문장가인 홍석주(1774-1842) 사이에 벌어진 경학(經學) 논쟁이다. 홍석주가 송대의 학문을 옹호하고 고증에 치우친 한대의 경학을 비판한 데 대하여 선생은 한학(漢學)과 송학(宋學)의 장

점을 절충해야 한다는 논지를 편다. 기(記)는 임진왜란 때 승병을
일으킨 휴정대사를 모신 주충사(酬忠祠)의 기문, 「북해어족기」, 도
적 임꺽정(林居正)에 대한 기록 등이다. 「북해어족기」(北海魚族記)는
우리나라 동북해에서 생산되는 명태, 대구, 청어, 목어 등 네 어족
의 특성을 기록하며 명태를 최고의 생선으로 친다. 임꺽정(林巨正,
?-1562)은 명종 때 황해도 지역을 중심으로 활동했던 의적이다. 선
생은 별다른 품평 없이 임꺽정을 잡게 된 경위를 사실대로 기록하
였다.

## 『연경재전집』 권50-51

각각 「산수기」 상·하가 수록되었다. 「산수기」 상은 첫머리에 서
문이 있다. 내용은 어린 시절부터 부친 성대중의 부임지를 따라다
니며 유람한 지역과 장성한 뒤에 자신이 부임한 임소에서 유람한
지역으로 나누어볼 수 있다. 지역별 여행지는 충청도, 충주, 원주,
경기 지방이다.

「산수기」 하는 서울, 경기도, 황해도, 평안도, 충청도, 전라도,
경상도, 강원도, 함경도로 제주만 제외하고는 모두 여행을 하고 이
를 기록해놓았다.

## 『연경재전집』 권56-61

자여필기류(子餘筆記類)로 『난실담총』(蘭室譚叢)이다.

『난실담총』은 권56-61까지 총 6권으로 구성되었는데 390편
이다. 저간의 연구를 인용하면 『난실담총』의 자료수집 기간과 편찬

시기는 최소 20여 년(1789-1812)이다. 그 구성을 대략 살피면 아래와 같다.

> **권1:** 국가 제도 및 왕실과 궁궐 관련 제재들
> **권2:** 관직제도와 조정의 벼슬아치들과 관련 제재들
> **권3:** 남다른 면모를 지닌 인물, 이름과 호칭, 풍속, 복식, 장례, 국방, 역사적 공간 관련 제재들
> **권4:** 식물, 동물, 기석(奇石), 글자, 귀신, 외국 관련 제재들
> **권5:** 명말청초 시기와 관련한 인물과 사건, 그리고 청나라와 관련 제재들
> **권6:** 고증(考證), 서책, 서화, 종교, 귀화인, 금석문 관련 제재들

선생은 『난실담총』 저술을 술이부작(述而不作)에 두었다. 술이부작은 전통적인 글쓰기 방식으로 진실하고 정확한 사실적 기록이란 함의가 있다. 또한 고증적이요, 박물학적인 지식 취향도 더 첨부해야 한다.

우선 제목부터 살펴보자. 난실(蘭室)은 '난초 향기가 나는 방'이란 뜻으로 선생의 호이기도 하다. 이 난실은 '지란지실'[5]로도 읽힌다. 『공자가어』(孔子家語)에 "선(善)한 사람과 함께 지내면 마치 지란(芝蘭)의 방에 들어간 것과 같아 그 향기는 못 맡더라도 오래 지

---

**5**　지란지실(芝蘭之室): 지초와 난초가 있는 방.

나면 동화된다" 하였다.

'담총'은 이야기를 모아놓았다는 뜻이다. 선생은 이『난실담총』을 아예 필기류라 하였다. 필기류는 잡다한 산문을 가리킨다. 이에 대해 선생은『연경재전집』권13,「외집서」에서 이렇게 말한다.

> 무릇 '총'이라는 것은 잡되다.『역전』[6]에 이르기를 '잡다하지만 지나치지는 않다'는 말이 이것이다. '류'는 비교다.『악기』[7]에 이르기를 '비슷한 부류를 본보기로 삼아 행실을 완성한다'는 말이 이것이다. 잡박한 데서 그 비슷한 것을 모으고 비슷한 데서 그 잡박한 것을 통하게 함이 즉 책을 보는 뜻이다.

선생은 자신의 저서를 잡다하다고 인식하였다. 하지만 지나치지는 않다고도 한다. 이는 이 책을 엄밀한 구성의 원칙을 두고 서술하였다는 말이다. 선생은 "경(經)은 길이니 사람은 길을 버리고는 다닐 수 없으며 사(史)는 거울이니 사람은 거울을 등지고는 비칠 수 없다"고 한다. 선생의 호 연경재는 이 '경을 연마하는 집'이라는 뜻이다. 이는 당연히 명물도수(名物度數)로 이어지며 지리, 시문, 서화, 도검 따위에 관심을 갖는다. 당연히 선생의 학문은 박학을 바탕으로 실증을 추구하기에 거사직필(據事直筆) 혹은 거사직서(據事直書)라는 글쓰기를 보인다. 거사직필이나 거사직서는 사실을 있는

---

6    역전(易傳): 1099년 정이천(程伊川)이『역경』을 주석한 책.
7    악기(樂記): 음악에 관한 것을 적은『예기』의 한 편명.

그대로 기술하는 태도다.

## 『난실담총』 권1

총 141개의 항목으로 주로 왕실과 궁궐에 관한 내용이다.

### 2. 의학습독(醫學習讀)

'의서를 읽어 학습하라'는 글이다. 선생은 처음에 의학을 중시하여 사족 중에서 나이 어리고 총명한 자를 선발하여 의서습독관(醫書習讀官)을 삼았다고 한다. 이들이 여러 책에 통달하면 현관[8]을 주었는데 지금은 천인들만이 종사하여 사대부 가운데 이를 익히는 자들이 드물어졌다고 탄식한다.

선생은 "세종 때부터 삼의사(三醫司)를 두었다. 삼의사는 원래 전의감(典醫監)·혜민서(惠民署)·제생원(濟生院)을 지칭하였다. 후일 제생원이 혜민국에 합속된 후에는, 내의원(內醫院)·전의감·혜민서를 지칭했다. 내의원은 궁궐에서 쓰는 약을 조제하였고, 전의감은 궁궐에서 쓰이는 약재의 공급과 조제 및 의학교육을 담당하였다. 혜민서는 백성의 질병을 치료해주었다"고 적바림했다.

선생이 예로 든 정렴(鄭磏, 1506-1549)은 호가 북창(北窓)으로 내의원제조(內醫院提調) 정순붕(鄭順鵬)의 아들이다. 정렴은 포천 현감을 지냈다. 정렴같이 유자이면서 의학을 하는 이를 유의(儒醫)라

---

8  현관(顯官): 높은 벼슬.

한다.

## 56. 초년수관(髫年授官)

어린 나이에 조상의 음덕으로 부사용직을 제수받은 유사필(柳師弼, 1501-1559)에 대한 기록이다.

> 본조 중엽 이전에 어린 나이로 관직을 제수받은 자가 있었다. 청천부원
> 군 유순정의 손자 사필이 6살에 조상의 음덕으로 부사용(副司勇)에 제
> 수되었다.

사필의 조부인 유순정(柳順汀, 1459-1512)은 중종반정 때 공을 세워 정국공신(靖國功臣) 청천부원군(菁川府院君)에 봉해진 인물이다. 흔히 박원종(朴元宗), 성희안(成希顏)과 함께 정국[9] 삼대장(三大將)이라 불린다. 나이를 챙겨보니 사필이 6살이라면 1506년, 바로 연산군을 몰아낸 중종반정이 있던 해다. 그래 연산군을 몰아낸 공으로 자신의 6살짜리 손자까지 챙겨 부사용을 제수케 한 것이다. 부사용이 제아무리 오위의 종9품 말직이라지만 6살짜리가 감당해낼 직책은 아니다. 오위[10]는 더욱이 군사 조직이 아닌가.

이긍익이 지은 『연려실기술』 권9 '중종조상신'을 보면 "이 세

---

**9** 정국(靖國): 어지럽고 혼란스러운 나라를 태평하게 다스림, 여기서는 중종반정.

**10** 오위(五衛): 중위인 의흥위, 좌위인 용양위, 우위인 호분위, 전위인 충좌위, 후위인 충무위.

사람(유순정, 박원종, 성희안)은 모두 중흥의 원훈(元勳)으로서 임금의 절대적인 신임을 얻었으면서도 세상에 남을 만한 공적은 하나도 세우지 못한 채 자만심에 빠져 사치스럽고 호화로운 생활을 영위하면서 자신들의 욕심만 채우다 일생을 마쳤다"고 기록되어 있다.

할아버지는 그렇고, 6살에 벼슬아치가 된 유사필의 그 후 행적을 『조선왕조실록』에서 찾아본다. 유사필이 어떻게 성장했는지 매우 궁금하다. 명종 5년 9월 8일에 아래와 같은 기록이 보인다.

> 사헌부가 아뢰기를,
>
> "온양 군수 유사필은 경박하고 탐오스러워 가는 곳마다 삼가지 않고 술만 마시면서 늘 취하여 미치광이처럼 망령된 행동만 합니다. 모든 공무에는 깜깜하여 아래 아전들에게 맡기므로 관의 곳간이 텅 비어 백성들이 그 폐해를 받게 되니 온 경내가 시끄럽습니다. 또 아비가 자식에게 자애롭지 않다 하더라도 자식은 자식으로서 도리를 다하지 않을 수 없는 것인데 사필은 부자 사이에도 죄가 없지 않습니다. 파직시키소서."
>
> 하니, 아뢴 대로 하라고 답하였다.

사헌부 보고대로라면 저 사필은 '백성에게는 무능한 관리이고 부모에게는 못된 자식'이다. 명종은 보고대로 사필을 파직시켰다. 그 이후 기록은 보이지 않는다. 6살짜리가 할아버지 잘 만난 덕에 관직을 받았다. 6살부터 세상이 제 손아귀에 있다고 생각했을 터이니 어찌 사람이 제대로 되겠는가.

지금도 이 나라에는 저런 아이들이 즐비하다. 조상 잘 만난(?) 덕으로 그 어린 나이에 건물주로, 수백억 재산가로, 운전기사를 대동하고 다니며 주먹질에 갑질에 사람될 마음이 없다. 저 시절이나 이 시절이나 크게 다를 바 없다는 생각이다. 그런데 선생이 어떠한 마음으로 이를 기술했는지는 알 수 없다.

이 책 5장에서 살필 서얼 출신 조수삼 선생은 1844년 82세에 겨우 사마시(司馬試)에 합격하여 오위장(五衛將)이 되었다. 혹 조물주가 계시다면 근무를 태만함이 분명하다.

## 67. 양이현이환(兩耳懸珥環)

가장 흥미로운 기록으로 선조 이전에 우리나라 남자들이 귀고리를 하였다는 글이다. 그 전문은 이렇다.

우리나라 풍속에 남자 어른이건 아이건 모두 양 귀를 뚫어서는 귀고리를 매달았다. 중국인들이 오랑캐 풍속이라고 기롱하였다. 선조 초에 서울과 지방에 명을 내려 그 풍습을 과감하게 혁파하였다.

## 101. 옥당학(玉堂鶴)

옥당에서 예로부터 학을 길렀다. 학은 연안군(延安郡, 황해남도 남동부에 있는 군)에서 구해왔다. 홍직필(洪益弼)이 연안 수령일 때 학을 요청하자 "학사들이 책은 읽지 않고 학을 구해 무엇 하겠는가!"라 하였다. 윤면헌(尹勉憲)이 상소하여 죄 줄 것을 청하였다. 그러나 임금은 옥당에

한 마리 학을 대문짝만하게 그리게 하고 "학이 보고 싶거든 이 그림을 보고 다시 학을 요구하지 마라" 하여 기르지 못하다가 근래에 기르게 되었다.

당시에 옥당(玉堂)에서 학을 기른 듯하다. 옥당은 홍문관[11]인데 왕의 자문 역할을 맡아보던 관청이다. 사헌부, 사간원과 더불어 삼사라고 한다. 삼사는 언관의 역할을 수행하였으므로 왕권의 견제 기능을 했다. 그런데 이 옥당에서 왜 학을 길렀을까? 우리에게 '학'은 우선 십장생의 이미지다. 또 신선이 학을 탄다는 선학(仙鶴)이란 상서로운 이미지다. 이런 선학의 이미지는 황제의 선정을 증거하는 기능을 담당하였고 송대 황실에서부터 본격적으로 사용되었다. 이는 천명론(天命論)에 의거하여 위정자를 위한 정치사상으로서 설정된 것이라 본다.[12]

주나라 왕자진이 신선이 되어 학을 타고 간 이야기, 정영위가 신선이 된 뒤 고향의 화표주[13]에 학으로 변하여 돌아와 앉았다 날아간 이야기들에서는 신선계의 학의 이미지가 보인다.

또한 학의 색깔이 백색인 데서 오는 순결성, 고고한 자태와 긴 다리와 긴 목에서 오는 특유한 외양 등도 학의 이미지다. 태평 시절을 이룬 순임금이 "사악(四嶽)을 순수(巡狩)하고 음악을 연주하고

---

11    홍문관(弘文館): 세종 때의 집현전을 홍문관이라고 개칭하였다.
12    고연희, 「한중 영모화초화의 정치적 성격」(이화여대 박사학위논문, 2012), 163-174.
13    화표주(華表柱): 무덤 앞 양쪽에 세우는 여덟 모로 깎은 한 쌍의 돌기둥.

현학(玄鶴)을 춤추게 하였다"는 기록도 보인다. 학을 상서로운 현상으로 이해하였다는 의미다. 또 송(宋)나라 은자인 임포(林逋)가 서호의 고산(孤山)에 살면서 20년 동안 세상에 나가지 않은 채 매화를 심고 학을 길렀는데, 당시 사람들이 '매처학자'(梅妻鶴子)라 불렀다고 한다.

『신라고기』(新羅古記)에는 "진(晉)나라 사람이 칠현금(七絃琴)을 고구려에 보내왔다. 제2재상(宰相)인 왕산악(王山岳)이 그 법제를 고쳐 제작하고, 겸하여 악곡을 지어 연주하였다. 이에 현학(玄鶴)이 날아와 춤을 추었으므로 마침내 이름을 현학금(玄鶴琴)이라고 하였는데, 후대에는 다만 현금이라고 하였다"는 기록도 보인다. '현학기'(玄鶴旗)라는 의장물도 역시 그렇다. 현학기는 왕, 왕비, 왕세자의 의장물 중 하나다. 흰색 바탕에 검은 학을 그려 넣은 모양의 기였는데, 학의 신분이 고귀함과 장수의 이미지를 차용한 것이다. 또 학은 관원 복식의 흉배로도 사용되었다. 당상관의 경우는 두 마리의 학을, 당하관은 한 마리의 학 문양을 사용하였다. 『난실담총』 권2, 13에도 동일한 제목이 보이는데 내용이 자못 흥미롭다.

선생의 기록을 대충 따라잡아 본다.

갑인년(1794년)에 교리 송익효(宋翼孝)가 숙직하는데 집이 가난하여 학에게 모이를 못 주자 학이 끝내 굶주렸다. 임금께서 아시고 송익효를 용강현령(龍岡縣令)에 제수하였다. 규장각에서 학이 암컷 수컷 한 마리씩을 낳았는데 어미가 그중 한 마리를 쪼아 죽였다. 학이 또 새끼를 낳고 새끼를 죽이려 하자 임금이 불쌍히 여겨 다른 곳에 놓아두고는 근시[14] 집에 쌍학[15]이 있어 데려와 짝을 맺어주려 하니 새끼 학이 스스로 돌에 부딪쳐 머리를 부수고 끝내 모이를 먹지 않아 죽었다.

선생은 『연경재전집속집』 13책, 문삼(文三)에 「옥당학설」 한 편을 더 써놓았다. 비슷한 내용이다. 그런데 그 죽이거나 죽은 이유가 흥미롭다. 선생은 "한 배에서 난 남매가 친압할까 두려워서"[16]라 한다. 또 「옥당학설」에서는 "학이 더러운 것을 먹었으면 굶주려 죽지는 않았을 것"이라고 하지만, 미물도 사람처럼 깨끗하고 더러움을 분별하기에 굶어 죽은 거라 한다. 이는 학의 고결함을 뜻한다. 선생은 사람이 관리를 소홀히 하여 학을 굶겨 죽인 일 등은 모두 인간을 위해 학의 생태를 거슬러 일어난 일이라며 옥당에서 학을 키우는 일을 비판하고 경계한다.

　요즈음 반려동물들을 많이 키운다. 그 동물의 성정을 잘 이해하여 키우는지 삼가 생각해볼 일이다.

### 『난실담총』 권2
총 35개 항목으로 주로 관직제도와 벼슬아치들에 관한 내용이다.

---

## 『난실담총』권3

총 72개 항목으로 주로 인물, 이름과 호칭, 풍속, 장례 따위에 관한 내용이다.

## 『난실담총』권4

총 55개 항목으로 주로 식물, 동물, 글자, 귀신, 외국에 관한 내용이다.

## 47.

'개' 항목이 흥미롭다. 갱헌(羹獻), 전견(田犬)과 수견(守犬)이 보인다. 당시에도 식견이 있었는데 이를 '갱헌'이라고 한다. 갱헌은 개고기국으로 종묘제사에 올렸다. 문헌을 찾아보니 사람이 먹고 남은 것을 먹여 길렀다는 뜻이다. 전견은 사냥개이고 수견은 집 지키는 개이기에 잡아먹지를 않는다.

원래 복우[17]는 경작을 대비한 소라 잡아먹지 않았다고 한다. 선생은 소의 기운을 빌려 노쇠하여 생긴 병을 치료하려고 소고기를 먹었다면 부끄럽다고 한다.

## 『난실담총』권5

총 31개 항목으로 주로 명말청초 시기의 인물에 관한 내용이다.

---

**17**　복우(服牛): 길들인 소.

## 『난실담총』 권6

총 64개 항목으로 주로 고증(考證), 서책, 서화, 종교, 귀화인, 금석문에 관한 내용이다.

### 16. 조선서집(朝鮮書集)

호응린의 『갑을잉언』(甲乙剩言)을 인용하여 조선의 서집이 중국에 없는 게 많으며 판각된 것도 정묘하고 한 자도 근거하지 않은 게 없고 상태도 아주 좋다고 한다. 그러나 이것은 오래된 책이고 현재는 그렇지 못하다며 이렇게 말한다.

> 우리나라 서적 중에 구본은 참으로 좋다. 그런데 지금은 닳아서 이지러 졌고 이미 간행된 것들은 대부분 약을 싸고 벽을 바르는 용도로 쓰였다. 그러니 수백 년도 못 되어 당연히 남아 있는 게 없다. 계속 판각하지 않 았으니 마침내 흔적도 없이 사라진 것이 당연하다.

### 20. 사기다찬란(史記多竄亂)

'찬란'(竄亂)은 '고쳐서 바꿔버렸다'는 말이다. 「사기다찬란」은 태사공이 쓴 『사기』(史記) 「사마상여전찬」(司馬相如傳贊)에 대한 고증이다. 선생은 이 책에 양웅(楊雄)의 말이 인용되는데 양웅은 태사공보다 후대 사람이라며 다음과 같이 마무리한다. 양웅은 한나라 성제(成帝, BCE 32-7) 때 사람으로 오늘날 훈고학(訓詁學)의 길을 열었다. 태사공(太史公)은 한나라 무제(武帝, BCE 142-87) 때 사람이다.

『사기』는 태사공이 죽고 나서 초고가 흩어져버렸다. 외손자 양운(楊惲)이 이를 거둬들였고 저소손(褚少孫, BCE ?-BCE 60)이 또한 많이 보충하였다. 그러므로 태사공보다 후대의 것인데도 태사공이 지은 것에 들어가 있다. 모두 이 두 사람이 고쳐 바꾼 것이고 후한 때 사관(史官)이었던 반고(班固, 32-92)가 이를 따라 『한서』(漢書)를 지었을 따름이다.

양운은 한나라 선제(宣帝, BCE 73-49) 때 사람이다. 저소손은 전한, 반고는 후한 때 역사가기에 선생의 지적이 옳다.

## 47. 고려비(高麗碑)

고려의 비석에 관한 글이다. 선생은 "고려의 비석은 아담하여 가히 볼 만하지만 간간이 마멸된 부분이 많아 그 부분의 내용을 알 수 없다. 남아 있는 것도 긁히고 떨어져나가 살피지 못한다"며 그 대략만 기록해둔다고 하였다. 양릉정비(陽陵井碑)를 시작으로 41개의 비문을 기록하였다. 그중 맨 마지막 비문인 초방원비(艸方院碑)에 관한 내용이다. 초방원비는 장진(長津) 황초령(黃艸嶺), 즉 신라 진흥왕 북쪽 순수비다.

『연경재전집속집』 16

## 서화잡지(書畫雜識)

독립된 항목에 총 110제나 되는 「서화제발」(書畫題跋)이 있다. 이 「서화잡지」는 선생의 예술 취미는 물론이고, 18세기 문인 지식인들

사이에 필수 교양으로 자리 잡은 서화고동 취미라는 시대적 흐름과 함께한다. 선생은 이 「서화잡지」에 상당수의 서인 노론계 인물들의 묵적과 간찰, 일본의 서화묵적 등을 기록하였다. 이 중 호생관 최북(崔北, 1712-1786)과 단원 김홍도(金弘道, 1745-1806)에 관한 기록만 보겠다. 최북은 수행화원으로 여러 차례 통신사행에 참여했던 화가였기에 간접적이긴 하나 성해응 일가와 연분이 있다.

선생이 그림을 감상할 때 특히 많이 사용한 평어는 일취(逸趣), 일격(逸格)이다. 강세황과 정수영의 그림에는 일취가, 이인상의 그림에는 일격이 있다고 하였다. 그런데 최북과 김홍도의 그림 다섯 폭을 나열하며 다음과 같이 평하였다. 그 전문이다.

> 호생관 최북 그림 두 폭으로 「연꽃과 백로」와 「갈대와 기러기」 그림이 있다. 일취가 있으나 다만 필획이 조금 사납다. 아래 또 단원 김홍도의 그림 세 폭이 있다. 「매화괴석」과 「묵련」, 「새우와 게」로 술에 취한 필치다. 신운이 또한 사람을 감동시키니 모두 능품에 속한다.

선생은 위의 글에서 일취와 신운뿐 아니라 능품(能品)이라는 용어까지 사용하였다. '일취'는 세속을 벗어난 고매한 품격이고 일격은 함축된 간솔함이 있는 격조를 말한다. 능품은 생명이 살아 숨 쉬는 듯한 격조 높은 비평어다. 최북의 그림에 "필획이 조금 사납다"고 한 것은 선생이 최북의 성격을 헤아린 것이 아닌가 한다. 최북에 대해 기록한 남공철(南公轍)의 『금릉집』(金陵集)과 조희룡(趙熙龍)의 『호산외사』(壺山外史)를 보면 금강산의 구룡연에서 술을 잔뜩 마시고 취해 울다 웃다 하면서 "천하 명인 최북은 천하 명산에서 마땅히 죽어야 한다"고 외치고는 투신하였던 일화와 어떤 높은 벼슬아치가 그림을 요청하였다가 얻지 못해 협박하자 "남이 나를 손대기 전에 내가 나를 손대야겠다"며 눈 하나를 찔러 멀게 해버린 일화에서 그의 성격을 알 수 있다.

### 『연경재전집속집』17

서(序) 11편, 기(記) 7편, 설(說) 1편, 서(書) 1편, 애사(哀辭) 5편, 제문(祭文) 4편, 제후(題後) 10편, 발(跋) 1편, 의(議) 3편이다. 서는 우리나라 샘물에 대한 품평, 수령으로 나가는 이득형(李得馨)·서유구(徐有榘)를 전송하는 송서(送序), 조정에 출사하지 않고 산림에 은둔한 이들의 전기인 「일민전」(逸民傳) 서문, 유득공의 「발해고」 서문 등이다. 이 중 샘물에 대한 품평인 「동국천품서」(東國泉品序)를 보겠다. 물을 품평한 이 글은 『동국천품』, 『연경재전집외집』 권44, 지리류(地理類)에 실려 있다.

> 좋은 물은 봄비의 물, 가을 이슬의 물, 그리고 눈 녹은 물만 한 게 없다. 이것들은 땅을 가리지 않고 내리지만 오랫동안 저장해둘 수 없다. 그다음 물은 국화가 많이 자라는 물가의 물, 옥광석에서 흘러나오는 물이다.…우리나라의 물은 북방이 최고다. 천일성[18]의 정기가 비로소 나오는 곳이기 때문이다.…백두산의 신분(神溢) 홍원의 감로수, 북청의 감

---

**18** 천일성(天一星): 북극성.

천은 모두 맛이 좋아서 북방 사람들은 건강하고 병이 적다. 그다음은 오대산의 우통(于筒), 강릉의 한송(寒松)이 모두 영동과 영서의 신령한 구역에서 발원하여 물맛이 좋다.…물에서 가장 꺼려야 할 것은 고여 흐르지 않는 물이다. 이것으로 사람은 만병이 생긴다.

선생의 물에 관한 품평이 자못 흥미롭다. 고여 흐르지 않는 물은 먹어서는 안 된다. 어디 물뿐이랴. 학문도 그러하다. 과거의 책만 달달 외우는 학문은 죽은 자들의 박물관에나 안치될 박제화·형해화 된 지식 나부랭이일 뿐이다. 선생은 또 "사람은 오직 수곡[19]의 정수[20]에 삶을 의지한다. 물이란 하늘의 진정"[21, 22]이라 한다. 그리고 강과 바다에 인접해 사는 사람들은 병이 많고 수명이 짧으나 산림에 인접해 사는 사람들은 병이 적으며 수명이 길다고 한다. 시원하고 산뜻한 물을 마시기 때문이라 하였다. 또 선생은 육우(陸羽)의 말을 인용하여 "산에서 흐르는 물이 상등품, 강물은 중등품, 우물물은 하등품"이라 하였다.

---

19  수곡(水穀): 물과 음식물.
20  정수(精髓): 사물의 본질을 이루는 알짜나 알맹이.
21  진정(眞精): 태어날 때 가지고 난 선천적인 원기.
22  人之生也 惟水穀之精是賴 水者天一之眞精也.

## 참고문헌

「연경재 성해응의 서화취미와 서화관 연구―『서화잡지』를 중심으로」(박정애, 『진단학보』제115호, 2012. 8)

『서화잡지』(손혜리·지금완 옮김, 휴머니스트, 2016)

『연경재 성해응의 난실담총』(윤세순 옮김, 학자원, 2017)

「『난실담총』(蘭室譚叢)의 편찬 시기와 지식 구축 방식」(윤세순, 『동방한문학』76권, 2018)

[네이버 지식백과] 성해응(成海應) (두산백과)

한국고전종합DB

# 2장

—

## 풍석 서유구 『임원경제지』

흙국과 종이떡인 학문은 않으리라

이 책은 우리나라를 위해 나왔다.

그래서 자료를 모을 때

당장 눈앞에서 적용할 방법만 가려 뽑았다.

그러하지 않은 것은 취하지 않았다.

또 좋은 제도가 있어서

지금 살펴보고 행할 만한 것인데도

우리가 미처 준비하지 못한 것도

모두 상세히 적어놓았으니

뒤에 오는 사람들이 이들을 본받아 행하기 바란다.

# 서유구의 생애

**이름**　서유구(徐有榘)

**별칭**　자는 준평(準平), 호는 풍석(楓石), 시호는 문간(文簡)

**시대**　1764(영조 40)-1845년(헌종 11)

**지역**　서울

**본관**　대구(大邱, 달성)

**직업**　관리이며 실학자

**당파**　소론

**가족**　판서 서종옥(徐宗玉)의 증손이다. 할아버지는 대제학으로 문명
을 들날린 서명응(徐命膺, 1716-1787)이고 작은할아버지는 삼정승
을 지낸 서명선(徐命善, 1728-1791)이다. 생부는 이조판서 서호수
(徐浩修, 1736-1799)다. 어머니는 김덕균(金德均)의 딸이다. 중부는
서형수(徐瀅修, 1749-1824)이고 당숙(堂叔) 서철수(徐澈修)에게 입
양되었다. 선생의 할아버지 서명응은『고사신서』(攷事新書)를, 아
버지 서호수는『해동농서』(海東農書)를 지었다. 형은 서유본(徐有本,
1762-1822)으로『좌소산인문집』(左蘇山人文集)을 남겼으며, 부인이
『규합총서』(閨閤叢書)의 저자이자 여류 시인으로 유명한 빙허각(憑
虛閣) 이씨다. 달성서씨 가문은 이용후생학(利用厚生學)을 종합하고
농서를 집대성한 19세기 최고의 실학자 집안이다. 가학이 농학(農
學)인 집안은 조선 500년 역사상 찾기가 어렵다.

**어린 시절**　6세인 1769년 9월, 부친상을 당하다.
　　　12세에 여산송씨와 혼인하다.

15세인 1778년 중부 서형수에게 사서오경, 당송팔가문¹ 등을 배우다.

16세에 모친 김씨의 상을 당하다.

22세인 1785년 조부를 따라 용주(蓉洲)에 기거하며, 『보만재총서』(保晩齋叢書) 중 「본사」(本史)의 일부를 대작(代作)하다.

**그 후 삶의 여정** 23세인 1786년에 생원시에 합격하다.

1787년에 조부상을 당하다.

25세인 1788년 『풍석고협집』(楓石鼓篋集)을 편찬하다.

27세인 1790년 증광 문과에 병과로 급제하다. 초계문신으로 발탁되어 규장각에 들어가다.²

29세인 1792년 2월, 규장각 대교(待敎)가 되다. 특별히 홍문관 정자(正字)가 됨으로써, 처음으로 각함(閣啣)을 겸하다. 3월, 예문관 검열(檢閱)이 되다.

31세 겨울, 부교리가 되다.

32세인 1795년 5월, 아들 서우보(徐宇輔)가 태어나다.

---

1　'당송팔가문'은 당나라와 송나라의 이름난 문장가 8인의 글을 모은 책으로 명나라 모곤(茅坤)이 산정한 『당송팔가문초』(唐宋八家文抄)를 가리킨다. 우리나라에서는 흔히 『당송팔자백선』(唐宋八子百選)의 대칭으로 쓰인다. 『어정당송팔자백선』(御定唐宋八子百選)은 1781년(정조 5) 팔가문 가운데서 100편을 정선하여 출간한 책이다. 이 책에는 당나라 한유(韓愈)의 글이 30편, 유종원(柳宗元)의 글이 15편, 송나라 구양수(歐陽脩)의 글이 15편, 소순(蘇洵)의 글이 5편, 소식(蘇軾)의 글이 20편, 소철(蘇轍)의 글이 5편, 증공(曾鞏)의 글이 3편, 왕안석(王安石)의 글이 7편 수록되어 있다.

2　초계문신(抄啓文臣)은 규장각에서 특별교육과 연구과정을 밟은 문신들을 지칭한다. 다산 정약용이 규장각 1년 선배다.

34세에 순창 군수가 되다. 이때 농서를 구하는 정조의 윤음을 접하고, 도 단위로 농학자를 한 사람씩 두어 각기 그 지방의 농업 기술을 조사, 연구하여 보고하게 한 다음, 그것을 토대로 내각에서 전국적인 농서로 정리, 편찬하도록 하자는 방안을 제시하였다. 이 제안이 실현되지는 않았지만, 정조의 윤음으로 가학이기도 한 농학을 체계화시킬 필요성을 느끼게 한 중요한 계기가 되었다.

36세인 1799년 1월, 생부 서호수의 상을 당하다. 부인 송씨의 상을 당하다.

38세인 1801년 사헌부 장령이 되었고, 이어 내각 검교관이 되다. 승정원의 동부승지, 좌부승지를 거쳐 형조 참의가 되다.

41세인 1804년 『실록』의 편찬에 참여하다. 겨울, 여주 목사가 되다.

42세 5월, 성균관 대사성이 되다.

43세인 1806년 홍문관 부제학이 되다. 6월, 중부 서형수가 김달순(金達淳)의 옥사에 연루되다. 삭직을 청하는 상소를 올려 체직[3]되다. 이후 은거하며 금화, 대호, 번계, 두릉으로 거처를 옮기며 농사를 짓다. 이 기간에 아들 서우보의 도움을 받아 『금화지비집』(金華知非集), 『금화경독기』(金華耕讀記), 『번계모여집』(樊溪耄餘集), 『임원경제지』 등을 저술하다. 이후 세 들어 살며 죽조차도 마음 놓고 먹지 못할 정도의 가난이 이어졌다. 선생은 손에 못이 박히도록 농사지어 어머니를 봉양했다.

---

**3**    체직(遞職): 벼슬자리가 새로운 사람으로 갈리는 것.

59세인 1822년 2월, 백씨 서유본(徐有本)의 상을 당하다.

61세에 17년 만에 복직되어 돈녕부 도정, 회양 부사가 되다. 11월, 중부 서형수가 유배지 임피(臨陂)에서 졸하다.

62세에 승지가 되다. 농서 『행포지』(杏浦志)를 짓다. 그러나 1839년에 있었던 매미충(벼멸구)의 피해와 해결까지 기록되어 있는 것으로 보아 서문이 작성된 이후로도 계속 보완되었음을 알 수 있다.

63세인 1826년 양주 목사가 되다.

64세 2월, 효명세자가 18세 나이에 부왕 순조의 건강 악화를 이유로 대리청정하게 되며 선생의 벼슬길이 트인다. 강화부 유수가 되다. 6월, 아들 서우보가 33세로 사망하자 아들을 위한 글을 짓다. 서우보는 선생을 도와 『임원경제지』를 만들었다. 우보는 자손이 없었기에 태순(太淳)을 양자로 들였다. 선생은 측실에게 2남(칠보, 팔보) 2녀를 두었다.

65세인 1828년 8월, 사헌부 대사헌이 되다. 9월, 공조 판서가 되다. 지경연춘추관사가 되다.

66세 8월, 광주부 유수가 되었다가, 곧이어 체직되다.

68세 12월, 형조 판서가 되다.

69세 2월, 비변사 제조가 되다. 예문관 제학이 되다. 8월, 예조 판서 겸 예문관 제학이 되다. 세손좌우부빈객이 되다. 9월, 호조 판서, 홍문관 제학이 되다.

70세인 1833년 3월, 전라도 관찰사가 되다. 12월, 산읍의 대동 면포를 순전히 돈으로 바치게 할 것을 상소하여 윤허를 받다.

71세에『종저보』(種藷譜)를 짓다. 당시 전라도에 흉년이 들어 구황 식물인 고구마 보급에 실질적으로 도움이 되도록 강필리(姜必履)의『감저보』(甘藷譜), 김장순(金長淳)의『감저신보』(甘藷新譜) 등과 중국·일본의 관계 농서를 참고하여『종저보』를 보급한 것이다.

72세 3월, 의정부 좌참찬이 되다. 5월, 규장각 제학이 되다. 6월, 이조 판서가 되었으나 사양하다. 9월, 병조 판서가 되다.

73세인 1836년 1월, 수원부 유수가 되다.

74세인 1937년 전생서 제조(典牲署 提調)가 되다. 제학(提學)이 되다.『행포지』원고의 판심에는 '자연경실장'(自然經室藏)이라 되어 있다. 여기서 '자연경실'은 선생이 말년에 이사한 '번계'(樊溪, 지금의 서울 강북구 번동) 지명을 딴 서실 이름이다.

75세 5월, 지의금부사, 사헌부 대사헌이 되다. 가을, 판의금부사가 되다.

76세 8월, 치사(致仕)를 청하여 허락받다.

79세인 1842년에「오비거사생광자표」를 짓다.

80세에 모친 박씨의 상을 당하다.

82세인 1845년 11월 1일, 천수를 누리고 졸하다. 이유원의『임하필기』31권「순일편」에 선생의 마지막이 기록되어 있다. 선생은 병이 위급해지자 시중드는 자에게 거문고를 타게 하고 연주가 끝나자 숨을 거두었다고 한다. 이유원은 이 일을 적고 '신선이 된다는 일'과 같다고 하였다.

1846년 1월, 장단(長湍) 금릉리(金陵里)에 장사 지내다.

선생은 영조와 정조, 순조, 헌종에 이르기까지 4명의 임금이 다스리던 시대를 살면서 82세까지 장수했다. 북학파와 교류하며 특히 연암 박지원에게 사상적 영향을 받았다. 형 서유본과 선생은 모두 연암 박지원의 제자다. 선생은 젊은 시절 글을 발표할 때 꼭 연암에게 보여주고 허락을 받았다. 박지원의 글을 비판한 순조의 장인인 김조순(金祖淳, 1765-1832)과의 싸움은 널리 회자되었다.[4]

**저서** 이 밖에도 『난호어목지』(蘭湖漁牧志)·『경솔지』(鷓蟀志)·『옹치지』(饔[食+熙]志)·『누판고』(鏤板考) 등이 있다. 시호는 문간(文簡)이다.

---

**4** 풍고 김조순은 연암 박지원의 글을 싫어하였다. 규장각에 선생과 근무할 때 풍고가 "연암은 『맹자』 한 장의 구두도 제대로 못 뗄 거다"라고 폄훼하자, 선생은 "연암은 『맹자』 한 장도 짓는다"며 맞섰다. 그러자 김조순은 화가 나서 "그대가 이 정도로 문장을 모르는 줄 몰랐소. 내가 있는 한 문원(文苑, 왕의 사령서를 찬술하는 예문관의 별칭)의 관직은 바라지 마시오"라 하자, 선생은 "굳이 맡고 싶지 않소" 하고 응수했다. 그러나 김조순은 후일 문형에 선생을 추천하였다.

# 『임원경제지』, 흙국과 종이떡인 학문은 않으리라[1]

선생은 "밥버러지가 되지 마라. 관직이 없는 이들은 자기 식솔의 의식주는 자신이 책임져라. 주경야독의 건강한 선비정신을 지켜라"라는 말을 입버릇처럼 달고 산 실학자였다. 아래는 『임원경제지』(林園經濟志)에 대한 평이다.

| | |
|---|---|
| 나라의 병폐 고칠 경륜 깊이 감추고 | 醫國深袖經綸手 |
| 임원의 즐거운 일 나눠 즐기실 뿐 | 林園樂事聊分甘 |
| 내 와서 『임원경제지』 구해 읽어보니 | 我來求讀十六志 |
| 신기루 속 보물처럼 엿보기도 어려워라 | 海市百寶難窺探 |

박규수(朴珪壽, 1807-1876)의 『환재집』(瓛齋集), 『환재선생집』 권3 「시」 "정서풍석치정상서"(呈徐楓石致政尙書)에 보이는 시다. 박규수는 이 책을 "신기루 속 보물"이라 하였다.

저술 기간 36년, 참고서적 900여 권, 총 113책 50여 권, 글자수 250여만 자, 표제어 1만여 개의 방대한 정보, 설명을 위한 삽화까지 담아낸 조선 최고의 실용 백과사전, 이것이 바로 『임원경제지』(林園經濟志)다. 그러나 이 조선판 브리태니커 사전을 편찬한 선

---

[1] 『임원경제지』와 비슷한 책으로는 유암(流巖) 홍만선(洪萬選, 1643-1715)의 『산림경제』 4권이 있다. 선생은 이 책에 대해 군더더기가 많고 채록한 내용도 협소하다고 평하였다.

생은 자신의 평생을 '오비거사'(五費居士)라 정리했다. '다섯 가지를 낭비한 삶'이란 뜻이다. 선생은 생전에 '오비거사생광자표'(五費居士生壙自表)라는 자찬묘지명을 지었다. 79세 때 글이니 이승 하직 3년 전이다. 자신의 삶을 '오비'(五費)로 정리해 써 내려간 독특한 시각의 글이다.

학문에 괴로울 정도로 빠져 들었으나 터득한 것이 없고 벼슬살이하느라 뜻을 빼앗겨서 지난날 배운 것을 지금은 모두 잊었다. 마치 '도끼를 잡고 몽치를 던지는 수고'(不勝其斧之握而推之投也)다. 이것이 첫 번째 낭비다.

관리로서 온 힘을 다하여 '손에 굳은살이 박히고 눈이 흐릿해지는 수고'(不勝其手之胝而目之蒿也)를 했지만 나아가지 못했다. 이것이 두 번째 낭비다.

농법을 묵묵히 익혔지만 '일만 가지 인연이 기왓장 깨지듯 부서졌다'(萬緣瓦裂). 이것이 세 번째 낭비다.

이것이 병인년(1822년 순조 22년) 가을과 겨울 사이에 있었던 세 가지 낭비다. 그 이후 다시 두 가지 낭비가 있었다.

아버지가 귀양에서 풀려나 후한 벼슬을 차례로 거쳤으나 군은에 보답 못 하고 기력이 소모되어 휴가를 청했으니 마치 '물에 뜬 거품처럼 환몽 같다'(幻若浮漚). 이것이 추가되는 첫 번째 낭비다.

『임원경제지』를 편찬, 교정, 편집하는 수고가 30여 년이다. '공력이 부족해 목판으로 새기자니 재력이 없고 간장독이나 덮는 데 쓰자니 조금 아쉬움이 있다'(以之壽梓則無力 以之覆瓿則有餘). 이것이 또 한 가지 낭비다.

선생은 이미 70 하고도 9년을 산 것이 "작은 구멍 앞을 매가 획 지나가는 것과 다름없다"[2]며 "아아, 정말로 산다는 것이 이처럼 낭비일 뿐이란 말인가?"[3] 차탄한다. 선생은 손자 태순(太淳)에게 이렇게 부탁한다.

"내가 죽은 뒤에는 우람한 비를 세우지 말고, 그저 작은 비석에 '오비거사(五費居士) 달성 서 아무개 묘'라고 써준다면 족하다."[4]

선생은 「금석사료서」(錦石史料序)에서 이렇게 말했다.

나는 일찍이 이렇게 말했다. "오늘날 부질없이 메뚜기, 기장, 조 따위를 말하면서도 세상에 조금도 도움이 되지 않는 경우는 저술하는 선비가 가장 그러하다. 그중 용렬한 자는 빚을 내고 새경이나 받고자 남의 집 울타리 밑에 빌붙어 산다. 그중에 현명한 자는 괴이한 말과 근거 없는 이치로 허위를 일삼아 실용에 절실하지 않는다. 이익이 없는 학문에 정신이 피폐해지면서도 오히려 두려워하면서 재목을 허비하여 책을 찍어 이 시대를 가르치고 먼 훗날 전해질 것을 기대하는 자가 천하에 어찌 한정이 있겠는가."

---

2    無異過空之鷲隼.
3    嗟夫人之生也 固若是費乎.
4    吾死之後 勿樹豐碑 但以短碣書之曰 五費居士達城徐某之墓可矣.

이를 보면 선생의 실학 정신은 명백하다. 선생은 실학 중에서도 농학에 힘썼다. 「행포지서」(杏圃志序)에 보이는 글이다.

> 나는 오로지 농학(農學)에 골몰한 자다. 궁벽한 늙은이가 기운을 소진시키면서 그치지 않는 것은 참으로 무엇 때문인가? 나는 일찍이 경예(經藝, 경학)의 학문을 하였다. …처사가 마음속으로 홀로 마음을 헤아려 말하지만 흙으로 끓인 국일 뿐이요, 종이에 그린 떡일 뿐이니라. 잘쓴들 무슨 이익이 있겠는가. 이에 그런 글들을 폐하고 범승지,[5] 가사협[6]의 재배기술이나 익혔다. 그리하여 망령되이 오늘 앉아서도 말할 수 있고 일어서서도 실용에 베풀 수 있는 것은 오직 (농사) 이것이라고 생각한다.

선생은 실생활에 도움이 안 되는 고루하고 헛된 학문을 "흙으로 끓인 국(土羹)이요 종이에 그린 떡(紙餠)"이라고까지 경멸한다.

이만 하면 선생의 실학사상은 증명된 셈이니 『임원경제지』의 내용부터 살펴본다. 여기서 한 가지 알고 넘어갈 게 있다. 이 책의 내용은 다른 책에서 80-90%는 가져온 편집본이란 점이다. 편집은 이 책 저 책에서 발췌 수록하였다는 의미다. 그러나 선생이 아무것이나 실어놓은 게 아니란 점에 유념해서 이 책을 보아야 한다.

선생은 「예언」(例言)에서 "사람이 세상을 살아가는 처세에는

---

**5**   범승지(氾勝之): 한대의 농학가로 『범승지서』(氾勝之書)를 지었다.
**6**   가사협(賈思勰): 위진의 농학가로 『제민요술』(濟民要術)을 지었다.

출처(出處) 두 가지 방법이 있다. '출'이란 관리가 되어 세상을 구제하고 백성에게 은택을 베푸는 것을 임무로 삼는다. '처'는 향촌에 살면서 힘써 먹을 것을 해결하고 뜻을 기르는 것이 그 임무다"라 하였다. 선생은 물론 출처 두 가지를 다 하였지만 『임원경제지』를 편찬한 이유는 '처'에 더 있다. 그래 선생은 "임원(林園)으로서 표제를 삼은 것은 벼슬살이가 세상을 구제하는 방책이 아님을 분명히 하는 까닭"8이라고 밝혔다. 『임원경제지』에 대해 설명한 「예언」 중 한 부분을 더 본다.

> 밭 갈고 베 짜고 씨 뿌리고 나무 심는 기술과 요리하고 목축하고 사냥하는 방법은 모두 시골 생활에 필요한 것들이다. 그리고 기후를 점쳐 농사에 힘쓰고 집터를 살펴 살 곳을 정하는 것 및 재산을 늘려 생계를 꾸리고 기물을 갖추어 일상생활을 편리하게 하는 일 또한 마땅히 있어야 할 것들이다. 그래서 지금 그와 관련된 글들을 수집하는 것이다.
>
> 자기 힘으로 먹고사는 일이 진실로 갖추어졌다면 시골에서 살면서 맑게 마음을 닦는 선비로서 어찌 다만 구복(口腹)을 채우기 위한 일만 하겠는가? 화훼 가꾸는 법을 익히고 고상한 취미생활로 교양을 쌓는 것으로부터 섭생하는 방법에 이르기까지 모두 그만둘 수 없는 것들이다.
>
> 의약(醫藥)으로 말하면 궁벽한 시골에서 위급할 때를 대비하는 데 유용하고 길흉의 예절은 대략 강구하여 행해야 할 것들이다. 그래서 그

---

7    一凡人之處世 有出處二道 出則濟世澤民 其務也 處則食力養志 亦其務也.
8    以林園標之 所以明非仕宦濟世之術也.

에 대한 글들 또한 아울러 수집했다.

또 선생은 이렇게 말했다. 중국의 문헌을 많이 끌어온 데 대한 선생의 변이기도 하지만 이 글을 쓰는 분명한 의도가 있다. 『임원경제지』 저술 원리 및 범례이기도 하다.

우리 인간이 살아가는 데 토양이 각기 다르고 습속도 같지 않다. 그러므로 시행하는 일이나 필요한 물건은 모두 과거와 현재의 차이가 있고 나라 안과 나라 밖의 구분이 있게 된다. 그러니 중국에서 필요한 것을 우리나라에서 시행하더라도 어찌 장애가 없겠는가? 이 책은 우리나라를 위해 나왔다. 그래서 자료를 모을 때 당장 눈앞에서 적용할 방법만 가려 뽑았다. 그러하지 않은 것은 취하지 않았다. 또 좋은 제도가 있어서 지금 살펴보고 행할 만한 것인데도 우리가 미처 준비하지 못한 것도 모두 상세히 적어놓았으니 뒤에 오는 사람들이 이들을 본받아 행하기 바란다.

선생은 "이 책은 오로지 우리나라를 위해 나왔다"고 단언하였다. 중국과 다름을 분명히 한 것은 물론 "당장 눈앞에서 적용할 방법만 가려 뽑았다"고 하였다.

이 책은 「본리지」 16부분으로 나뉘어 있어 『임원십육지』(林園十六志) 또는 『임원경제십육지』라고도 부른다. 이제 한 '지'(志)씩 설명해보겠다. '지'의 기본적인 구성 방식은 강(綱) – 대목(大目) – 세조(細條) – 표제(標題) 순이다. 예를 들자면 「본리지」는 '대목: 전제/ 세조: 경무결부/ 표제'로 되어 있다. 또 선생은 자신의 논평으로 군데군데 '안'(案), '안'(按)을 서두 삼아 붙여놓았으며 각 지마다 체제 구성과 대략의 내용을 소개하는 '인'(引)을 작성해놓았다.

## 「본리지」 13권

「본리지」(本利志)는 전제(田制), 수리(水利), 토양(土壤), 시비(施肥), 심시(審時), 경법(耕法), 개간(開墾), 작물별 경작법, 수장(收藏), 곡명(穀名), 자연재해, 농기구 따위 농사 전반에 걸친 내용이다. 선생은 「본리지」 "인"에서 봄에 밭 가는 것을 '본'(本)이라 하고, 가을에 수확하는 것을 '리'(利)라고 전제하면서 농업에 종사하고자 하나 농업 기술에 어두운 사람을 개도하기 위해 「본리지」를 찬집한다고 밝혔다.

그중 권4 심시[9]가 흥미롭다. 선생은 농사를 지을 때 천시(天時)의 마땅함을 얻어야 하고, 이를 위해 절후[10]를 제대로 파악하여야 한다는 점을 강조한다. '계절에 따라 자라고 죽는 풀을 보고 농사 시기를 파악하는 방법'을 만들고 이를 '풀달력'(草曆)이라 하였다.

예를 들자면, "산 남쪽에 콩류(荳)를 파종할 때, 복숭아꽃(緋桃)은 벌써 가지에서 떨어진다. 복숭아꽃은 4월에 피고 꽃잎은 여러 겹이며 분홍색이다. 꽃이 피는 시기는 진달래에 비하여 약간 늦고, 철쭉에 비하여 조금 이르다. 두(荳)는 콩과 팥이다. 복숭아꽃이 떨어져

---

**9** 심시(審時): 농사를 지을 때 살피기.
**10** 절후(節侯): 24기, 72후.

시들면 콩과 팥을 모두 파종할 수 있다. 대개 콩 파종은 늦게 심는 것을 꺼리지 않으니, 늦게 심으면 좀이 먹지 않아 알이 굵다" 한다.

## 「관휴지」 4권

관휴(灌畦)는 '두렁밭' 정도의 의미다. 식용식물과 약용식물, 해초류를 다루었다. 각종 산나물과 해초·소채·약초 따위에 대한 명칭의 고증, 파종 시기와 종류 및 재배법 등을 설명하고 있다.

예를 들어 권3은 나류(蓏類), 즉 열매를 먹을 수 있는 식물로 오이, 호박 등 8가지 경작법을 정리하였다. 권4는 약을 다룬 약류(藥類)로 인삼(人蔘), 황정(黃精) 등 20가지 재배 기술을 소개하였다.

## 「예원지」 5권

「예원지」(藝畹志)는 화훼류의 일반적 재배법과 50여 종에 이르는 화훼 명칭의 고증, 토양, 재배 시기, 재배법 등을 다뤘다. '예원'은 '밭에서 가꾼다'는 의미다. 식물 가운데 앞서 「관휴지」에서 다루지 않은 것을 대상으로 삼고 먹을 수 없지만 꽃과 잎이 아름다워 보고 즐길 만한 것을 정리하였다. 예를 들어 권5는 화명고(花名攷)인데, 화훼 중 특히 품종이 많은 모란(牧丹), 작약(芍藥), 난화(蘭花), 국(菊) 4종에 속한 품종명을 정리해놓았다.

## 「만학지」 5권

「만학지」(晚學志)는 나무를 심고 가꾸는 일을 다룬 지(志)다. 수십 종의 과실류에 해당하는 나무와 재목으로 쓰이는 나무, 그 밖의 초목

잡류에 이르기까지 품종과 재배법 및 벌목법·수장법 등을 설명하고 있다.

권4는 목류(木類)인데, 목재를 활용하는 나무를 다루었다. 소나무, 잣나무, 느릅나무, 버드나무 따위를 심고 가꾸는 방법, 쓰임새 등을 정리하고 있다.

## 「전공지」 5권

「전공지」(展功志)는 옷감과 직조 염색 등 피복 재료를 다루었다. 즉 부녀자의 일인 길쌈에 관한 정리다. 뽕나무 재배를 비롯해 옷감을 만드는 방법, 염색하는 방법 등이다.

## 「위선지」 4권

「위선지」(魏鮮志)는 여러 가지 자연현상을 보고 기상을 예측하는 점후(占候)다. 선생은 점후를 통해서 주로 농업에 관련된 기상 현상을 파악하려 했다. 천상·기상 현상을 포함한 각종 자연물의 모양, 움직임, 색, 위치, 시기 등을 관찰하여 기후, 풍흉, 가뭄 및 홍수 등을 예측한다.

예를 들어 "설날 날씨가 맑고 화창해 해의 빛깔이 없으면 풍년이 든다. 이날 햇무리가 지면, 곡물이 덜 익는다. 우레 소리가 들리면 그 방위는 편안하지 못하고 번개가 치면 백성에게 재앙이 생긴다.…설날에 눈이 내리면 큰 풍년이 든다"는 따위다.

## 「전어지」 4권

「전어지」(佃漁志)는 목축과 사냥, 고기잡이에 관한 내용이다. 가축의 사육과 질병 치료, 여러 가지 사냥법, 고기를 잡는 여러 가지 방법과 어구를 다루었다. 예를 들어 권4는 어명고(魚名攷)인데, 조선의 바다와 강에서 살고 있는 물고기의 이름, 모양 등을 정리하였다. "빙어는 동지를 전후해 얼음에 구멍을 내어 투망으로 잡는다. 선생은 입춘이 지난 후에는 점차 푸른색을 띠다가 얼음이 녹으면 보이지 않는다고 해 빙어라 불렀다"고 하였다. 또 여름 보양식이라 찾는 짱뚱어를 탄도어(彈塗魚)라 적고, 한글로 '장뚜이'라 써놓았다.

## 「정조지」 7권

「정조지」(鼎俎志)는 음식 요리백과사전이다. '정'은 솥이고 '조'는 부엌이다. 11개 부문 2,303항목을 통해 당시 백성의 건강한 식생활을 꾀했다. 선생이 이렇듯 부엌살림까지 소상히 적어놓을 수 있었던 것은 벼슬을 떠난 17년 동안 직접 농사를 지어 어머니를 모셔서다. 어머니가 하루는 선생의 손에 굳은살이 박인 것을 보고 "평생 호미 한 번 잡아본 적 없는 서울 선비들은 천하의 도둑놈들이다. 나는 굳은살투성이 네 손이 자랑스럽다"고까지 하였다.

'가수저라'(加須底羅)라는 음식이 흥미로워 보인다. 이것은 『화한삼재도회』(和漢三才圖會)에서 인용하였는데 지금의 카스텔라인 듯하다. "밀가루, 설탕, 달걀노른자를 이용하여 노구솥에서 익혀서 만든다" 하였다. 포르투갈 말인 Castella를 한자를 빌려 음차하였다. 이 가수저라에 대한 기록은 이덕무가 쓴 『청장관전서』 제65권 「청령국지」(蜻蛉國志) 2 "물산"(物産)편에도 보인다. 이덕무는 "정한 밀가루 한 되와 백설탕 두 근을 달걀 여덟 개로 반죽하여 구리 냄비에 담아 숯불로 색이 노랗도록 익히되 대바늘로 구멍을 뚫어 불기운이 속까지 들어가게 하여 만들어 꺼내서 잘라 먹는데, 이것이 가장 상품이다"라는 레시피도 적어놓았다.

## 「섬용지」 4권

「섬용지」(贍用志)는 집 짓는 법에서 각종 기구 사용법까지 가정의 생활과학정보를 담았다. 가옥의 구조와 건축기술, 도량형, 각종 작업도구를 설명한다. 또한 생활도구와 교통수단 등에 관해서도 언급하고 있다. 중국식과 조선식을 비교하는 내용도 많이 담겨 있는데, 특히 집을 짓는 제도와 도구에 대한 논의가 중심이다. 선생은 이 글에서 조선의 여러 가지 생산, 운반 등을 포함하는 경제활동에 활용하는 도구들이 매우 적당하지 않음을 비판하면서, 척도의 통일 등을 주장하였다.

권3은 복식지구(服飾之具)인데 선생이 이러한 것까지 다루었다는 게 놀랍다. 관건(冠巾), 의구(衣裘), 금욕(衾褥, 이부자리), 대구(帶屨, 띠 신), 잡식(雜飾, 꾸밈), 여복(女服, 여자 옷), 재봉제구(裁縫諸具) 따위다. 세수하는 데 쓰는 여러 그릇과 머리 다듬는 도구도 기록해놓았다.

## 「보양지」 8권

「보양지」(葆養志)는 도인술, 양생술 따위다. 선생은 도인술을 대부분 도교의 신선술에서 가져왔다. 그러나 이 도인술은 병을 치료하고 예방하려는 의도였다. 일종의 의료서로 당시 실학을 하는 이들은 이에 깊은 관심을 갖고 있었다.

아래는 권4 「수진」(修眞)에 보이는 글이다.

> 사람은 음양의 기를 품부받아 태어나기에 그 본래의 처음에는 조금도 흠결이 없었다. 한 번 사물과 교접하게 되면 하늘로부터 받은 기운이 점차로 칠정에 의해 소모되고 이 때문에 기가 막히고 혈이 엉기어 병이 생겨난다. 그러므로 옛날에 군자는 도를 보아 분명히 알아서 기를 기를 것을 말하고, 집의[11]의 공을 행하게 하였다. 반드시 먼저 곰이 목을 빼고 새가 깃을 펴게 하며, 시선을 거두고 청각을 되돌리며 도인[12]으로 관절을 펴게 한다. 관절이 통하면 한 기(氣)가 상하를 유행하게 한다.

선생은 「도인료병제방」(導引療病之方)의 머리말 부분에 해당하는 내용에서 이렇게 말한다.

> 현가(玄家)는 도인을 귀하게 여기고 약석(약)을 싫어한다. 속세의 선비는 약석을 친하게 여기고 도인을 어리석게 본다. 나는 홀로 산림에 살거나 잡초 우거진 외딴 곳에서 생활하며 평소에 의학을 공부한 적이 없고 또한 침구조차 갖추지 못하여 하루아침에 질병이 생겨 손쓸 바를 알지

---

11  집의(集義): 올바른 일을 매일 실천함.
12  도인(導引): 호흡을 통한 건강법.

못해 끝내 요절을 면치 못하고 수명을 재촉하고야 마는 사람들을 근심하였다. 이 어찌 한스럽지 않겠는가? 지금 수양가들이 말한 도인을 통한 치료 방법을 취하여 번잡한 것들은 제거하고, 핵심적인 것을 뽑아 종류별로 나누어 모았으니, 노편[13]의 여러 약 처방하는 방법을 구할 필요 없이 우리 몸에 되돌려 고질병을 드러내 질병을 없앨 수 있으니, 장차 농부와 함께 공유하고자 한다. 이는 저절로 성인의 은혜로운 처방이다.

일종의 애민 사상이다. 궁벽한 시골에서 의학을 공부한 적도 없고, 침구도 제대로 갖추지 못한 농부들을 위해 이 책을 쓴 것이다. 선생은 우리 몸의 자연치유력을 믿는다. 도인을 통해 오래 묵은 고질병도 없앨 수 있다고 보았다. 그리고 이를 그들과 함께 공유하고자 한 것이다. 그러고는 하나하나의 예를 들어 설명하고 있다.

**일체의 잡병을 다스리는 방법**(治一切雜病方): "몸을 단정히 하고 앉아 양손으로 무릎을 누르고 좌우로 몸을 붙잡아 기를 돌리기를 14회 한다. 일체의 잡병을 다스린다."[14]

**허리 혹은 아랫배가 아픈 것을 치료하는 방법**(治疝方): "두 다리를 잡아당겼다가 멈추고, 다섯 번 숨을 쉰 뒤 그친다. 배 속의 기를 끌어당겨 허

---

**13** 노편(盧扁): 춘추전국 시대에 노(盧) 지방에 살았던 명의 편작(扁鵲).
**14** 一以身端坐 兩手按膝 左右扭身 運氣十 四口. 治一切雜病.

리가 아프거나 아랫배가 아픈 것을 제거한다."[15]

## 「인제지」 28권

『임원경제지』 16지 가운데 가장 방대한 분량으로 전체 분량의 4분의 1에 달한다. 「인제지」(仁濟志)는 본격적인 치료 의학서로 '인제'란 백성에게 혜택을 널리 베풀고 어려움을 구제한다는 뜻이다. 선생은 「인제지」 "인"에서 "실제로 사람을 구제하는 효과를 지닌 것은 오직 의약뿐"이라고 할 만큼 이 부분에 관심을 쏟았다.

　「인제지」는 『동의보감』보다도 21만 자 더 많은 분량이다. 「보양지」와 함께 양생과 예방, 치료 두 부분에 관해 당대 의학을 집대성하였다. 「인제지」는 아래와 같이 구성되어 있다.

　〈내인〉(內因)은 권1-3으로 음식·술·과로에 몸이 상함, 몸의 정기와 기혈이 허손해진 증상, 간질, 잠이 적은 증상, 벙어리, 이에서 피가 나는 증상 따위가 나타나는 질환과 치료법이다. 술을 깨는 방법 중, "소금으로 치아를 문지르고 따뜻한 물로 입을 헹구어 삼키면 서너 번 만에 개운해진다"고 한다. 흥미로운 것은 '기생충'도 다루었다는 점이다.

　〈외인〉(外因)은 권4-6으로 중풍, 피부가 마르고 깔깔해지는 증상, 학질, 다릿병, 온역, 헛것에 들린 증상 따위가 나타나는 질환과 치료법이다.

　〈내외겸인〉(內外兼因)은 권7-11로 두통, 눈병, 귀먹음, 코막힘, 치통,

---

15　一挽兩足止, 五息止. 引腹中氣 去疝瘕.

목덜미와 등의 통증, 허리와 다리의 통증, 갑자기 토하거나 설사하는 증상, 트림, 설사, 변비, 기침, 부종, 당뇨 따위 증상이 나타나는 질환과 치료법이다. 딸꾹질도 폐기관지 질환으로 보았다.

〈부과〉(婦科)는 권12로 부인과 질환과 치료법이다. 자궁 질환부터 월경, 임신까지 다양한 병증을 다루었다.

〈유과〉(幼科)는 권13-15로 천연두, 홍역, 경기 따위가 나타나는 어린아이에 대한 질환과 치료법이다.

〈외과〉(外科)는 권16-21로 외과 질환과 치료법이다. 침과 뜸, 탕액, 귓병, 머리털이 빠지는 증상, 피부병, 대상포진 따위를 다루었다.

〈비급〉(備急)은 권22-23으로 구급의학을 다룬다. 이물질을 삼켰을 때의 대처법이나 각종 해독 따위다.

〈부여〉(附餘)는 부록에 해당한다. 권24-25는 약 만들기와 침구법, 의료기구를 논하고 있다. 권27은 본문 처방 색인에 해당하는 탕액 이름을 운으로 찾게 실었고 마지막 권28은 구황이다.


그중 근근채(菫菫菜)가 흥미롭다. "근근채는 밭과 들에 자라는데 싹이 처음에는 땅에 붙어서 자란다. 잎은 파전두[16]와 비슷한데 잎의 띠가 매우 길다. 잎 사이에 옹이 같은 것이 모여 있고 자주색으로 꽃이 피며 삼변으로 된 삭과가 맺힌다. 가운데에 겨자 크기만 한 종자가 있고 다갈색이고 맛이 달다. 싹과 잎을 채취하여 데친 후 물에 깨

---

**16** 파전두(鈀箭頭): 뾰족한 화살촉의 끝을 말함.

끗이 씻어 기름과 소금으로 조리해서 먹는다"고 기록하였다. 바로 우리가 잘 아는 '제비꽃'이다. 제비꽃은 어린잎은 나물로도 먹고 짓 찧어서 상처나 환부에 바르면 해독, 지혈과 악창 등에 효과가 있다 하며 또 피부병의 일종인 태독, 중풍, 설사, 통경, 발한, 부인병, 간장 기능부진 해소 및 해독 등에 이용된다.

## 「향례지」 5권

「향례지」(鄕禮志)는 삼림에서 살아가는 사대부의 예(禮), 즉 향례(鄕 禮)를 다루었다.

## 「유예지」 6권

「유예지」(遊藝志)는 독서, 서예, 그림, 악기 따위에 대한 기록이다. 「방중악보」(房中樂譜)는 음악에 관한 내용이다. 선생이 이를 실어놓 은 이유는 음악이 마음을 닦고 뜻을 기르는 데 유용한 수단이기 때 문이다. 선생은 유예지의 '유'(遊)는 '놀 유'(游)와 같은 의미로 파 악하였다. 따라서 물고기가 물에서 노니는(游) 것처럼 늘상 익혀 야 된다는 의미다. 결국 임원(林園)에서 살아가면서 늘상 익히고 몸 에서 떼어놓지 말아야 할 것들을 설명한 지(志)다.

권4와 권5는 '화전'(畫筌)이다. '전'은 가는 대나무로 만든 물고 기를 잡는 어구의 일종이다. 따라서 화전이란 '그림에 관한 모든 것 을 훑는 그물'이란 뜻이다.

선생은 그림의 격과 특징을 삼품(三品)과 삼취(三趣)로 나누어 설명했다. 삼품은 신품,[17] 묘품,[18] 능품[19] 순이며 삼취는 천취(天趣, 神), 인취(人趣, 生), 물취(物趣, 形似) 순이다.

## 「이운지」 8권

「이운지」(怡雲志)는 선비들의 취미생활에 관한 기술이다. 선생은 「이운지」 "인"에서 세상에 떠도는 이야기를 인용한다. 상제(上帝)도 쉽사리 들어줄 수 없는 소원은 경상(卿相)이나 부자(富)로 사는 것, 문장으로 세상에 이름을 날리는 게 아니란다. 선생은 바로 산림에서 고아함을 키우는 게 제일 어렵다는 세상 이야기를 적는다. 선생은 상제도 들어주지 못하는 이 소원을 청복[20]이라고 부른다. 이 글을 쓰는 나도 청복이 있는 셈이니 경상이나 부자를 부러워 말아야겠지만 그것이 그리 여의치만은 않다. '이운'(怡雲)은 중국 양나라 도홍경(陶弘景)의 시구에서 따온 말로 '산중의 구름을 혼자 즐긴다'는 뜻이다. 내용을 간추리면 아래와 같다.

세상에 떠도는 이야기에 덜 이치가 담겨 있다. 옛날 몇 사람이 상제에게 소원을 빌었다.

한 사람이 말했다.

"저는 벼슬을 호사스럽게 하여 정승 판서의 귀한 자리를 얻고 싶습

---

17  신품(神品): 기운 생동하는 것.
18  묘품(妙品): 의취에 여유가 있는 것.
19  능품(能品): 모양이 비슷한 것.
20  청복(淸福): 맑은 복.

니다.

상제가 "좋다. 그렇게 해주마" 허락하였다.

또 한 사람이 말했다.

"부자가 되어 수만금의 재산을 소유하고 싶습니다."

상제가 "좋다. 네게도 그렇게 해주마"라 하였다.

또 한 사람이 말했다.

"문장과 아름다운 시로 한 세상에 빛나고 싶습니다."

상제는 한참 있다가 "조금 어렵지만 그래도 그렇게 해주마" 하였다.

마지막으로 한 사람이 말했다.

"글은 이름 석 자 쓸 줄 알고 재산은 의식을 갖추고 살 만합니다. 다른 것은 바라지도 않고 오로지 임원(林園)에서 교양 있게 살면서 세상에 구하는 것 없이 한평생을 마치고 싶을 뿐입니다."

그러자 상제는 이맛살을 찌푸리며 말했다.

"이 혼탁한 세상에서 맑은 복을 누리는 것은 가당치도 않다. 너는 함부로 망령되이 그런 요구는 말고 다음 소원이나 말해보아라."

선생은 이 이야기를 이렇게 맺는다. "이 이야기는 임원에서 교양 있게 사는 일이 어렵다는 것을 말해준다. 이 일은 참으로 어렵다. 인류가 생긴 이래로 지금까지 수천 년이 되도록 과연 이 일을 이룬 사람이 몇 명이나 되는가?" 하며 "참으로 어려운 일이다!"(難矣哉)라 탄식한다.

## 「상택지」 2권

「상택지」(相宅志)는 집짓기에 적당한 곳을 찾는 일과 관련된 내용이다. 선생은 「상택지」 "인"에서 풍수가의 술수를 따라하지 말라고 한다.

## 「예규지」 5권

생산 활동과 관련된 유통, 교역을 기술한 부분이다. 선생은 「예규지」 "인"에서 백규(白圭)의 치산 기법을 본받으려고 편명을 '예규'라고 했다고 밝혔다. 백규는 중국 전국 시대 사람으로 시장의 가격 동향을 잘 살펴 부를 축적했던 인물이다. 백규의 경제론은 '남이 내다 팔면 사들이고, 남이 사들이면 내다 판다'였다. 즉 풍년이 들면 곡식이 싸지니까 싼값에 사들이고 실과 옷은 비싸지니까 내다 팔았으며, (흉년이 들어) 누에고치가 나돌면 비단과 솜을 사들이고 곡식을 내다 팔았다. 이런 백규의 재산 불리는 수법을 배워보자는 취지로 쓴 게 「예규지」(倪圭志)다. 당연히 「예규지」의 주된 내용은 '재산 증식'이다.

선생은 또 같은 글에서 "자공(子貢)이 사고파는 일로 이익을 얻은 것이 그의 현철함에 아무런 장애가 되지 않았고, 조기(趙岐)가 떡을 팔아 생계를 꾸린 것이 그의 훌륭한 학식에 아무런 방해가 되지 않는데, 우리나라 사대부들은 스스로를 높이 드러내 으레 장사를 비천한 일로 여기니, 참 고루하다"고 하였다. 사대부들에 관한 적절한 비판이다.

권1은 '씀씀이 절제'(制用), 권2·3·4는 '재산 증식'(貨殖), 권5

는 '팔도의 도로 이수표'(八域程里表)로 구성되었다. '쏠쏠이 절제'를 권1로 삼은 것은 아무리 많이 벌어도 사용을 절제하지 않으면 재산을 불릴 수 없어서다. 권2의 내용은 '상업 활동'(貿遷), '이자 불리기'(孶殖), '밭과 집, 가산 구입해두기'(置産), '부지런히 일하기'(勤勵), '사람 부리기'(任使) 등 5개 항목이다.

　　주된 내용은 '상업 활동' 항목으로, 생계 수단으로 상업 활동을 권장하는 내용인 '생계를 위해 장사를 해야 함'(治生須貿遷), 선박을 이용한 상업 활동의 이로움을 소개하는 내용인 '선박의 이로움'(船利), 수레를 이용한 상업 활동의 이로움을 소개하는 내용인 '수레의 이로움'(車利), 매점매석을 재산 증식의 좋은 방법으로 소개하는 내용인 '매점매석'(權貨), '장사의 비법'(商販妙法), '상업은 공정함과 진실함을 으뜸으로 삼음'(商以公誠爲主), '가격을 속임은 무익함'(僞賈無益) 등 사대부가 상업 활동에 종사하여 이익을 얻어 재산을 증식하는 데 도움이 되는 글과 각별히 유의해야 하는 글 등 7개의 글이 실려 있다. 그 밖의 '이자 불리기', '전산 구입해두기', '부지런히 일하기', '사람 부리기' 등의 항목은 상업 활동을 통해 증식한 재산을 활용하고 안정적으로 유지하는 데 도움이 되는 정보들이다.

　　이제 선생의 글을 마쳐야겠다. 선생의 농학은 『임원경제지』(林園經濟志)로 집대성되지만, 그 이전에도 기초적 연구로서 농업 기술과 농지 경영을 주로 다룬 『행포지』(杏浦志), 농업 경영과 유통 경제의 관련에 초점을 둔 『금화경독기』(金華耕讀記), 농업 정책에 관한 『경계책』(經界策) 등이 있다. 선생의 글은 실생활과 관계되어서인지 생동감이 있다. 젊은 시절 지은 『풍협고협집』「금릉시서」를 보면 이를 알 만한 낱말을 만난다. 「금릉시서」는 좌소산인(左蘇山人)으로 알려진 선생의 형 서유본의 『금릉시초』에 붙인 서문이다. 선생은 이 글에서 '아산'(啞山)과 '아시'(啞詩)라는 비평어를 만들었다. 아산은 활기 없는 벙어리산이다. 따라서 아시는 선인들의 시나 모방하고 수식하는 데만 치우친 활력 없는 죽은 시를 가리킨다. 이러한 시를 '흙인형에 의관을 입히고 말하기를 구하는 격'이라 한다. 선생은 이 글에서 형님의 시는 아시가 아니라며 "도로롱도로롱 맑은 샘물이 바위틈에서 솟는 모양"[21]이라고 하였다. 그러고는 활기, 뇌성, 우레, 구슬, 종소리, 삼강의 거센 물결 따위 비평어를 끌어온다. 그만큼 선생이 생각하는 글은 활동력이 있는 살아 숨 쉬는 글이다.

선생이 만년에 쓴 『금화경독기』의 한 구절이다. 내용이 좀 슬프다.

수십 년 동안 쓰고 고치는 수고를 하여 책을 완성하였으나 이 책을 지키고 관리하는 것을 부탁할 사람이 없구나. 어쩌다 펼쳐보면 슬픔 때문에 알지 못하는 사이에 하염없이 눈물이 흐른다.

---

**21** 㶁㶁若淸泉 從石罅迸射.

1부 백과전서

# 참고문헌

유봉학,『연암일파 북학사상 연구』(일지사, 1995)

강명관,「풍석 서유구의 산문론」,『18세기 조선 지식인의 문화의식』(한양대학교 출판부, 2001)

임미선,「『유예지』에 나타난 19세기 초 음악의 향유 양상」,『18세기 조선 지식인의 문화의식』(한양대학교출판부, 2001)

염정섭,「『임원경제지』(林園經濟志)의 구성과 내용」,『농업사연구』Vol.8(No.1)(한국농업사학회, 2009. 6)

차경희,「『임원경제지』속의 조선후기 음식」,『진단학보』제108호(진단학회, 2009)

장진성,「조선 후기 미술과『임원경제지』(林園經濟志)」,『진단학보』, 제108호(진단학회, 2009)

정명현 외,『본리지』3(소와당, 2009)

김대중,『풍석 서유구 산문 연구』(서울대학교대학원 박사학위 논문, 2011)

정명현 외,『임원경제지』(씨앗을뿌리는사람, 2012)

강민구,『실학파의 문학과 비평』(보고사, 2013)

이봉호,「서유구『보양지』속의 도인과 안마」,『도교문화연구』, 38집(한국도교문화학회, 2013)

김대중,「『이운지』의 공간 사고」,『한국문화』68(서울대학교 규장각한국학연구원, 2014)

김승우·차경희,「조선후기『임원경제지』(林園經濟志)「인제지」(仁濟志) 속의 구황(救荒)」,『한국식생활문화학회지』28권 3호(한국식생활훈화학회, 2013. 6)

서종태,「서유구의『임원경제지』에 실려 있는「팔도 물산」에 대한 연구」,『서강인문논총』제53집(서강대학교 인문과학연구소, 2018)

풍석문화재단(http://pungseok.net)

# 3장

—

## 오주 이규경 『오주연문장전산고』

박학과 고증학으로 모든 것을 변증하라


지금 학자들은 대개 성리학에 대해서 헛되이 떠들면서

오로지 치장하는 글이나 일삼으면서

육예(六藝)나 시무(時務)는 강의도 하지 않으니

실제 일에 부딪쳐서는

망연하여 알지도 못하고 할 줄도 모른다.

# 이규경의 생애

**이름**  이규경(李圭景)

**별칭**  자는 백규(伯揆), 호는 오주(五洲)·소운거사(嘯雲居士)

**시대**  1788-1856년(63?)

**지역**  서울, 충청북도 충주 덕산 삼전리, 성암리, 충남 세원 봉암리 등

**직업**  실학자

**본관**  전주(全州)

**가족**  할아버지는 검서관을 지낸 이덕무(李德懋)이며, 작은할아버지
공무(功懋), 아버지 광규(光葵) 역시 검서관을 지냈다. 선생은 이광
규와 어머니 동래 정씨(鄭氏) 사이에 3남 중, 장남으로 태어나 할
아버지 이덕무가 이룩해놓은 실학을 이어받아 학자로 이름을 떨
쳤다. 선생은 전 생애에 걸쳐 생활과 과학에 유익하다고 인정한 철
학, 역사, 경제, 지리, 어학, 문학, 천문학, 수학, 의학, 동물학, 식물
학, 군사기술학, 농학, 광물학 등 모든 부문을 대상으로 하여 연구
하고 그에 대한 자기의 견해를 담은 방대한 저술을 남겼다. 그것이
바로 오늘날까지 전하고 있는『오주연문장전산고』다. 선생은 일상
생활에 직접 관련되어 이용후생(利用厚生)할 수 있다고 인정한 자
연대상에 대한 연구에 힘을 경주한 실용적 자연과학자였다.

**어린 시절**  6세인 1793년에 조부 이덕무가 별세했다.

7-8세 무렵 과천에 가 4-5개월 동안 외조부 처사공 정의동(鄭義
東) 앞에서 책을 읽다.

**그 후 삶의 여정**  22세인 1809년 추사 김정희가 부친 이광규에게 이덕

무의 『청비록』이 실린 중국인 이우촌(李雨村)이 쓴 『속함해』(續函海)를 주었다.

26세인 1813년 장남 종효(鐘斅)가 탄생하다.

27세인 1814년 서울 마포 대정리 용산 강가에 집을 세내어 살며 정자 이름을 서호정(西湖亭), 혹은 만천정(萬千亭)이라 하였다. 이때 신교선(申敎善, 1786-1858)과 교우했다.

30세인 1817년 용산 근처에서 윤선(輪船)을 보다. 부친이 별세하다.

34세인 1821년 가을부터 전염병이 돌아 관서 지방에서 수만 명, 서울에서 13만 명이 죽고 상강(霜降) 이후로는 전국으로 퍼졌다.

36세인 1823년 서울 북촌 화개동에서 친구들과 꽃구경을 하다가 아편을 보다.

39세인 1826년 충청도 서림군에서 서울 성북 장의동 대은암(김이교[金履喬] 별장)에 세 들어 살았다.

49세인 1836년 대전의 남아무개라는 사람이 땅콩을 재배한다는 말을 듣고 찾아갔다.

50세인 1837년 남대문을 구경하러 서울에 다녀가다.

53세인 1840년 무렵 충주의 북문 밖에 살다가 덕산 성암리로 이사했다. 이때 흑맥 종자 10여 알을 재배하였다. 선생은 특히 새로운 작물에 관심이 많았다.

54세인 1841년에 『택리지』에서 길지로 평가한 경상도 상주 우복동을 다녀와 우복동 전설을 변증하다.

55세인 1842년에 서유구에게 낙화생(落花生, 땅콩)을 얻어 재배하다.

57세인 1844년 서울 필동의 당숙 집에서 머물다.

59세인 1846년 산청에 다녀오면서 서양 벼에 대한 이야기를 듣다.

63세인 1850년 이주경, 이시영 등과 경상도 상주를 방문하다.

65세인 1852년 청풍부(충청북도 제천군 청풍면) 친척 집에 머물다.

66세인 1853년 가을 서울에 사는 최한기가 찾아와 책을 간행하였다고 이야기한다(다음 해에 최한기가 책 한 질을 보내옴).

68세인 1855년에 개천사지(충청남도 천안시 광덕면 보산원리에 있는 신라 말기의 절터)에 다녀오다.

1856년 5월 16일 69세로 이승을 떠났다. 평생 선생을 따라다닌 것은 선조가 물려준 가난, 그리고 실학이었다.

**저서**  『오주연문장전산고』, 『오주서종』(五洲書種), 『오주서종박물고변』(五洲書種博物攷辨), 『시가점등』(詩家點燈), 『구라철사금자보』(歐邏鐵絲琴字譜) 등이 있다.

## 『오주연문장전산고』, 박학과 고증학으로 모든 것을 변증하라

지금 학자들은 대개 성리학에 대해서 헛되이 떠들면서 오로지 치장하는 글이나 일삼으면서 육예[1]나 시무[2]는 강의도 하지 않으니 실제 일에 부딪쳐서는 망연하여 알지도 못하고 할 줄도 모른다.

선생이 「과거오인변증설」(科擧誤人辨證說, 『오주연문장전산고』 권5)에서 한 말이요, 실학적 사고다. 이런 사고가 있었기에 『오주연문장전산고』(五洲衍文長箋散稿)를 저술할 수 있었다. 『오주연문장전산고』는 중국과 우리나라 고금의 각종 사물을 비롯, 경전·역사·문물제도·시문 등 소위 명물도수[3] 전반에 걸쳐 변증을 가한 백과전서다. 과학적이고 체계적·계몽적이며 실사구시(實事求是)인 학문방법을 사용했다.

이와 유사한 백과전서적인 책은 지봉(芝峯) 이수광(1563-1628)의 『지봉유설』(芝峰類說)에서 시작해 성호(星湖) 이익(李瀷, 1681-1763)의 『성호사설』(星湖僿說), 선생의 조부인 간서치(看書痴) 이덕무(李德懋, 1741-1793)가 저술한 『청장관전서』(靑莊館全書), 조재삼(趙在三, 1808-1866)의 『송남잡지』(松南雜識), 정약용의 외손자인 방산(舫山) 윤정기(尹廷琦, 1814-1879)의 『동환록』(東寰錄), 이유원(李

---

**1**   육예(六藝): 예(禮)·악(樂)·사(射)·어(御)·서(書)·수(數).
**2**   시무(時務): 빨리 해결해야 할 시급한 일.
**3**   명물도수(名物度數): 명목(名目), 사물(事物), 법식(法式), 수량(數量)을 아울러 일컫는 말.

裕元, 1814-1888)의 『임하필기』(林下筆記), 최한기(崔漢綺)의 『명남루총서』(明南樓叢書) 등이 있다. 이러한 책들은 같거나 비슷한 사물을 모으고 일정한 기준과 방법에 의해 분류하여 '유서'(類書)라고도 부른다. 이 백과사전류의 책들은 역사학·국문학·자연과학·예술·의학 등 현재까지도 다양한 분야의 학문연구에 많은 기여를 한다.

17세기 초쯤 시작된 백과사전적 학풍이 19세기에 와서는 만개한 모습이다. 당연히 선생이 이 책을 저술하는 데는 이러한 학풍에 힘입었다. 또한 김정호(金正浩)·최성환(崔瑆煥)·최한기 등 당대 중인층 학자들과 교유도 한몫했다. 최한기는 『해국도지』, 『영환지략』 등 당시 서양에 대한 정보를 제공한 최신 서적을 선생에게 보여주었으며, 최성환은 지리학에 해박하여 『여도비지』(輿圖備志)를 편찬하였다.

『오주연문장전산고』는 60권 60책이다. 이 책을 처음으로 출판한 이는 최남선이다. 이 책은 권1의 「십이중천변증설」(十二重天辨證說)에서 권60의 「황정편정변증설」(黃精偏精辨證說)까지 총 1,417항목에 달하는 방대한 내용으로 구성되었다. 모든 항목은 '-변증설'로 처리하여 고증학적인 연구 방법이다. 고증학(考證學)은 수차례 언급하지만 실학자들의 학문 연구 태도다. 반드시 실증이 있어야 한다는 학풍으로 고거학(考據學), 또는 박학(樸學)으로도 불린다. 그러자니 선생이 쓴 『오주연문장전산고』에는 역사·경학·천문·

지리·불교·도교·서학·풍수·예제[4]·재이[5]·문학·음악·병법·풍습·서화·광물·초목·어충(魚蟲)·의학·농업·화폐 따위가 총망라되어 있다.

분류는 천지편, 인사편, 경사편, 만물편, 시문편 다섯으로 나누었다.『오주연문장전산고』내용을 주요한 주제별로 살펴보면 아래와 같다.

**성리학:**「대학변증설」·「소학변증설」·「중용변증설」·「가례변증설」따위

**불교:**「석교범서불경변증설」·「해동불법변증설」·「지옥변증설」·「윤회변증설」따위

**도교:**「노자도덕경변증설」·「수욕변증설」·「동국도교본말변증설」따위

**서양과 서학(西學, 천주교):**「용기변증설」·「백인변증설」·「지구변증설」·「척사교변증설」따위. 천주교뿐만 아니라 천문·역산·수학·수리·의약·종교 따위도 변증하였다.

**역사:**「동국전사중간변증설」, 중국사—「이십삼대급동국정사변증설」, 한국사—「아동고인사적변증설」·「동국제일인재변증설」·「동국전사중간변증설」·「삼국입국변증설」·「동방구호고사변증설」·「삼한시말변증설」따위. 이 외에 유구국·일본·안남(베트남)·회부(回部, 터키계 이슬람교도) 등 외국 역사 항목도 있다.

**생활사:**「물산변증설」·「향도변증설」·「속악변증설」·「관무변증설」·「연

---

**4**   예제(禮制): 상례에 관한 제도.
**5**   재이(災異): 재해나 자연현상의 이상 징후.

희변증설」·「성중선속변증설」·「석전목봉변증설」따위

**농·상·공업:** 「중원농구변증설」·「오하전가지변증설」·「도량형변증설」·「화폐변증설」·「장시변증설」·「여번박개시변증설」·「서양통중국변증설」따위. 고구마의 중요성을 언급한 「북저변증설」, 농기구·어구에 관한 내용을 담은 「뇌거변증설」·「직구변증설」·「어구변증설」따위도 보인다.

**지리:** 「지지변증설」·「만국경위지구도변증설」·「자명종변증설」·「조총변증설」·「팔진변증설」·「용골거변증설」따위

**부록:** 『오주서종』은 「신기화법」·「신기수법」·「박물고변」으로 구성되었다. 「신기화법」과 「신기수법」은 병기와 진법을, 「박물고변」은 금속과 보석 및 약석(藥石)에 관한 내용이다.

**인용 서양서적:** 簡平說(1회) 明 熊三拔(1575-1620, Sabbathino Ursis, 이탈리아); 遠西奇器圖說(1회) 明 鄧玉函(1576-1630, Terrenz Joannes, 스위스); 乾坤體義(2회) 明 利瑪竇(1552-1610, Matteo Ricci, 이탈리아); 天問略(2회) 明 陽瑪諾(1574-1659, Emmanuel Diaz, 포르투갈); 奇器圖說(3회) 明 鄧玉函; 幾何原本(3회) 明 利瑪竇; 渾蓋通憲圖說(4회) 明 利瑪竇; 職方外紀(6회) 明 艾儒略(1582-1649, Julio Aleni, 이탈리아); 泰西水法(9회). 괄호 안 숫자는 인용 횟수다.

자, 이제 주마간산 격으로 『오주연문장전산고』속으로 들어간다. 『오주연문장전산고』는 조부 이덕무의 『청장관전서』를 가장 많이 인용하였다.

## 『오주연문장전산고』와 변증설

먼저 '오주변증설'부터 풀어야겠다. '오주'는 선생의 호다. 그런데 '오주'(五洲)는 다섯 대륙으로 서양에서 들어온 학설이다.『오주연문장전산고』천지편·지리류/ 지리총설「대지유오주오대구중제명호변증설」(大地有五洲五帶九重諸名號辨證說)에는 오주에 대한 자세한 설명이 있다.

> 서양인들은 대지가 오대주로 나뉜다고 한다. 하나는 아세아주로 중국 계요, 하나는 구라파주로 대서양계요, 하나는 이미아주(아프리카)요, 하나는 묵와랍(묵와랍은 마젤란의 중국어 음차다. 마젤란이 발견한 해협으로 오세아니아 대륙과 남극을 두루뭉수리 합친 명칭)으로 지구의 앞에 있다. 하나는 남북아묵리가(남북아메리카)로 지구의 뒤에 있다.

선생은 이 오주를 자신의 호로 삼은 것이니 그 마음을 대략 짐작할 수 있다.

'연문'은 글 가운데 쓸데없이 긴 군더더기 글귀로 저자의 겸손함을 뜻하는 말이고 '장전'은 문장의 형태이고 '산고'는 흩어진 원고라는 뜻이다. 결국 '오주연문장전산고'는 '오주가 겸손하게 장전의 형태로 흩어진 글을 모은 원고'라는 의미다. 백과사전류에 걸맞은 제목이다.

이제 '변증설'을 보자. '변증'은 처음에 근거를 제시하고 다음에 여러 증거를 인용한 다음, 말미에 자신의 평을 덧붙이는 경우가 일반적이다. 『한어대사전』에 "변증이란 '변석증',[6] '변백인증'[7]의 준말"이라 하였다. 이 변증 방식 글쓰기는 송시열의 「근사오본변증」, 한원진의 「기질지성변증」과 「인물지성변증」, 안정복의 「괴설변증」, 남구만의 「동사변증」, 이덕무의 「경서인물변증」 등에서 연원을 찾을 수 있다.

그런데 선생은 여기에 '설'이란 단어를 덧붙였다. 설은 '이야기' 정도라는 의미이지만 '-변증설'이라 하면 의미가 달라진다. 우리 조선에서 '-변증설'이란 형식으로 써 내려간 책이 없어서다. 그러니 선생이 창안한 형식의 글쓰기 방법론으로 이해해야 한다. 이제 각 편에서 몇 편만 뽑아 살펴보자.

### 천지편·지리류/ 석/「연함석변증설」

선생은 「연함석변증설」(燕衘石辨證說)에 자신이 '변증설'을 쓰는 이유를 슬며시 밝혔다.

> 무릇 사물을 변증하는 것이 만약 참된 지식과 정확한 견해가 아니라면 그 변증이란 것은 길거리에 떠다니는 이야깃거리에 지나지 않으므로 군자는 취하지 않는다. 나는 사물에 대하여 옛일을 끌어와 지금을 증명함에 있어서 매양 그 원위[8]를 분명히 밝히고자 하였다. 그러나 들은 것

---

6   변석증(辨析證): 분석하고 고증.
7   변백인증(辨白引證): 자신의 입장을 명백히 밝힘.
8   원위(原委): 처음과 끝.

이 적고 본 것이 좁기에 비록 속된 말이나 야담이라도 수집하여 나열하지 않음이 없었다. 간혹 한 조각의 무늬라도 엿보면 홀로 기뻐하면서 기재하기를 그치지 않았다. 체재를 갖추지는 못하였으나 늘 대방가들의 기롱을 받으면서도 스스로 걱정하지 않았다. 심하다, 변증을 좋아하는 성벽(性癖)이여!

선생은 대방가들의 비판을 두려워하지 않았다. 그리고 변증설을 쓰는 이유 중 하나가 '변증을 좋아하는 성벽'(好辨之癖) 때문이라 하였다. 하지만 독자들이 글줄을 따라잡으면 알겠지만 선생이 저렇게 말한 것은 단순한 겸사에 지나지 않는다.

### 천지편·천문류/ 천문잡설/ 「영법변증설」

「영법변증설」(影法辨證說)부터 보자. 실학인으로서 선생의 과학적 자세를 한눈에 볼 수 있다. 선생은 이 글에서 사물의 반이 물이나 거울에 포착되는 원리, 물상이 거꾸로 맺히는 까닭 등을 논한다. 빛이 있는 사물은 다른 물상을 반사시킬 수 있는데, 매개물에 따라 반사의 양과 질도 각기 다름을 이해한 것이다.

또 선생은 물에 비친 햇빛을 거울을 이용해 건물에 비추어주는 전광이영법(轉光移影法), 거울을 이용해 거듭 비추어 종이에 물상을 옮기는 일중이영(日中移影), 통 속에 그림을 넣고 보여주는 서호경(西湖鏡)이라는 기구까지 소개한다. 지면 관계로 일일이 소개할 수 없지만 선생의 탐구정신은 도처에서 빛을 발한다.

## 인사편·논학류/ 심성리기/「인심도심변증설」

선생의 「인심도심변증설」(人心道心辨證說)을 보면 당시 유학자들의 사고와 완연 다르다. 당시 도덕군자를 자칭하는 유학자들은 인욕(人欲)을 악의 축으로 보고 경멸하였다. 그러나 선생은 이를 옳지 않다고 여겼다. 선생은 한 사람이 농사지어 한 사람을 먹이며 한 사람이 천을 짜서 열 사람을 입히니 백성들이 어찌 굶주리지 않겠냐며 "사람의 욕심은 이목구비, 사지의 욕심이다. 이것들은 모두 없앨 수 없으니 이것은 악이 아니다. 사람이 욕심대로 행동하고 절제가 없을 때 악이 된다"[9]고 하였다. 선생은 이렇듯 사람이라면 누구나 갖고 있는 욕심을 긍정적으로 받아들였다.

## 인사편·논학류/ 박물 /「물극생변변증설」

「물극생변변증설」(物極生變辨證說) 권27을 보면 사물이 성장하고 극에 달하면 새롭게 변하는 현상을 순연히 받아들이고 이해하였다. 당연히 당대의 문화 또한 성장과 소멸을 이해한 것이다. 선생은 "선도(仙道)가 변하여 → 방중술(房中術)이 되고 → 방중술이 극에 달하여 끽채사마(喫菜事魔)가 되어 극에 달한다" 하였다. '끽채사마'는 채식을 하고 마귀를 섬기는 마니교(摩尼教)를 말한다.

또 "불교(釋教)가 변하여 → 바라문(婆羅門)이 되고 극에 달해 → 홍교(紅教)·황교(黃教)되고 극에 달해 → 환희(歡喜)·연설(演撰)

---

9    人欲者 耳目口鼻四肢之欲 是皆不能無者 非惡也 徇而流焉則惡矣.

이 되어 극에 달한다"고 한다. 홍교·황교, 환희·연설은 모두 티베트 불교인 라마교를 가리키고 선생은 이를 사이비라 여겼다.

선생은 사물을 고정불변이 아닌 변화하는 대상으로 보았다. 「물성즉쇠변증설」(物盛則衰辨證說)(인사편·논학류/ 박물 권21)에서 "무릇 천지가 크다 해도 세계가 성립되는 지극히 긴 기간인 성겁(成劫), 머무르는 기간인 주겁(住劫), 파괴되어가는 기간인 괴겁(壞劫), 파괴되어 아무것도 없는 상태로 지속되는 기간인 공겁(空劫)이 있는데 하물며 사람이나 산물이라고 자라 성장해서 쇠하지 않을 이치가 있겠는가?"[10] 반문하며, "쇠함이 지극한 것은 성함의 계기이며 성함이 극진한 것은 쇠함의 조짐"[11]이라 하였다. 이러한 사상은 사물의 발전이 극에 달하면 반드시 그 대립적인 면으로 변화하고 여기서 또 새로운 것이 나온다는 변증법적인 이해다.

선생은 「물극생변변증」이외에도 '사교비(邪敎匪, 야소교도), 아편연(鴉片煙), 구라동령(歐邏銅伶, 태엽인형), 자명(自鳴, 자명종), 혼개통헌(渾蓋通憲, 서양인 이마두가 구전한 것을 명나라의 이지조가 번역한 책), 음청절기표(陰晴節氣表, 날씨표), 원경(遠鏡, 망원경), 사루(沙漏, 모래시계)·윤호(輪壺, 태엽시계), 여험닉(瓈驗溺, 유리병 오줌검사법), 약로(藥露, 증류법), 경묘(鏡描, 암실카메라), 기하(幾何, 기하학)·팔선표(八線表, 삼각함수표), 기포(氣砲, 공기총), 원서대화경(遠西大火鏡, 발화용 거울), 아란타화전(阿蘭陀火箭, 아란타 불화살), 홍흡(虹吸, 흡수기), 화승(火陞, 펌프),

---

10  凡天地之大 亦有成住壞空之環 而況人物長盛而不衰者乎.
11  衰之至者 盛之機也 盛之極者 衰之兆也.

뇌법기(雷法器, 전기 발생기), 환박·라주(圜舶·螺舟, 잠수함), 기전비차(氣轉飛車, 나는 수레), 자명곡(自鳴穀, 뻐꾹시계), 기화통(寄話筒, 기차 화통)' 따위 예를 들었다. 대부분이 당대로서는 신문물 어휘들이다.

### 인사편·복식류/ 향유/ 「송지유향변증설」

선생은 「송지유향변증설」(松脂乳香辨證說) 권36에서 이렇게 말한다. 격물과 박물학적 자세를 강조하는 글이다.

> 중앙의 문인들은 박물학을 버리지 않는다. 우리나라 사람들은 붓을 쓰는 사람이라면 모두 격물학을 버려두어 심지어 숙맥[12]도 구분하지 못하면서 망령되게 자칭 "학문이 하늘과 사람을 통달했노라"고 말한다.

선생은 우리나라 박물학이 쇠퇴한 원인을 '조고'(操觚)에서 찾는다. 고대에 글자를 연습하던 팔각형 혹은 육각형의 나무 막대기를 고(觚)라고 했다. 조(操)는 잡는다는 의미이니 조고는 문인이 된다. 선생은 당대 문인들이 콩과 보리도 분별 못 하고 망령되게 학문이 하늘과 사람을 통달했다고까지 떠들어대는 가소로운 현실을 지적한다. 선생은 문장 매듭을 "아! 이것은 어떤 학문이란 말인가?"[13]라며 통탄을 금치 못한다.

당연히 선생의 학문은 실용지학으로 나갈 수밖에 없었다.

---

**12**  숙맥(菽麥): 콩과 보리.
**13**  吁, 是爲何學也.

「비거변증설」(飛車辨證說) 권2 서두에서 선생은 우리나라 사람들은 수레가 뭍으로 다니고 배가 물에서 떠다니는 것이 배와 수레의 상도[14]인 줄만 알고 바퀴를 깎아 날게 하고 나무를 파서 굴러다니게 하는 것은 배와 수레의 이도[15]라며 이런 이치는 있을 수 없다고 하는 당대 현실을 개탄한다. 그러고는 "임진왜란 당시 영남의 어느 성이 왜군에게 겹겹이 포위당했을 때였다. 그 성의 성주와 평소 친분이 있던 어떤 사람이 나는 수레, 즉 비거(飛車)를 만들어서 성중으로 날아 들어가 성주를 태워 30리 밖으로 빼내어 인명을 구했다"고 하며 "우리도 능히 이 비거를 만들 수 있는데 다만 세상에 전하지 못했을 따름"[16]이라 한다.

또 선생이 "강원도 원주 사람을 만났는데 그는 비거에 관한 책을 소장하고 있었다. 이 비거는 4명을 태울 수 있고 모양은 고니와 같은데 배를 두드리면 바람이 일어나 공중에 떠올라 능히 백장(百丈)을 날 수 있다. 양각풍[17]이 불면 앞으로 나아갈 수 없고 광풍이 불면 추락한다 하더라"는 구절도 보인다.

또 전주 사람 김시양(金時讓, 인조 때 문신)에게 들은 말과 중국 문헌에 있는 비거를 갖추어 적어놓으며 이렇게 비거의 효능을 말한다.

---

14    상도(常道): 올바른 방법.
15    이도(異道): 올바르지 못한 방법.
16    東人亦能之 特未之傳於世也.
17    양각풍(羊角風): 회오리바람.

만일 이러한 비거를 만든다면 바람을 타고 올라가고 먼지를 일으키며 천지사방을 돌아다니는 것을 집안 뜨락에서 다니는 듯이 하며 마음먹은 대로 가도 도처에 방해가 되지 않으니 어찌 상쾌하지 않겠는가.

진정으로 그 제도를 모방하려고 한다면 우선 수레를 나는 연과 같이 만들고 날개와 깃털을 부착하고 그 안에 기계를 설치하여 사람이 그 가운데 타서 기계를 작동하기를 잠수부가 수영하듯이 굼벵이가 몸을 굽혔다 폈다 하듯이 움직여서 풍기를 발생하게 한다면 양 날개로 스스로 훨훨 날아올라 눈 깜짝할 사이에 천리를 날 수 있으리니, 열구(列寇)가 순오(旬五, 15일) 만에 돌아오고 대붕(大鵬)이 삼천리를 나는 기세가 어찌 이보다 나으리오.

그 기계는 오로지 연결쇠가 좌우로 움직이며 연결되어 신축하고 서로 운행하며 공기 중에서 바람을 일으키면서 양 날개를 펄럭거려 확연히 떠서 경풍(勁風)·대기(大氣)의 위에서도 그 기세를 막지 못한다. 이는 곧 기(氣)로써 기계를 움직이고 새로써 (스승)을 삼았기 때문에 생각으로는 가능하다고 하겠다.

하지만 선생이 직접 비거를 만드는 것은 역부족이다. 그래서인지 "이치가 그 가운데 있기는 하지만 스스로 억측으로 돌리고 더 이상 논하지 않는 것이 좋겠다"며 『해국도지』[18]에 비거도(飛車圖)가 있

---

**18** 『해국도지』(海國圖志): 서양의 서적 가운데 외국에 관한 기록만을 뽑아 모은 책으로 청나라 위원이 지었다.

으니 후에 고거하기 바란다"[19]고 속내를 드러낸다. 후인들이 이를 해결해주었으면 하는 마음일 것이다.

### 인사편·기용류/ 시탄/ 「매탄변증설」

선생의 격물에 대한 이러한 자세는 「매탄변증설」(煤炭辨證說)에서도 찾을 수 있다. 1843년, 선생 나이 56세였다. 그해 선생은 북관 지방을 4개월간 유람하였다. 선생은 함경북도 온성군 훈융 지방을 지나다가 매탄(煤炭, 석탄)과 비슷한 돌이 난다는 말을 듣고는 직접 돌을 캐 태워보았다. 그러고는 이용하지 않는 것을 안타까워한다. 「매탄변증설」 권20은 그때 쓴 글이다. 선생은 "우리나라는 격물[20]을 가장 소홀히 여긴다. 천하의 일상적으로 쓸 수 있는 물건을 (석탄을) 내버려둠으로써 무용지물로 내치고 그 쓸모를 강구하지 않으니 참으로 안타까운 일"[21]이라 하고는 다음과 같이 직접 돌을 캐 실험한 일을 적어놓았다.

훈융 땅에서 돌 숯 같은 돌 하나가 나왔다 해서, 캐 와서 살폈더니 돌덩이는 켜가 져 있고 검은빛으로 광이 났다. 당먹이 부서지는 것처럼 조각조각 들고 일어나 가루로 부서졌다. 시험 삼아 불을 붙이니 타 불꽃이 일더니 금세 벌겋게 달았다. 돌 숯에 다름 아니다. 유황 같은 냄새가 났

---

19   『海國圖志』有飛車圖 以俟後考.
20   격물(格物): 사물이 쓰임.
21   我東於格物最疏 爲天下日用之物 獨置諸無用 而不究其可用之道 可勝惜哉.

으며 쉽게 타서 재가 되었다. 나무 숯을 올리지 않으니 바로 꺼졌다. 돌 숯이 아니라면 곧 타는 돌 종류겠다. 이 물건을 법대로 녹이면 숯으로 삼을 수 있다. [훈융의 타는 돌은 성기고 흩어져 있으며 매우 부서지기 쉬워 밀기울처럼 가루로 변하며 숯처럼 쉽게 탄다. 그리고 불꽃이 일지 않고 누린내가 난다. 화로에서 꺼내면 까맣게 꺼지지만 돌의 바탕은 재 처럼 하얗다.] 광산을 열어 캐내면 그 이익이 소금과 쇠에 맞먹을 텐데 안타깝게도 아는 사람이 없으니 버리고 줍지 않는다.

선생의 실험정신까지 볼 수 있는 글이다. 선생은 이렇듯 자연의 물질 하나라도 그것의 속성과 원리, 법칙과 이치를 면밀히 연구 검토하는 것을 학문이라 여겼다. 물론 이는 실학으로 실용과도 연결되기에 "광산을 열어 캐내면 그 이익이 소금과 쇠에 맞먹을 텐데 안타깝게도 아는 사람이 없으니 버리고 줍지 않는다"고 탄식한다. 선생은 석탄뿐만이 아니라 모든 활용 가능한 자연물의 채취와 제련 등을 배워야 한다고 역설한다. 『오주서종박물고변』(五洲書種博物攷辨)에는 금은·동철로부터 상아에 이르기까지 50종류의 재료를 대상으로 채취, 가공, 활용법을 자세하게 기록했다. 조선 후기 자연과학사에 주목할 만한 업적이다.

이 모두가 선생이 격물하는 자세로 글 도처에 보인다.

### 인사편·기용류/ 도자기/ 「대식요법랑기변증설」
아래는 「대식요법랑기변증설」(大食窰琺瑯器辨證說) 권3이다.

나의 습성이 매양 독서할 때면 반드시 사물의 이름을 상세히 밝혀 그 본원을 궁구한 연후에야 그친다. 통달하지 못하면 오매불망 잊지 못해 반드시 알기를 기약하니, 이것이 혹 격물[22]의 일단이런가? 일찍이 어떤 책에서 대식국[23]의 법랑기를 보았는데 무슨 물건인지 알지 못하다, 여러 책을 두루 고찰하여 비로소 그 시말을 알았으니, 격물과 박물의 벽[24]이라 할 만하잖은가.

이렇듯 선생의 격물 자세는 박물학과 통한다. 선생은 그래 자신의 학문 자세를 "격물과 박물의 벽"[25]이라 선언한다. 선생의 이런 치열한 박물학적 탐구 자세는 일생을 관통한다.

선생은 호적(戶籍)을 중시하였다. 인구의 증감을 알아야만 나라가 부유해진다고 이해한 것이다(「판적증감변증설」[版籍增減辨證說]). 이는 역사 사실에 기반하여 국력을 키워보고자 하는 탁견이다. 모든 재화는 백성들에게서 나오기 때문이다. 따라서 선생의 재물관도 대단히 흥미롭다. 아래는 「팔로이병변증설」(八路利病辨證說, 천지편·지리류/ 주군) 권40이다.

재물은 하늘이 내리는 게 아니라 반드시 민력(民力)에서 얻어진다. 백성이 부유하면 나라도 따라서 부유해진다. 그러므로 군자가 백성을 다

---

22  격물(格物): 사물의 이치를 끝까지 밝혀내려는.
23  대식국(大食國): 사라센 제국.
24  벽(癖): 지나치게 즐김.
25  格物博物之癖.

스림에는 백성을 인도하여 가난에서 벗어나 부유하게 되도록 할 뿐이다. 그 인도한다는 것도 말로 타이르거나 손으로 가리키는 게 아니다. 백성을 해치거나 겁탈하지 않고 죽음을 피하여 살길을 찾게 하고, 선을 행하고 악은 행하지 않게 하는 것에 불과하다.

선생은 재물은 하늘에서 내리는 게 아니라고 단언한다. 모든 재물은 백성들의 힘에서 나오는 것임을 분명히 한 것이다.

### 만물편·초목류/ 과종/「금려기의남변증설」

선생은 어려서부터 사물의 쓰임을 이해하려면 그 이름부터 알아야 한다는 모친의 가르침을 받았다. 이는 평생 동안 선생이 학문하는 자세였다. 이러한 학문을 명물도수학(名物度數學)이라 한다.『오주연문장전산고』각 편은 흔히 사물의 이름을 변증하는 데 많은 부분을 할애한다. 이는 선생의 어머니가 가르친 학문 방법이다.「금려기의남변증설」(錦荔荶宜男辨證說)을 보자. 학문을 하는 분들이 유념해 볼 선생 어머니의 말씀이다.

내가 어렸을 때 꽈리를 얻어먹으며 어머니 곁에서 놀았다. 어머니는 나를 돌아보고 훈계의 말씀을 하셨다. "네가 이 식물을 먹는다만 이것의 이름을 아니 모르니? 이름을 안다면 그것의 효능을 알지 못하지는 않겠지. 이것의 이름은 금려기(錦荔荶, 꽈리)란다. 이것의 효능은 아들을 많이 낳으라는 의미이지. 그래 부인네들이 자식이 없으면 많이 맛보았단다. 비단 유독 원추리 효능만 아들을 많이 낳는다는 게 아니란다. 그리고 또한 옛 책을 보거라. 그렇지 않으면 어린아이가 어찌 알겠느냐.”
내가 아주 어렸을 때 일이나 아직도 귓전에 두고 명심하고 있다

그러고는 선생은 중국 서적을 인용하여 장황한 설명을 한다. 『시
경』, 『영남잡기』, 『십죽재화보』, 『군방보』 등의 서적에서 꽈리에 대
한 부분을 찾아와 기록해두었다. 아래는 『군방보』(群芳譜) 기록
내용이다.

> 양승암(楊升庵)이 지은 『단연총록』(丹鉛總錄)에는 홍고랑(紅姑娘)이라
> 하였다. 본래 고대의 궁전 계단 사이에 많이 자란다. 지금은 산장초(酸
> 漿草)라 부르며 고깔 같은 주머니가 있는데 가운데에는 커다란 구슬처
> 럼 씨가 달렸다. 열매는 파랗다가 익으면 붉어지며 맛은 달고 시다. 계
> 집아이들이 안에 있는 씨를 빼내고는 입에 불고 공기를 넣어 공처럼 부
> 풀어 오르게 하여 이로 누르고 삑삑 소리를 내며 논다. 우리나라에서는
> 소명으로 ‘고아리’(古兒里, 꽈리)라 부른다.

이러한 명물도수학이 바로 자연을 관찰하여 그 시원과 지류를 밝히
고 그것이 우리 삶의 지혜로 이어지게 하는 ‘관물찰리’(觀物察理)의
정신이다. 이러한 학문 자세는 언어와 문자를 중시하는 자세로 이
어졌다. 물론 문자학을 중시하는 자세는 조부와 부친에게서도 동일
하게 나타나는 학문적 자세다.

그럼 이제 흥미로운 자료를 하나 보자. 바로 달리기에 관한 내용
이다. 우선 내용부터 살피자. 「동인선주변증설」(東人善走辨證說)
이다.

> 예로부터 우리나라 사람들이 먼 거리를 잘 달려서 준마와 맞설 수 있는
> 것은 우리나라에 말(馬)이 귀하고 수레가 없어서 도보로 달리기를 익
> 혀온 때문이다. 그러므로 낮에 걷기 위하여 밤에 식량을 장만하는 것은
> 다반사이고 보면 보통 사람보다 갑절을 더 걷는 것은 그리 특이한 일이
> 아니다. 지금 우리나라에서 가장 먼 길로는 연경(燕京)이다. 역졸이 걸
> 어서 수레와 말을 모는데, 역졸 하나가 일생 동안에 연경을 40-50회 정
> 도 왕복하게 되므로, 이수(里數)로 따지면 40만 리쯤 되고 걸음으로 따
> 지면 1억 4천 4백만 보가 되니, 이는 그 대충을 들어 말한 것이다. 그러
> 나 세속에서, 땅에서 하늘까지의 거리는 9만 리가 된다고 하는데, 밀도
> [26]로 계산하면 땅에서 하늘 중간까지의 거리는 15만 천 3백 46리가 되
> 므로, 역졸이 도보로 연경을 왕복한 이수는 땅에서 하늘까지의 거리
> 보다 다섯 갑절이나 더 먼 거리이니, 어찌 어려운 일이 아니겠는가.

선생은 우리나라 사람들이 잘 달리는 이유를 "말이 귀하고 수레가
없어서 걸음으로 달리기를 익혀서"라고 하였다. 삶의 환경에서 이

---

**26**  밀도(密度): 정밀한 척도.

유를 찾았지만 꽤 설득력 있는 말이다. 달리기는 자꾸 뛰다보면 느는 게 사실이기 때문이다. 선생은 빨리 달리는 자라면 연경까지 수십 일이 못 되어 왕복할 수 있다고 한다. 또 "중국 사람들은 수레와 말이 많아서 걸어 다니는 자가 없고 걷는 것을 괴롭게 여긴다" 하고 "감발 차림으로 걷는 우리나라 사람과 비교하면 마치 큰 붕새 앞에 조그만 비둘기와 다름이 없다"고 몹시 경시하는 발언까지 한다. 사실 지금까지 올림픽 마라톤에서 우승한 동양인이 손기정과 황영조밖에 없다는 사실을 보면 선생의 경시도 이유가 있다. 또 우리 동쪽 사람들이 잘 달린다는 증거를 중국의 문헌『왕회해』(王會解)에, "발인(發人)은 녹(鹿)과 같은데, 녹은 사슴처럼 신주(迅走)함을 뜻한다" 하였고 그 주에 "발인은 동이(東夷)의 사람을 말하고 신주는 빨리 달림을 말한다" 하였다. 그러고는 "그렇다면 우리나라 지역은 곧 옛적에 구이(九夷)가 살던 곳이므로 지금까지 그 풍기(風氣)가 없어지지 아니하여 빨리 걷고 빨리 달리는 것인지" 한다.

선생이 인용한『왕회해』는『일주서』(逸周書)라는 책의 편명이다.『일주서』는 진(晉)나라 때 책이니 약 2500년 전 책이다. 선생은 담헌 홍대용의『연행잡기』(燕行雜記)도 인용했다.

내가 일찍이 고사(古史)에서 "조선의 사내아이들은 잘 달린다"는 말을 듣고 내심 괴이하게 여겼다. 동자들이 잘 달리는 것은 그 천성이라고 본 때문이다. 그런데 막상 중국의 사내아이들을 보니 아무리 경쾌한 놀이를 하더라도 절대로 우리나라의 아이들처럼 뛰거나 달리는 자가 없었다.

홍대용 선생의 말이기에 믿지 않을 수 없다. 그런데 선생은 이에 대해 꽤 생각을 한 듯하다. "나도 그 점을 괴이하게 여겨 늘 그 까닭을 연구"해보았다며 이렇게 마무리를 짓는다.

> 허신(許愼)의 『설문』(說文)에 "동(東)은 움직인다는 뜻이다" 하였고 『풍속통』(風俗通)에 "동쪽 사람들은 생동(生動)하기를 좋아하는데, 만물도 땅을 저촉해서 생겨난다" 하였으니 저촉도 움직인다는 뜻이다. 대저 동쪽 사람들이 걸음이 빠르고 또 달리기를 좋아하는 것은, 만물이 땅의 기운을 저촉해서 생겨나는 동쪽 지역에서 난 때문에 생동하기를 좋아해서 그런 것이 아닌지.

선생은 우리가 동쪽에 있으니 생동하는 힘이 있어서 그렇다고 한다. 자연환경이 사람의 삶에 미치는 영향이 크기에 인문지리학적인 선생의 추론에 공감하지 않을 수 없다.

**경사편·석전류/ 석전잡설/ 「지옥변증설」**

선생은 "사람이 죽으면 기는 하늘로 올라가 천기에 보태어지고 땅으로 잠겨서 땅에 보태어진다. 천당지옥보다 나은 듯하다"[27]라 하였다. 선생은 이 세상을 기(氣)로 뭉쳐진 것으로 이해했다. 이것은 벗인 최한기도 동일하게 생각했다.

---

**27** 以爲人死 氣升於天 以補天氣 質沈於地 以補地質 似勝於天堂地獄也.

### 경사편·사적류/ 사적잡설/ 「동국전사중간변증설」

「동국전사중간변증설」(東國全史重刊辨證說)은 우리 역사에 대한 선생의 관심을 보여준다. 선생은 "역사서는 나라의 거울로 과거를 밝혀 미래를 계도하고 옛것을 본받아 이제를 증명할 수 있는 것인데 중국에는 있고 우리는 없다"며 탄식하고는 발해에 대해 이렇게 말한다.

> 발해는 고구려를 계승했으며, 땅이 지극히 넓었고 문화가 화려하여 해동성국이라 불렸다. 요령의 심양 영고탑 사이에 있었으나 우리 역대의 역사에는 빠져 있다. 마땅히 고구려 아래의 반열에 넣어야 마땅하다.

선생의 이러한 역사의식은 「아동고인사적변증설」, 「동국제일인재변증설」, 「동사궐문무징변증설」, 「기자사실분묘변증설」, 「중원인기동사불가진신변증설」 등에도 보인다.

### 경사편·경사잡류/ 전적잡설/ 「서적방사변증설」

참, 책을 안 본다. OECD 국가 중 독서에 관한 한 대한민국이 단연 1위란다. 물론 뒤에서 세었을 때라는 것을, 온 국민이 잘 알고 오늘도 철저히 이를 지켜내려고 실천 중이다.

선생은 책에 대한 애정이 매우 각별하였다. 물론 '책만 보는 바보'라 자칭한 조부 이덕무의 집안이기도 하지만, "대저 책이라는 것은 천하고금 최고의 보배"²⁸라고까지 숭상한다. 책에 대한 선생의 글로 「중원신출기서변증설」(中原新出奇書辨證說), 「서적방사변증설」(書籍坊肆辨證說), 「차서일희두식신선자변증설」(借書一咉蠹食神仙字辨證說), 「대동서액변증설」(大東書厄辨證說) 등이 더 있는데, 저 시절에 책을 대하는 선조들의 자세가 보인다. 「서적방사변증설」 권5부터 보자.

우리나라 풍속이 예로부터 책을 귀하게 여기지 않아 서사(書肆, 서점)가 없었다. 기축에서 경인년(1829-1830) 익종이 대리청정할 때에 조정에서 백성들에게 서사 설치를 권장하여 도성 안 보은단동에 서사를 열었다가 곧 문을 닫고 말았다. 그 까닭인즉 무뢰배들이 재상집에서 왔다고 속여 뒤져서 가져가고 백주대낮에 막무가내로 빼앗겨 지탱할 수가 없어 그만두었다고 한다.

그러고 보니 책을 귀히 여기지 않는 문화는 꽤 역사가 깊다. 서점이 없는 것이 조선의 독서 문화를 어렵게 만든 한 이유임이 분명하다. 그러나 무뢰배들이 책을 훔쳐가는 것을 보면 당시 독서 열기(?)도 감지할 수 있다. 선생은 중국의 독서 문화가 부러웠는지 아래처럼 적어놓았다.

『대청일통지』(大淸一統志)에 "서방가가 건안현 서쪽 30리 숭화

---

**28** 大抵書, 天下古今之絶寶也, 「차서구서장서변증설」(借書購書藏書辨證說).

리에 있는데 천하의 책이 이곳에서 많이 나온다"고 되어 있다. 『방여승람』(方輿勝覽)에는 "마사방·숭화방에서 책이 출간되므로 도서지부(圖書之府)라 불린다 한다. 이 얼마나 좋은 풍속인가?" 하며 한껏 부러워한다.

선생은 「대동서액변증설」 권3에 가히 우리 조선의 '서적수난사'라고 할 만한 기록을 남겼다. 우리나라에 책이 부족해진 이유 10가지다.

책이란 고금의 으뜸 보배이므로 때로 조물주의 시기를 받아 반드시 재난이 있다. 우리나라에도 책의 수난이 있었으니, 대략 열 가지가 된다.

당나라 이적(李勣)이 고구려를 평정하고 동남의 전적을 평양에 모아 놓고서, 고구려의 문물이 중국보다 못하지 않음을 시기하여 한꺼번에 불 지른 것이 하나다.

신라 말에 견훤(甄萱)이 전주에 웅거하여 삼국시대의 유서를 모두 옮겨다 놓았다가, 패망하게 되자 불태워버린 것이 둘째다.

고려가 여러 차례 병란을 겪으면서 매번 책을 잃은 것이 셋째다.

조선 명종 계축년(1553), 경복궁 화재로 사정전 남쪽이 모두 탔을 때, 역대의 전적이 함께 타버린 것이 넷째다.

선조 임진년(1592), 왜적이 침입했을 때, 난민과 왜적이 불을 놓아 태운 것이 다섯째다.

인조 병자년(1636)에 청군이 침입했을 때, 난민들이 방화하여 대부분 불탄 것이 여섯째다.

임진·병자 왜란 때, 중국과 왜의 장수가 경향 각지 민간에 있던 책을 찾아내 모조리 싣고 간 것이 일곱째다.

　인조 갑자년(1624), 관서의 장수인 역적 이괄(李适)이 군사를 일으켜 궁궐을 침범하여, 약간 남은 책마저 불태워 없앤 것이 여덟째다.

　우리나라 풍속이 책을 소중히 여기지 않아서 뜯어 도로 종이로 만들거나(還紙) 벽에 발라(塗壁) 슬그머니 없어진 것이 그 아홉째다.

　장서가들이 돈으로 사들여 깊숙이 감추어놓고, 자기도 읽지 않고 남에게 빌려주지도 않아 한번 들어가면 도로 나오지 않는다. 세월이 흘러 결국 좀과 쥐가 먹고 하인들이 몰래 팔아먹어서 완질이 없는 것이 열째다.


여덟째까지야 도리 없는 일이겠지만 아홉째와 열째는 우리의 책 문화를 다시금 생각하게 한다.


### 경사편·논사류/ 논사/ 단, 기위국호변증설 【부삼한】

흥미로운 견해가 보인다. 선생은 이익의 『성호사설』을 인용하여 국호를 단군, 조선 두 가지로 하는 것은 잘못이라 한다. 또 단(檀)과 기(箕)가 국호이고 조선은 지명이라고도 하였다.

　「인자변증설」(忍字辨證說, 경사편·경전류 자서)을 보다가 깨달은 바가 있어 이 글로 갈무리한다. 세상사 권선징악이 제대로 이루어지지 않는 이치가 여기에 있을 법도 하다는 생각이 든다. 어떤 억울한 봉변을 당한 사람이 있었다. 그를 위하여 보복을 하려는 사람이 섭자(葉子)에게 물었더니 이렇게 말했다.

하늘도 바야흐로 걸[29]을 돕는데 무엇 때문에 걸 같은 자와 싸우려 드는
가? 개는 원래 요(堯) 임금을 보고도 짓는다.

이 글줄을 읽고 나는 무릎을 쳤다. "개는 요임금을 보고도 짓는다"
는 말이 가슴에 너무 다가와서다. 아래는 내 블로그에 써놓은 글
이다.

### 개는 요임금을 보고도 짓는다

서너 칸밖에 안 되는 내 서재 휴휴헌,

책으로 뱅뱅 둘러싸여 그나마 더 좁다.

어제는 안회(顔回)의 안빈낙도(安貧樂道)가 보이기에

책을 내동댕이쳐버렸다.

오늘 이른 아침,

서재를 오다 개 산책시키며 개똥 줍는 사람을 보았다.

'사람 똥이라면 따라다니며 주울까?'

곰곰 생각할 필요도 없이 어떤 사람은 개만도 못하게 이 세상을 산다.

예의, 정의보다는 불의, 요령이 세상살이에는 더 편리하고

그런 사람들이 더 잘 산다.

어제, 오늘 일도 아니다.

지금이나 예전이나 하늘은 바야흐로 걸(桀)을 잘만 돕는다.

"개는 요임금을 보고도 짓는다."

---

**29**  걸(桀): 하나라의 포악한 왕.

이 좁은 서너 칸 휴휴헌이 갑자기 광활한 우주가 된다.

냉장고에 처박아둔,

엊그제 먹다 남은 막걸리나 한 잔 해야겠다.

# 참고문헌

『오주연문장전산고』(국립중앙도서관)

정성철, 『실학파의 철학사상과 사회 정치적 견해』(사회과학출판사, 1974)

전상운, 「이규경(李圭景)과 그의 박물학」(『성신여대논문집』 4·5, 1972)

윤사순, 「이규경(李圭景)의 실학(實學)에 있어서의 전통사상」(『아세아연구』 50, 1973)

신병주, 「19세기 중엽 이규경(李圭景)의 학풍과 사상」(『한국학보』 75, 1994)

주영하·김소현·김호·정창권, 『19세기 조선, 생활과 사유의 변화를 엿보다』(돌베개, 2005)

신병주, 『조선 중·후기 지성사 연구』(새문사, 2007)

김채식, 『이규경의 "오주연문장전산고" 연구』(성균관대학교대학원 박사논문, 2009)

신병주, 「조선후기 백과사전의 저술과 『오주연문장전산고』」(『진단학보』 제121호, 2014. 8)

[네이버 지식백과] 오주연문장전산고[五洲衍文長箋散稿] (한국민족문화대백과, 한국학중앙연구원)

[네이버 지식백과] 이규경 [李圭景] (21세기 정치학대사전, 한국사전연구사)

한국고전종합DB

국가와 민족

─── 2부 ───

# 4장

–

## 다산 정약용 『목민심서』

### 시대를 아파하고 백성들의 비참한 삶에 분노해야 한다

임금을 사랑하고 나라를 근심하지 않은 시는 시가 아니요,

시대를 슬퍼하고 세속을 개탄하지 않은 시는 시가 아니며,

높은 덕을 찬미하고 나쁜 행실을 풍자하여 선을 권하고

악을 징계하지 않은 시는 시가 아니다.

# 정약용의 생애

**이름**  정약용(丁若鏞)

**별칭**  아명은 귀농(歸農), 관명(冠名)은 약용(若鏞), 자는 미용(美庸)·
송보(頌甫), 호는 삼미(三眉)·열수(洌水)·열수초부(洌水樵夫)·사암
(俟菴)·탁옹(籜翁)·태수(苔叟)·자하도인(紫霞道人)·철마산인(鐵馬山
人)·문암일인(門巖逸人)·다산(茶山), 당호는 여유당(與猶堂)·사의재
(四宜齋), 시호는 문도(文度)

**시대**  1762년(영조 38) 6월 16일 – 1836년(헌종 2) 2월 22일

**지역**  경기도 광주부 초부면 마재리(경기도 남양주시 조안면 능내리)

**본관**  나주, 압해(羅州, 押海)

**직업**  실학자이자 관리

**당파**  남인

**출생 배경**  1762년 6월 16일, 정재원의 4남 중 막내로 태어났다. 선생
집안은 8대 옥당(玉堂)을 지낸 명문가였다. 옥당이란 홍문관을 말
한다.

**가족**  진주 목사(晋州牧使)를 역임했던 정재원(丁載遠, 1730-1792)과
해남윤씨 사이에서 4남 2녀 중 4남으로 태어났다. 정재원은 1762
년(영조 38) 생원·진사 양시에 모두 합격하였다. 그는 대단한 인격
의 소유자였고 학문도 높았지만, 특히 이치(吏治)에 밝아 현감·군
수·부사·목사 등 5개 고을의 목민관 생활에서 훌륭한 치적을 남
긴 관료였다. "다산의 덕기(德器)가 관홍하고 경전에 정미(精微)하
였음은 모두 아버지의 덕택"이라고 「다산연보」에 기록되어 있다.

첫 부인은 의령남씨(南氏)로 약현(若鉉)을 낳고는 사망하였다. 이후 두 번째 부인인 해남윤씨(尹氏)와 혼인하였다. 윤씨 부인은 약전(若銓), 약종(若鍾), 약용(若鏞)과 1녀를 두었다. 측실에게서도 약금(若金)과 1녀를 낳았다.

**어린 시절**  6세인 1767년에 부친이 연천 현감으로 부임하자 따라다니며 교육을 받았다. 선생은 따로 스승이 없고 아버지가 스승이다.

7세에 오언시를 짓기 시작했다. 「산」이라는 제목의 시에 "작은 산이 큰 산을 가렸으니, 멀고 가까움이 다르기 때문"(小山蔽大山 遠近地不同)이라는 구절이 있는데, 진주공(晉州公, 다산의 아버지)이 그의 명석함에 놀랐다.

9세인 1770년 모친 해남윤씨가 사망했다. 모친은 고산(孤山) 윤선도(尹善道)의 후손이다. 윤선도의 증손인 공재(恭齋) 윤두서(尹斗緖)는 다산의 외증조부다. 다산의 얼굴 모습과 수염이 공재를 많이 닮았다. 다산이 일찍이 말하기를 "나의 정분(精分)은 외가에서 받은 것이 많다" 하였다. 어머니를 여의자 형수가 선생을 키웠다.

**그 후 삶의 여정**  15세인 1776년에 풍산홍씨 홍화보(洪和輔)의 딸 홍혜완(洪惠婉, 1761-1838)과 혼인했다. 이때 부친이 호조 좌랑이 되어 서울에 있었기 때문에 서울 남촌에 살림집을 세내어 살았다.

16세에 이가환, 이승훈을 추종하여 성호(星湖) 이익(李瀷)의 유고를 보고 사숙하였다. 이가환은 이익의 종손으로 외조카가 이승훈이다. 이 이승훈이 선생의 매형이다. 이가환의 누이 아들이 이벽이고 이벽은 다산 선생 맏형인 약현의 딸과 혼인했다. 따라서 다산과 이벽은 처남 매부 사이다. 이들은 성호학통, 그것도 천주교를 신봉하는 신서파에 속한다. 선생은 부친의 임지인 전라도 화순, 경상도 예천 및 진주 등지로 따라다니며 부친으로부터 경사(經史)를 배우면서 과거시험을 준비하였다.

20세에 과거를 봤다.

22세인 1783년 회시에서 생원으로 입격했고, 장남 학연(學淵)이 출생했다.

23세에 광안(曠菴) 이벽(李檗)에게 서교(천주학)에 대한 설명을 들었다. 이벽은 한국 천주교를 창설하였다.

25세에 차남 학유(學游)가 출생했다.

28세인 1789년 마침내 식년문과 갑과에 급제하여 희릉직장(禧陵直長)을 시작으로 벼슬길에 오른다. 이해에 한강에 배다리(舟橋)를 준공시킨다. 12월에 셋째 아들 구장(懼牂)이 출생하였다. 구장은 세 살에 요절한다. 선생은 부인과 금슬이 좋아 6남 3녀를 낳았으나 4남 2녀가 요절하였다.

29세인 1790년 첫 유배를 당한다. 가톨릭 교인이라 하여 탄핵받고 해미에 유배된 지 10일 만에 풀려났다. 이후 벼슬은 용양위 부사과, 사간원 정언, 사헌부 지평, 홍문관 수찬 등을 거친다.

31세에 아버지가 임지에서 별세했다.

32세인 1793년에 수원화성을 설계하고 거중기를 이용하여 건설한다.

33세에 경기 암행어사로 당시 경기도 관찰사 서용보, 연천 현감 김양직의 비리를 고발하여 파직시키는 등 크게 활약하였다. (서용보(徐龍輔, 1757-1824)는 이때 파직되었음에도 후에 44세 젊은 나이로 우의정에까지 오른다. 순조와 정순왕후 김씨의 총애가 깊어 정조의 실록을 편찬하는 편찬 위원에까지 참가하고 죽을 때까지 선생을 괴롭힌다.)

34세인 1795년 주문모 사건에 형 약전이 연루되며 연좌제에 의해 금정 찰방으로 외보된다. 성호유고를 정리했다.

35세에서 38세까지 여러 벼슬을 두루 제수받았다. 36세 겨울, 홍역을 치료하는 여러 가지 처방을 기록한 『마과회통』(麻科會通) 12권을 완성했다. '마과'는 홍역을 말한다.

38세인 1799년에 곡산 부사로 좌천되어 민란 주모자 이계심을 석방했다. 넷째 아들 농장(農牂)이 이해에 출생한다.

39세인 1800년 정조가 사망하고, 순조가 즉위하며 선생의 굴곡진 삶이 시작된다.

40세인 1801년 2월, 신유사옥으로 둘째 형 약전은 신지도로 유배되고, 셋째 형 약종은 처형된다. 3월에 경상도 포항 부근에 있는 장기로 유배, 9월에 '황사영백서사건'(黃嗣永帛書事件)의 여파로 다시 문초를 받고 11월에 전라도 강진(康津)으로 유배되었다. 황사영은 다산의 맏형 약현의 장녀 명련의 남편이다. 황사영은 참형을 받았고 명련은 제주도로 유배되어 노비가 되었다. 이 강진 유배 기간 동안 학문 연구에 매진하여, 실학적 학문을 완성했다. 선생은 중국 진나라 이전의 선진(先秦) 시대에 발생했던 원시 유학을 집중적으로 연구함으로써 이를 기반으로 해서 성리학적 사상체계를 극복해 보고자 하였다.

41세에 넷째 아들 농장이 요절했다는 소식을 듣는다.

47세인 1808년 강진군 도암면 만덕동 다산으로 옮겨 『다산문답』을 저술했다.

50세인 1811년 『아방강역고』 10권을 완성한다.

52세 겨울에 『논어고금주』(論語古今注) 40권을 완성했다.

56세인 1817년 『경세유표』를 40권으로 미완하였다. 행정 기구의 개편을 비롯하여 관제·토지제도·부세제도 등 모든 제도의 개혁 원리를 제시한 미완본이다. 미완은 '유표'(遺表)라 한 데서도 알 수 있다. 유표는 신하가 죽음에 임박하여 죽어서도 그 임금을 잊지 않겠다는 의리와 올바른 치도의 구현을 위해 임금에게 올리던 글이다. 선생은 귀향지에서 『경세유표』를 저술하였으나 실행될 수 없음을 알았다. 『경세유표』의 본래 제명은 『방례초본』(邦禮草本)[1] 이다. 주례(周禮)를 염두에 두고 '우리나라의 예'(邦禮)라는 이름을 붙인 것이다.

57세인 1818년 『목민심서』 48권을 완성했고, 이해 귀향이 풀려

---

[1]　『방례초본』 "인"(邦禮艸本引)에서 선생은 나라의 예를 찾자는 의미에서 방례초본이라 하였다고 밝힌다. 선생은 이렇게 말한다.

"여기에 논한 것은 법이다. 법이면서 명칭을 예라 한 것은 무엇인가? 선왕(先王)은 예로써 나라를 다스렸고, 백성을 지도하였다. 그런데 예가 쇠해지자 법이라는 명칭이 생겼다. 법은 나라를 다스리는 것이 아니며, 백성을 지도하는 것도 아니다. 천리에 비추어서 합당하고 인정에 시행해도 화합한 것을 예라 하며, 위엄으로 겁나게 하고 협박으로 시름하게 하여 이 백성들이 벌벌 떨며 감히 범하지 못하도록 하는 것을 법이라 이른다. 선왕은 예로써 법을 삼았고, 후왕(後王)은 법으로써 법을 삼았으니, 이것이 같지 않음이다.

초본(艸本)이라 한 것은 무엇 때문인가. 초(艸)라는 것은 수정과 윤색을 기다리는 것이다. 식견이 얕고 지혜가 짧으며, 경력이 적고 문견이 고루하며, 거처가 궁벽하고 서적이 모자라니, 비록 성인이 지었더라도 불가불 후인에게 수정·윤색하도록 하지 않을 수가 없을 것이다. 수정·윤색하지 않을 수가 없으니 어찌 초가 아닌가."

마현으로 돌아왔다. 선생 자신의 기록에 의하면 저서는 연구서들을 비롯해 경집에 해당하는 것이 232권, 문집이 260여 권에 이른다고 한다. 그 대부분을 이 유배기에 썼다. 『목민심서』의 '목민'이란 말은 『관자』에 나온다. 『관자』는 도덕과 철학을 바탕으로 한 정치, 경제, 법학, 외교, 행정, 군사, 교육 등 경세와 관련한 내용이 주종을 이룬다. 『관자』는 사서삼경에 비해 실용주의적 성격을 강하게 지니고 있는 경세서로 조선의 유생들은 거들떠도 보지 않은 책이다. 그 책의 첫 편이 "목민"이다.

58세인 1819년 『흠흠신서』 30권, 『아언각비』(雅言覺非) 3권을 완성하였다. 『흠흠신서』의 처음 이름은 『명청록』(明淸錄)이었는데 후에 우서(虞書)의 "흠재흠재!"(欽哉欽哉), 즉 형벌을 신중히 하라는 뜻을 따서 고쳤다. 이 『흠흠신서』로서 일표이서[2]가 완성되었다. 이 책들에서 선생은 조선왕조의 현실을 반성하고 이에 대한 사회개혁안을 제시했다.

60세인 1821년에 다산의 맏형 약현이 끝내 천주교를 받아들이지 않고 고향집을 지키다가 전염병으로 죽었다. 그러나 다산은 이 맏형에 대해 아무런 기록도 남기지 않았다.

61세에 회갑을 맞아 자서전적 기록인 「자찬묘지명」(自撰墓誌銘)을 지었다.

73세인 1834년 『상서고훈』, 『지원록』을 개정하여 21편으로 합

---

**2**   일표이서(一表二書): 『경세유표』(經世遺表)·『목민심서』(牧民心書)·『흠흠신서』(欽欽新書).

편하고, 『매씨서평』(梅氏書平)도 10권으로 개정했다.

75세인 1836년 2월 22일 마현 고향집에서 서거했다. 사망한 날은 혼인 60주년인 회혼일이었다. 자택인 여유당 뒷산에 안장되었고, 2년 후에 부인도 세상을 떠났다.

이후 1910년 7월 18일에 특별히 정헌대부(正憲大夫) 규장각 제학(奎章閣提學)을 추증(追贈)하고 문도공(文度公)의 시호를 내렸다.

## 『목민심서』, 시대를 아파하고
## 백성들의 비참한 삶에 분노해야 한다

임금을 사랑하고 나라를 근심하지 않은 시는 시가 아니요, 시대를 슬퍼하고 세속을 개탄하지 않은 시는 시가 아니며, 높은 덕을 찬미하고 나쁜 행실을 풍자하여 선을 권하고 악을 징계하지 않은 시는 시가 아니다.

다산 선생이 장남 학연에게 준 글에 보이는 구절이다. 시와 글을 어떻게 써야 하는지에 대한 명확한 설정이다. 선생은 국가와 민족, 정의와 선을 지향하는 것이 글이라 한다. 선생은 실제 평소에도 '상시분속'(傷時憤俗)이라는 말을 자주 언급했다고 한다. 즉 '시대를 아파하고 백성들의 비참한 삶에 분노해야 한다'는 말이다.

그래 선생의 글을 보려면 다음 세 가지를 살펴야 한다. 실학파의 비판성, 애국성, 창의성이다. 이러한 학문하는 이의 자세는 응당 방외인(方外人)이다.

선생을 반주자학자냐 아니냐, 근대적 지식인이냐 중세인이냐를 두고 논의가 많다. 일편은 선생을 반주자학자요 근대적 지식인이라 하고, 일편은 주자학자요 중세인이라고 본다. 그러나 시시비비를 따지기 전에 다산이 꿈꾼 나라는 '나라다운 나라요, 사람다운 사람'이다.

질문을 해본다. 저 시절이나 이 시절이나 물질문명 말고 달라진 게 무엇인가? 저 시절에 몇몇만이 외쳤던 실학이 지금 이 시절에는 학문적으로 열매를 맺었는가? 아니면 아직도 영어[1]의 땅 속에서 봄을 기다리는가? 우리가 지금도 선생의 책을 움켜쥐고 있는 게 그 대답 아닐까. 그 대답은 '저 시절에도 이 시절에도 실학은 없다' 이다. 저 시절에도 그랬듯이 이 시절에 실학이 있다면 우리는 더 이 상 실학 운운할 이유가 없기 때문이다. 우리는 아직도 실학을 나아 가야 할 길로 생각한다. 그래 19세기 정약용이란 인물을 그의 사후, 20세기를 거쳐 21세기까지 백팔십 년도 넘게 붙잡고 있다.

2012년도에는 유네스코 본부로부터 '세계기념인물'로 지정되 기도 하였다. 우리뿐만이 아니라 세계에서도 아직 선생을 잡아두고 있다.

그래 선생을 이해하기 위해 두 항목을 정리해본다.

## 갑산파와 『목민심서』
흥미로운 기록부터 본다.

다산 정약용이야말로 이조가 배출한, 아니 박해한 위대한 학자다. 그 는 천주교로 개종했다는 의심을 받았다. 그의 정적들은 그를 비참하게 만들기 위해 수단과 방법을 가리지 않았다. 이 학자의 진가를 알고 있 던 정조(正祖)가 그를 어여삐 보지 않았더라면, 그는 아마 처형되고 말 았을 것이다. 그는 16년 동안 유배생활을 하면서 매우 광범위한 주제를 다룬 70여 권의 귀중한 원고를 남겼다. 그런데 요즘에도 노론계에 속하

---

1    영어(囹圄): 죄지은 사람을 가두어두는 곳.

는 인사들은 그가 남인이었다는 이유 하나만으로 그의 책을 읽지도, 사지도 않는다.[2]

노론의 후손들이 그를 증오한다는 『윤치호 일기: 1916-1943』의 한 대목이다. 여기서 요즈음은 일제 치하인 1930년대다. 다산 선생 사후, 90여 년이 지난 뒤다. 그것도 을사오적이 나라를 팔아먹은 식민 치하였다. 이 나라를 다스렸던 사람들 후손이기에, 아니 그 당시에도 권력을 누리던 이들이었기에 모골이 송연해진다.

하지만 모두 이런 파렴치한들만 이 땅에 존재했던 것은 아니다. 같은 시기이지만 위당(爲堂) 정인보(鄭寅普)는 "선생(茶山) 한 사람에 대한 고구(考究)는 곧 조선사의 연구요, 조선 심혼(心魂)의 명예 내지 전 조선 성쇠존망에 대한 연구"라고 평가하였다. 일제의 식민지배에 대응하기 위한 내면의 힘을 다산 정약용에게서 찾고자 했다는 뜻이다. 그러고 해방을 맞았다. 다산의 학문은 남과 북으로 나뉘었다.

『우리말 큰사전』(한글학회 지음, 1992) 실학: 실지에 소용되는 학문. 곧 실생활 가운데서 진리를 찾고 이를 실천에 옮기려던 학풍을 가리키는데 17-18세기의 조선조에서 융성했다.

『조선말대사전』(사회과학원 언어학연구소 편, 1992) 실학: 17세기 초부터 19세기 중엽까지에 우리나라의 일부 진보적인 봉건 양반들이

---

2    김상태 편역, 『윤치호 일기: 1916-1943』(역사비평사, 2001), 613.

당시의 부패 타락한 봉건 통치배들의 썩어빠진 학문을 비판하고 국가 및 사회경제생활에서 현실적으로 나서는 문제들을 풀려고 한 진보적인 학문. 주자성리학에 대립된다.

일찍이 다산학에 눈뜬 최익한(崔益翰, 1897-?)은 "고심의 혈을 기울여 먹물(墨汁)을 대신한 것이 선생의 붓이었다. 온 세상 사람의 백안(白眼)을 무릅쓰고 뒷사람의 지기(知己)를 대상으로 한 것이 선생의 저작"[3]이라 하였다. 그러나 일제하에서 저런 냉대를 받은 선생의 글은 해방 후 또 북한에서 몹쓸 꼴을 보고야 말았다.

처음에 공산주의자들은 다산 선생을 조선 최초의 공산주의자로 꼽았다. '여전제'(閭田制)가 토지를 공동 소유, 공동 경작하여 생산물을 노동일 수로 나눠 공동 분배하는 것을 기초로 하기 때문이라 한다. 그러나 북한에서 오히려 『목민심서』는 금서가 되었다. 이유는 『목민심서』를 연구하던 북한의 정치 세력인 갑산파와 1인 독재를 하려는 김일성이 마찰을 빚었기 때문이다. 갑산파는 김일성을 신격화하는 것에 동의하지 않았고 경제 노선도 달랐다. 갑산파는 결국 김일성에 의해 숙청당했다.

갑산파는 광의의 개념으로 보면 김일성과 함께 빨치산 활동을 했던 세력이다. 대체로 이들은 함경도 갑산 출신으로 대다수가 갑산공작위원회라는 단체에 속해 갑산파라 칭해졌다. 갑산파는 '자

---

**3**  최익한 지음, 송찬섭 엮음, 『여유당전서를 독함』(서해문집, 2016), 14.

본주의의 최고 단계'를 추구하는 제국주의에 매우 비판적이었다. 갑산파 리더인 박금철(朴金喆, 1912-1967?)의 경우 1930년대에 김일성과 함께 조선민족해방동맹을 결성해 활동했고 보천보 전투에도 참전하였다. 박금철은 1938년 혜산에서 일본에 체포된 후 광복까지 옥살이를 했다.

해방 후, 이들은 소련을 지지하고 미국을 새로운 제국주의자로 보았다. 독립군이었던 이들이 무장투쟁을 시도한 건 당연한 결과였고 결국 반미 사상과 소련에 대한 찬양, 그리고 무장투쟁 방법론이 합쳐져 한국전쟁과 적화통일을 시도하였다.

하지만 갑산파가 북한에서 김일성의 직계세력으로 두각을 나타낸 것은 1950년이었다. 50년대에 숙청을 통과한 이들은 60년대에는 안정된 세력을 바탕으로 혁명전통 다원화를 시작하였다. 그 대표적인 인물이 박금철, 리효순, 리송운, 김왈룡, 허석선 등이다. 박금철은 60년대 들어서는 당중앙위원회 부위원장에까지 오르는 등 상당한 지위와 권한을 누렸다.

특히 이들은 한국의 전통 사상에 관심을 갖고 그것을 통해 북한 사회를 이끌려 하였다. 이른바 레닌의 주장대로 권력이 고르게 나누어진 균점 형태의 집체적인 권력구조 지향이었다. 이들은 정통 마르크스주의에 입각해 민족문화 유산과 실학사상에 관심을 가졌다. 여기서 갑산파가 중심적으로 관심을 가진 전통 사상가는 바로 다산 정약용이었고 그 책은 『목민심서』였다. 갑산파는 『목민심서』를 간부들의 필독문헌으로 지정하고, 각급 당 하위조직에 하달하였다. 최익한의 연구[4]는 그 결정판이었다. 최익한은 선생을 체제 내부의 유교 개혁가에서 북한 사회주의를 예비한 자생적 혁명사상가로 전환시켰다. 선생 서거 120주년에는 이를 기념하는 글이 정기간행물에도 실렸다.[5]

이런 결과는 김일성과 마찰을 빚었다. 김일성은 중공업 중시 정책을 추구하면서 군비 확장을 꾀하여 남한을 적화통일하려 했다. 그러나 갑산파는 과도한 국방비 지출을 줄이고 인민 생활 향상에 힘써야 한다는 실용주의 노선이었다. 또 공장 및 관리소에서 지배인(책임자)의 권한을 높이고 당일꾼의 간섭을 줄여서 사실상 경제 정책은 경제 전문가에게 맡기라는 주장을 폈다.

갑산파는 주민들의 삶의 질 향상을 위해서 소비재 생산과 경공업 투자를 늘릴 것을 요구하면서 김일성의 이른바 '국방·경제 병진 노선'에 반발했다. 결국 유일 주체체제를 굳히려는 김일성은 갑산파를 제거하기로 결심하였다.

1967년 5월 4일부터 8일까지 비공개로 진행된 제4기 15차 전원회의에서 박금철과 리효순 등을 '민족적인 것을 살리고 주체를 세운다'는 구실 아래 '봉건유교사상을 퍼뜨렸다', 『목민심서』와 같은 반동적인 책을 당 간부들에게 필독 도서로 읽게 하였다' 등의 죄목으로 숙청하기에 이른다. 소위 갑산파가 봉건주의·수정주의·부

---

**4**  최익한, 『실학파와 정다산』(국립출판사, 1955); 『다산 정약용의 생애와 저작 년보』
(과학원, 1956); 『목민심서』 1,2,3 (과학원, 1962).

**5**  김중식, 「다산 정약용의 정치개혁론」, 『역사과학』(제4호, 1962).

르주아 사상을 퍼뜨렸다는 이유였다.

1967년을 기점으로 『근로자』, 『천리마』, 『조선문학』에 실린 실학에 대한 우호 글들도 사라졌다. 그 자리에는 김일성 유일사상체계를 확립하려는 글들로 채워졌다. 선생을 위시한 실학자들은 봉건주의라는 한계성을 지닌 비판의 대상이 되었다.

추론컨대 『목민심서』의 주체와 객체의 문제였다. 『목민심서』의 주체는 어디까지나 관리(官吏)요, 객체는 소민(小民, 백성)이었기 때문이다. 민이 주체가 되는 민본주의를 주창한 자들에게 민을 객체화하여 통치나 보호의 대상으로만 파악한 『목민심서』의 한계성을 예리하게 파고든 것이다. 하지만 김일성 자신의 우상화를 꾀하기 위한 논리에 지나지 않는다.

각설하고, 이를 계기로 북한에서는 도서정리사업을 벌였다. 갑산파가 연구했던 『목민심서』를 비롯한 정약용의 저서들은 금서가 되었다. 북한에서 다산에 대한 연구는 1980년대 이후에야 조금씩 재개하며 몇 권의 서적도 출간되었다.[6]

물론 전과는 달리 선생과 실학에 대한 한계성을 명확히 지적하고 있다. 1974년에 출간된 정성철의 『실학파의 철학사상』은 연구서임에도 불구하고 사상화된 글임을 알 수 있다.

정약용의 철학 사상은 그 전체 체계에서 유교관념론에 머물고 있다. 경

---

**6**   최우석, 「이순신·정약용 등 우리 위인 깎아내리면서도 김일성 가계(家系) 미화에는 평균 A4 6장씩 할애」, 『월간조선』 통권(제445호, 2017년 4월), 370-385.

애하는 수령 김일성 동지께서는 지난날 실학파들이 사대주의를 반대한 것은 물론 좋은 일이며 그때에는 그것이 선진적인 역할을 하였다고 보아야 하지만 실학파들이 어떠한 리론에 기초하여 사대주의를 반대하였는가를 똑똑히 알아야 한다고 하시면서 그들이 소유한 학문은 주로 옛날 중국 사람들의 철학리론에서 나온 것이며 이미 그 자체가 유물론적이 못 되고 많은 경우에 관념론적이었다고 가르치시었다.

수령님께서 과학적으로 밝히신 바와 같이 실학파의 철학은 그 전체 체제에서 유교적 테두리를 벗어날 수 없었으며 많은 경우에 관념론을 면할 수 없었다. 더욱이 정약용은 다른 선행 실학가 홍대용, 박지원과 달리 윤리 도덕적 견해와 사회역사에 대한 견해에서뿐만 아니라 자연관에서도 관념론적 입장에 서 있었다.[7]

1990년에 리철화·류수가 번역한 『정약용 작품집』(1)이 출간되었다. 리철화는 이 책 "머리말"에서 선생을 피착취 인민대중의 근본적인 이해관계의 대변자는 못 된다고 하였다. 그러나 선생의 한계성을 짚으면서도 마무리는 긍정적으로 써놓았다. 이 책은 김일성이 생존했을 때 출간되었다.

다산 정약용도 다른 실학파와 마찬가지로 그가 생존한 소여시대의 역사적 한계성을 넘어서지 못하였다. 그는 자체가 양반 관료인 것으로

---

[7]  정성철, 『실학파의 철학사상과 사회정치적 견해』(사회과학출판사, 1974), 358-359. 저자는 사회과학원 철학연구소 실장을 지냈다.

하여 봉건왕권이나 양반 통치제도, 통치계급 자체를 부정하지 못하였으며 따라서 결코 근로인민의 근본 리익을 대변할 수 없었다. 그의 작품에 일관된 사상은 정통적인 봉건유교사상이었다.…그러나 다산 정약용은 대표적인 실학자로 진보적인 사회정치사상과 미학적 견해를 가지고 당시 사회의 현실문제들을 예술적으로 해명함으로써 우리나라 중세문학발전에 긍정적인 기여를 하였다.[8]

## 정약용의 호

이름과 자는 부모의 자식에 대한 마음이 담겨 있지만 호(號)에는 세계관과 인생관이 투영되어 있다. 특히 다산의 경우는 더욱 그렇다. 선생의 아명은 귀농(歸農)이다. 부친 정재원이 사도세자 변고에 시파에 가담하였다가 벼슬을 잃어 귀향할 때 다산을 출생하여 자를 귀농이라 지었다. 관명(冠名)은 약용(若鏞)이다. 관명은 관례를 치르고 어른이 되면서 새로 지은 이름으로 보통 항렬에 따라 짓는다.

그런데 선생은 항렬자인 약(若)은 생략하고 '정용'이라 자칭했다. 「자찬묘지명」에서 "이는 열수(洌水) 정용(丁鏞)의 묘이다. 본명은 약용(若鏞), 자는 미용(美庸), 호는 사암(俟菴), 당호는 여유당(與猶堂)이다"로 적어놓았다.

자는 미용, 송보(頌甫), 호는 삼미(자)(三眉子), 열수(洌水), 열수

8    리철화·류수 번역, 『정약용 작품집』(1)(문예출판사, 1990), 머리말.

초부(洌水樵夫), 태수(苔叟), 문암일인(門巖逸人), 탁옹(籜翁), 죽옹(竹翁), 균옹(筠翁), 탁피려인(籜皮旅人), 다산(茶山), 철마산초(鐵馬山樵), 자하산방(紫霞山房), 사암(俟菴), 당호는 여유당(與猶堂), 시호는 문도(文度)다.

선생은 천연두를 앓아 오른쪽 눈썹 위에 흔적이 남아 눈썹이 세 개로 나누어지자 스스로 호를 삼미자(三眉子)라고 했다. 『삼미자집』이 있는데, 이는 10세 이전의 저작이다.

열수라는 호는 선생의 세거지가 마현으로 한강가이어서다. 한강의 옛 이름이 '열수'임을 고증하여 자호하였다. '열수'와 '열수초부'는 지인들과 시를 주고받으며 가끔씩 사용했다.

선생의 당호는 여유당이다. '여유'라는 뜻은 노자(老子)가 지은 『도덕경』15장의 한 구절에 보인다.

여(與, 조심)함이여! 겨울 냇물을 건너듯이 두려워하고 유(猶, 머뭇거림)함이여! 사방에서 너를 엿보는 것같이 네 이웃을 두려워하라.

선생은 풀이를 이렇게 하였다.

아아! 여와 유, 이 두 자는 내 병을 고치는 약이 아니겠는가? 대저 겨울에 냇물을 건너는 사람은 추위가 뼛속을 파고들어 아주 부득이하지 않으면 건너지 않는다. 사방 이웃이 두려운 사람은 다른 사람이 염탐하고 살피는 것이 제 몸에 닥칠까 염려하여 비록 매우 부득이한 경우라도 하지 않는 법이다.

선생은 그렇게 남의 시선이 두려웠다. 그래 자신을 삼가며 지은 호가 바로 '여유' 두 자였다. 이해가 선생 나이 39세인 1800년이다. 바로 선생을 아껴주던 정조가 승하한 해이기도 하다. 선생은 이미 정조의 죽음에서 이 세상을 험난하게 살 것임을 직감했다. 선생은 '여유당'을 집에다 편액하여 걸었다.

그러구러 세월이 흘러 선생은 탁옹, 죽옹, 균옹이란 호를 썼다. 모두 '대나무 늙은이'를 뜻한다. '대나무 껍데기 나그네'인 탁피려인이란 호도 이 시절 지은 듯싶다. 다산으로 이주하기 전 해인 1807년, 선생은 강진읍 귀양살이하는 곳에서 채소밭에 대를 심고 「종죽시」(種竹詩)를 지었다. 아래는 「다산팔경 노래」(茶山八景詞) 중 한 수다.

| | |
|---|---|
| 잔설 덮인 응달에 바위 기운 짱짱하고 | 淺雪陰岡石氣淸 |
| 높은 가지에 잎 지느라 새삼스레 소리 날 때 | 穹柯墜葉有新聲 |
| 한 언덕에 남아 있는 어린 대나무가 | 猶殘一塢蒼筤竹 |
| 서루의 세밑 풍경을 지켜주고 있구나 | 留作書樓歲暮情 |

다산은 지명으로 강진현 남쪽의 만덕사(萬德寺) 서쪽에 있다. 처사 윤단(尹慱)의 정자 소재명이다. 선생은 이 다산으로 옮긴 뒤 대를 쌓고, 못을 파고, 꽃나무를 심고, 물을 끌어 폭포를 만들었다. 또 동쪽 서쪽에 두 암자를 지어 서적 천여 권을 쌓아놓고 석벽에 '정약용의 석벽'이란 뜻으로 '정석'(丁石) 두 자를 새겼다. 이해가 1808년 선생 나이 47세 된 봄이었다.

선생은 자신을 다산초암(茶山草庵), 다산동암(茶山東庵), 다산정사(茶山精舍), 다산서각(茶山書閣), 다산서옥(茶山書屋), 다산(茶山), 다산선생(茶山先生)이라 칭하였다. 선생의 허다한 저작이 모두 이 다산 시절에 이루어졌다. 선생의 호로 다산이 널리 알려질 수밖에 없는 이유다. 지명에서 온 차나무가 많은 산 '다산'(茶山)이지만 이를 거꾸로 하면 '산다'(山茶)가 된다. 선생은 특히 이 시절 차를 애호하였지만 산다도 많이 재배하였다. 선생은 『아언각비』「산다」(山茶)에서 "산다는 남방의 아름다운 나무다.…내가 강진 다산에 있을 때 산다를 많이 재배하였다"[9] 했다. 그리고 산다를 우리말로 동백, 춘백이라 부른다며 매우 못마땅하게 여긴다. 선생은 이 산다를 좋아하여 「다산화사」(茶山花史) 20수를 짓기도 하였다.

| | |
|---|---|
| 동백(산다) 잎이 잇닿아 푸른 숲을 이뤘는데 | 油茶接葉翠成林 |
| 무소 갑옷처럼 단단하고 모난 잎 속에 | |
| 학 머리처럼 붉은 꽃 무성하네 | 犀甲稜中鶴頂深 |
| 봄바람 부니 꽃이 눈에 가득히 들어오고 | 只爲春風花滿眼 |
| 뜰 한 쪽에서 피거나 지거나라네 | 任他開落小庭陰 |

산다 꽃은 학 머리처럼 붉다. 그 잎은 단단하고 뾰족하며 차 잎과 비슷하여 음료로도 쓸 수 있기 때문에 차라는 이름을 얻었다고 한다.

---

**9**　山茶者 南方之嘉木也…余在康津 於茶山之中 多栽山茶.

'다산'을 뒤집으면 '산다'이니, '다산서 산다'이다. 이래저래 선생의 삶을 담아낸 호임을 알 수 있다.

'철마산 나무꾼'이란 뜻의 철마산초(鐵馬山樵), 혹은 철마산인은 선생의 향리에 있는 산 이름에서 따왔다. 『아언각비』 "서"에 "기묘년 겨울 철마산초 서"라 하였다. 이해가 선생 나이 58세인 1819년으로 귀향에서 돌아온 다음 해다.

자하산방, 혹은 자하산인은 『대동선교고』(大東禪敎考)에 쓴 호다. 이 책은 선생이 강진에 있을 때 초의선사의 청에 의해 삼국시대 이후 우리 불교 역사와 고승들의 전기를 엮은 책이다.

사의재는 강진 유배 시절 거처하던 당호다. 선생은 「사의재기」(四宜齋記)에 이렇게 써놓았다.

> 생각은 마땅히 담백해야 하니 담백하지 않은 바가 있으면 그것을 빨리 맑게 해야 하고, 외모는 마땅히 장엄해야 하니 장엄하지 않은 바가 있으면 그것을 빨리 단정히 해야 하고, 말은 마땅히 적어야 하니 적지 않은 바가 있으면 빨리 그쳐야 하고, 움직임은 마땅히 무거워야 하니 무겁지 않은 바가 있으면 빨리 더디게 해야 한다.
>
> 이에 이 방에 이름을 붙여 '사의재'(四宜齋)라 한다. 마땅하다(宜)라는 것은 의롭다(義)라는 것이니, 의로 제어함을 이른다. 나이 많아짐을 생각해보니 뜻한 바 학업이 무너져버린 게 슬프다. 스스로 반성하기를 바랄 뿐이다.

이때가 1803년 12월 10일이었다. 귀양 온 지 3년째, 42세인 선생은 흔들리는 마음을 저렇게 다잡았다.

사암과 여유당은 선생이 마지막까지 애호한 호와 당호다. 사암은 선생의 글 중, "학가를 데리고 보은 산방에 있다가 드디어 섣달그믐이 되었다. 그믐날 밤에 마음이 서글퍼져서 별 생각 없이 이렇게 읊어 아이에게 보였다"[10]에 그 뜻이 보인다. 이 시 중에 아래와 같은 부분이 있다.

| | |
|---|---|
| 늙고 나니 세시 때도 무덤덤해 | 老覺歲時輕 |
| 슬플 것도 기쁠 것도 없더라 | 戚歡兩無有 |
| 끊임없이 흐르는 세월 속에 | 袞袞流年中 |
| 그 하루가 시작인 것뿐이지 | 一日偶爲首 |
| 홀로 앉아 그믐밤 보내기를 | 兀兀送除夜 |
| 벌써 신유년부터 그래왔기에 | 邈焉自辛酉 |
| 호호탕탕 편안한 마음으로 | 浩蕩心界寬 |
| 세속 유혹에 끌리지 않으련다 | 不被謠俗誘 |
| (…) | |
| 전적 속에 온 힘을 다 쏟아 | 竭力典籍內 |
| 백세 이후나 보자는 것인데 | 以俟百世後 |
| (…) | |

---

**10**  將學稼在寶恩山院 遂値歲除 除之夜心緒怊悵 率爾成篇示兒.

이 시를 지을 때 선생은 이미 자신의 시대가 끝났다는 것을 알았다. 물론 조선의 병도 깊어졌다. 선생은 「상중씨」(上仲氏)에서 "천하가 이미 썩은 지 오래되었습니다"(天下腐已久), "백성들이 도탄에 빠지는 것이 어찌 이 정도까지 심하기야 하겠습니까?"[11] 하고 조선을 진단하였다. 나이는 들고 자신이 남긴 서적이나마 알아줄 후학을 기다리는 수밖에 없었다.

선생의 또 다른 시 「고시 스물네 수」(古詩二十四首)에서도 기다림이 보인다.

| | |
|---|---|
| 내 옛날 선성 고을 찾아갔을 때 | 我昔過宣城 |
| 우담이라 물위에 배를 띄웠지 | 汎舟愚潭水 |
| 강산은 평소대로 변함없으나 | 江山如平生 |
| 높은 기풍 까마득해 접근 못했네 | 高風邈難企 |
| 한 걸음도 산 밖을 나서지 않아 | 一步不出山 |
| 세속 떠난 마음은 은사 같지만 | 退心似隱士 |
| 국가 대사에는 반드시 상소했으니 | 大事必抗疏 |
| 나라 위한 충성이 그와 같았네 | 徇國乃如是 |
| 시속배 경박하기 과연 어떤가 | 流俗何輕窕 |
| 화살 떨어질 곳에 과녁 옮기나 | 遷鵠以迎矢 |
| 군자는 바깥 외물 따르지 않고 | 君子不隨物 |
| 지키나니 오로지 공정한 이치 | 所操唯公理 |

---

11  生民之塗炭 豈若是之甚乎.

| 존경할 스승 진정 여기 계시니 | 宗師實在玆 |
|---|---|
| 백대 후 알아줄 자 나는 기다려 | 百世吾可俟 |

선성은 곧 원주(原州)이고 우담은 숙종 때 인물인 정시한(丁時翰)의 호다. 그는 강원도 원주에 은거하며 후진 양성에 힘썼다. 기사환국 때 인현왕후를 폐위시킨 일을 잘못이라고 상소했다가 삭직되었고, 1696년 희빈 장씨를 강등시키는 것을 반대하는 상소도 하였다. '우담에 배를 띄웠다'는 선생이 정시한이 살았던 유허를 찾아갔다는 뜻이다. 이 시에서도 군자의 기다림이 보인다.

또 『중용』 29장에 "군자의 도는…백세에 성인을 기다려도 의혹되지 않는다"[12]라는 글도 보인다. 이 또한 기다림이다.

아마도 선생의 호 '기다리는 집'이란 뜻의 '사암'은 위 글로 미루어 그 취의를 짐작케 한다. 그렇다면 지금이 선생이 기다리던 시기인지도 모르겠다.

## 『일표이서』

"여름에 술을 대하다"(夏日對酒)는 선생이 갑자년(1804) 여름 강진에 있으면서 쓴 시의 일부다. 선생이 보는 세상은 저러하였다.

| 산천정기가 인재를 만들어낼 때 | 山嶽鍾英華 |
|---|---|
| 본래 씨족을 가려 만들 리 없고 | 本不揀氏族 |

---

| 한 줄기 정기가 반드시 | 未必一道氣 |
|---|---|
| 귀족의 뱃속에만 있으란 법 없지 | 常抵崔盧腹 |
| 솥이 엎어져야 물건을 담고 | 寶鼎貴顚趾 |
| 난초도 깊은 골짝에서 난다네 | 芳蘭生幽谷 |
| 송의 명신 한기(韓琦)는 비첩 소생이고 | 魏公起呲嗟 |
| 송의 명신 범중엄(范仲淹)은 개가녀 아들 | 希文河葛育 |
| 명의 대학자 구준(丘濬)은 변방 출신이지만 | 仲深出瓊海 |
| 재질은 모두 세상에 뛰어났거늘 | 才猷拔流俗 |
| 어찌하여 벼슬길이 이리도 좁아 | 如何賢路隘 |
| 수많은 사람들 뜻을 펴지 못할까 | 萬夫受局促 |
| 오직 귀족들만이 활개를 펼치니 | 唯收第一骨 |
| 나머지 사람들은 종놈과 같구나 | 餘骨同隸僕 |

선생은 이 시 마무리를 "곰곰 생각하면 속만 터져(深念焦肺肝) 또 술이나 한 잔 마시련다(且飮杯中醁)"로 맺는다. 그러나 선생은 술 권하는 사회에서 술만 마시지 않았다. 『일표이서』를 쓸 수밖에 없는 이유다. 「방례초본」 "인"에 나온다. 선생은 "모두 털끝 하나까지 병들지 않은 게 없다"[13]고 하였다.

> 그윽이 생각건대 대개 털끝 하나까지 병들지 않은 게 없다. 지금이라도 고치지 않으면 반드시 나라가 망한 다음이라야 그칠 것이다. 이러하니

---

**13** 蓋一毛一髮 無非病耳.

어찌 충신과 지사가 팔짱만 끼고 방관할 수 있을 것인가.

선생은 이 나라를 그대로 두면 반드시 망할 것을 예견했다. 그래 「자찬묘지명」에서 『일표이서』를 쓰는 이유를 "우리의 오랜 나라를 새롭게 하기 위한 생각"[14]이라고 분명히 하였다. 선생은 당대 조선을 '오랜 나라'(舊邦)라고 지칭하였다. 즉 선생이 『일표이서』를 쓴 이유는 바로 신국가 건설이라는 거대담론이었다. 그래, 선생은 『일표이서』에 '관직 체계의 전면적 개편, 신분과 지역에 따른 차별을 배제한 고른 인재등용, 자원에 대한 국가의 효율적 관리, 토지개혁과 부세제도의 합리적 개선' 등을 담았다. 그러나 조선은 선생의 말을 듣지 않았다. 1836년 선생이 떠나고 74년 뒤, 1910년 8월 29일 선생의 예언대로 조선은 망했다.

『경세유표』(經世遺表)가 48권이니 편찬의 일을 마치지 못하였고, 『목민심서』(牧民心書)가 48권이고 『흠흠신서』(欽欽新書)가 30권이다. 『아방비어고』(我邦備禦考)는 30권인데 완성되지 못하였고, 『아방강역고』(我邦疆域考) 10권, 『전례고』(典禮考) 2권, 『대동수경』(大東水經) 2권, 『소학주관』(小學珠串) 3권, 『아언각비』(雅言覺非) 3권, 『마과회통』(麻科會通) 12권, 『의령』(醫零) 1권이다. 이를 통틀어 문집(文集)이라 하니, 모두 2백 60여 권이다.

　　경세(經世)란 무엇인가? 관제(官制)·군현지제(郡縣之制)·전제(田

---

**14** 思以新我之舊邦也.

制)·부역(賦役)·공시(貢市)·창저(倉儲)·군제(軍制)·과제(科制)·해세(海稅)·상세(商稅)·마정(馬政)·선법(船法)·영국지제[15] 등을 시용(時用)에 구애되지 않고 경(經)을 세우고 기(紀)를 베풀어 우리의 오랜 나라를 새롭게 하기로 생각하는 것이다.

목민(牧民)이란 무엇인가? 오늘날의 법을 인하여 우리 백성을 다스리는 것이다. 율기(律己)·봉공(奉公)·애민(愛民)을 기(紀)로 삼고, 이전(吏典)·호전(戶典)·예전(禮典)·병전(兵典)·형전(刑典)·공전(工典)을 6전(典)으로 삼고, 진황(振荒) 1목(目)으로 끝맺음하였다. 편(篇)마다 각각 6조씩을 통섭(統攝)하되 고금(古今)을 조사하여 망라하고, 간위(奸僞)를 파헤쳐내어 목민관(牧民官)에게 주니, 한 백성이라도 그 은택을 입는 자가 있기를 바라는 것이 용(鏞)의 마음이다.

흠흠(欽欽)이란 무엇인가? 인명(人命)에 관한 옥사는 잘 다스리는 자가 적은 것 같다. 경사(經史)로서 근본을 삼고 비의(批議)로서 보좌를 삼으며 공안(公案)을 증거로 삼되 다 상정[16]하여 옥관(獄官)에게 주어서 원왕(冤枉)이 없기를 바라는 것이 용의 뜻이다.

육경(六經)과 사서(四書)로서 자기 몸을 닦고 1표(表)와 2서(書)로서 천하·국가를 다스리니, 본말(本末)을 갖춘 것이다. 그러나 알아주는 이는 적고 나무라는 이는 많으니, 만약 천명(天命)이 인정해주지 않는다면 비록 한 횃불로 태워버려도 좋다.

---

**15**  영국지제(營國之制): 도성을 경영하는 제도.
**16**  상정(商訂): 헤아려 평함.

# 『목민심서』, 강한 자에게는 강하고 약한 자에게는 관대하라!

"원님은 노망이요, 좌수는 주망이요, 아전은 도망이요, 백성은 원망이다." 『고본 춘향전』에 보이는 글귀다. 이런 세상이었다. 이미 윤리의식이 마비된 이런 세상을 선생은 바꾸고자 하였다. 그것이 『목민심서』다. 『목민심서』의 내용은 백성이 사람답게 사는 세상을 꿈꾸었다. 그렇다. 그것은 차라리 꿈이었다. 이는 우리 민주주의 사회에서도 여전히 의미 있다.

그것은 선생의 「원목」(原牧)을 보면 알 수 있다. 「원목」은 목민하는 자, 즉 통치자와 백성에 대한 글이다. 글은 "목민자(牧)가 백성을 위해서 있는 것인가, 백성이 통치자를 위해서 있는 것인가?"라는 도발적인 질문으로부터 시작한다.

목민자(牧)가 백성(民)을 위해서 있는 것인가? 백성이 목민자를 위해서 있는 것인가? 백성이 속미(粟米)와 마사(麻絲)를 생산하여 목민자를 섬기고 또 수레와 말, 종복을 보내어 목민자를 전송도 하고 환영도 하며, 또는 고혈을 짜내어 목민자를 살찌우고 있으니, 백성이 과연 목민자를 위하여 있는 것일까? 아니다. 그건 아니다. 목민자가 백성을 위하여 있는 것이다.

옛날에야 백성이 있었을 뿐 무슨 목민자가 있었던가.

선생은 다음으로 '백성들에게서 이정(里正)이 나왔고, 이후 당정(黨正)→주장(州長)→국군(國君)→방백(方伯)→황왕(皇王)'으로 된 것이기에 "따지자면 황왕의 근본은 이정에서부터 시작된 것으로 백성을 위하여 목민자가 있었던 것임을 알 수 있다"고 한다. 선생의 말은 이렇게 이어진다.

후세에 와서는 한 사람이 자기 스스로 황제(皇帝)가 된 다음 자기 아들·동생 그리고 시어(侍御)·복종(僕從)까지 모두 봉(封)하여 제후(諸侯)로 세우는가 하면, 그 제후들은 또 자기 사인(私人)들을 골라 주장(州長)으로 세우고, 주장은 또 자기 사인들을 추천하여 당정·이정으로 세우고 있다. 그렇기 때문에 황제가 자기 욕심대로 법을 만들어서 제후에게 주면 제후는 또 자기 욕심대로 법을 만들어서 주장에게 주고, 주장은 당정에게, 당정은 이정에게 각기 그런 식으로 법을 만들어준다. 그러므로 그 법이라는 것이 다 임금은 높고 백성은 낮으며, 아랫사람 것을 긁어다가 윗사람에게 붙여주는 격이 되어, 얼핏 보기에 백성이 목민자를 위하여 있는 꼴이 되고 있다.

이렇게 되어 '거만하게 제 스스로 높은 체하고 제 자신이 목민자임을 잊어버리고 있다' 한다. 목(牧)은 그러니 높은 자가 낮은 자를 아껴주고 돌봐주고 저이들의 어려운 점이 무엇인가를 생각해주고 고달픈 점을 해결해주는 자다. 민(民)은 그 상대에 있는 자다. 벼슬도 없고 권력도 없고 부도 없는 소민(小民)들이다.

선생의 글은 이렇게 이어진다.

한 사람이 다투다가 해결을 위하여 가게 되면 곧 불쾌한 표정으로 하는 말이 "왜 그리도 시끄럽게 구느냐" 하고, 한 사람이 굶어 죽기라도 하면 "제가 잘못해서 죽었다" 하며, 곡식이나 옷감을 생산하여 섬기지 않으면 매질이나 몽둥이질을 하여 피를 보고서야 말 뿐만 아니라, 날마다 돈 꾸러미나 세고 협주(夾注)·도을(塗乙)을 일기 삼아 기록하여 돈과 베를 거두어들여서 전택(田宅)이나 장만하고, 권귀(權貴)·재상(宰相)에게 뇌물을 쓰는 것을 일삼아 후일의 이익을 도모하고 있다. 그리하여 "백성이 목민자를 위하여 존재하고 있다"란 말이 나오게 되었지만 그것이 어디 이치에 닿기나 하는가. 목민자가 백성을 위하여 있는 것이다.

선생이 생각하는 백성은 힘이 없는 듯하지만 황제를 만들어낸 것도 폐하는 것도 이 백성이다. 이 글을 쓰는 나도 소민이요, 이 글을 읽는 이들도 대부분 소민이다. 우리의 역사에서 이 소민이 들고 일어나 작금의 민주주의를 이뤄내지 않았는가.『목민심서』봉공육조 제4조를 인용해본다.

천하에 호소할 곳이 없는 지극히 천한 자는 소민(小民)이요, 천하에서 태산처럼 높은 자도 백성이다. 요순 이래로 여러 성군이 서로 경계하여 백성들을 보호해주어야 함은 책에 실려 있어 모든 사람들의 이목에 젖어 있다. 그러므로 상사[17]가 높다 하더라도 백성을 앞세워 다투면 굴하지 않는 이가 적다.

---

**17**  상사(上司): 자기보다 벼슬이나 직급이 높은 사람.

제아무리 윗자리에 있어도 백성들의 힘만 얻으면 굴복시킬 수 있다는 말이다. 힘없는 백성이지만 그 힘이 무섭다는 말이다. 왕권(王權)은 민권(民權)에서 나왔다는 것이 선생의 지론이다. 그러니 선생이 말한 결론은 '목민자가 백성을 위해 존재한다'이다. 이를 좀 더 적극적으로 이해하면 백성이 주인인 민주사상(民主思想)이다. '애민'(愛民)과 실천으로서 '위민'(爲民)이 될 수 있을 것이다. 선생이 주장한 경자유전[18]이나 균산병활[19] 원칙에 입각한 토지제도와 조세제도의 개혁 또한 민의 안정적인 삶에 대한 고민에서 나온 대책이다.

『목민심서』는 『여유당전서』(與猶堂全書)[20]에 실려 있다. 『목민심서』는 왕의 명령을 받아 백성을 다스리는 목민관을 위한 책이다. 따라서 그 왕, 목민관이란 용어부터가 민주주의 국가인 우리 현실에는 맞지 않는다고 생각할 수도 있다. 그러나 상하, 수직적 질서가 분명한 조선의 목민관에게 요구하는 자세가 대단히 놀랍다. 글 읽는 도처에서 지금 우리 현실에 끌어와도 오히려 행하기 쉽지 않은 자세를 만난다. 인간으로서 가치관이 상실되고 공무원이나 정치인으로서 철학이 부재하는 작금에 더욱 복기할 글이다.

『목민심서』는 12편으로 되었다. 1은 부임(赴任), 2는 율기(律己), 3은 봉공(奉公), 4는 애민(愛民)이요, 그다음 차례차례로 육전(六

---

18  경자유전(耕者有田): 농사를 짓는 농민이 토지를 가져야 함.
19  균산병활(均産幷活): 재산을 고르게 하여 백성을 다 함께 살려야 함.
20  최남선은 『역사일감』 '2월 22일'에서 '조선근대실학의 연해(淵海)'라 하였다.

典)이 있다. 11은 진황(賑荒), 12는 해관(解官)이다. 12편이 각각 6조(條)씩 나뉘었으니 모두 72조다. 선생은 "혹, 몇 조를 합하여 한 권을 만들기도 하고, 혹 한 조를 나누어 몇 권을 만들기도 하였으니, 통틀어 48권으로 한 부(部)가 되었다"고 하였다. 즉 『목민심서』는 모두 48권이다. 이제 그 차례를 좇아 서술해보기로 한다.

## 『목민심서』 서

"서"는 이렇게 시작한다.

> 옛날에 순 임금은 요 임금의 뒤를 이어 12목(牧)에게 물어, 그들로 하여금 목민(牧民)하게 하였다. 주 문왕(周文王)이 정치를 할 제, 이에 사목(司牧)을 세워 목부(牧夫)로 삼았다. 맹자는 평륙(平陸)으로 가서 추목(芻牧)하는 것으로 목민함에 비유하였다. 이로 미루어 보면 양민(養民)함을 목(牧)이라 한 것은 성현이 남긴 뜻이다.…요즈음의 사목(司牧)이란 자들은 이익을 추구하는 데만 급급하고 어떻게 목민해야 할 것인가는 모른다. 이 때문에 백성들은 곤궁하고 병들어 줄을 지어 진구렁텅이에 떨어져 죽는데도 그들 사목된 자들은 바야흐로 고운 옷과 맛있는 음식에 자기만 살찌고 있으니 어찌 슬픈 일이 아니겠는가.… '심서'(心書)라 한 이유는 무슨 까닭인가? 목민할 마음은 있으나 몸소 실행할 수 없기 때문이다. 그래서 이렇게 이름 붙였다.

이 "서"를 쓴 해가 1821년 늦봄이다. 조선 후기 세도정치가 위세를 떨칠 때였다. 그렇게 부패한 정치 속에서 목민관들의 추악한 행태

는 점점 위력을 더하였다. 목불인견인 참상이었지만 선생은 아직도 귀양살이 중이었다.[21]

목민(牧民)이란 '벼슬아치가 백성을 기른다'는 뜻이다. 하지만 선생은 목민을 할 처지가 아니었다. 그래 '심서'(心書)라고 했다고 한다. 즉 '목민하고자 하는 마음은 있으나 목민할 수 없어' 붙인 제명이다.

선생은 "오늘날 백성을 다스리는 자들은 오직 거두어들이는 데만 급급하고 백성을 부양할 바는 알지 못한다. 이 때문에 하민(下民)들은 여위고 곤궁하고 병들어 진구렁 속에 줄을 이어 그득한데도, 그들을 다스리는 자는 고운 옷과 맛있는 음식에 자기만 살찌고 있으니 슬프지 아니한가?" 토로하였다. 또 "하늘은 한 사람을 사사로이 부유하게 하려는 것이 아니라, 많은 가난한 자들을 그에게 부탁하려 함이요, 백성이 없으면 나라도 없다. 백성도 없고 나라도 없으면 벼슬아치 역시 없다"고 한다.

목민관이 될 수 없는 선생이 할 수 있는 일은 목민관이 지켜야 할 도리를 적는 것뿐이었다. 선생은 귀양살이한 18년 동안에 연구한 오경(五經)·사서(四書)와 23사(史)와 우리나라의 여러 역사 및 자집(子集) 등에서 사목이 목민한 유적을 찾고 세밀히 고찰하여 엮어 『목민심서』라 칭하였다. 선생이 '마음의 글'이라 한 '심서'(心書) 운운에서 그 비분한 마음을 읽으며 차례로 살펴본다.

---

21  선생은 이해 8월에 해배되어 14일 비로소 열수의 본집으로 돌아왔다.

## 『목민심서』 부임(赴任) 6조

목민관이 부임하는 것으로부터 시작한다. 제1조 제배에서 제6조 이사까지다.

**제1조 제배(除拜):** 선생은 '다른 관직은 구해도 좋으나, 목민의 관직은 구해서는 안 된다'고 단언한다. 지금도 그렇지만 벼슬은 돈벌이 수단이 아니다.

**제2조 치장(治裝):** 간단한 행장을 주문한다. 특히 '책 한 수레를 싣고 가라' 한다.

**제3조 사조(辭朝):** 조정에 부임 인사를 간단하게 하라는 내용이다.

**제4조 계행(啓行):** 부임길에 지켜야 할 내용이다. 목민관은 '정중하고 화평하며 간결하고 과묵하기를 마치 말 못하는 사람처럼 해야 한다'고 말한다.

**제5조 상관(上官):** 부임하는 마음가짐이다. 선생은 『치현결』(治縣訣)을 인용하여 이렇게 주문한다. "군자가 백성을 대할 적에 먼저 나의 성품이 편벽된 곳을 찾아 바로잡아야 한다. 유약한 것은 강하도록 고치고, 게으른 것은 부지런하도록 고치고, 강한 데 치우친 것은 관대하도록 고치고, 원만한 데 치우친 것은 위맹[22]하도록 고쳐야 한다." 바로 목민관으로서 자세다.

**제6조 이사(莅事):** 부임해서 실무에 임하는 자세다. 선생은 관아 바깥 문설주에 북을 하나 걸어놓고 새벽이나 저녁, 언제든 북을 치면

---

**22** 위맹(威猛): 위세가 있고 맹렬함.

그 사람을 불러서 사정을 물으라 한다. 또 화공을 불러 관할 지도를 만들라고 한다. 당시 지도가 지형의 길고 짧음을 따지지 않고 모두 방형(方形)으로 만들어서 쓸모가 없다며 그 자세한 방법까지 적어 놓고 있다. 더욱이 토호들의 집까지 정확히 그려 넣으라는 것은 탁견이다.

> 모름지기 먼저 경위선(經緯線)을 그어놓고 1칸을 10리로 하여 동쪽으로 1백 리 거리에 있는 것이면 지도상에는 동쪽 10칸에 있게 하고, 서쪽으로 10리 거리에 있는 것이면 지도상에는 1칸 서쪽에 있게 그려야 하며, 현의 관아가 꼭 중앙에 그려져 있게 할 필요는 없다. 1백 호가 있는 마을은 호수를 다 그려 넣을 수 없으나 집이 조밀하게 있는 모양을 그려서 큰 마을임을 알게 하면 된다. 한 집 두 집이 산골짜기에 끼여 있는 것도 빠뜨리지 말아서 사람이 살고 있음을 알게 하여야 한다. 기와집과 큰 집도 또한 각각 표시하여 토호(土豪)의 집임을 알게 하는 것이 좋다.

## 『목민심서』 율기(律己) 6조

목민관으로서 몸가짐이다. 제1조 칙궁에서 제6조 낙시까지다.

**제1조 칙궁(飭躬):** 공사에 틈이 나면 백성을 편안히 할 방책을 헤아리라고 한다. 자칭 공무원이나, 회사의 관리 위치에 있는 자들은 깊이 새겨볼 말이다. 또 선생은 윗사람으로서 위력보다는 너그러움을 택했다. 선생은 『논어』 「팔일편」에 보이는 "윗사람이 되어 너그럽

지 않고 예를 차리되 공경하지 않으면 그에게 무엇을 보랴",[23] 「양화편」에 보이는 "너그러우면 뭇사람을 얻는다"[24]는 말도 인용하였다.

제2조 청심(淸心): 염결[25]을 선의 원천이며 덕의 근본으로 내세운다. 선생은 "관리가 청렴하지 않으면 백성들은 그를 도적으로 지목하여 욕하는 소리가 드높으니 수치스러운 일"이라 하였다. 이는 관리로서만이 아닌 우리 모두가 지켜야 할 덕목이다. 선생은 "청렴은 천하의 큰 장사꾼이다. 그러므로 크게 탐하는 자는 반드시 청렴해야 한다"[26]고 말한다.

선생이 『한암쇄화』(寒巖瑣話)에서 인용한 "일산음중다대도[27] 목탁성리소진승[28]" 같은 구절은 당대 사람들에게 널리 퍼졌다.

제3조 제가(齊家): 한 집안을 잘 꾸려나가라는 항목이다. 사실 모든 행복은 가정에서 비롯된다.

제4조 병객(屛客): 사사로운 손님을 물리치라는 말이다. 청탁하기 때문이다.

제5조 절용(節用): 절약하라는 말이다. 설명이 따로 필요 없다.

제6조 낙시(樂施): 은혜를 베푸는 것을 덕(德)의 근본이라 한다. 베

---

**23** 居上不寬 爲禮不敬 吾何以觀之.
**24** 寬則得衆.
**25** 염결(廉潔): 청렴하고 품행이 바름.
**26** 廉者 天下之大賈也 故大貪必廉.
**27** 일산음중다대도(日傘陰中多大盜): 양산 그늘 밑에는 큰 도둑놈이 많다.
**28** 목탁성리소진승(木鐸聲裡少眞僧): 목탁 소리 뒤에는 참된 중이 적다.

푸는 것은 아랫사람만이 아니라 윗사람도 해당한다. 선생은 신당 (新堂) 정붕(鄭鵬)이 청송 부사(靑松府使)가 되었는데, 재상 성희안(成 希顔)이 잣(松子)과 꿀을 요구한 고사를 예로 들었다. 정붕은 성희안 에게 이렇게 대답하였다.

"잣나무는 높은 산봉우리에 있고 꿀은 민가의 통 속에 있으니 관리된 사람이 어떻게 구할 수 있겠습니까?"

이를 듣고 성희안은 자신의 행동을 부끄럽게 여기고 사과하 였다.


### 『목민심서』 봉공(奉公) 6조

임금의 덕화에 대한 장이다. 제1조 선화에서 제6조 왕역까지다. 현 재의 정치가들은 특히 주목해 보아야 한다.

**제1조 선화(宣化):** 덕화를 펴라.

**제2조 수법(守法):** 법에 관한 조다. 선생은 "이익에 유혹되지 않고 위협에 굴복하지 않는 것이 법을 지키는 도리"라며 법에 어긋나는 것이 있으면 비록 "상사가 독촉하더라도 받아들이지 마라"고 한다. 또 해가 없는 법은 변경하지 말고 사리에 맞지 않을 때에는 수정 하라고 한다. 선생은 허조(許稠)가 전주 판관으로 있을 때 일을 들 었다. 허조는 청렴한 절개를 지키고 강하고 밝아 일을 잘 처결하였 는데, '비법단사 황천강벌'[29] 여덟 글자를 작은 현판에 써서 청사에

---

**29** 비법단사 황천강벌(非法斷事 皇天降罰): 법 아닌 것으로 일을 처리하면 하늘이 벌 을 내린다.

걸어놓았다. 저 시절도 저러했다. 그런데 이 시절, 자칭 '영혼 없는 공무원'이라 생각하는 이들은 깊이 새겨볼 말이다.

**제3조 예제(禮際):** 서로를 예로 대하라. 선생은 비록 윗사람 명령이라도 공법(公法)에 어긋나고 민생에 해가 되면 확고한 신념과 의연한 태도로 따르지 마라 한다. 예의[30]의 예는 공손함이고 의는 결백함이라 한다. 벼슬을 하는 이로서 '버릴 기'(棄) 한 자를 새기라는 아래 글은 지금도 유효한 글줄이다.

> 사대부로서 벼슬살이하는 법은 마땅히 버릴 기(棄) 자 한 자를 벽에 써 붙여놓고 아침저녁으로 눈여겨보라. 행동에 장애가 있으면 벼슬을 버리며, 마음에 거리끼면 벼슬을 버리며, 상사가 무례하면 벼슬을 버리며, 내 뜻이 행해지지 않으면 벼슬을 버리어, 감사는 내가 벼슬을 가벼이 버릴 수 있는 사람으로 알아야 쉽게 건드릴 수 없는 사람으로 여긴다. 이런 뒤에야 관리 노릇을 할 수 있다.

**제4조 문보(文報):** 문서를 보고하는 항목이다. 오늘날과 다를 바 없다.

**제5조 공납(貢納):** 세금에 관한 내용으로 오늘날과 다를 바 없다.

**제6조 왕역(往役):** 국가에 일이 있을 때 다른 관청이나 지역으로 나가 임무를 수행하는 일을 말한다. 오늘날로 치면 파견근무다. 지금

---

**30** 예의(禮義): 사람이 행해야 할 올바른 도리.

도 파견근무는 왕왕 있다. 흥미로운 것은 표류선에 관한 내용이다. 선생은 이 부분을 꽤 길게 서술하고 있다. 해외출장을 가거나 파견을 나갈 때 유용한 사항 몇 줄을 적는다.

1. 외국 사람들과 그 나라 예의는 마땅히 서로 공경하라.
2. 도움이 될 만한 책은 반드시 구입하라.
3. 표류한 배를 기록하라. 선생은 이 부분을 아래처럼 자세하게 기록하였다.

오늘날 해외 제국의 선제(船制)는 기묘하여 운항에 편리하다. 우리나라는 삼면이 바다로 둘러싸였는데도 선제가 소박하고 고루하다. 매양 표류선을 만나면, 그 선제(船制)의 도설(圖說)을 각각 자세히 기록해야 할 것이니, 재목은 어떤 나무를 썼고, 뱃전 판자는 몇 장이고, 길이와 넓이 그리고 높이는 몇 도나 되며, 배 앞머리의 구부리고 치솟은 형세는 어떠하며, 돛대·선실의 창문 만드는 방법과 상앗대·노·키·돛의 모양은 어떠하며, 유회(油灰)로서 배를 수리하는 법과 익판(翼板)이 파도를 헤치게 하는 기술은 어떠한가 따위 여러 가지 묘리를 자세히 물어서 상세하게 기록하여 그것을 모방하도록 해야 한다.

### 『목민심서』 애민(愛民) 6조
백성을 아껴주라는 장이다. 제1조 양로에서 제6조 구재까지다.
**제1조 양로(養老):** 노인을 우대하라. 노인을 우대하는 정책은 어느 나라든지 동일하다. 다만 나이라는 숫자로만 따져서는 곤란하다.

우리나라의 경우 지나치게 장유(長幼)의 질서를 따지기에 하는 말이다. 선생이 말하는 노인 공경 사상은 단순한 미풍양속이 아니다. 노인들에게 걸언[31]을 하라는 주문이다. 노인들은 삶의 지혜가 있고 또 앞일을 걱정하지 않아 구하기만 하면 옳은 말을 한다는 뜻이다. 그래 걸언례(乞言禮)라는 것이 있었다.

**제2조 자유(慈幼)**: 고아는 관에서 책임져라. 선생은 가난으로 인하여 버려진 아이들을 데려다 키워 부모가 되라거나 아예 관에서 아이를 키워줄 사람을 골라 그 양식까지 대어주라 한다. 옛날에도 그러했지만 지금은 그보다 더 냉혹한 자본주의 사회다. 가난이 천륜보다 무섭다는 말은 지금 더 그 효용성이 있다. 지금도 어려운 일이기에 눈길이 간다.

**제3조 진궁(振窮)**: 홀아비(鰥)·과부(寡)·고아(孤)·늙어 자식 없는 사람(獨)을 사궁(四窮)이라 한다. 선생은 이들은 궁하여 스스로 일어날 수 없으니 도움을 주라고 한다. 사회복지 혜택은 이 시절에 만든 게 아니다. 저 시절에도 궁한 사람들은 국가에서 도움을 주었다. 선생은 흥미롭게도 합독(合獨)을 하라 한다. 합독은 홀아비와 과부를 골라 혼인시키는 것을 말한다. 선생은 이 합독을 선정(善政)이라고까지 한다.

**제4조 애상(哀喪)**: 상사가 있을 때 부의를 주고 조문하라 한다. 행려병자나 무연고자에 대한 책임을 관에서 지라는 말이다. 현재 우리

---

**31** 걸언(乞言): 좋은 말을 요청하는 것.

2부 국가와 민족

제도는 어떠한지 잘 알 수 없지만 죽은 자에 대한 최소한의 예의를 차리는 것도 하나의 문화다.

**제5조 관질(寬疾):** 불치병 환자나 중병환자, 장애자, 약자에 대한 국가의 배려를 말한다. 정치는 이런 자들을 구제해야 한다. 이를『주례』에서는 보식지정(保息之政)이라 하였다.

**제6조 구재(救災):** 재난을 방비하는 조다. 선생은 "환란을 생각하고 예방하는 것은 재앙을 당한 뒤에 은혜를 베푸는 것보다 낫다"고 한다. 모두 유념해야 한다.

### 『목민심서』이전(吏典) 6조

인사관리를 말한다. 제1조 속리에서 제6조 고공까지다.

**제1조 속리(束吏):** 너그러우면서 엄정하게 다스리라 한다. 속리 시작은 이렇다.

> 백성은 흙으로 밭을 삼는데, 아전은 백성을 땅으로 삼아 고혈을 짜내는 것을 경작(耕作)하는 일로, 마구 징수하는 것을 추수하는 일로 여기되, 그것이 버릇이 되어서 당연한 것으로 아니, 아전을 단속하지 않고서 백성을 잘 다스릴 수 있는 자는 없다.

선생은 "아전을 단속하는 기본은 처신을 올바르게 하는 데 달려 있다"며 "자신이 올바르면 명령하지 않아도 잘 시행되지만 자신이 올바르지 못하면 아무리 명령해도 잘 시행되지 않는다"고 하였다. 또 "예(禮)로서 정연하게 하고 은혜로서 대우한 다음 법으로서 단속"하라고도 한다. 흔히 '법대로 하라'는 말을 능사로 알지만 사람 사는 세상 너무 야박하지 않은가. 사람 나고 법이 생긴 것 아닌가? 그러나 선생은 간악한 자에게는 법을 엄격히 세워야 한다고 하였다. 선생은 "아주 간악한 자는 모름지기 관가 밖에 비를 세우고 그 이름을 새겨 영원토록 복직하지 못하게 해야 한다"[32] 하였다.

그 예를 든 사람이 판서 이노익(李魯益, 1767-1821)이다. 이노익이 전라 감사로 부임했을 때 아전인 최치봉(崔致鳳)이란 자가 있었다. 최치봉은 성품이 매우 교활한 악인 중 악인이었다. 도내에 53읍이 있는데, 매 읍마다 반드시 2-3명의 간악한 아전이 있어 모두 치봉과 결탁하고 치봉을 맹주로 삼았다. 치봉과 이들 무리는 뜸베질해대는 소처럼 가혹하게 백성들에게 세금을 징수하는 데 그치지 않고 관리들의 잘잘못을 염탐하여 청렴한 자는 중상하고 탐관오리와는 결탁하였다.

이노익은 부임한 지 10여 일 만에 갑자기 치봉을 잡아들여 죽여버렸다. 그때 치봉은 다음날 오시까지만 목숨을 살려달라고 애걸하였으나 이노익은 듣지 않았다. 치봉이 재상들과 결탁하였기에 다음날 오시까지 기다리면 살길이 트일 것을 알았기 때문이다. 선생은 타일러도 깨닫지 못하고 가르쳐도 고치지 않으며, 끝내 허물을 뉘우칠 줄도 모르고 사기만을 일삼는 아주 간악한 자는 형벌로 다스려야 한다고 말한다. 선생의 예가 서늘하다.

---

**32** 元惡大奸 須於布政司外 立碑鐫名 永勿復屬.

**제2조 어중(御衆):** 아랫사람을 통솔하는 방법이다. 선생은 '위엄과 신의뿐'이라 한다. 이어 "위엄은 청렴에서 생기고 신의는 충심에서 나온다"며 "충심과 청렴이면 아랫사람을 복종시킬 수 있다"[33]고 하였다. 선생이 줄곧 강조하는 것은 '청렴'이란 두 글자다. 특히 나라의 공직자, 정치인들은 정녕 새겨들어야 한다.

**제3조 용인(用人):** 사람 쓰는 방법이다. 나라건 회사건, 모든 일은 사람 쓰는 데 달렸다. 선생은 인재를 고를 때 "충성되고 진실함이 우선이고 재주와 슬기는 다음"이라 한다. 선생은 그 예로 자유(子游)가 무성(武城)의 원이 되었을 때 공자가 "인재를 얻었는가?" 하고 묻는 장면을 든다. 공자의 물음에 자유는 "담대멸명(澹臺滅明)이란 자가 있는데, 지름길로 다니지 않고 공사(公事)가 아니면 제 방에 들어오지 않습니다" 하였다. 지름길로 다니지 않고 공사가 있을 때만 들어온다는 것은 꼼수를 쓰지 않는 정직함을 말한다. 또 담대멸명 같은 사람을 찾으려면 말이 아닌 행동을 보아야 한다는 뜻도 새길 수 있다. 재주를 중시하는 우리 사회는 곰곰 생각해볼 인재 선구안이다.

**제4조 거현(擧賢):** 현명한 인물을 천거하는 방법이다. 선생이 천거할 사람으로 뽑은 덕목은 직언(直言)·극간(極諫)을 잘하는 자, 효도하고 청렴한 사람, 충신(忠信)한 사람이다. 인재를 고르는 위치에 있는 자는 생각해볼 인재 추천 방법이다.

---

**33**  忠而能廉 斯可以服衆矣.

**제5조 찰물(察物):** 물정, 즉 관리(官吏)[34]들의 부정이나 민간의 실정 등을 살피는 일이다. 선생은 관리자는 고립되어 있기에 사방을 보는 눈과 귀를 요구한다. 또한 실책이 있으면 선뜻 고쳐 시행하고 민폐는 단연코 개혁하란다. 특히 좌우에 가까이 있는 사람들의 말을 그대로 믿고 들어서는 안 된다고 한다. 실없는 말에도 사적인 뜻이 들어 있어서란다. 흥미롭게도 선생은 투서함은 관리와 백성이 서로 고발하고 불화를 조장하기에 이를 없애라고 한다.

**제6조 고공(考功):** 관리의 공과를 엄격히 평가하라. 선생은 『고적의』(考績議)를 인용하여 관리에 대한 공과는 국가의 안위와 직결된다고 하였다.

> 국가의 안위는 인심의 향배에 달렸고 인심의 향배는 백성이 잘 살고 못사는 데에 달렸으며 백성이 잘 살고 못 사는 것은 관리가 잘하고 잘못하는 데에 달렸고 관리가 잘하고 잘못하는 것은 감사의 포폄에 달려 있다. 감사가 고과하는 법은 바로 천명과 인심이 향배하는 기틀이요, 나라의 안위를 판가름한다.

---

**34** 관(官)은 임금이 임명하고 리(吏)는 지방 토호세력인 아전이다. 따라서 관은 중앙에서 파견한 공무원으로 월급을 받지만 리는 보수가 따로 없었다. 이미 근본적으로 관과 리는 대척일 수밖에 없다. 백성을 밭으로 살아가는 리는 더욱이 관이 벼슬이 바뀌어 가더라도 그대로 남아 있었다. 결국 조선의 관리제도는 이 관과 리의 싸움이었고 선생은 이를 정확히 파악한 것이다.

　　지금도 우리나라는 선출직 공무원과 임명직 공무원이 존재한다. 더욱이 지방자치제가 확대되어 공무원 수는 더욱 늘어난다. 『목민심서』에 보이는 관리의 행실이 이 시절도 절실히 요구된다.

고과점수를 정확히 해야 한다는 말이다. 선생은 『다산필담』(茶山筆談)을 빌려 "사물이 쪽 고르지 않은 것은 이치다. 한 대열의 사람이 전부 좋을 이치는 반드시 없다. 큰 악이 아니더라도 대열의 최하인 자가 있고 비록 지극한 선은 아닐망정 한 대열의 최상인 자가 있을 것"이라 한다. 그러며 "요즈음 고과에서 등급을 매기는 데는 중상(中上)밖에 없으니, 어찌 우리 황조(皇朝)의 선비에 상등과 하등의 고과에 들 자가 없겠는가?"라 묻는 마주(馬周)의 말을 인용한다.

고과점수는 정확해야 한다. 하지만 대학 성적조차도 그렇지 않은 경우가 허다하다. 'A⁺, A, B⁺, …F'까지 있는데도 성적은 A⁺, B⁺만 주거나 하는 경우다. 학생들의 취업을 위한 온정 점수임을 모를 리 없다. 수업을 하며 학생들의 노력 정도에 따라 분명히 차등이 진다. 이를 정확히 해주어야만 사회의 정의도 선다.


### 『목민심서』 호전(戶典) 6조

토지관리 및 조세규정 등을 적은 내용이다. 제1조 전정에서 제6조 권농까지다.

**제1조 전정(田政):** 농지에 대한 정치다. 지금에 적용할 내용은 별로 없다. 다만 "영리한 자는 반드시 간사하고 질박한 자는 반드시 사리에 어둡고 남에게 속임을 당하지 않는 자는 나를 속이기 쉽고 나를 속이지 않는 자는 남에게 속기 쉽다. 이것이 바로 사람을 얻기 어려운 이유다. 그러나 그들을 어떻게 다루느냐에 달려 있을 뿐이다"는 말은 새길 필요가 있다.

**제2조 세법(稅法) 상(上):** 조세 부과 및 징수에 관한 법이다. 지금도

재해는 늘 일어나기에 눈길을 끈다. 선생은 매우 심한 재해를 입은 경우 부유한 사람은 그래도 괜찮지만 곤궁한 사람은 불쌍하니 더욱 정성을 다하라고 한다. 곧 같은 재해를 당하였다 하여도 빈부를 고려하라는 말이다. 또한 재해 조사원의 농간이나 상황 조사의 공정성을 강조한다.

**제2조 세법(稅法) 하(下):** 세금의 부과를 공정히 하라.

**제3조 곡부(穀簿) 상(上)하(下):** 환상(還上)에 대한 논의다. 환상은 환곡(還穀)이다. 환곡은 흉년이나 춘궁기에 곡식을 빈민에게 대여하고 추수기에 환수하던 제도다. 오늘날로 치면 영농자금을 빌려주는 것을 말한다.

**제4조 호적(戶籍):** 인구 실태를 정확히 파악하라.

**제5조 평부(平賦) 상(上)하(下):** 부역을 공평히 하는 것이다. 오늘날도 국민이 세금을 체납하는 경우가 많다. 세를 부과하고 집행하는 부서에서는 그 공정성에 모든 역량을 동원해야 한다.

**제6조 권농(勸農):** 농사를 권장하는 법이다. 선생은 여기에서 영농 기술을 개발하여 생산력을 높임으로써 농민들의 생활을 풍족하게 할 것을 주로 강조한다.

## 『목민심서』 예전(禮典) 6조

제사, 빈객의 접대, 백성 가르치는 일, 학교 세우는 일, 신분의 등급 구별을 밝히는 일, 과예(課藝)를 권면하여 학문을 성취하게 하는 방법 등을 기술하고 있다. 제1조 제사에서 제6조 과예까지다.

**제1조 제사(祭祀):** 정성을 다해 제사를 모셔라. 오늘날에도 각 지역

의 향교는 존재한다.

**제2조 빈객(賓客):** 관리가 손님을 맞이하는 방법이다. 접대는 법도 있게 해야 한다. 선생은 "옛 사람은 내시(內侍)가 지나는 데에도 굽히지 않고 강직하였으며, 심한 경우에는 임금이 지나는 데에도 백성을 괴롭혀 가면서 임금께 잘 보이려고 하지 않았다"는 말을 귀담아 들어야 한다며 『다산필담』(茶山筆談)에서 이렇게 인용하였다.

남방의 고을에서는 순사(巡使)의 순행 때가 되면 미리 살찐 소 한 마리를 준비하여 안채에다 매어두고 한 달 남짓 동안 깨죽을 먹여 기르니 그 소의 고기가 기름지고 연하여 보통 소의 고기와 다르다. 그러면 순사는 크게 칭찬하고 고과 점수에 최고를 준다.

선생은 이 글을 1818년에 썼다. 저 시절에서 이 시절까지, 조선이 대한제국으로, 일본 제국주의, 이승만, 박정희, 전두환을 거쳐 2020년이다. 200년이 지났다. 지금 우리는 공무원이나 회사의 윗사람에게 좋은 고과 점수를 얻으려고 깨죽(麻粥)을 먹이지 않는다고 단언할 수 있는가?

**제3조 교민(敎民):** 백성을 가르치는 방법이다. 선생은 "전산(田産)을 균등하게 하는 것도, 부역(賦役)을 공평히 하는 것도, 관직(官職)을 만들어 관리를 두는 것도 가르치기 위함이요, 형벌을 밝히고 법을 신칙하는 것 역시 가르치기 위함"이라 한다.

**제4조 흥학(興學):** 배움터를 마련하는 법이다. 오늘날은 학교에서 이를 전담한다.

**제5조 변등(辨等):** 민심을 안정시키는 법이다.

**제6조 과예(課藝):** 인재를 뽑는 법이다. 선생은 과거하려는 배움은 마음을 파괴하는 것이라 한다. "덕행과 재간이 있는 자는 별도로 선발의 길을 열어야 된다"라는 말은 유념할 필요가 있다. 최남선은 「실학 경시에서 온 한민족의 후진성」이란 글에서 과거 폐단을 귀띔 받아본다. 그는 "과거 이전에는 국가에서 인품, 말타기, 활쏘기 등으로 선발하였기에 우리 고대 정신과 고유한 기풍이 보장되었다"고 하며 이렇게 말한다.

> 이렇게 과거를 중시하고 문학을 숭상하게 된 사회적 변동은 그 뒤의 한민족의 기풍과 한국 역사의 운명을 결정하는 상에 가장 중대한 압력이 되었다. 부문[35] 허화[36]가 제일이요, 실사·실리가 무가치해지는 풍이 이로부터 성립해서 천년 동안에 드디어 한국민의 사상적 고질을 이루고 있다. 이것이 한국민의 민족성에 깊은 뿌리를 박고 있는 낙천성·형식성과 더불어 한국민의 실학 경시의 성격적 결함을 더욱 고성하였는데, 이는 진실로 과거의 유폐이다.[37]

최남선이 우리 민족의 기본 성격으로 든 낙천성은 땅의 비옥함에서 온 것이고 형식성은 중국 문화를 받아들여서라고 하였다. 이러한

---

**35** 부문(浮文): 겉만 꾸미는 문장.
**36** 허화(虛華): 텅 빈 화려함.
**37** 『육당 최남선 전집』 10, 「실학 경시에서 온 한민족의 후진성」(현암사, 1974), 252-53.

악조건에 다시 고려 광종 때 과거시험이 들어오며 우리 민족의 실학정신이 경시되었다는 지적이다.

지금도 우리는 대학입시에 목을 맨다. 그것도 5지 선다형으로 말이다. 선생들의 지적이 적절하다는 동의에서 아직도 우리 사회에서 실학은 요원한 것임을 읽는다.

### 『목민심서』 병전(兵典) 6조

병무행정을 다루었다. 제1조 첨정에서 제6조 어구까지다.

제1조 첨정(簽丁): 병무행정을 다루고 있다. 오늘날에도 병역은 납세, 교육과 함께 3대 의무다. 병무행정에 특혜가 많이 줄어들었지만 여전한 것이 사실이다.

제2조 연졸(練卒): 군사를 훈련시키는 것이다. 군대가 많이 좋아졌다지만 "이 나라 백성으로 하여금 군부(軍簿)에 들어가는 것을 마치 벼슬에 오르는 것처럼 생각하여 물리침을 당할까 걱정하도록 해야 한다. 그러한 후에야 그 군사를 부릴 수 있다"라는 선생의 말은 귀 기울일 만하다.

제3조 수병(修兵): 철저한 무기관리다. 선생의 사고 폭이 꽤 넓다.

제4조 권무(勸武): 무예를 권장하는 조다. 선생은 "우리나라 풍속은 온순하고 근신하여 무예를 즐기지 않고 익히는 것은 오직 활쏘기뿐인데, 요즈음은 이것마저 익히지 않으니 무예를 권장하는 것은 오늘날의 급선무"라 한다. 지금도 생각해볼 말이다.

제5조 응변(應變): 비상사태를 수습하는 임기응변을 말한다. 고인 물과 같은 세상은 없다. 우리의 삶이 생동하듯이 일도 항상 일어

난다. 다음과 같은 선생의 말은 살아가는 데 도움을 준다.

인품이 대범하고 편협한 것은 그 사람의 도량에서 결정된다. 도량이 천협(淺狹)한 자는 작은 일에도 크게 놀라거나, 뜬소문에 휩쓸려 마침내 여러 사람의 마음을 흔들어주고 대중의 웃음거리가 되곤 한다. 그러나 대인은 이러한 일을 당하면 대개 여유 있게 웃으면서 처리한다. 모름지기 평상시에 역대의 역사를 보아 옛날 사람들이 행한 일을 취하여 마음속에 담아둔다면 일을 당해서도 두려워하지 않게 되고, 처리에 있어서도 의당 쉬울 것이다.

**제6조 어구(禦寇):** 외적을 방어하는 법이다. 선생은 허허실실 작전을 펴라 한다. "허(虛)한데 실(實)한 것으로 보여주며, 실한데 허한 것으로 보여준다"[38]는 병법을 인용한 것이다.

**『목민심서』형전(刑典) 6조**
소송과 형벌과 감옥 등의 처리에 관한 내용이다. 제1조 청송에서 제6조 제해까지다. 선생은 "형벌이란 결국 백성을 다스리는 마지막 방법이기 때문에 자칫 형을 남발할 수 있고 또 농간이 개입되기 쉽다"고 한다. 그만큼 형을 집행하는 사람의 공정성을 되짚는 말이다.

---

**38** 虛而示之實 實而示之虛.

**제1조 청송(聽訟) 상(上): 송사를 처리하는 방법이다.** 선생은 "청송의 근본은 성의요, 성의의 근본은 신독"[39]이라 한다. 흥미로운 것은 골육 간에 서로 다투어 의리를 잊고 재물을 탐내는 자는 징계를 매우 엄히 하라고 했다. 선생이 법의 공정성을 강조하며 든 예화 한 편을 보면 이렇다.

> 남원(南原)에 어떤 부자 백성이 불교에 혹하여 재물을 모두 바쳐 부처를 섬기고 땅까지 그 문서와 함께 영원히 만복사(萬福寺)에 시주하여 성의를 표하였다. 그런데 그 후 끝내는 굶어 죽음을 면하지 못하였다. 오직 떠돌아다니면서 구걸하는 고아 하나를 남겼는데 조석 간에 구렁에 쓰러질 형편이었다. 이에 소장에 사연을 갖추어 관가에 호소하여 시주한 땅을 돌려달라고 여러 번 청원하였으나 번번이 패하였다. 이에 안찰사에게 가서 호소하니, 신 공(辛公)이 손수 소장 끝에 제사(題辭)를 써 이르기를, "땅을 내놓아 절에 시주한 것은 본래 복을 구하려 한 일이다. 그런데 자신은 벌써 굶어 죽었고 아들 또한 빌어먹으니 부처의 영험이 없음을 여기에서 알 수 있다. 밭은 주인에게 돌려주고 복은 부처에게 바쳐라."

부처의 영험이 없으니 시주한 것을 돌려주고 복은 부처에게 바치라는 매우 흥미로운 판결이다. 이렇게 판결을 내린 이는 신응시(辛應

---

**39** 신독(愼獨): 삼가 조심함.

時)⁴⁰로 그가 호남 안찰사였을 때의 일이다. 물론 절에서는 시주한 땅을 되돌려주었다.

**제1조 청송(聽訟) 하(下):** 묘지에 대한 송사를 다루었다. 풍수설에 입각해 묘지를 쓰는 폐단은 조선 후기에 극심했다. 명당을 찾아 자손들이 복을 받으려 끊임없이 분쟁을 일으켰다. 이 묘지에 관한 송사를 산송(山訟)이라 하는데 가문 간 원수를 만들기도 하였다.

**제2조 단옥(斷獄):** 옥사를 판결하는 일이다. 선생은 특히 『대명률』(大明律)을 인용하여 무고죄는 가중처벌하라고 한다.

"무릇 무고한 자는 무고한 그 죄보다 2등이나 3등으로 가중(加重)하라"⁴¹ 하였다. 무고가 남발하는 이 시대 새겨들을 말이다.

선생은 형옥(刑獄)의 의의 및 고금 인명에 관한 옥사를 논한 그 글을 모아 『흠흠신서』를 만들었다.

**제3조 신형(愼刑):** 형벌을 삼가라. 선생은 "형벌은 백성을 바르게 하는 일에 있어서의 최후 수단"이라고 하였다. 모든 것을 법에 의존하는 현대 사회다. 법률 만능주의를 살아가는 현대인들은 한번쯤 생각해보아야 한다.

선생이 곡산 도호부사(谷山都護府使)로 가서 처결한 일도 좋은 예다. 자세한 이야기는 선생의 「자찬묘지명」(自撰墓誌銘)에 보인다. 1799년 선생이 곡산 부사로 좌천되었을 때의 일이다.

---

**40** 신응시(辛應時, 1532-1585). 자는 군망(君望), 호는 백록(白麓), 시호는 문장(文莊), 본관은 영월이다. 벼슬은 예·병조의 좌랑을 거쳐 예조 참의·병조 참지·홍문관 부제학을 역임하고, 편서에 『주문문례』(朱門問禮)가 있다.

**41** 凡誣告者 各加所誣罪二等 或三等.

이계심(李啓心)이란 자가 있었는데, 본성이 백성의 폐단을 말하기 좋아하였다. 전관(前官) 때에 포수보(砲手保) 면포 1필을 돈 9백 전(錢)으로 대징(代徵)하였다. 이계심이 소민(小民) 1천여 인을 거느리고 관부(官府)에 들어가서 다투었다. 관에서 그를 형벌로 다스리려 하니, 1천여 인이 벌떼처럼 이계심을 옹위하고 계단을 밟고 올라가며 떠드는 소리가 하늘을 진동하였다. 이노(吏奴)가 막대를 휘두르며 백성을 내쫓으니 이계심은 달아나버렸다. 그리고 오영(五營)에서 수사하였으나 그를 잡지 못하였다.

정약용이 경내에 이르니, 이계심이 민막(民瘼) 10여 조를 쓴 소첩(訴牒)을 가지고 길옆에 엎드려 자수하였다. 좌우에서 그를 잡기를 청하였으나 용이 말하기를, "그러지 말라. 이미 자수하였으니 스스로 달아나지는 않을 것이다." 그러고는 석방하면서 말하였다.

그때 선생은 석방하라는 판결을 내렸다. 그 뒤에 적어놓은 선생의 말이 무섭다. 관리가 밝지 못한 이유를 "백성이 제 몸만 꾀하여 관에 대들지 않기 때문"[42]이라 하였고 "너 같은 사람은 관에서 천금으로 사들여야 마땅하다"[43]고까지 하였다. 지금 생각해도 등골이 서늘한 말이다. 북한의 학자 리철화는 이러한 선생의 행동을 "인도주의적 시책"이라 하였다.[44]

---

**42** 不以瘼犯官.

**43** 如汝者 官當以千金買之也.

**44** 리철화·류수 역,『정약용 작품집』1(문예출판사, 1990), 2.

관이 밝지 못하게 되는 까닭은 백성이 제 몸을 위한 꾀만 내어 폐단을 들어 관에 대들지 않기 때문이다. 너 같은 사람은 관에서 천금으로 사들 여야 마땅하다.

**제4조 휼수(恤囚):** 죄수에게 온정을 베풀라. 선생은 "감옥은 이 세상 의 지옥이기에 죄수의 괴로움을 살펴주라"고 한다. 또 "설 명절에는 죄수들도 집에 돌아가는 것을 허락한다"며 "은혜와 신의로 서로 믿 는다면 도망하는 자가 없을 것"[45]이라고까지 한다.

사실 교도소(矯導所)라는 말은 '잘못을 바로잡아 좋은 길로 인 도한다'는 의미다. 우리의 교도 행정이 정말 그러한지는 잘 모르겠 지만 여주 소망교도소는 이러한 뜻에 꽤 부합한다는 생각이 든다. 소망교도소는 한국교회가 2010년 12월에 세운 국내 첫 민영교도 소다. 국회예산정책처가 최근 발간한 '민영교도소 운영성과 분석' 에 따르면 2014년 6월 소망교도소의 재범률은 3.36%다. 이는 최근 5년간 국영교도소 재범률 22.3%에 비해 현저히 낮다(「한국성결신문」 [1034호] 2016년 3월 23일 자 인용).

**제5조 금포(禁暴):** 폭력을 엄히 다스려라. 선생은 힘 있는 자들의 횡 포를 엄히 단속하라고 한다. 특히 지방 토호의 횡포는 백성들에게 승냥이와 이리, 호랑이라고까지 한다. 토호는 지금으로 치면 지방 의 권력을 갖고 있는 자들이다. 지방자치제가 강화되면 지방의 의

---

**45** 恩信旣孚 其無逃矣.

2부 국가와 민족

원, 각 지방 경찰청, 검찰청, 군수 등의 권력이 강화된다.

**제6조 제해(除害):** 백성들을 위해 해가 될 것을 제거하라. 선생은 그 첫째는 도적이요, 둘째는 귀신붙이라 하였다. 선생은 도적이 생기는 이유를 세 가지 들었다. ① 위에서 탐욕과 불법을 자행해서, ② 중간에서 명령을 받들어 행하지 않고, ③ 아래에서 법을 무서워하지 않기 때문이다. 그래 도둑들이 남몰래 서로 "지위가 저렇게 높고 명망이 저렇게 중하고 국가의 은혜가 저러한데도 오히려 도둑질을 한다"[46]며 높은 자리에 있는 사람들의 행실을 비아냥거린다고 한다. 옳은 말이다. 지금 우리 한국 사회의 부조리 근원지는 대부분 높은 자리에 있는 자들로부터 시작한다.

　이외에도 선생은 사주, 관상, 작명, 점술, 종교, 잡기 등도 없애야 할 폐해라고 한다.


### 『목민심서』 공전(工典) 6조

산림(山林)·천택(川澤)에 대한 수호 관리와 도로·성곽의 수리·보수, 그리고 모든 공제품(工製品)의 제작·관리 등을 들어 논하였다. 제1조 산림에서 제6조 장작까지다.

**제1조 산림(山林):** 산림 정책에 대한 항목이다. 선생은 도벌을 금지하고 부역의 농간을 살피라고 한다.

　또한 선생이 수원화성을 건설했을 때 유형거를 사용한 경험도

---

**46**　位隆如彼 望重如彼 受國恩如彼 猶且爲盜.

적어놓았다.

유형거(游衡車)라는 수레는 선조(先朝) 때 수원(水原)에 성(城)을 쌓을 때 제작한 것이다. 그 수레 한 개 만드는 비용은 100전(錢)을 넘지 않으며, 재궁의 재목 한 토막은 수레 하나에도 차지 않는다. 2명이 끌고 2명이 밀며 2명이 호위한다면 6명이 될 뿐이다. 만약 그것이 아름드리 큰 나무라서 수레에 싣고 내리는 일이 모두 사람의 힘을 소비해야 할 것이면, 기중소가[47]를 만드는 것이 좋다.

수원화성은 1997년 유네스코 지정 세계문화유산에 등재되었다. 우리나라에서 가장 발달된 축성으로 녹로와 거중기, 유형거 등을 만들어 사용했다. 이 성은 정조 18년(1794)에 축조되었다. 이 성의 축조에 관한 설계, 공사 과정 등은 『화성성역의궤』(華城城役儀軌) 전 10권 1책에 자세히 기록되어 있다.

**제2조 천택(川澤):** 수리 관개시설에 대한 항목이다. 제방을 쌓고 수리 관개시설을 개선하라 한다.

**제3조 선해(繕廨):** 관사 등 공공건물의 보수에 대한 항목이다. 선생은 예산을 절약하라 한다. 요즈음도 연말이면 쓸 만한데도 보도블록을 바꾸는 경우를 종종 본다.

**제4조 수성(修城):** 성의 수축에 대한 항이다. 물론 성 수축은 국방과

---

**47** 기중소가(起重小架): 나무를 묶어서 세 갈래의 아귀진 형상으로 만들고 갈고리로 걸어 당겨서 든다.

연결된다.

**제5조 도로(道路):** 도로 보수에 대한 항이다. 선생은 교통을 편리하게 만들고 물화를 용이하게 운반하는 데 강조를 둔다. 또한 "거리나 골목의 도로를 함부로 점거하여 집을 짓거나 채소나 과실나무 따위를 심는 자는 장(杖) 60의 형에 처하고 각각 원상 복구를 명한다"고 하였다. 이는 지금에도 적절한 지적이다. 현재 우리 주변에서도 도로를 무단 점거하여 상행위를 하는 것을 흔하게 본다.

**제6조 장작(匠作):** 건전한 공업을 육성하는 항이다. 이순신이 보이는 글줄이 있어 소개한다.

> 충무공(忠武公) 이순신(李舜臣)[48]이 통제사가 되었을 때 날마다 공인들을 시켜 인두(熨刀)·가위(交刀)·패도(佩刀) 따위를 두드려 만들어서 권력 있는 세도가에게 선사하였다고 한다. 그러나 이는 그 직위를 보전하여 적을 평정하는 공을 이루고자 하였던 것이지, 그 뜻이 아첨하는 일에는 있지 않았다. 그리하여 후세 사람들이 드디어는 전례로 삼아 지금도 그렇게 하고 있다. 이러한 것은 그 본의를 따져본다면 남보다 한 등이 더 높은 처사라, 상식에 따라 논평할 수는 없는 일이다.

선생은 야사를 인용했다 한다. 선생은 그릇에서 농기구, 벽돌 등 자

---

**48** 이본에는 이수일(李守一)로 되어 있다. 조선 중기 때 무신(武臣)으로 자는 계순(季純), 호는 은암(隱庵)이다. 통제사를 지냈으며 이괄(李适)의 난 때 평안도 병마절도사 겸부원수로 이괄의 군사를 안현에서 이기고 서울을 수복한 공으로 진무공신(振武功臣) 2등으로 계림부원군(鷄林府院君)에 봉해졌다.

잘한 것까지 세세하게 거론한다. 건전한 공업 육성이야말로 부국에 이르는 길이라는 말이다. 특히 말과 저울이 다르다며 규격을 통일한 도량형을 만들라고 한다.

『목민심서』 진황(賑荒) 6조

흉년 때 기민의 구호에 필요한 정책을 적은 내용이다. 제1조 비자에서 제6조 준사까지다.

**제1조 비자(備資):** 흉년의 대책에 필요한 양곡과 자금 등을 예비함을 말한다. 선생은 "물건이란, 귀한 것은 천할 징조요 천한 것은 귀할 징조"라며 여러 해 풍년이 들어 곡식이 흙과 같이 천하면, 곡식을 사들여 비축해두고서 뜻밖의 재변에 대비하라고 한다.

**제2조 권분(勸分):** 흉년에 관내 부잣집에서 구휼하는 방안이다. 오늘날에도 이재민이 생기면 십시일반으로 모금을 하거나 구호활동을 벌인다.

**제3조 규모(規模):** 기민 구호의 계획이다.

**제4조 설시(設施):** 기민 구호를 실행하는 모든 계획, 시설을 말한다. 구호시설을 확충하라고 한다. 오늘날에도 국가 재난이 닥치면 컨트롤 타워를 운영한다.

**제5조 보력(補力):** 흉년에 민력(民力)을 보조함을 말한다. 재민 구조에 만전을 기하라는 말이다.

**제6조 준사(竣事):** 진휼(賑恤)을 완료함을 말한다. 진휼의 처음부터 끝까지 공과를 가감 없이 살피라고 한다. 선생은 사람으로서 두려워할 것이 세 가지가 있다고 한다. 백성과 하늘과 자기의 마음이다.

선생은 자기의 죄를 알려면 모름지기 백성들의 말을 들어야 한다며 윗사람은 속일 수 있어도 백성과 하늘과 제 마음은 속일 수 없다고 한다. 이 세 가지에 속임이 없으면 진휼하는 일에 허물이 적다고도 하였다.

### 『목민심서』해관(解官) 6조

관리가 관직에서 해임될 때 필요한 사항을 적은 내용이다. 관리가 임지에서 해임·전직되었을 때 처해야 할 자세와 임지에서 죽거나 임지를 떠나온 뒤에 백성이 그 덕을 사모하는 일 등을 6조로 나누어 논하고 있다. 제1조 체대에서 제6조 유애까지다.

**제1조 체대(遞代):** 관직이 교체되는 것이다. 선생은 "갈려도 놀라지 않고 잃어도 미련을 갖지 않으면 백성들이 공경한다"고 하였다. 또 "벼슬살이를 여관으로 여겨 항상 훌쩍 날아갈 것 같이 하며, 평소에 문부를 정리하고 행장을 묶어 놓고 기다리면, 이런 때를 당하여도 진실로 깨끗하고 시원한 선비일 것"이라는 말을 인용해놓았다. 모든 만남에는 이별이 있는 법이다. 직장이나 공무원도 다를 바 없다. 언제든 다른 부서로 옮길 만반의 마음을 가져야 한다.

**제2조 귀장(歸裝):** 체임되어 돌아갈 때 행장이다. 청렴한 선비가 벼슬을 내놓고 돌아갈 때는 "행장은 가뿐하고 해어진 수레와 파리한 한 마리 말"만 있다 한다. 선생이 인용한 정선(鄭瑄)의 아래 말은 귀장하는 자들이 유념할 만하다.

들어서 천하 백성에게 실행하는 것을 사업이라 하고, 들어서 한 집 사람에게 실행하는 것을 산업(産業)이라 하고, 천하 백성을 해롭게 하여 한 집 사람을 이롭게 하는 것을 원업(寃業)이라고 한다. 산업 때문에 사업을 하면 사람이 원망하고, 산업 때문에 원업을 지으면 하늘이 벌을 내린다.

또 "불의(不義)의 재물을 많이 얻어서 원한의 빚을 자손에게 물려주어서 갚게 하는 것은 복이 아니다" 하였다. 재산을 자손들에게 물려주는 족벌기업들은 생각해볼 일이다. 하기야 그들이 선생의 이 글을 읽을 이치가 없으니 '스님 빗질하는 소리'일 뿐이다.

**제3조 원류(願留):** 유임하기를 원하는 것이다. 선생이 인용한 김희채(金熙采, 1744-1802)의 일이다.

김희채가 장련 현감(長連縣監)이 되어 인자하고 착하게 정치를 하였다. 안협(安峽)으로 옮기게 되자 고을 백성들이 길을 열 겹으로 막고는 못 가게 하였다. 할 수 없이 김희채는 밤을 타서 빠져 도망하여 갔다고 한다. 김희채의 자는 혜중(惠仲), 본관은 청풍(淸風)이다. 벼슬은 수찬·집의(執義) 등을 지냈다.

또 고려 왕해(王諧, ?-1246)가 진주 부사(晉州副使)가 되었는데, 아전은 위엄을 두려워하고 백성은 덕을 사모하였다. 동도유수(東都留守)로 전임되자, 진주 백성들이 눈물을 흘리며 유임하기를 원하여 드디어 조정에서 1년을 더 유임시켰다 한다. 왕해는 그 뒤 경상도 안무사(慶尙道按撫使) 등을 역임하였다. 어느 직장이든 한 부서에 있었다면 이 정도는 되어야 한다.

**제4조 걸유(乞宥):** 관리가 죄를 지었을 때 백성들이 용서해주기를 비는 것이다. 지금도 동료들이 청원하는 경우가 많다. 선생은 이영

휘(李永輝)를 예로 들었다. 이영휘가 안협 현감(安峽縣監)으로 있을 때 죄 없이 파면을 당하였다. 온 고을이 깜짝 놀라 서로 모여 도사(都事)에게 억울함을 호소하며 말머리를 막아섰다. 이영휘가 고을을 떠날 때에 부로(父老)들이 수레를 붙잡고 울며 전송하였는데, 수레를 따라 고을 경내를 나간 자가 수백 명이나 되었다.

**제5조 은졸(隱卒):** 관리가 임지에서 죽은 것을 슬퍼하는 일이다. 군인으로 전장에서 죽거나 소방관들이 자기 직분을 수행하다 사망하는 경우가 허다하다. 이런 자들에게 우리 사회는 마땅히 깊은 애도를 표해야 한다.

**제6조 유애(遺愛):** 선정비를 세우는 등 그 덕을 기리는 일이다. 선생이 예로 든 정언황(丁彦璜, 1597-1672)의 경우다. 정언황은 안동 부사(安東府使)로 있다가, 병으로 벼슬을 버리고 돌아갔다. 선비와 아전과 백성이 유임해주기를 청하였으나 되지 않았다. 그러자 사람들이 비석을 세워 사모하고 문안하고 물건을 보내옴이 수십 년 동안 끊이지 않았다. 공이 죽은 소식을 듣고 부의를 하고 또 제사 물품 보내기를 3년 동안이나 하였다고 한다. 정언황의 자는 중휘(仲徽), 호는 묵공옹(默拱翁), 본관은 나주다. 벼슬은 우부승지·강원 관찰사 등을 역임했다.

또 어진 관리가 떠나가면 그가 아끼던 나무까지도 어여삐 여겼다. 남일(南軼)이 경상도 칠원 현감(漆原縣監) 때 유애(遺愛)가 있었다. 지금까지 사람들이 그가 심은 나무를 가리켜 '남정자'(南亭子)라고 한다. 남일은 세조-성종 때 사람으로 벼슬은 집의(執義)·목사(牧使) 등을 지냈다.

이상 『목민심서』를 주마간산 격으로 살폈다. 이 글을 마치며 선생의 시와 글에 대해서 한마디 안 할 수 없다. 선생의 시는 약 2500여 수이고 일반 산문 역시 논(論), 전(傳), 책(策), 의(議), 서간문 등 부지기수다. 선생의 이런 글들은 "천하가 이미 썩어 문드러진 지 오래다"[49]라는 시대의 토혈이었다. 그렇기에 선생은 "임금을 사랑하고 나라를 걱정하지 않으면 시가 아니다.[50] 시대를 아파하고 세속에 분개하지 않으면 시가 아니다.[51] 아름다운 것은 아름답다 하고, 미운 것은 밉다 하며, 선을 권장하고, 악을 징계하려는 뜻이 있지 않다면 시가 아니다[52]"라는 시의 정의를 내렸다. 이는 '탁고개제'[53]의 구현으로 정리할 수 있다.

　　선생은 이승을 하직하는 순간까지 이 땅에 이상적인 왕도정치가 이루어질 수 있으리라는 희망을 놓지 않았다. 하지만 역설적으로 조선왕조의 몰락은 이미 선생의 글 속에 있었다. 선생의 글이 실천될 것이라는 희망을 그 누구도 읽지 못했기 때문이다. 이 책을 쓰며 만난 19세기 그 어느 실학자도 선생과 같이 조선에 희망을 건 분은 없었다. 물론 선생으로부터 백 년이 훌쩍 넘는 지금도 선생이 희망하는 국가는 오지 않았다.

　　이렇게 글줄은 현실과 함께 걸어야 한다. 그래야만 역사가

**49**　天下腐爛已久.
**50**　不愛君憂國非詩也.
**51**　不傷時憤俗非詩也.
**52**　非有美刺勸懲之義非詩也.
**53**　탁고개제(託古改制): 옛것을 빌려 현재를 바꾸려는 것을 말함.

된다. 다산 선생의 글이 역사가 된 것은 그래서다.

마지막으로 선생이 23세인 1784년 초봄, 『손자』를 읽고 감상을 적은 시 「손무자를 읽고」(讀孫武子)로 글을 마친다. 선생의 저 강개한 꿈은 지금 이 시대, 우리들에게 실현되고 있는가를 반문하며.

| | |
|---|---|
| 산다는 건 길 떠남과 같아 | 人生如遠客 |
| 한평생 갈림길에 있는 처지 | 終歲在路歧 |
| (…) | |
| 강개한 마음으로 병서를 읽어 | 慷慨讀兵書 |
| 온 누리에 내달려보려 했건만 | 萬古期一馳 |
| 나의 이 뜻은 참으로 주제넘어 | 此意良已淫, |
| 책 덮고 혼자 장탄식할 뿐이라 | 掩卷一長噫 |
| 강한 자에게 가까이할 수 없어 | 豪士不可近 |
| 나를 이용할까 두려워서이고 | 恐以我爲資 |
| 용렬한 자에게 가까이할 수 없어 | 庸人不可近 |
| 나를 본받을까 두려워서이다 | 恐以我爲師 |
| 초연히 나 홀로 내 갈 길 가리라 | 超然得孤邁 |
| 내 마음 내 스스로 위로하면서 | 庶慰我所思 |

# 참고문헌

김종권 역, 『아언각비』(일지사, 1976)

노태준 역, 『신역 목민심서』(홍신문화사, 1989)

최익한, 『실학파와 정다산』(청년사, 1989)

리철화·류수 번역, 『정약용 작품집』(1)(문예출판사, 1990)(평양)

박석무·정해렴 역, 『역주 흠흠신서』(현대실학사, 1999)

김태준, "진정한 정다산 연구의 길" 1-10, (『조선중앙일보』, 1935.7.25-1935.8.6)

이을호, 『다산경학사상연구』(을유문화사, 1966)

홍이섭, 『정약용의 정치경제사상연구』(한국연구원, 1959)

허문섭, 『조선고전문학사』(로녕민족출판사, 1985)

정성철, 『실학파의 철학사상과 사회정치적 견해』(사회과학출판사, 1974)

이을호, 『정다산의 생애와 사상』(박영사, 1979)

최익한 지음, 송찬섭 엮음, 『여유당전서를 독함』(서해문집, 2016)

조우찬, 『북한 갑산파 연구: 기원, 형성, 소멸』(북한대학원대학교 박사학위논문,
      2016)

[네이버 지식백과] 정약용 [丁若鏞] (한국민족문화대백과, 한국학중앙연구원)

한국고전종합DB

# 민속과 세태, 그리고 여행

3부

# 5장
–
## 추재 조수삼 『추재집』

나라가 망하려면 반드시 요물이 나온다


오래 서 있기도 수고로웠나
소나무 아래 신선처럼 누웠네
저에게 악착같은 인간세상 묻는다면
허연 눈으로 푸른 하늘만 쳐다볼 뿐

# 조수삼의 생애

**이름**　조수삼(趙秀三)

**별칭**　초명은 경유(景濰), 후일 수삼으로 개명. 자는 지원(芝園)·자익(子翼), 호는 추재(秋齋)·경원(經畹)·진주선(珍珠船)

**시대**　1762(영조 38)–1849년(헌종 15)

**지역**　전라도 전주에서 출생

**본관**　한양(漢陽)

**직업**　승문원,[1] 의학자 겸 여항 시인

**가족**　아버지는 가선대부 한성부좌윤 겸 오위도총부부총관(漢城府左尹兼五衛都摠府副摠管)에 추증된 조원문(趙元文)이다. 여항 시인 조경렴(趙景濂)의 동생이다. 선생은 4명의 아들과 2명의 손자를 두었다. 화원(畫員)인 조중묵(趙重默)은 선생의 손자다.

**어린 시절**　1762년 7월 16일, 전라도 전주 사천진에서 출생하다.

　　4세인 1765년 글을 배우기 시작하다.

　　5세에 문장을 짓다.

　　6세에 사전(史傳. 역사와 전기)을 암송하다.

　　7세에 전분(典墳. 고서)을 공부하다.

　　8세에 오언시 「영학」(詠鶴)을 짓다.

　　14세인 1775년에 무예를 배우다.

**그 후 삶의 여정**　16세에 큰아들을 낳다.

---

1　승문원(承文院): 외교 문서를 맡아보던 관아.

18세 무렵인 1779년 간서치 이덕무(李德懋, 1741-1793)의 문하에 들어가다. 이덕무는 선생을 가장 잘 알아주는 인물이었던 듯하다. 선생의 시에는 스승을 사모하는 시가 있다.[2]

21세에 둘째 아들을 낳다.

28세인 1789년에 호은(湖隱) 이성원(李性源)을 따라 처음으로 중국에 가다(1차).

29세에 연경에서 주문한(朱文翰)과 강련(江漣)에게 본집의 서를 받다.

32세인 1793년에 이덕무를 곡하다.

39세인 1800년에 연경에 가다(2차).

40세인 1801년 개성을 유람하다. 연작시 「상원죽지사」(上元竹枝詞) 15수를 짓다.

42세에 연경에 기다(3차).

45세인 1806년 연경에 가다(4차).

46세 겨울, 개성과 장단 일대를 유람하다.

49세인 1810년에 추사 김정희와 수락산을 유람하다.

---

**2**  검서 문장은 전아하여 가장 친했으니      檢書文雅最相親
해마다 가을바람 불면 자주 만났네      歲歲秋風會晤頻
책상을 놓고 앉아 천하일 논하는데      膝席論今天下事
우리들에게 정을 쏟아주셨지      情鍾在我輩中人

『추재집』 권1 시, 「애이형암 덕무」(哀李炯菴 德懋)라는 시 8수 중, 4수다. "우리들"이라고 하였는데 천민 시인이며 서예가인 이단전(李亶佃, 1755-1790)도 이덕무 문하다.

50세 8월, 용천(龍泉)을 비롯한 관서 지방을 유람하다.

51세인 1812년 7월, 홍경래의 난을 보고 「서구도올」(西寇檮杌)을 짓다.

57세인 1818년에 조만영을 따라 연경에 가다(5차). 「심양잡영」(瀋陽雜詠) 10수를 짓다.

60세인 1821년에 평안도에서 막부의 참군으로 재직하다. 부인 상을 당하다.

61세 늦봄부터 초겨울까지 200일간 함경북도를 유람하다.

62세 가을, 정주(定州)의 신안관에서 지난해의 함경북도 유람을 회고하며 「북행백절」(北行百絶)을 짓다.

63세 가을, 평안도에서 서울로 돌아오다.

64세인 1825년에 영남 관찰사 조인영(趙寅永)의 기실참군(記室參軍)이 되어 영남에 가다. 경상도 일대를 두루 여행하다.

68세인 1829년 관찰사 조인영을 따라 호남에 가서 머물다. 겨울, 조행귀를 따라 연경에 가다(6차). 선생은 여섯 차례의 연행을 통해 중국의 일류 문사인 오숭량(吳崇梁), 유희해(劉喜海), 강련(江漣), 주문한(朱文翰) 등과 교유하였다. 주문한과 강련은 본집의 서문을 써주기까지 하였다.

77세인 1838년 여름, 강진(姜溍), 조희룡 등과 감로사(甘露寺)를 유람하다.

83세인 1844년 사마시(司馬試)에 합격하여 오위장(五衛將)이 되다.

1849년 5월 6일「절필구호」(絶筆口呼)³라는 시를 짓다. 88세에
이승을 하직하다.

1936년 경성 보진재에서『추재집』(秋齋集)을 간행하다.

조희룡은『호산외사』에서 선생에게는 열 가지 장기가 있다고 하
였다. "첫째, 준수한 인물, 둘째는 시와 문, 셋째는 공령문,⁴ 넷째는
의학, 다섯째는 장기와 바둑, 여섯째는 글씨, 일곱째는 박식함, 여
덟째는 담론, 아홉째는 복이 많은 것, 열째는 장수"였다. 그러나 선
생은 역관의 반열에 끼워줄 정도의 승문원의 하급 관리에 지나지
않았다.

조선 후기 대표적인 여항 시인이면서도 가계와 삶의 이력이 문
헌상에 거의 보이지 않는다. 겨우 여기저기서 선생의 신분을 추적
해보면『추재집』본집「서」에 "추밀원사(樞密院使)를 보좌하는 서기
(書記)", 권2「임장군소도가」에서는 "청해종사(靑海從事)로서 군저
(軍儲)를 안찰(按察)하였던 인물", 권4「장유약산출성작」에서는 "세
류영(細柳營)의 종사관(從事官)", 강준흠(姜浚欽, 1768-1833)의『삼
명시화』(三溟詩話)에서는 "양민 집안 출신으로 승문원의 관리가 되
어 역관의 반열에 끼워주었다"고 했다. 이로 보아 중인에 속한 인

---

3    아름다운 글짓기가 평생의 버릇인데                  綺語平生餘結習
     어제 적송자(신선)를 만나 의아하게 여겼는데        昨逢松子意猶疑
     어찌 내가 총총히 갈 기별임을 알았으리요            那知符到忽忽去
     더러운 때가 있었음을 스스로 깨우친다              自覺和泥拖水時
4    공령문(功令文): 과거시험 때에 쓰는 시나 문장.

물이다.

조희룡의 『호산외사』에 따르면 선생은 "풍채가 수려하고 문장과 시에 뛰어났으며 여섯 차례나 중국에 드나들며 중국의 유명한 문인들과 폭넓은 교류를 하였다"고 한다. 선생은 자신의 「기이병서」에서 "나는 태어나면서부터 영리한 편이어서 6-7세 때에 경사자집을 읽어 스스로 글도 지었다. 그래 여러 스승이나 선배들이 많이 아껴 나를 한 자리에 넣어주었다"[5]고 적었다. 선생은 송석원시사(松石園詩社)의 핵심 인물로 활동했다. 송석원시사에 참여한 사람들로는 정이조(丁彝祚), 이단전(李亶佃), 강진(姜溍), 조희룡(趙熙龍), 김낙서(金洛瑞), 장혼(張混), 박윤묵(朴允默) 등인데 모두 중인층으로 여항시인들이었다.

그리고 추사(秋史) 김정희(金正喜), 산천(山泉) 김명희(金命喜), 운석(雲石) 조인영(趙寅永), 석애(石厓) 조만영(趙萬永), 한치원(韓致元), 남상교(南尙敎), 이만용(李晩用), 초정(楚亭) 박제가(朴齊家), 우당(羽堂) 조병현(趙秉鉉), 유하(游荷) 조병귀(趙秉龜), 경산(經山) 정원용(鄭元容), 이재(彝齋) 권돈인(權敦仁) 등 당시의 쟁쟁한 사대부 문인들과도 친하게 지냈다. 특히 조만영은 효명세자의 장인으로 동생인 조인영과 함께 풍양 조씨 세도정치의 중추인물이다. 이들은 선생의 후원자 역할을 했다.

---

**5**　余生而早慧 六七歲卽誦經史讀子集 操筆學屬文 以故先生長者 多愛而齒諸坐.

## 『추재집』, 나라가 망하려면 반드시 요물이 나온다

『추재집』은 본집 8권 4책으로 구성되었다. 첫머리에 추사 김정희의 아우 김명희(金命喜, 1788-1857), 탄옹(坦翁)과 신일(申㦶)이 쓴 3편의 제사(題辭)가 있다. 다음에 중국인 주문한(朱文翰)과 강련(江漣)이 쓴 2편의 서(序)가 있다. 권말에는 『호산외사』, 『대산집』, 『벽오당유고』에 실린 저자의 전이 부기되었고 1865년에 지은 송백옥(宋伯玉)의 발(跋)이 있다.

처음 계획은 『호산외사』나 『외이죽지사』에서 한 권을 택하여 읽으려 하였다. 그러나 한 권만으로 선생의 실학적인 작품 세계를 본다는 것이 두어 가마니 쌀을 됫박 하나로 수량을 재려는 것 아닌가 하는 생각이 들었다. 따라서 『추재집』 전체를 대상으로 의미 있는 작품들을 선별하여 살펴보겠다.

**1권부터 6권:** 약 1,500여 수의 시로 대략 연대순으로 배열되었다. 초반부의 시는 대개 중국과 우리나라를 여행하면서 쓴 기행시들과 생활 주변이나 자연을 소재로 하여 대상과의 조화를 추구한 작품들이 주류를 이루었다. 후반기로 갈수록 사회 현실을 사실적으로 묘사한 작품들이 많이 눈에 띈다. 또 장편시도 많이 보인다. 이에 대하여 추사 김정희는 두보(杜甫)의 시풍과 근접하다고 평하였다.

### 권1

『상원죽지사』(上元竹枝詞) 15수는 답교(踏橋), 석전(石戰), 구식(九食) 따위의 정월 대보름 풍속을 소재로 지은 연작시다.

권2

### 「누운 장승을 희롱하여」(戱臥長栍)

| | |
|---|---|
| 오래 서 있기도 수고로웠나 | 長立亦云苦 |
| 소나무 아래 신선처럼 누웠네 | 松下臥如仙 |
| 저에게 악착같은 인간세상 묻는다면 | 問渠人世齪 |
| 허연 눈으로 푸른 하늘만 쳐다볼 뿐 | 白眼仰靑天 |

서 있던 장승이 쓰러졌나 보다. 선생은 그 장승이 신선 같단다. 하지만 "악착같은 이 세상"과 "허연 눈"에서 인간세상을 살아가는 어려움이 그대로 배 있다.

「서구도올」(西寇檮杌)은 홍경래(洪景來)의 난을 소재로 한 시로 1,800여 자가 한 편을 이루는 오언시다. 선생은 이 작품에서 난이 일어난 원인과 경과, 난을 평정한 결과, 그리고 난을 그치게 할 방도를 사실적으로 묘사하였다. 그러나 제목부터가 "평안도 도둑 도올(檮杌)"이라고 하였다. 도올은 중국 신화에 나오는 괴물로 흉폭하고 악행을 일삼고 죽을 때까지 싸우는 성격이다. 선생이 어떤 사람의 입을 빌리는 형식을 썼으나 홍경래를 흉악한 도적으로 본다는 의미다. 줄거리를 따라가며 몇 장면만 보겠다.

| | |
|---|---|
| 정주 뒷산 마산(馬山)은 쓰리도록 푸르고 | 馬山碧慘憺 |
| 앞강 내천은 오열하여 우우! 우는구나 | 獢川鳴嗚咽 |
| 열에 아홉 집은 홀로된 부인 | 十室九寡婦 |

| 곡도 채 못하고 피눈물을 쏟는다 | 未哭淚先血 |
|---|---|
| 서럽고 서러워 밤새 앉아서는 | 哀哀坐終夜 |
| 난리 전 일부터 이야기 꺼내었다 | 自從亂前說 |
| 우리 땅 정원은 옛부터 낙토였지요 | 維定舊樂土 |
| 저 도적은 평안도의 사내였지요 | 厥賊雄西闢 |

시는 이렇게 어떤 사람이 선생에게 말을 들려주는 것으로 시작한다. 처음에는 평안도 지방이 좋은 풍속을 가졌는데 점차 풍속이 나빠졌다고 한다. 그렇게 7년이 흐르자 더욱 심하여 가뭄까지 겹쳐 논에 벼는 익지 못하고 보리는 씨 뿌린 뒤 싹도 안 나는 불모지가 되어버리고 물가는 치솟았다고 울먹인다. 말은 다음과 같이 이어진다. 관리들이 찾아와 세금을 독촉해대는 상황이 처참하다.

| 쌀 한 되에 칠십 냥이요 | 七十米一升 |
|---|---|
| 베 한 필에 육백 냥이 됐다오 | 六百布一疋 |
| 배고픔과 추위는 참는다지만 | 飢寒分所甘 |
| 관리가 독촉하며 서서는 | 官吏立徵督 |
| 이정에게 채찍질을 해대니 | 里正遭鞭撻 |
| 내 괴로운 데 뉘 사정 봐주겠소 | 我困執誰故 |
| 문을 두들기곤 고래고래 고함질 | 敲門卽嗔喝 |
| 가난한 사람은 제 자식 팔고 | 貧者鬻子 |
| 부자는 베옷 벗어 세금 내려고 | 富者解衣褐 |
| 마지못해 내고는 몸 꽁꽁 얼어도 | 割愛凍肢體 |

세금을 열에 하나도 채우질 못 했다오　　　　十不充其一

이러한 상황인데 설상가상으로 겨울이 되었다. 유언비어가 돌고 병란 조짐이 보인다. 이야기는 이제 홍경래가 난으로 들어간다. 임격정과 홍길동, 여기에 이괄과 한명련이 일으킨 난[1]까지 끌어온다.

| | |
|---|---|
| 궁하던 차에 이 난리 만나게 되니 | 貧窮遭亂離 |
| 한 밤새 예닐곱 읍이 다 놀랐지요 | 一夜驚六七 |
| 그날은 열여드레요 | 其日十八夕 |
| 그달은 섣달이었답니다 | 是歲十二月 |
| 극악한 무리 동쪽에서 달겨들어 | 劇寇從東來 |
| 가는 곳곳마다 모두 엎어지고 거꾸러졌지요 | 所向皆顛蹶 |
| 모은 수는 임격정 홍길동보다 배나 많고 | 嘯聚倍林洪 |
| 모반하기는 한명련 이괄과 비등했다오 | 犯順侔連适 |

도적이든 관군이든 백성들에게는 마찬가지 괴로운 대상이었고 홍경래는 드디어 정주성을 함락시킨다. 선생은 관군을 참빗에, 도적은 대빗에 비유하였다. 백성들에게 괴로움을 끼친 정도로 따지자면 성근 대빗보다 촘촘히 훑는 참빗이 더 악한 비유다. 은연중에 선생

---

[1]　1624년(인조 2) 정월에 이괄(李适, 1587-1624), 한명련(韓明璉, ?-1624) 등이 주동이 되어 일으킨 반란. 인조반정 때 공을 세운 이괄이 논공행상에서 우대받지 못하고 평안병사 겸 부원수로 좌천되자 이에 불만을 품고 난을 일으켰다.

의 심기를 보여준다.

| | |
|---|---|
| 적은 대빗같이 성글고 군사는 참빗 같아 | 賊梳兵如箆 |
| 노략질하기를 터럭 하나 안 남겨서 | 蒐掠靡遺髮 |
| 마을을 한번 분탕질하면 | 村閭一焚蕩 |
| 사내 아낙 모두가 베어 엎어졌지요 | 夫孃盡斬割 |
| 홍경래는 세 밤 만에 정주성에 이르러서는 | 三宿抵城下 |
| 성벽에 올라가선 비웃음 쳤지요 | 登陴賊笑哇 |

하지만 반군은 관군에게 처참하게 패한다. 선생은 다음과 같이 서술하고 있다. 도적이 아닌 일반 백성들도 떼죽음했음을 보여준다. 그야말로 처절한 당시의 상황을 선생은 이렇게 그려냈다.

| | |
|---|---|
| 홍경래는 말 버리고 | 景來棄其馬 |
| 갑옷도 벗어버리고 | 衣甲盡掉捝 |
| 우군측은 얼굴에 화살 맞고 | 君則面帶矢 |
| 피범벅에 외마디 소리치며 고꾸라졌고 | 被血叫頓跌 |
| 홍총각은 손바닥에 총알 맞고 | 總角掌中丸 |
| 신음하며 일어나지 못했다오 | 呻吟不振刷 |
| 장정들이 다 이 지경이니 | 丁壯盡是役 |
| 도적의 소굴에는 꼬물대는 것 하나 없어 | 萑苻無揭揭 |
| (…) | |
| 성을 나가려면 도적이 막았고 | 欲出賊不出 |

| | |
|---|---|
| 목숨을 애걸해도 관군이 살려주지 않았다오 | 欲活兵不活 |
| (…) | |
| 도적은 도적으로 죽었기에 | 匪賊死以賊 |
| 누가 누군지 죽은 꼴골 분별 어려웠고 | 難數某甲乙 |
| 억울한 원혼은 화평한 기운을 해쳐 | 幽寃干天和 |
| 전염병까지 이 천지에 그득 찼다오 | 疫癘蒸汗巇 |
| 살아남은 이들이 밭 갈기도 전에 | 生者未耕田 |
| 다시 접동새만이 피나게 울더군요 | 時復鳴鶗鴂 |
| 병들어 죽은 이 열에 다섯이고 | 病死十之五 |
| 굶주려 죽은 이 열에 여덟이지요 | 飢死十之八 |
| 주리고 병들어 하루 살기도 괴로워 | 飢病苦費日 |
| 관군 칼에 빨리 죽는 게 차라리 나을 것을 | 兵死快俄忽 |
| 내 삶은 참으로 괴롭기만 하니 | 我生良亦苦 |
| 빨리 죽는 게 차라리 꿀처럼 달 것 같습니다 | 快者甘如蜜 |

어떤 이의 말은 이렇게 '죽는 게 차라리 낫다'로 끝난다. 그래, 선생은 임금에게 이렇게 말하고 싶다 한다.

| | |
|---|---|
| 이 말을 차례로 시로 지어서 | 斯言次爲詩 |
| 임금을 위해 사방에 전하리라 | 爲君傳四訖 |
| 이 천 석 고을고을마다 | 百郡二千石 |
| 염치 있고 탐욕은 부끄러워하며 | 廉平恥饕餮 |
| 예의로 이끌고 다스려서 | 禮導幷義齊 |

| | |
|---|---|
| 근본에 힘쓰고 말단만 좇지 않으면 | 務本莫趨末 |
| 화평할 때에는 잘 따르고 | 治日易勸從 |
| 난리 때는 도망가는 일 없을 겁니다 | 亂時罔散佚 |
| 큰 도둑은 성읍을 도적하고 | 大盜盜城邑 |
| 작은 도둑은 돈푼이나 도적하여 | 小盜盜舠鎰 |
| 온갖 것 다 도적해간다고 해도 | 百物盡盜去 |
| 도적맞지 않은 것이 그래도 정치이니 | 未盜爲政術 |
| 바라건대 적은 고을 하나 빌려서 | 願借方寸地 |
| 임금님 귓전에 삼가 들리시도록 | 戁纖一仰徹 |
| 부끄럽지만 남풍 노래²를 부르고 | 縱愧南風歌 |
| 거문고로 타봤으면 한다 | 猶堪被琴瑟 |

「농성잡영」(隴城雜詠) 22수 역시 홍경래의 난 이후 피폐한 현실을 다루고 있다. 그중 첫 수는 이렇다.

| | |
|---|---|
| 가산의 적군 소식을 들으니 | 聞道嘉州賊 |
| 전날 밤에 성주를 죽였다네 | 前宵殺長官 |
| 어찌하여 차마 도적이 되겠는가 | 忍能爲寇盜 |
| 본디 춥고 배고픔을 참지 못하여 | 本不耐飢寒 |

----

**2** 순 임금이 오현금을 처음으로 만들어 「남풍가」를 지어 부르면서 "훈훈한 남쪽 바람이여, 우리 백성의 수심을 풀어주기를/ 제때에 부는 남풍이여, 우리 백성의 재산을 늘려주기를"(南風之薰兮 可以解吾民之慍兮 南風之時兮 可以阜吾民之財兮)이라고 했다는 고사가 있다. 『예기』「악기」.

| 눈바람은 변경에 급박하게 불고 | 風雪邊聲急 |
| 변방의 한 해도 저물어 가는구나 | 關河歲色闌 |
| 임금에 올리는 조서가 애통스러워 | 聖朝哀痛詔 |
| 글자마다 눈물이 흐르는구나 | 字字涕汍瀾 |

선생은 배고픔을 참지 못하여 도적이 될 수밖에 없는 현실을 저렇게 그려냈다.

## 권3

「북행백절」(北行百絶)이 실려 있다. 선생은 환갑인 1822년 춘삼월에 길을 떠나 함경북도를 보고 10월에 돌아왔다. 200여 일간 1만여 리를 걷는 고단한 여행이었다. 이때 본 농민들의 실상을 다음 해, 100편의 시로 모아놓았다. 그중 몇 편을 본다.

### 3. 「풍전역」(豊田驛)

| 보리는 누른 채 시들고 | 大麥黃而萎 |
| 밀은 푸른 채로 말랐구나 | 小麥靑且乾 |
| 굶주리고 흉년 들어 시름이 눈에 넘쳐 | 飢荒愁溢目 |
| 어느 곳이 정녕 풍전인가 | 何處是豊田 |

고을 이름은 풍전, 즉 '풍년 밭'이나 실상은 흉년 밭을 그린 시다.

**15.**

| | |
|---|---|
| 발 구르며 애들과 늙은이를 불러대며 | 頓足呼童叟 |
| 모두가 말하네 "서울 간다"고 | 皆言上漢京 |
| 샛바람은 부황 든 얼굴에 불어대는데 | 春風吹菜色 |
| 어느 날 서울에 도착하려는가 | 何日入東城 |

유랑하는 백성들 모습이다. 애들에서 늙은이까지 온 가족이 부황든 얼굴로 샛바람을 맞아가며 가는 곳은 서울이다. 선생은 "유민들은 모두 서울로 가니 밤낮으로 길에 끊이지 않는다"는 주석까지 달아놓았다. 그러나 서울에 간다 해도 저들을 반겨주는 이 하나 없다는 것을 선생은 안다.

**17.**

| | |
|---|---|
| 서울에는 10만 호 산다지만 | 京城十萬戶 |
| 부자도 많지 않은데 | 富者亦無多 |
| 가련한 저들 발 부르터가며 | 憐渠已繭足 |
| 부질없이 밟고 밟아 여섯 이랑 모래를 만드네 | 空踏六稜沙 |

서울은 그래도 많은 사람이 살기에 먹고살지 않겠느냐며 발 부르터가며 간다. 그러나 선생은 그래봤자 서울 속담에 "세 이랑의 모래를 밟아서 여섯 이랑 모래를 만들어도 오히려 밥 얻어먹기 어렵다" 한다.

**18.**

| | |
|---|---|
| 소나무 벗겨먹어 산은 깡그리 하얗고 | 剝松山盡白 |
| 풀뿌리 캐어먹어 들엔 푸름이 없네 | 挑草野無靑 |
| 밀 보리가 있다고 말하지 마시게 | 莫道麥牟在 |
| 바짝 마른 데다 멸구까지 덮쳤다오 | 乾黃又蝱螟 |

그야말로 곤궁한 백성들이 이러지도 저러지도 못하는 참상이다.

그러나 선생의 시가 모두 이런 것은 아니다. 「차경직도운」(次耕織圖韻) 46수는 농민들이 밭 갈고 김매고 누에치는 근면한 생산 활동을 그려낸 연작시다. 선생은 청나라 강희제의 「패문재경직도」(佩文齋耕織圖)에 운을 빌려 이 시를 지었다. '경직'은 농경사회에서 가장 중요한 농사짓고 옷 입는 일이요, '도'는 이것을 그림으로 그려 냈다는 말이다. 아래는 「초앙」(初秧)으로 좋은 날씨 속에 새로 돋아나기 시작하는 어린모를 바라보는 농부의 흐뭇한 마음을 읊었다.

| | |
|---|---|
| 기름진 비가 보슬보슬 내리니 논물은 넘치고 | 膏雨絲絲水淺深 |
| 여린 모가 파릇파릇 돋아나니 가장 관심거리지 | 嫩黃新綠最關心 |
| 날씨도 너무 좋아 부드러운 바람과 따듯한 햇볕 | 仁風惠日溫存極 |
| 하룻밤에도 능히 한 치씩 자라난다네 | 一夜能長一寸鍼 |

아래 「어음」(淤蔭)은 거름 주는 장면이다. 잡초를 베고 거름으로 재를 뿌린다. '노력이 천기'와 같다거나 '아주 적은 거름이지만 만 이랑을 덮은 구름'처럼 풍요로웠으면 하고 기대한다.

| | |
|---|---|
| 풀 베고 재 뿌리며 부지런히 힘을 써서 | 殺草鋪灰用力勤 |
| 논밭 십 분에 논물은 삼 분이라 | 十分田地水三分 |
| 사람의 노력이 천기와 같음을 깨달으니 | 人功始覺如天氣 |
| 아주 작은 거름이지만 만 이랑의 구름이라 | 膚寸淤泥萬畝雲 |

## 권6

「사마시 방목을 보고 7보시 두 수를 읊다」(司馬唱榜日 口呼七步詩 二首)는 선생이 83세에 사마시[3]에 합격하고 쓴 시다. 하지만 사마시는 대과(大科)가 아닌 소과(小科)에 지나지 않는다. 사마시는 진사시와 생원시로 나누어지는데 합격자는 성균관에 입학할 수 있으며 하급 관리가 되기도 하였다. 선생은 사마시에 합격하여 발표 날 오위장(五衛將)을 제수받았다 한다. 오위장은 5위(五衛)의 우두머리 군사 직으로 정3품이다. 그러나 도성 내외를 순찰하는 임무 정도였다. 더욱이 선생의 나이로 보면 가당치도 않은 임무이니 그저 여든셋 노인에 대한 배려 정도로 보아야 한다. 여하간 저때 합격자 방목에서 자신의 이름 석 자를 본 선생의 심정은 어떠했을까?

| | |
|---|---|
| 배 속에 든 시와 책이 몇 백 짐이던가 | 腹裡詩書幾百擔 |
| 올해에야 가까스로 난삼[4]을 걸쳤네 | 今年方得一襴衫 |
| 구경꾼들아! 나이 많고 적음을 묻지 마시게 | 傍人莫問年多少 |

---

3    사마시(司馬試): 진사시.
4    난삼(襴衫): 진사에 합격하여 입는 예복.

육십 년 전에는 나도 스물세 살이었다네　六十年前二十三
태평 시절에도 벼슬은 허망하거늘　堯舜君民妄夯擔
사람들이 만나 이 늙은이 얘기하며 웃네　相逢人笑老生談
성균관 진사시험 발표하는 방　成均進士今春榜
온 나라 사람들 조수삼 이름 듣고 놀라네　一國皆驚趙秀三

「씀바귀」(采苦)라는 시다. 이 시는 냉이를 캐는 아이들과 씀바귀를 캐는 늙은이의 대화로 진행된다. 아이들이 먹기에 쓴 씀바귀를 캐는 늙은이를 비웃자 늙은이는 이렇게 말한다. 그야말로 씀바귀만큼이나 쓰디쓴 인생사다.

우리네 삶이라는 게 참으로 괴로운 것　吾生良苦人
온갖 쓴 맛을 일찍이 듣고 보았단다　百苦甞記睹
양반이 아니니 천한 신분 괴로웠고　苦賤無貴族
부자가 아니니 가난이 괴로웠지　苦貧非富戶
발톱과 어금니 없어 굶주림이 괴로웠고　苦飢乏爪牙
털과 깃이 적어 추위가 괴로웠지　苦寒少毛羽
관청에 군포를 바쳐야 하니 아낙네도 괴로웠고　婦苦納官布
밭에서 세금을 내야 하니 남정네도 괴로웠지　男苦輸田賦
문으로 나갈 때마다 고개를 숙여 괴로웠고　門苦出低首
방 안에 누워도 기둥에 닿아 괴로웠지　室苦臥觸柱
깨끗하지 못해 얼굴 모습이 괴로웠고　貌苦鮮皎潔
아양을 떨지 못해 말하기도 괴로웠지　語苦不媚嫵

| | |
|---|---|
| 봄갈이할 때에는 가뭄으로 괴로웠고 | 春耕苦亢旱 |
| 가을걷이 때에는 긴 장마가 괴로웠지 | 秋穫苦多雨 |
| 김맬 때에는 긴 호미자루가 괴로웠고 | 蓐草苦長鑱 |
| 나무할 때에는 무딘 도끼가 괴로웠지 | 斲樵苦鈍斧 |
| 아내가 울부짖을 때엔 남편 된 게 괴로웠고 | 妻號苦所天 |
| 아이가 울 때엔 아비 된 게 괴로웠지 | 兒啼苦爲父 |
| 풍년 들면 세금 징수 괴로웠고 | 樂歲苦徵斂 |
| 흉년 들면 장리쌀이 괴로웠지 | 凶年苦糴簿 |
| 양떼를 모는 듯한 채찍질이 괴로웠고 | 鞭扑苦驅羊 |
| 호랑이를 보는 듯 아전 때문에 괴로웠지 | 胥吏苦闞虎 |
| 걱정은 즐거움의 근본이고 | 憂是樂之本 |
| 괴로움도 즐거움의 근본이어서 | 苦乃甘之祖 |
| 고생 끝에 즐거움이 온다고 | 苦盡而甘來 |
| 예부터 옳은 말씀이 전해온다 | 格論傳諸古 |
| 괴롭게 행해야 어진 선비가 되고 | 苦行爲賢士 |
| 듣기 싫은 말도 해야 밝은 임금을 깨우치지 | 苦諫悟明主 |
| 너희들도 보아라. 부귀한 사람에게도 | 君看富貴人 |
| 괴로움이 또한 헤아릴 수 없단다 | 苦亦不勝數 |
| 부자는 더 큰 부자 되려 괴롭고 | 富苦跨猗陶 |
| 양반은 높은 지위에 오르려고 괴로워한단다 | 貴苦致公輔 |
| 괴로울 게 없는데도 스스로 괴로움을 구하여 | 無苦自求苦 |
| 남의 비위 맞추느라 겨를 없어서야 되겠느냐 | 不遑任仰俯 |
| 내가 캐는 씀바귀 비록 쓰다지만 | 我荼雖云苦 |

배불리 먹을 수 있고 두 다리 뻗고 잔단다　　飽眠舒兩股

늙은이는 남이 안 캐기에 지천으로 널린 씀바귀를 배불리 먹고 두 발 뻗고 잔다고 마무리 짓는다. 그러나 이 씀바귀의 역설은 역설일 뿐이다. 씀바귀의 쓴 맛이 어디로 가겠는가.

## 권7

『고려궁사』 22수, 『기이』 71수, 『외이죽지사』 83편과 공령시(功令詩)가 실려 있다. 『고려궁사』는 저자가 「청호비사」(靑湖牌史)를 보고 요령을 얻어 중국 시체의 일종인 「죽지사」를 모방하여 지은 시다. 고려 시대의 비사, 또는 전해 내려오는 이야기를 칠언절구로 읊었다.

## 『외이죽지사』[5]

83개국의 풍물을 읊은 시다. 「달단」(韃靼, 몽고), 「올량합」(兀良哈, 여진의 한 부족), 「여진」(女眞), 「일본」을 시작으로 말미에 첨부된 「해

---

5　본래 죽지사란 중국 파유(巴歈) 지역 일대에 유포된 민가(民歌)의 일종이었다. 우리나라에서는 고려 말 이제현의 「소악부」를 시작으로 지었다. 조선 후기에 와서 주로 소외된 지식인과 위항 시인들이 죽지사 작품을 다수 창작하였다. 서얼 출신 신유한(申維翰)의 「일동죽지사」(日東竹枝詞) 34수, 김해에서 24년간의 유배생활을 읊은 이학규(李學逵)의 「금관죽지사」(金官竹枝詞) 30수, 이유원(李裕元)이 30개국의 풍물을 작품화한 「이역죽지사」(異域竹枝詞) 30수, 한말의 서리 출신인 친일파 최영년(崔永年)은 사화(史話)와 민간 풍물(風物)을 다양하게 작품화하여 560수에 달하는 장편의 「해동죽지사」(海東竹枝詞)를 지었다.

중제국」(海中諸國)과 「일본잡영」(日本雜詠)까지 합하여 모두 133장
이다. 외국에 대한 관심을 볼 수 있는 시다. 『외이죽지사』는 명대
에 나온 지리서인 『방여승략』(方興勝略)을 보고 지었다. 『방여승략』
은 중국 이외 여러 나라의 문화가 담긴 책이다. 이를 본 선생은 중국
전체를 낱낱이 열거하고 천하를 그려낸 것이 눈앞에 생생하게 펼
쳐졌다며 기뻐서 스스로 말하기를 "몸에 날개를 달아 그곳까지 날
아가 이 책과 같은지 아닌지를 살펴볼 수 있을까?"[6] 하는 생각까지
『외이죽지사 병서』에 적어놓았다. 이제 몇 작품만 보자.

**섬라(暹羅):** 오늘날 태국이다. "섬라는 적미(赤眉)의 후손들이다"[7]로
시작한다. 적미는 전한(前漢) 말에 번숭(樊崇) 등이 일으킨 농민 반
란군이다. 눈썹을 붉게 물들여서 이런 이름이 붙었다. 여기서는 반
군(叛軍)의 뜻으로 쓰였다.

> 백성들은 모두 누각으로 만든 집에 살며…집안일은 부인에게 결정권이
> 있으며 여자들은 바다 상인들과 많이 간통하며 이를 영예라 여긴다. 남
> 자들은 음경에 방울을 달았다. 사람들이 죽으면 불경을 읽는다.

선생은 여인들이 집안의 결정권을 갖는 데 관심이 있었던지 칠언절
구 시에다 이렇게 "집안일은 집집마다 부인의 말을 듣는다네"[8] 하

---

6    得身具羽翼 徧翔其地 審與此書同也否.
7    暹羅赤眉遺種也.
8    家事家家聽娘人.

였다.

**물누차(勿耨茶)**: 지금의 이탈리아 베네치아에 대해 쓴 글이다.

바다 가운데 있다. 벽돌로 높은 방을 만들며, 구리 벽돌로 성곽을 쌓는다. 땅이 기름지고 많은 백성들이 있어 수예품이 절묘하다. 나라에 군주가 없으니, 매년 대가들 가운데서 현명한 자를 선출하여 나랏일을 맡게 한다. 일을 마치면 평민으로 다시 돌아간다. 산이 둘 있고 한 산에서 화산이 솟구쳐 나오는데 끊이지 않는다.

"나라에 군주가 없다",⁹ "현명한 자를 선출하여 나랏일을 맡게 한다",¹⁰ "일을 마치면 평민으로 다시 돌아간다"¹¹ 여기에 땅까지 비옥하고 백성들의 손재주 또한 뛰어나다. 선생이 사는 사회는 세습 왕조, 양반과 상놈의 계급, 여기에 부패한 조선 후기였다. 당시로서는 충격적인 이러한 나라가 있다는 것에 대한 선생의 반응이 자못 궁금하다. 선생은 "해마다 한 번 삼황의 세상이 되니¹² 요임금과 순임금도 본래 백성으로 돌아가지"¹³라는 시를 적어놓았다. "삼황"은 복희(伏羲), 신농(神農), 황제(黃帝)로 중국의 전설적인 황제들이다. 그리고 이들을 이은 요임금과 순임금, 요순시절이다. 이 두 임금의

---

9   國無君主.
10  選賢者管事.
11  事畢復爲平民.
12  年年一度三皇世.
13  堯舜還他本色氓.

본래 근본은 백성이다. 요임금은 조그만 부족사회의 수령에서 출발하여 왕이 되었고 그 왕의 자리를 피 한 방울 섞이지 않은 순에게 양위하였다. 순임금은 효성스러운 사람으로 나라를 잘 다스리다 역시 농사를 짓던 우(禹)임금에게 왕위를 계승시켰다. 이렇게 임금 자리를 세습이 아니라 덕 있는 사람에게 물려주는 것을 '선양'(禪讓)이라고 한다. 선생에게는 꿈과 같은 소리지만, 글로나마 꿈의 나라를 그린 것이 아닐까 한다.

물누차 다음 「돌랑」(突浪)에서도 이와 비슷한 내용이 나온다. 돌랑은 트란실바니아로 오늘날 루마니아 지역이다. 선생은 "군왕은 덕이 있고 오(奡)처럼 힘이 세다.[14] 팔 걷어붙이고 궁정에서 쇠로 된 배를 끈다"[15]고 써놓았다. 덕 있는 임금이 오처럼 힘도 세어 궁중에서 직접 힘쓰는 일을 한다고 하였다. "오"는 땅에서 배를 끌 정도로 힘이 강한 장사였다.

이러한 『외이죽지사』에서 문학성을 떠나, 우선 선생의 시적 공간이 외국으로까지 확대되었다는 점을 간과해서는 안 된다. 이는 조선 지식인의 한계에서 벗어나는 자아인식의 확대와 맞물린 대외적 시각조정이라고 보아야 한다. 또한 한시이지만 그 소재를 민간의 토속에까지 확대시켜서 '조선시', '조선풍'의 실현에 일정하게 기여했다는 점도 새길 일이다. 이는 중세 보편주의의 이탈로서 미흡하나마 '근대'로 이행하는 지식인의 문학 소재 확장의식 따위를

---

14    君王有德能如奡.
15    褰袖宮庭曳鐵舟.

의미로 추출케 한다.

『기이』(紀異)

각 제목 아래 간단한 인물 중심의 일화를 그려냈고 칠언율시로 마무리하였다. 소재로 다룬 71명은 남녀노소, 신분, 직업에 관계없이 서술하였다. 그 몇 편을 보겠다.

「소설 읽어주는 노인」(傳奇叟): 동대문 밖에 거주하는 전기수에 대한 내용이다. 전기수가 종로를 오르내리며 자리를 잡고 읽어주는 소설은 「숙향전」, 「소대성전」, 「심청전」, 「설인귀전」 따위다. 읽기를 잘하여서 사람들이 겹겹이 둘러앉아 듣는데 가장 재미있는 부분에서는 입을 다문다 한다.

> 전기수는 아주 재미있는 대목을 앞에 놓고 입을 다문다. 입을 꾹 다물고 말이 없으면 듣던 사람들은 그다음 이야기를 듣기 위하여 다투어 돈을 노인에게 던져준다. 이것을 요전법[16]이라 한다.

| 애들과 여인들이 안타까워 눈물까지 흘리니 | 兒女傷心涕自雰 |
|---|---|
| 영웅의 승패가 어떻게 갈릴지 궁금해서 | 英雄勝敗劍難分 |
| 하던 말 뚝 그치니 돈 받아내는 요전법이라 | 言多默少邀錢法 |
| 빨리 듣고 싶은 게 인지상정이니 묘하도다 | 妙在人情最急聞 |

---

**16** 요전법(邀錢法): 돈을 얻는 방법.

「말 주머니」(說囊)에 보이는 김옹(金翁)도 이 전기수와 유사한 이야기꾼이다. 이 김옹이 어찌나 입심이 좋든지 선생은 아예 '익살의 영웅'(滑稽之雄)이라고까지 치켜세워준다. "꾀꼴새와 따오기 서로 송사하는데 늙은 황새 판결이 가장 공평하더라"는 내용으로 보아 김옹이 말하는 이야기는 「황새결송」이란 작품이다. 「황새결송」은 인간의 잘못된 재판을 짐승들을 끌어와 비판 풍자하는 소설이다.[17]

이 『기이』에는 조선 후기의 다양한 직업군상이 나온다. 그중 스님에 대한 내용이 있다. 「삼첩승가」(三疊僧歌)라는 작품이다. 선생의 기록을 따르자면 "남 참판(南參判) 이름은 기억할 수 없다. 소년 시절에 길을 가다 여승을 보았다. 집에 돌아와서도 잊지 못해 병이 들어서는 긴 노래를 지어서 마음을 호소했다. 그 여자도 답하는 노래를 지어 세 편을 주고받았다. 이후 그 여자가 머리를 기르고 남씨 집안의 첩이 되었다. 지금도 승가 세 편이 세상에 전해진다"고 하였다. 당시에는 여승이 간통죄를 범하면 일반인의 간통보다 죄를 이중으로 가중할 때이니 가상한 용기다.[18]

다음은 우리가 잘 아는 일지매 이야기다. 지금은 어린아이도

---

**17** 목판본이 1848년에 간행된 『삼설기』(三說記)에 실려 있다. 패악무도한 자가 경상도 부자의 재산을 빼앗으려 하였다. 협박을 당한 부자는 형조에 소송했으나 악한의 술수에 넘어간 형조의 판결은 부자의 패배로 끝난다. 분한 부자는 짐짓 이야기를 꾸며 억울한 사연을 빗대어 호소한다. 즉 꾀꼬리·뻐꾸기·따오기가 울음소리를 다투다가 황새에게 청을 넣는다. 황새는 꾀꼬리와 뻐꾸기는 소리가 애잔하고 궁상스러우나 따오기는 가장 웅장하다며 가장 좋은 소리로 판결했다. 이 이야기를 들은 형조의 관원들이 부끄러워하였다. 당시 송사의 부패상을 풍자한 작품이다.

**18** 안대회, 「연작가사 『僧歌』의 작자와 작품성격」, 『한국시가연구』 26호, 2009에서 남참판이 남휘(南徽, 1671-1732)이고, 그의 소실이 비구니승임을 밝혔다.

알지만 이 기록 이외에 일지매는 문헌상에 보이지 않는다.

> 「일지매」(一枝梅): 일지매는 의협심이 있는 도적이다. 늘 탐관오리들의
> 재산을 빼앗아 가져와서는 살아가기가 힘들어 죽으려 하는 사람들에게
> 나누어주었다. 일지매는 처마 끝을 나는 듯하며 벽을 달리는 듯하며 날
> 래기가 귀신같아 도둑맞은 집에서는 그가 누구인지 알 수 없었다. 그가
> 빼앗아갈 때에는 매화 한 가지(一枝梅)를 그려서 표해두었다. 이는 아마
> 도 다른 사람을 의심하지 말라는 뜻이었다.

선생은 위의 글을 쓰고 아래에 다음과 같이 의견을 덧붙였다.

| | |
|---|---|
| 붉은 매화 한 가지 증표로 남겨두고 | 血標長記一枝梅 |
| 탐관오리 재물 털어 여럿에게 나눠주네 | 施恤多輸汚吏財 |
| 천고에 때 만나지 못한 영웅 이야기 | 不遇英雄傳古事 |
| 오강에서 비단 돛 흘러와 옛일을 알게 하네 | 吳江昔認錦帆來 |

오강(吳江)의 옛일은 비운의 영웅인 항우가 오강에서 자살한 것을
말한다. 이 외에도 흥미로운 작품으로 제주 기생 만덕(萬德)이 흉년
에 백성을 구제한 이야기와 300종류 새 이름을 벼슬 이름처럼 지은
「통영아이」(統營童), "남편이 나를 사랑한 것이 진실로 천하에 둘도
없었으니 나도 남편에게 역시 천하에 둘도 없는 사랑을 하리라"며
죄를 지은 남편을 따라 죽은 「금성월」(錦城月) 따위가 있다.

권8

서(序, 5), 기(記, 12), 전(傳, 6), 잡저(雜著, 7), 적(賦, 2), 세시기(歲時記)가 실려 있다.

## 전(傳)

「육서조생전」(鬻書曹生傳)과 「최열부전」(崔烈婦傳), 「김장군전」(金將軍傳), 「동리선생전」(東里先生傳), 「이단전전」(李亶佃傳), 「경원선생자전」(經畹先生自傳) 등이 있다. 특이한 것은 전마다 끝에 "경원자왈"(經畹子曰)이라고 하여 자신의 찬(贊)을 붙인 점이다.

그중 흥미로운 것은 선생 자신의 전인 「경원선생자전」이다. 이 전에서 선생은 자기를 '조선의 미친 선비'(狂士)라 불렀다. 미치지 않고서야 어찌 살아가겠는가. 선생은 재주 있게 태어났으나 서얼 신분이다. 아래는 그 전문이다. '경원'은 '여러 책들을 글밭으로 여기다' 정도의 의미다.

경원 선생은 조선의 미친 선비다. 천성이 글 읽기를 좋아하여 흰머리가 되도록 옹알옹알 그치지 않았으나 끝내 또한 스스로 잊어버려 다른 사람이 물어보면 멍하니 대답할 수가 없었다. 때로는 억지로 기억해서 도도하게 일만 글자 분량을 외워 육경을 전부 외울 수가 있었다. 어려서부터 글짓기를 좋아하여 심지어 먹고 자는 것도 그만두었으나 그리 훌륭한 글을 짓지는 못했다. 하지만 왕왕 기세가 높고 뛰어나 옛 작자의 풍모가 있었다.

집이 가난하여 변변찮은 음식조차도 실컷 먹지 못했는데 열흘이나 한 달씩 산수간으로 나가 노닐며 아내와 자식을 돌보지 않았다. 본디 술을 마시지 못했으나 일찍이 사신을 따라 요동벌을 지나 명발[19]에 이르고 연대[20]로 들어가 개를 도살하는 저잣거리에서 노닐었던 때에는 커다란 술잔을 쳐들어 하룻저녁에 서너 말을 죄다 들이켰다.

기력이 가냘프고 연약해져 옷조차 이기지 못했으나 고금의 성공과 실패, 의리와 이익의 분별을 논함에 이르러서는, 문득 머리카락이 치솟고 눈을 부릅떠 기세가 오른 것이 용사와 같았다.

남과 사귀기를 좋아해서 귀한 이, 천한 이, 현명한 이, 어리석은 이를 따지지 않고 모두 그 환심을 얻었으나 끝내 그들에게 받아들여지지는 못했다. 해학을 잘하고 비속한 일을 많이 말했으나 궁극적으로는 상경[21]을 등지지 않았으며, 그 때문에 공자의 도를 추구하지 않는 사람은 끼어들어 비난할 수 없었다.

늙어 병이 많고 또 게을러지자 문을 닫고 찾아오는 손님을 물리치고 종일토록 머리가 지끈거려 자는 듯 누워 있었다. 손님이 오면 모두 사절하고 만나보지 않았으나 유독 몇몇 사람과는 교유하였으니, 곧 깊이 알아주는 사람이기 때문이었다. (…)

늘 소진(蘇秦)이 했던 말에 대해 일찍이 회한을 느껴 "대장부로서 어찌 몇 이랑의 밭을 도모함이 가당키나 하리오? 나는 마땅히 구경[22]을 좋은 밭으로 삼으리라"라고 말한다. 이 때문에 스스로의 아호를 '경원

---

**19** 명발(溟渤): 큰 바다.
**20** 연대(燕臺): 북경, 원래는 황금대.
**21** 상경(常經): 떳떳한 도리.
**22** 구경(九經): 『주역』·『시경』·『서경』 등 9가지 책.

선생'이라 했다.

잡저에는 「불가설설」(不可說說), 「만록」(謾錄) 따위 글이 보인다. 이 중, 「불가설설」이 눈에 들어온다. 깜짝 놀랐다. 읽어보니 「불가설설」은 나라가 망할 때 나온다는 불가사리 이야기이기 때문이다. 선생이 써놓은 대략의 내용은 아래와 같다.

> 신라 말에 흉악한 괴물이 나타났다. 짐승은 짐승인데 빛은 검고 몸뚱이는 난 지 사흘쯤 되었다. 성미는 유순했고 사람을 가까이하였다. 오직 쇠만을 먹었다. 사람들이 헌 쇠그릇을 주니 천백 개라도 목구멍으로 눈스러지듯 넘어갔다. 점점 자라 마소만큼 커지자 숨을 쉴 때마다 불을 내뿜어 주위에 가기만 하면 무슨 물건이든지 다 타버렸다. 사람들이 쫓아도 가지 않았다. 나무로 때리고 돌로 쳐도 꿈적 않았고 칼과 톱을 가지고 가도 먹이만 될 뿐이었다. 이에 사람들은 그놈을 '감히 말할 수 없는 놈'이란 뜻으로 불가설(不可說)이라 하였다. 불가설은 날마다 먹을 것을 찾아다녔다. 관가에서 민가까지, 임금 창고에서 농사지을 호미까지 쇠붙이는 아주 모조리 먹어치웠다. 더욱이 여러 해 흉년까지 들었다. 나라에서는 만승회[23]를 열어 밥을 먹여 액막이를 하였다.

선생은 구전되어오던 이야기에 하필이면 불가사리 이야기를 찾아

---

**23** 만승회(萬僧會): 왕이 많은 승려들을 초청하여 음식을 베풀던 모임.

내 위와 같이 정리하였다. 그러고는 이 이야기가 "불자들이 불교가 없어질까 두려워 꾸며낸 이야기로 이는 불가설(不可說),[24] 즉 불가설(佛家說)[25]"이라 한다. 그러나 그다음 구절부터가 좀 수상쩍다. 선생의 속내가 은연중 드러난 것 같아서다.

> 그러나 『중용』에 이르기를 "나라가 망하려면 반드시 요물이 나온다" 하였다. 불가설이 나온 것은 장차 신라가 망할 징조였음인가. 천하에 임금된 자가 처음에는 소인을 가까이하여 길러내서는 그 세력이 요원의 불길처럼 어찌할 수 없게 된다. 비록 그가 나라를 좀먹고 백성을 크게 해치는 불가설(不可說)이 되는 줄 알지만 어찌할 수 없다. 그러므로 소인은 불가설(不可褻, 가까이 하지 말아야 할 놈)이다.

선생은 "나라가 망하려면 반드시 요물이 나온다"[26]는 『중용장구』 제24장의 말을 인용하였다. 불가사리가 나라를 망하게 할 징조임을 분명히 하려는 의도다. 우리 속담에도 "고려(송도) 말년 불가사리"라는 말이 있다. 어떤 좋지 못한 일이 생기기 전의 불길한 징조를 말한다. 하지만 선생은 이 불가사리를 음의 유사를 이용하여 '불가설(不可說)=불가설(佛家說)=불가설(不可褻)'을 만들었다. 여기서 '불가사리'는 나라를 망하게 하는 그 불가사리가 아니라 '소인'

---

**24** 불가설(不可說): 가히 말할 수 없는 놈.

**25** 불가설(佛家說): 불가의 이야기.

**26** 國家將亡 必有妖孼.

이다. 선생은 임금의 옆에 붙은 소인을 간신의 무리라 여겨 불가사리라 한다. 이 불가사리 이야기를 「가히 말하지 말아야 할 이야기」에 관한 이야기'라는 뜻의 「불가설설」(不可說說)이라 제명한 이유는 무엇일까? 선생과 대면할 수는 없지만 혹 19세기 중반, 세도정치로 썩어가는 조선의 멸망을 읽었다고 추론하여도 무방하지 않을까한다.

첨부: 한자로 불가살이(不可殺伊)[27]라고도 적는다. 그렇다면 선생이 말하는 소인의 무리는 영원히 사라지지 않는다는 말이니 이또한 참으로 섬뜩하다. 이 나라에 널린 게 소인배 무리이기에 말이다.

## 『세시기』

우리나라 세시 풍속을 기술하였다. 재미있는 풍습 몇을 찾으면 아래와 같다.

**3월 3일:** 삼월 삼짇날이다. 이날 "민가에서 오색실을 둥글게 엮어 봉라(蓬虆) 모양으로 만들어 문 위에 걸어두고 제비를 맞이하였다"고 기록하였다. 이날은 답청(踏靑) 날인데 들에 나가 파랗게 난 풀을 밟고 놀기도 하였다.

선생은 한문을 이용하여 민간의 풍속이나 이야기를 적극적으로 표현하였다. 그 결과물들이 이 『세시기』와 『상원죽지사』(上元竹

---

27  불가살이(不可殺伊): 아무리 해도 죽거나 없어지지 않는 사람이나 사물을 비유적으로 이르는 말.

枝詞), 『연상소해』(聯林小諧), 『기이』(紀異), 그 밖의 '기속시' 형태로
다량 존재한다. 우리 민간 풍물에 대한 선생의 관심은 아마도 중국
을 여행하며 생긴 듯하다. 그곳에서 다양한 인간사를 접하고 우리
고유의 문화에 대한 애정과 관심이 생겼을 것이다.

　선생은 「경원선생자전」에서 탄식하며 "나에게 십 년이라는 기
간이 더 주어져 만일 문장에 진력한다면 역시 성대(聖代)를 위해
「격양가」를 짓기에 충분했을 것이다"라 했다.

　마지막으로 선생이 꽤 의술에 밝았다는 기록과 재주 많은 중
인으로서 삶을 알 수 있는 기록으로 마친다. 강준흠(姜浚欽, 1768-
1833)[28]의 『삼명시화』(三溟詩話)에 보이는 내용이다. 글을 읽자니 선
생의 재주가 애석하다.

　　사대부들이 많이 조수삼을 떠받들었다. 그도 자기 재주를 믿고 고결하
　　게 놀았다. 이름을 경유로 바꾸었다. 의술을 닦아 병을 돌보려 재상가를
　　출입하니 분수를 모르고 교만방자하다가 한 상공에게 머리채를 잡혔다
　　고 하더라. 애석하도다!

---

**28**　본관은 진주(晉州), 호는 백원(百源), 삼명(三溟). 지평, 교리, 수안군수, 승지를 지냈
　　　으며 서예가이기도 하다.

## 참고문헌

『추재집』(秋齋集)(국립중앙도서관 소장)

박윤원·박세영 역,『조수삼·이상적 작품선집』(조선문학예술총동맹출판사, 1965)

허문섭 역,『조수삼 작품집』(뜻이있는길, 1994)

강준흠 저, 민족문학사연구소 한문분과 옮김,『삼명시화』(三溟詩話, 소명출판, 2006)

김영죽,『조선 지식인이 세상을 여행하는 법』(역사의아침, 2016)

『호산외기』(壺山外記)

『이향견문록』(里鄕見聞錄)

구자균,『한국평민문학사』(고려문화사, 1948)

한국고전종합DB

# 6장

—

## 낙하생 이학규 『영남악부』

말하는 자는 죄가 없다


그대는 소주 마시는 무리이고
우리는 채찍 아래에 종이라네
어제의 술로 그대는 정사를 삼았거늘
오늘의 일은 어찌 우리와 하려는가

# 이학규의 생애

**이름**  이학규(李學逵)

**별칭**  자는 성수(醒叟) 또는 성수(惺叟), 호는 낙하생(洛下生)·낙하(洛
下), 당호는 문의당(文猗堂)·인수옥(因樹屋)

**시대**  1770(영조 46) − 1835년(헌종 원년)

**지역**  서울 출생이며 세거지는 부천 소래산 인근

**본관**  평창(平昌)

**직업**  실학자

**가족**  아버지는 이응훈(李應薰, 1749-1770)이며, 어머니는 여주이씨
(驪州李氏)로 진사 이용휴(李用休, 1708-1782)의 딸이다. 부인은 정
재만(丁載萬)의 딸로 다산(茶山) 정약용(丁若鏞)과 10촌인 나주정씨
(羅州丁氏)다. 아버지 이응훈은 이학규가 태어나기 5개월 전에 22
세의 나이로 요절했다.

**어린 시절**  선생은 서울의 외가에서 유복자로 출생하였다. 외할아버지
이용휴에게 교육을 받았고 실학자로 이름이 높았던 외삼촌 이가환
(李家煥, 1742-1801)을 비롯하여 이삼환(李森煥) 등이 있던 성호학
파의 실학적 학문 분위기 속에서 성장했다.

**그 후 삶의 여정**  15세인 1784년 진천현 관아에서 나주정씨와 혼인하
였다. 정씨는 부모가 돌아가셨고 의지할 형제도 없었다.

　24세인 1793년 아들 이재종(李在種)이 태어나다.

　26세인 1795년 과거에도 합격하지 않았으나 정조의 명으로 규
장각 도서 편찬 사업에 참여하여 『규장전운』과 『어제전서』를 편찬

하다. 수교[1]의 직임을 맡다.

28세인 1797년 다시 왕명에 의하여 원자궁(元子宮)에 내릴 책을 교감하고 수정·보완하여 바치다. 또 이만수(李晩秀)가 지은 「화성경리시말」(華城經理始末)을 한글로 번역하여 왕비에게 바치다. 정조로부터 문사(文詞)와 자학(字學)에 밝다고 칭찬을 듣다.

30세인 1799년 왕명으로 「무이구곡도가」(武夷九曲櫂歌)를 지어 올리다.

32세인 1801년 신유사옥에 삼종숙(三從叔) 이승훈(李承薰) 등과 함께 구금됐고 조사 결과 천주교와는 무관함이 밝혀졌다. 그러나 전라도 능주(綾州, 지금의 화순군)로 유배된다. 이해 10월 내종제(內從弟)인 황사영(黃嗣永)이 천주교 박해의 실상과 해결책을 비단에 적어 베이징(北京)에 있던 서양 신부에게 보내려다 발각돼 참형을 당하는 백서사건(帛書事件)이 발생한다. 이때에 내종제인 관계로 다시 국문을 받고 김해로 유배지를 옮긴다.

아들 이재목(李在牧)이 태어나다. 『죽수집』(竹樹集)을 완성하다.

33세인 1802년 김해에 주거를 정하고 당호를 인수옥(因樹屋)이라 하다.

35세 겨울, 셋째 아이가 죽었다는 소식을 듣다.

39세인 1808년 유배지에서 『영남악부』(嶺南樂府)를 짓다.

46세인 1815년, 유배 생활 15년째에 부인 정씨가 사망하다.

48세인 1817년 겨울, 후실 진주강씨(晉州姜氏)를 맞이하다.

---

1　수교(讎校): 책을 서로 비교하여 틀린 것을 바로잡는 직책.

50세인 1819년 여름, 모친상을 당하다.

51세인 1820년 추석에 죽은 아내를 그리워하며 「의제정유인문」(擬祭丁孺人文)을 쓰다. 이 글은 아내를 회고하는 처절한 심정을 그려 읽는 이의 눈물을 자아낸다.

52세인 1821년 11월, 후실 강씨가 아이를 낳다가 죽다. 강씨를 위해 「곡윤모문」(哭允母文)을 짓다.

55세인 1824년 4월에 아들의 재청에 의하여 방면됐다. 무려 24년의 긴 유배 생활이었다. 이 동안에 아내와 어머니, 그리고 어린 두 자식이 모두 세상을 떴다. 부천 소래산 근처에 우거하다. 소래산 밑에 선생의 5대조 아래 선영이 있었다.

선생은 이때의 심경을 다산 정약용에게 보낸 편지인 「답정참의약용서」(答丁參議若鏞書)에 이렇게 적어놓았다.

아아! 남쪽으로 유배를 와 지낸 지 20년이 되는 동안 혹독한 형벌이 남보다 심해 사람 노릇을 할 수 없었습니다. 집을 떠나온 지 4년 되었을 무렵 어린 자식의 죽음을 전해 듣고 홀로 목 놓아 울 뿐이었습니다. 15년이 되었을 때에는 아내가 세상을 떠났습니다. 거처하는 곳에 신위를 임시로 만들어놓고 한번 통곡하고 상복을 입을 뿐이었습니다. 마지막으로 19년에 이르러서는 늙으신 어머니마저 세상을 등지셨습니다. 하늘 탓입니까? 사람 탓입니까? 누가 이런 악독한 짓을 한단 말입니까!

눈물 어린 글이다. 유복자로 태어나 어머니와 아내에게 의지하던 삶이었다. 선생의 고통을 짐작하고도 남는다.

선생은 유배에서 풀려난 뒤에도 김해 지방을 내왕하며 이곳의 문사들 및 중인층과 계속 좋은 관계를 유지했다. 그 결과 김해 지역의 문화 의식과 수준을 향상시키는 데에 일정한 기여를 했다. 만년에는 주로 신위(申緯) 및 정약용과 시와 글을 주고받으며 마음을 달랬다고 전한다.

62세인 1831년 가세가 더욱 곤궁해져 충주 근처로 이주해 여생을 마쳤다.

선생에게 가장 영향을 준 사람은 정약용이었다. 선생은 다산을 척장[2]이라 불렀다.

**저서** 친필로 보이는 필사본 『낙하생고』(洛下生藁)와 각각 다른 여러 필체로 베껴놓은 수사본(手寫本) 등을 합한 20여 책이 있다. 일제강점기 이후에 국내외로 흩어져 있던 선생의 유고를 1985년에 수합하여 『낙하생전집』 3권으로 영인하고 발간했다.

---

**2**   척장(戚長): 친척 어른.

## 『영남악부』, 말하는 자는 죄가 없다

선생은 유배 기간 중에 저술에 전념했다. 유배 기간은 무려 24년이나 계속되었고 이 기간 중, 특히 강진에 유배되어 있던 정약용과 문학을 통해 빈번히 교류한다. 선생은 정약용의 현실주의적 문학세계에 공감했다. 그리고 자신도 유배지의 민중 생활과 감정을 문학창작에 수용해 표현했다. 그리하여 선생의 문학은 사실적 표현이 두드러지고 현실적 내용이 나타난다. 그밖에도 우리의 역사·지리·풍속과 자연과학 등에도 상당한 관심을 기울여 이에 대해 연구해 논술했다. 이것은 조선 후기의 실학적 지성의 면모를 보여준다.

『영남악부』(嶺南樂府)는 특히 당시 강진에 유배되어 있던 정약용의 『탐진악부』(耽津樂府)를 보고 느낀 바가 있어 지었다. 「강창농가」(江滄農歌)는 「탐진농가」(耽津農家)에 화답한 작품이다. 자필본(自筆本)은 보이지 않고, 현재 전하여 오는 것은 서울대학교 가람문고본인 필사본이다.

『영남악부』의 체재는 자서(自序)와 신라 유리왕 때의 「계금합」(啓金盒)을 시작으로 고려 말·조선 초의 「만어석」(萬魚石)에 이르기까지 모두 68수다. 각각의 시편은 산문으로 된 시서(詩序)가 있어 내용을 개괄하고 그다음에 본시가 이어진다. 시의 형식은 정형체를 따르지 않고, 잡언체(雜言體)의 시구(詩句)로 되어 있다. 잡언체 시구란 곧 3·4·5·6·7언구를 자유로이 사용하였다는 말이다.

선생은 『영남악부』 "서"(嶺南樂府序)에서 집필 동기를 이렇게 설명하고 있다.

지난날에 보니 소상[1] 정탁옹(丁籜翁, 정약용)이 호남으로 유배 간 지 육칠 년에 『탐진악부』 수십 장을 지었는데 그것이 서울까지 흘러 들어갔다. 벼슬아치들 중에 혹 이를 힐뜯고 말하기를 "참으로 기이한 재주를 가졌구나. 기이한 재주가 있어 상서롭지 못하니 마땅히 입에 올리지 말아야 한다" 하였다. 이를 계승하여 내가 또 약간 편을 지었으니 만일 다른 날에 서울에 흘러 들어간다면 벼슬아치들은 또한 장차 무어라 할까? 아! 말하는 자는 죄가 없다. 그러나 듣는 자들은 좋아하기도 하고 싫어하기도 하니 이른바 사물이 사람을 따라 귀하게도 되고 천하게도 된다는 것이다.

내가 이것을 지음은 대개 바른 체재와 엄격한 성률(聲律)을 택한 게 아니다. 다만 본래 사적을 서술하고 참된 마음을 전달하여 향산(香山) 백거이(白居易)와 석호(石湖) 범성대(范成大)가 했던 바와 비슷하면 된다. 또다시 생황과 종소리의 절주에 어울리고 고운 베와 수놓은 비단의 문채와 나란히 하여 높은 벼슬의 여러 군자들의 반열에 아첨하기를 바랄 일이 있겠는가?

선생은 『영남악부』 "서" 마지막을 이렇게 써놓았다. 이 글을 보면 당시 벼슬아치들이 악부를 좋아하지 않았음을 알 수 있다. 이유는 악부시는 엄격한 성률(聲律)이 없어서였다. 성률은 문자에서 성조를 중요하게 여겨 제작된 시로 문장의 평측[2]에 엄격하였다. 정약용

---

1 소상(苕上): 경기도 양수리의 소내로 다산의 본가가 있던 곳.
2 평측(平仄): 자음의 높낮이.

의『탐진악부』, 백거이의『신악부』, 범성대의『납월촌전악부』는 모두 성률을 지키지 않은 악부다. 악부시의 제재는 당시 사회상이나 농촌생활, 풍속 등이다. 따라서 자유로운 삶의 양태를 그려내기에 성률을 엄격히 지키는 시로는 감당해낼 수 없었다. 내용도 형식도 마땅치 않은 이러한 악부시를 당시 벼슬아치들이 좋아할 리가 없었다.

선생은 이『영남악부』에 신라부터 고려·조선 초기에 이르기까지 역사적 인물이나 사건, 그리고 지방의 전설과 풍속에 걸쳐 영남에 관련된 것만을 제재로 택하였다. 그중에서도 인물에 중점을 두었다. 특히, 인물 선정에서는 충신·열사뿐만 아니라 탐관오리까지도 함께 들었다.

아마도 이들의 상반된 자취를 풍자적으로 풍영[3]함으로써 은연중 조선 후기의 부패한 집권세력에 대한 비판을 가하려 했던 것 같다.

선생은 이 글을 쓰며 고증적 방법을 택하였다. 대체로 선생이 참고한 문헌은『삼국사기』·『삼국유사』·『고려사』등 사서(史書)와 영남 지방의 군현지(郡縣誌) 따위다. 문헌이 없을 경우 그 지역의 문사들에게서 도움을 받기도 하였으며 연대가 틀리거나 사실에 어긋난 내용은 사람들이 익히 아는 것이라도 빼어버렸다. 또 "세상을 비난하고 도(道)를 이야기하여 사람들이 싫어할 줄 알면서도 기록하

---

**3**  풍영(諷詠): 시가 따위를 읊조리는 것.

였다" 하는 것으로 미루어 선생의 주견이 강하게 들어 있음을 알 수 있다. 어떠한 체계도 없이 자유롭게 서술한 것이 한 특징이다. 이제 주제별로 나누어 몇 작품을 감상해보겠다.

## 1. 전설과 설화

우리가 알고 있는 유명한 이야기는 거의 수록되었다. 처용 이야기를 담은 「처용무」(處容舞), 견훤 탄생설화인 「구인랑」(蚯蚓郎) 등을 망라하였다.

## 「영오랑」

영오랑(迎鳥郎)과 세오녀(細鳥女) 이야기다. 선생은 이 이야기가 "김부식의 『삼국사기』나 권근의 『동국사략』에는 보이지 않는데 유독 『삼국유사』에만 보이니 족히 믿을 만한 게 못 된다"[4]라고 하였다. 『삼국사기』 등 역사서에 보이는 김알지 설화 등은 정설로 받아들이면서도 영오랑과 세오녀 설화는 믿지 않는다. 그 역사관에 문제가 없는 것은 아니나 실증적 사관만은 받아들여야 할 듯하다. 시는 아래와 같다.

| | |
|---|---|
| 누가 말했던가, 영오랑이 | 誰謂迎烏郎 |
| 해의 빛을 없어지게 했다고 | 而令日無光 |
| 누가 말했던가, 세오녀가 | 誰謂細烏女 |

---

**4**　不見於金富軾三國史 及權近東國史略而獨見於三國遺事 無足取信也.

| 도리어 해가 빛을 잃었다고 | 飜令日失去 |
| 영오는 해조류 채취하는 사내요 | 迎烏採藻奴 |
| 세오는 직물 짜는 여인이라 | 細烏織作姑 |
| 당장 머리 위로 뜨고 지는 이치를 알지도 못할 터 | 當頭不識日卯夘 |
| 태어난 이래로 땅 위를 달리는 해만 보았지 않은가 | 生來見日地上走 |

선생의 이러한 사고는 글 전체에 나타난다. 「비형랑」(鼻荊郎), 「달도가」(怛忉歌), 「영동신」(靈童神)에서도 동일한 견해로 믿지 않는다.

## 「계금합」

그러나 선생은 국가의 창업이나 왕의 탄생을 소재로 한 「계금합」(啓金盒), 「시림계」(始林鷄), 「치흔왕」(齒痕王), 「절영마」(絶影馬) 등에서 정통 역사관을 보여준다.

「계금합」은 '금 궤짝을 열다'라는 뜻이다. 가락의 아도간(我刀干)·여도간(汝刀干)·피도간(彼刀干)·오도간(五刀干)·유수간(留水干)·유천간(留天干)·신천간(神天干)·오천간(五天干)·신귀간(神鬼干) 등 구간(九干)이 구지봉을 바라보다 금 궤짝을 얻는다. 궤짝 속에는 금 알 여섯 개가 있고 여기서 여섯 동자가 나왔다. 나이는 열다섯 살 정도 되었고 모두 훌륭하여 사람들이 절을 한다. 동자들은 10여 일 만에 9척이나 되었고 한 사람을 받들어 왕으로 삼으니 이가 수로왕(首露王)이다. 금 궤짝에서 태어나 성을 김(金)이라 하였다. 선생은 여기서 김부식의 『삼국사기』 「김유신전」의 "수로왕은 어떤 사람인지 알 수 없는데 후한 건무제 18년 임인년에 구지봉에 올라 가락의 아홉 촌락을 바라보고 드디어 그 땅으로 와서 나라를 열고 국호를 가야라 했다가 후에 금관국으로 고쳤다"를 그대로 인용한다. 이 기록을 인정한다는 뜻이다.

그러고는 아래와 같은 시를 써넣었다. 기록을 그대로 믿는다는 의미다.

| | |
|---|---|
| 아도간 나는 노래하고 | 我刀我謌 |
| 여도간 너는 춤을 추게 | 汝刀傞傞 |
| 때맞춰 바람은 따뜻하고 | 時維風和 |
| 목욕한 듯 술 취한 듯 | 如沐如酡 |
| 구지봉의 언덕에는 | 龜山之阿 |
| 어떤 이 눕고 어떤 이는 움직이네 | 或寢或訛 |
| 아아! 내 꿈을 해몽하니 | 逝占我夢 |
| 길몽이 무엇인가 | 吉夢如何 |
| 금일 얻은 이 알은 | 今日之獲 |
| 곯지도 깨지지도 말아라 | 弗毈弗殈 |
| 모두 웃으며 바라보니 | 羣笑赦赦 |
| 궤에는 뚜껑이 덮여 있네 | 維盒有鼏 |
| 금궤에서 나와 김이라 하고 | 謂櫝爲金 |
| 알에서 나와 석씨라 하니 | 謂卵爲昔 |
| 서라벌의 임금 | 徐羅之辟 |
| 여러 무리 힘을 눌러버렸네 | 以屈羣力 |

「시림계」는 석탈해왕 9년 김알지에 대한 기록이다. 시림 숲에서 닭 우는 소리가 나서 가보니 금궤가 옆에 있었다. 이를 열어보니 아이가 나와 이름을 김알지라 짓고 시림(始林)을 계림(鷄林)으로 하였다는 신화를 그대로 받아들였다.

「치흔왕」은 유리왕과 탈해가 떡을 물어 이 자국이 더 많은 이가 왕이 되었다는 신화를 다루었다. 선생은 이를 그대로 받아들였다.

「절영마」는 고려의 건국을 다루었다. 선생은 시에서 "사람들이 말하기를 하물며 곡령청송을 들었음에랴. 천명이 절영도의 명마에 달린 것은 아니라네" 하였다. 절영도(絶影島)는 지금의 부산시 영도구에 있는 섬인데 이곳에 명마가 많이 났다. 당시에 "절영도의 명마가 이르면 백제가 망하리라"는 참언이 돌아다녔다. "백제" 운운은 후백제를 세운 견훤(甄萱, 867-936)을 말한다.

"곡령청송" 운운은 신라 말기에 최치원이 고려 태조 왕건에게 "곡령에 솔이 푸르고 계림엔 잎이 누르다"[5]란 글을 올렸다는 말이다. 즉 곡령은 개성 송악산의 별칭이니 고려는 흥하고 계림(신라)은 망한다는 뜻이다. 결국 "천명이 절영도의 명마에 달린 것이 아니라 이미 하늘이 정했다"는 의미다. 선생은 고려의 창업을 천명으로 받아들였다. 선생이 「정시중」에서 조선을 건국한 이성계를 신룡(神龍)이라 표현한 데서도 건국의 신성성을 인정함을 알 수 있다.

---

5    鵠嶺靑松 鷄林黃葉.

이러한 건국신화의 신성성 수용은 선생의 독자적인 견해다. 선생의 스승 이익이 이를 부정적으로 보는 것과 상반된다.

## 2. 풍속

풍속을 다룬 작품으로는 「동경구」, 「효불효」(孝不孝), 「유두연」(流頭宴), 「산유화」(山有花), 「영동신」 등이다.

### 「동경구」

신라 경주의 개 동경구(東京狗)에 대한 글이다. 동경은 경주를 말한다. 동경구는 꼬리가 짧은 개로 여러 문헌에 보인다. 선생은 이렇게 시를 적었다.

| | |
|---|---|
| 동경구 꼬리가 짧아진 후에 | 東京狗尾短後 |
| 동경의 처녀는 북계를 하였네 | 東京女北髻首 |
| 개는 꼬리가 짧아도 제 스스로 짝을 부르지만 | 狗短尾自可嗾 |
| 북계한 여인은 짝을 만나지 못했네 | 北髻女不可偶 |
| 서울의 여인들도 쌍체를 하여 | 南京女雙髢 |
| 북계한 여인을 보면 | 見婦北髻 |
| 처녀라 여기고 | 謂是室女 |
| 부인으로 보지 않는다네 | 不謂是婦 |

『성호사설』제15권/ 인사문(人事門) "나속"(羅俗) 항에 "신라의 서울은 북방이 공허하다 하여 부녀자들이 쪽진 머리를 하고는 북계

(北髻)라 이름하였고 꼬리가 짧은 개(狗)를 동경구라 불렀으니, 모두 신라의 풍속이다"[6] 하였다. 동경구의 짧은 꼬리와 여인의 쪽진 머리를 유사하게 여겨 쓴 글이다. 이 북계를 속칭 '다리'라고도 하는데 '쌍체'도 같은 의미다.

## 「영동신」

영동신(靈童神)은 풍신(風神)이라고도 한다. 영남에서는 매년 중춘에 각 집에서 맑은 물을 떠놓고 술과 고기를 갖추어 풍신에게 제사 지내는 풍습이 있는데, 제사는 반드시 어두울 때에 해야 한다. 이 달에는 문상과 송장,[7] 그리고 온갖 상서롭지 못한 것을 삼가는데, 특히 개 잡기를 꺼린다. 이에 대해 선비들에게 물으니, 이 풍속이 누구에게서 시작되었고 언제 시작되었는지는 모두 모른다고 한다.

| | |
|---|---|
| 곡식을 찌고 | 烹稻粱 |
| 술을 걸렀으나 | 漉酒漿 |
| 두두리(몸에 붙는 악귀) 위해서는 아니고 | 不爲豆豆里 |
| 조왕신(부엌신)에게 아첨하기 위함도 아니라네 | 不爲媚竈王 |
| 어제 까마귀 | 昨日打馬鬼 |
| 다투어 울고 세찬 바람 불었네 | 爭鳴烈風揚 |
| 맑고 맑은 명수 | 湛湛明水 |

---

6　羅之都北方虛缺故女子結髻扵腦後因名北髻狗之短尾者世謂之東京狗此皆新羅之俗也.
7　송장(送葬): 죽은 사람을 장사 지내는 것.

| 우리 큰 잔을 살피소서 | 鑒我大觥[8] |
|---|---|
| 별님이여, 달님이여! | 星兮月兮 |
| 맑고도 빛나시도다 | 旣潔且光 |
| 청주를 빚어서 | 淸酤爲酒 |
| 금슬에 뿌려 교량을 삼고 | 汎琴瑟爲橋梁 |
| 까치발 하여 멀리 바라보면 | 跂余以望遠 |
| 서늘하게 허공으로 들어간다네 | 冷然入太虛[9] |
| 춤추는 무녀 | 婆婆女巫 |
| 꾸짖는 듯, 미친 듯 | 如詅如狂 |
| 애쓰는 바가 있지 않으면 | 不有所瞥 |
| 어찌 능히 창대하리오 | 其何能昌 |
| 아! 영동신이여! | 嗟靈童兮 |
| 우리 백성을 어리석게 하는구나 | 愚我之民[10] |

이 시에서 선생은 영동신에게 제사 지내는 풍속을 매우 비판적으로 바라본다. 이 또한 실증적 사고에서 연유한 신이한 세속적 세계에 대한 부정적 견해다. 이와 같은 자세는 「비형랑」에서도 동일하게 나타난다. 선생은 비형랑에 관한 모든 것을 부정한다.

---

8  鑒我大觥(叶切姑): 굉(觥)의 협음은 '광'이다.
9  冷然入太虛(叶虛王切): 허(虛)의 협음은 '왕'이다.
10  愚我之民(叶讃陽切): 민(民)의 협음은 '망'이다.

## 3. 탐관오리

### 「소주도」

소주(燒酒)의 역사다. 「고려사」 신우왕 2년(1376)의 일이다. 선생의 글을 대략 따라가면 이렇다.

고려 신우 2년에 왜구가 합포[11]에 쳐들어왔다. 이보다 앞서 원수(元帥) 김진(金鎭)이 도내의 기생과 악공을 불러다놓고 휘하 무리들과 함께 밤낮으로 술을 마시며 놀았다. 사람들이 그 무리를 소주도[12]라 불렀으니, 김진이 무리들과 소주를 즐겨 마셨기 때문이다. 또 형장이 지나치게 혹독하여 모든 군사들이 원망하고 분통해하였다. 왜구가 이르자 군사들은 뒤로 물러서서 싸우지 않고 말하기를 "원수는 소주도로 하여금 적을 칠 터이니 우리들이 무엇을 하리요" 하였다.

선생은 이렇게 그 대략을 서술하고 아래 시를 첨부하였다.

| | |
|---|---|
| 그대는 소주 마시는 무리이고 | 君爲燒酒徒 |
| 우리는 채찍 아래에 종이라네 | 我爲箠下奴 |
| 어제의 술로 그대는 정사를 삼았거늘 | 昨日之酒君爲政 |
| 오늘의 일은 어찌 우리와 하려는가 | 今日之事寧我與俱 |
| 정사는 백 개 술통과 천 개 술잔으로 했으니 | 政須百楢與千觚 |

---

11  합포(合浦): 지금의 창원.
12  소주도(燒酒徒): 소주 마시는 무리.

| 술기운에 돌진하면 죽이지 못함이 없으리니 | 氣酣突前無不殊 |
|---|---|
| 급히 흉한 도적들 머리통을 취하여 | 急取凶醜顱 |
| 그 머리통을 쪼개어 술잔으로 삼아 | 剖其顱以爲飮器 |
| 원수와 더불어 주거니 받거니 하지 | 與元帥載斟載斟 |
| 어쩌서 우리를 앞장세우려 하는가 | 何必用我輩爲先驅 |

지배층의 일탈을 피지배층이 응보하는 시다. 선생의 지배층에 대한 적대적 감정이 투영되었다. 참고로 조선 후기까지 우리나라에서 만들어진 소주는 모두 '소주'(燒酒)였다. 지금 우리가 아는 '소주'(燒酎)는 일본식 조어다.

## 「철문어」

「소주도」바로 다음에 보인다. 역시 지배층의 일탈을 다루고 있다.

고려 말에 배원룡(裵元龍)이 계림 부윤(鷄林府尹)이 되었다. 백성을 수탈하는데 백성들의 쇠스랑(鐵杷)까지 걷어서 집에 싣고 갈 정도로 탐학하였다. 계림부 백성들이 '철문어(鐵文魚) 부윤(府尹)'이라고 불렀다. 팔초어(八梢魚)는 쇠스랑의 형태와 비슷하기 때문에 속칭 문어라 부른 데서 유래하였다.

선생은 대략 이러한 글을 써넣고 아래와 같이 시를 적었다.

| 철문어야! | 鐵文魚 |
|---|---|
| 왜 따비밭을 일구지 않고 | 何不杷人畲 |
| 도리어 사람 낚는 어부가 되었는가 | 而反爲人漁 |

| 손톱 같은 세 갈래 갈고리로 | 三叉屈折如指爪 |
| 백성의 살을 파내고 기름을 빨아내는구나 | 爬民之肉吮民膄 |
| 제 시골집으로 싣고 가면서 | 而輸爾田廬 |
| 또 우리 우마차까지 닳게 하는구나 | 又敝我牛車 |
| 계림에는 이로부터 쇠붙이라고는 없으니 | 鷄林自此鐵無餘 |
| 활을 당겨 물문어라도 쏘아야겠다 | 抨弓去射[音碩]水文魚 |

쇠붙이가 없어 물문어라도 잡아 갈고리로 삼으려 한다는 시다. 이 시의 장본인인 배원룡은 고려 개국공신 배현경(裵玄慶)의 후손인 가락군(駕洛君) 배사혁(裵斯革)의 맏아들이다. 공민왕 때 벼슬길에 올라 우왕 때인 1384년(우왕 10)에 계림 부윤이 되었고 도병마사의 평장사 등을 역임하였으며 분성군(盆城君)으로 봉해졌다. 그 뒤 배운룡의 후손들이 분성을 본관으로 삼아 분성 배씨, 혹은 김해 배씨의 시조가 되었다.

기록을 찾아보면 배원룡은 고려 말기 권신이었던 이인임(李仁任), 염흥방(廉興邦) 등과 가까이 지냈다. 『고려사』「열전」 "염흥방 조"(125권 열전 38)에는 위와 같은 내용이 수록되어 있다. 특히 이「철문어」는 「무신탑」(無信塔), 「구형왕」(仇衡王), 「장부인」(鄣夫人), 「효불효」(孝不孝), 「양부시」(兩釜屍)와 함께 선생이 처음 발굴한 소재다. 주제 의식을 주목할 만하다.

이어지는 「혁작령」 역시 학정을 다룬 시다.

## 「혁작령」

'혁작령'(嚇鵲令)은 '까치 쫓는 명령'이란 뜻이다. 주인원(朱印遠)이 경상도 안렴 권농사(按廉勸農使)가 되었다. 그런데 유달리 까치 소리를 싫어하여 늘 사람들에게 활과 화살로 쫓아내도록 시켰다. 그러고는 그 소리를 들을 때마다 은병(銀瓶)을 징수하니 사람들이 그 괴로움을 견딜 수 없었다. 시는 이렇게 이어진다.

| | |
|---|---|
| 차라리 칠 년 병을 앓을지라도 | 寧當七年病 |
| 까치 쫓으라는 명령은 못 듣겠네 | 不聞嚇鵲令 |
| 차라리 다섯 개 동병을 내놓지 | 寧出五銅瓶 |
| 하나의 은병은 바치지 못하겠네 | 不納一銀瓶 |
| 네 아버지께선 맑기가 물 같았는데 | 爾父淸如水 |
| 문절공은 정말 아들이 없는 셈이네 | 文節眞無子 |
| 전에 들으니 유상서는 | 向聞劉尙書 |
| 예전에 없었던 명령 내렸다네 | 號令無古初 |
| 부엉이 소리에 숲을 수색하고 | 嘷鴞搜林木 |
| 사슴을 놓치면 감옥에 가두었네 | 走鹿歸牛獄 |
| 지금 군민이 말하기를 | 軍民至今言 |
| 어느 때인들 이런 어진 이가 없겠는가 | 何時無比賢 |

「황마포」(黃麻布)에도 이 주인원이 등장한다. 역시 탐관오리로서 황마포를 백성들에게 빼앗아 임금에게 바친다. 황마포는 황색 마포로 삼으로 만들었는데 매미 날개처럼 얇은 최고급의 마직물(麻織物)

이다. 경상도 경산이 특산지로 유명하다.

　　주인원에 대한 기록은『고려사절요』제22권, "충렬왕 4"에 보인다. 내용은 거의 흡사하다. 흥미로운 것은 충렬왕이 이 인원의 학정을 듣고는 '김초'(金貂)로 교체하려 하지만 대신들이 김초도 인원과 다를 바 없는 탐관오리라 한다. 결국 충렬왕은 인원을 그 자리에 그대로 두었다. 문절공은 주인원의 아버지 주열(朱悅)로 청렴 개결하였다. 주인원이 자식으로서 아비를 욕되게 하였기에, 아예 '문절공에게 아들이 없다'고 비꼰 것이다.『고려사』(高麗史) 123권에「주인원전」이 있다. 역시 내용은 동일하다.

## 4. 충신열사

신라 눌지왕 때 충신으로 고구려와 왜(일본)에 건너가 볼모로 잡혀 있던 왕제들을 고국으로 탈출시켰으나 왜국 군에게 잡혀 유배되었다 살해당한 박제상을 다룬「박제상」(朴堤上), 진평왕 때 충신 김후직(金后稷)이 진평왕의 잦은 사냥을 말리는「왕무거」(王毋去), 선덕왕 때 사람 죽죽을 다룬「죽죽사」(竹竹詞), 신라의 열다섯 살 먹은 영웅 황창을 다룬「황창랑」(黃昌郎), 충혜왕의 사치와 향락을 지적한 이조년을 다룬「이문학」(李文學), 스물다섯 살의 이존오(李存吾)가 신돈의 전횡을 꾸짖었다는「참정언」(眞正言), 정몽주를 다룬「정시중」(鄭侍中) 따위의 작품이 보인다.

　　마지막으로「양금시」(兩釜屍)를 본다. 풀이하자면 '두 가마솥 안의 시신'으로 정중부의 난을 다룬 내용이다.

　　정중부가 정권을 잡아 이의민을 시켜 고려 19대 왕 의종(毅宗,

1127-1173)을 죽였는데 그 행동이 극악하였다. 이의민은 의종을 끌고 가 곤원사 북쪽 연못가에서 등뼈를 부러뜨려 죽였다. 그러고는 그 시신을 요에 싸서 두 개의 가마솥을 합쳐 묶어서는 연못 속에 던졌다. 그런데 곤원사의 헤엄 잘 치는 중이 이를 꺼내와 솥만 취하고 의종 시신은 그대로 버렸다.

『영남악부』는 조선 후기의 한문학이 민족문화에로의 진전 방향에서 창작의 양상이 다양하게 모색되던 문학사적 분위기 속에서 지은이의 역사를 통한 현실인식의 시정신(詩精神)에 의하여 창작된 영사악부[13]다. 곧 실학적 지성을 갖춘 작자의 현실주의적 문학세계의 산물이라고 볼 수 있다.

　한 줄 더 첨부한다면『영남악부』는 영남 지역에만 국한된 '지역의 악부'가 아니란 점이다. 악부의 대상이 신라부터 고려까지였기 때문이다. 즉 당시 경주는 신라의 수도였고 1000년의 역사를 지닌 유풍이 고려 때까지 그대로 남아 있었다. 따라서『영남악부』를 우리나라의 악부라 칭해도 그리 잘못은 아닌 듯하다.

---

13　영사악부(詠史樂府): 역사를 소재로 한 악부.

## 참고문헌

정구복 편, 『해동악부집성』 2 (여강출판사, 1988)

이학규 저, 실시학사 고전문학연구회 옮김, 『유배지에서 역사를 노래하다, 영
　　　남악부』 (성균관대학교출판부, 2011)

김영숙, 「영남악부 연구: 작가의식과 사화의 투영양상을 중심으로」, 『한민족어
　　　문학』 제10집 (한민족어문학회, 1983)

이은희, 「영남악부에 나타난 이학규의 작가의식」, 『연구논총』 Vol.11 (이화여자
　　　대학교대학원, 1983)

[네이버 지식백과] 영남악부 [嶺南樂府] (한국민족문화대백과, 한국학중앙연구원)

# 7장

–

## 구화재 홍석모 『동국세시기』

솥에 가득한 국을 한 숟갈로 맛보다

뜰에 가득 모여 널판에서 춤추는 작은 아가씨들
파란 덧옷 붉은 치마 한 모양으로 꾸몄네
힘껏 뛰어 더 높이 올라가는 것을 다투는 날렵한 몸은
온몸이 앞 담에 나오는 것을 부끄러워 않네

# 홍석모의 생애

**이름**  홍석모(洪錫謨)

**별칭**  홍석영(洪錫榮), 자는 경부(敬敷), 호는 근와(近窩)·도애(陶厓)·
사옹(篩翁)·망서당(望西堂)·옥탄거사(玉灘居士)·일양헌(一兩軒)·자
각산인(紫閣山人)·찬승자(餐勝子)·구화재(九華齋)

**시대**  1781(정조 4)-1857년(철종 9)

**지역**  서울

**본관**  풍산(豊山)

**직업**  실학자이자 문신

**당파**  소론

**가족**  선생의 집안은 풍산홍씨로 조선 후기의 벌열세가에 속한다. 조
부는 저명한 학자인 이조판서 이계(耳溪) 홍양호(洪良浩, 1724(경
종 4)-1802)이며, 선생의 사촌 형인 관암(冠巖) 홍경모(洪敬謨, 1774-
1851) 또한 이조판서를 지냈다. 부인은 대사헌과 이조판서를 지낸
한용탁(韓用鐸)의 딸로, 홍건주(洪健周)와 홍선주(洪善周) 두 아들을
두었다. 부친은 이조판서 훈곡(薰谷) 홍희준(洪羲俊, 1761-1841)이
고 모친은 용인이씨(龍仁李氏)로 선산 부사를 지낸 이장호(李章祜)
의 딸이다.

**어린 시절**  1781년 7월 29일, 한양 훈도방 니현[1]에서 출생하다.

어렸을 때 종형인 관암 홍경모와 함께 조부 이계 홍양호를 모시

---

1    니현(泥峴): 지금의 충무로2가.

면서 학문을 배우다.

11세에 「상원」(上元)이란 기속시를 쓰다. 이후 우리 전통 민속과 연희에 대하여 관심을 가지고 이를 전 생애에 걸쳐 꾸준하게 시로 형상화하였다.

**그 후 삶의 여정**  18세 무렵 혼인을 계기로 홍이계로부터 멀어지다.

24세인 1804년 종산(鐘山)에서 과거 공부를 할 때 상심계(賞心契)라는 시사(詩社)를 주도하다. 이때의 기록이 『상심록』(賞心錄)이다. 선생은 그해 갑자식년사마시에 생원 2등으로 합격하였다. 그러나 대과에는 합격하지 못하였다.

35세인 1815년 음사로 벼슬길에 나아가 대학장의(大學掌議)가 되다.

38세인 1818년 추조(秋曹)에서 근무하다.

39세인 1819년 과천 현감(果川縣監)으로 부임하다.

40세인 1820년 황간 현감(黃澗縣監)으로 부임하다.

46세인 1826년 겨울에 동지정사(冬至正使)로 떠나는 아버지 홍희준을 배행하고 연행하다.

52세인 1832년 세자익찬(世子翊贊)이 되다.

1833년 4월 17일 태창령(太倉令)에 임명되고, 그해 7월 9일 남원 부사로 임명되다.

59세 되던 1839년 4월 3일 강릉령(康陵令)에 임명되다. 그리고 같은 해에 장악원첨정(掌樂院僉正)에 임명되다. 말년에는 국사(菊社)라는 시사를 주도하다.

67세인 1847년 「도하세시기속시」를 저작하다.

1849년 9월 13일 『동국세시기』에 이자유(李子有)가 서문을 쓰다.

1857년(철종 9) 10월 15일 부인이 죽고 나흘 뒤에 77세의 나이로 이승을 하직하다.

선생은 조부로부터 서예와 경전을 직접 배웠다. 교유한 인물로는 송지양(宋持養), 송만재(宋晩載), 최황(崔璜), 남진화(南進和), 이탁원(李鐸遠), 정원용(鄭元容), 이교영(李敎英), 홍현주(洪顯周), 이명오(李明五), 조운현(趙雲鉉), 남진화(南進和), 윤명규(尹明奎), 조봉진(曹鳳振), 박영원(朴永元) 등이 있으며 서유구(徐有榘)를 따랐다.

선생의 학문은 조부의 영향을 받아 도교와 불교에 개방적이었다. 또한 선생의 집안은 대대로 수많은 장서를 보유하고 있었기에 폭넓은 독서 경험이 작품 곳곳에 투영되었다.

**저서** 『도애시집』(陶厓詩集), 『도애시문선』(陶厓詩文選), 『상심록』(賞心錄), 『유연고』(遊燕藁) 등의 저작이 있다. 약간의 산문과 6,000수가 넘는 다량의 시를 남겼다. 선생의 시는 잡체시(雜體詩), 정물시, 수창시(酬唱詩), 기행시, 하층민에 대한 애정을 드러낸 시, 민속과 연희에 대한 시 등으로 구분할 수 있다. 특히 선생은 하층민과 연희에 대해 일평생 관심을 기울였다.

# 『동국세시기』, 솥에 가득한 국을 한 숟갈로 맛보다

『동국세시기』(東國歲時記)는 우리나라 세시 풍속 연구의 중요한 기본 문헌이다. 세시 풍속을 다룬 문헌은 이수광의 『지봉유설』(1614), 유득공의 『경도잡지』(1779), 김매순의 『열양세시기』(1819)가 있다. 『동국세시기』는 제일 나중에 쓰인 책이지만 내용이 가장 세밀하고 분량도 많다.

　　세시 풍속에 관한 관심은 17세기 이후 실학의 대두와 병행한다. 이는 우리 실학자들의 자국에 대한 정체성 확립에서 비롯되었다. 『동국세시기』는 중국 종늠(宗懍)의 『형초세시기』(荊楚歲時記)를 모방하였다거나 우리의 세시 풍속을 중국에서 찾거나 하여 모화사상이니 사대주의라는 평가도 있다. 하지만 이는 19세기라는 특수성과 연결 지어야 한다. 19세기 초, 조선 지식인들은 중국과 강한 문화적 연대의식이 있었다. 이것은 서양 문물의 전래에 대한 위기의식에서 발로했다. 일종의 방어기제로서 중국과의 연대를 자연스럽게 꾀한 것으로 이해된다. 즉 조선과 중국이 문화적 공동체로 연대의식이 강하기에 서양 문물에 맞설 수 있다는 자긍심으로 이해해봄직하다.

　　『동국세시기』는 『여지승람』과 유득공의 『경도잡지』에서 많이 인용하였다. 선생은 1-12월까지 1년간의 세시 풍속을 월별로 정연하게 기록하고 있다. 단오·추석 등과 같이 날짜가 분명한 것들은 모두 항목을 별도로 설정하여 설명하였다. 날짜가 분명하지 않은 풍속은 월마다 '월내'(月內)라는 항목 안에 몰아서 기술하였다. 서문을 쓴 이자유는 "서울로부터 멀리 궁한 벽촌까지 명절에 맞는 것은 아무리 비속한 일이라도 빠짐없이 실어놓았다. 종름 등 여러 사람의 엉성한 기록과 일반적인 견문에 그친 것보다 월등 나은 것이 많다"고 하였다. 또 이자유는 이 책은 그의 재능으로 볼 때 "특히 솥에 가득한 국을 한 숟갈로 맛보는 것이니 어찌 참된 진국을 맛보겠는가" 하였다. 선생이 글재주가 꽤 있음을 상찬하는 내용이다. 그는 선생이 "운명에 막혀 재주를 쌓아놓고도 팔지 못했다"고도 하였다. 이제 월별로 중요 풍속을 따라가 보겠다. 선생이 기록한 많은 풍습은 필자가 어렸을 때도 하였다.

## 1월

**문안비:** 사돈집에서 부인들이 근친하는 뜻으로 하녀를 서로 보내어 문안 인사를 드린다. 이 하녀를 문안비[2]라 한다.

**덕담:** 오늘날과 다름이 없다. "올해는 꼭 과거에 합격하시오", "부디 승진하시오", "돈을 많이 버시오", "생남하시오" 따위 덕담을 주고받는다.

**야광(夜光):** 신발만 훔치는 귀신이다. 꼭 아이들 신발만 신고 가는데 이를 불길하다 하여 아이들은 모두 신발을 품고 잔다. 또 체를 마루에 걸어두는데 야광이 체 구멍을 세느라 신을 훔칠 생각을 잊

---

1    雖然此特全鼎之一臠 烏足與論於嗜載之眞味也.
2    문안비(問安婢): 문안 보내는 계집종.

는다고 한다. 선생은 이 야광이 혹 약왕[3]이 아닐까 한다.

**정월 개 보름 쇠듯:** 정월 보름에 개에게 밥을 안 준다. 이유는 여름에 파리가 꾀고 마르기 때문이라 한다.


## 월내(月內)

어느 날 행사인지 분명히 모를 때 이 항목에 넣었다.

**패일(敗日):** 매월 8일은 남자들이 외출하지 않는다. 이날만은 여자들이 외출해서다. 선생은 고려 풍속이라 한다.


## 2월

**노비일(奴婢日):** 2월 1일에 송편을 만들어 종들에게 먹인다.

**향랑각시:** 집안을 청소하고 종이를 잘라 "향랑각시여 속히 천리 밖으로 도망가라"[4]를 써서 서까래에 붙인다. 향랑각시는 여자인데 노래기를 미화해서라고 한다. 선생은 이 노래기를 미워하여서 "향랑각시 속거천리"를 써 붙인다고 하였다. 아마도 노래기가 냄새를 독하게 풍겨 그러한 것 같은데 문제는 이 노래기가 한자를 읽어낼지 모르겠다.


## 3월

**화면(花麵):** 3월 삼짇날에 먹는다. 녹두가루를 반죽하여 익힌 것을

---

3     약왕(藥王): 불교에 있는 약왕보살로 인간들의 병을 고쳐줌.
4     香娘閣氏 速去千里.

가늘게 썰어 오미자국에 띄우고 꿀을 섞어 잣을 곁들인 음식이다. 시절 음식으로 제사에도 쓴다고 한다.

**월내**

**남주북병(南酒北餅):** 남산 아래에서는 술을 잘 빚고 북부에서는 좋은 떡을 잘 만들어 속담이 되었다.

**4월**

**삼국지:** 4월 초파일 날 북등에 그리는 그림이다. 삼국지의 내용을 그림으로 그렸다. 야간통행금지가 해제된다.

**수부희(水缶戱):** 물동이에다가 바가지를 엎어놓고 빗자루로 두드리면서 진실하고 솔직한 소리를 내는 놀이다. 불교를 금하면서도 부처님 오신 날 행사가 대단하다.

**5월**

**단오:** 선생은 단옷날을 수릿날이라고 부르는 것에 대해 다음과 같이 해석하였다.

> 단오의 속명은 수릿날(戌衣日)이다. 수리란 우리말의 수레다. 이날 쑥을 뜯어서 찧어 멥쌀가루 속에 넣고 녹색이 나도록 쳐서 쑥떡을 만든다. 수레바퀴 모양으로 만들어 먹었기 때문에 수릿날이라고 일렀다.

『삼국유사』에는 단오를 거의(車衣)라 했다. 이는 '술의'(戌衣)의 이

두 글자이며 술의는 '수레' 혹은 '수레옷'을 의미했다.

## 6월

**유두국(流頭麴):** 밀가루로 구슬 같은 모양을 만들어 오색의 물감을 들여 세 개를 이어 색실로 꿰서 차고 다닌다. 혹 문설주에 달아 액을 막기도 한다.

## 7월

인가에서 옷을 햇볕에 말린다. 이는 옛날 풍속이다.

**망혼일(亡魂日):** 7월 보름의 백중(百中)을 말한다. 백종일(百種日), 백중절(百中節)이라고도 한다. 여염집 사람들은 이날 저녁 달밤에 채소, 과일, 술, 밥 따위를 차려놓고 죽은 어버이의 혼을 부른다.

## 8월

**율단자(栗團子):** 추석에 찹쌀가루를 쪄서 계란같이 둥근 떡을 만들고 삶은 밤을 꿀에 개어 붙인다.

## 9월

**화채(花菜):** 배, 유자, 석류, 잣을 잘게 썰어 꿀물에 탄 것이다.

## 10월

### 월내

**변씨만두(卞氏饅頭):** 만두다. 밀가루로 세모 모양을 만든다. 변씨가 처음에 만들어 변씨만두라 한다. 다른 연구서를 보니 이 변씨만두는 만두피를 정사각형으로 만들어 만두소를 넣고 네 귀퉁이를 서로 접어 삼각 형태로 만드는 것이 특징이라 한다.[5]

## 11월

**하선동력(夏扇冬曆):** 서울의 옛 풍속이다. 단옷날 부채는 관원이 아전에게 나누어주고 동짓날 달력은 아전이 관원에게 바친다. 현재는 선사하는 물건이 철에 맞음을 이르는 말로 쓰인다.

### 월내

**감제(柑製):** 제주에서 귤을 바치면 이를 치하하기 위하여 보이는 과거시험이다. 문헌을 찾아보니 다산 정약용이 1785년(정조 9, 24세) 11월 3일, 감제 초시에 합격했다.
**골동면(骨董麵):** 잡채와 배, 밤, 쇠고기, 돼지고기 썬 것과 기름, 간장을 메밀국수에다 섞은 비빔국수다.

---

**5**   고혜선,「고려 '쌍화'와 '삼사'(samsa)의 관련성 연구」,『동양학』, Vol.55, 14.

# 12월

**납약(臘藥):** 내의원에서 각종 환약을 만들어 올린 약이다. 임금은 이를 내시와 나인들에게 나누어주었다.

**구세배(舊歲拜):** 한 해의 마지막 날인 음력 섣달 그믐날 연소자들이 친척 어른들에게 세배를 드리는 일이다. 이날 초저녁부터 밤중까지 길거리의 등불이 줄을 이어 끊어지지 않았다고 한다. 이제는 볼 수 없는 사라진 풍습이다.


## 윤월

윤달에는 혼인하기에 좋다. 또 절에 가 불공을 드리며 돈을 탑 위에 올려놓으면 극락에 간다고 한다.


## 「도하세시기속시」, 꾀꼬리 날 듯 제비 물 찬 듯

「도하세시기속시」(都下歲時紀俗詩)는 한양의 풍속을 칠언절구의 연작으로 읊은 시다. 궁중과 상류 양반층부터 농민, 상인, 하층민에 이르기까지 전 계층의 생활을 망라하여 절기에 따라 시작하였다. 작품의 구성은 월령체 방식으로 1-12월까지 풍속과 명절, 민간의 놀이 등이 날짜순으로 되어 있다. 이제 그 몇 작품을 보겠다.

전체적인 소재 면에서 보면 떡국·약반·팥죽 등과 같은 절기와 명절에 특별하게 만들어 먹는 시절 음식, 축국·널뛰기·그네타기·씨름 등의 민속놀이, 더위팔기·다리밟기·달맞이 등의 민속의례,

나례 등의 복을 비는 풍속 따위로 구분할 수 있다. 특히 시절 음식에 대한 부분이 상당한 분량을 차지한다. 이는 굶주림을 해결하려는 백성들에 대한 배려로 보아야 한다.

아래는 「도하세시기속시」(85), "추천"[6]이다.

| | |
|---|---|
| 그네를 괴나무 버드나무 꼭대기까지 | |
|    어지러이 밀어 올리니 | 亂送鞦韆槐柳顚 |
| 꾀꼬리 날 듯 제비 물 찬 듯 | |
|    구름 속으로 들어가네 | 鶯飛燕蹴入雲烟 |
| 천보의 궁중놀이인 줄 어찌 알랴 | 那知天寶宮中戲 |
| 단옷날 평지의 신선이 되는구나 | 散作端陽平地仙 |

1-2구에서 단옷날 그네뛰는 모습을 꾀꼬리와 제비가 나는 모습으로 형상화하였다. 3구의 "천보의 궁중놀이"는 『천보유사』(天寶遺事)에 기록된 그네뛰기 내용이다. 선생은 『동국세시기』에서 단옷날 그네뛰기에 대해 "항간에 부녀자들이 그네뛰기를 많이 한다. 『고금예술도』(古今藝術圖)에 북쪽 오랑캐인 융적들이 한식날 그네뛰기를 하여 몸이 가볍게 뛰어오르는 연습을 하는 것을 중국 여자들이 배운 것이라고 했다. 『천보유사』에도 한식 때가 되면 궁중에서 그네를 매는데 이것을 반선희(半仙戲)라 했다. 이것이 오늘날 단옷날 풍속으

---

**6**   추천(鞦韆): 그네뛰기.

로 옮겨졌다"라 써놓았다.

아래는 「도하세시기속시」(126), "도판"[7]이다. 아가씨들이 까르르 웃으며 널뛰는 모습을 생동감 있게 옮겨놓았다.

| | |
|---|---|
| 탁탁! 쩡쩡! 소리 따라 낮았다가 다시 높아지고 | 椓椓丁丁低復高 |
| 아가씨들이 마주 서서 힘을 다해 솟구치네 | 女娘對立奮身跳 |
| 담 넘어 훔쳐보는 것을 누가 아랴 | 誰家解識窺墻態 |
| 두레박질처럼 오르락내리락하는 | |
|   널판의 양끝을 보며 웃네 | 笑看板頭如桔槹 |

아래도 역시 널뛰기다. 춤추는 작은 아가씨들이 보이는 듯하다. 선생은 『동국세시기』에서 널뛰기를 "항간의 부녀자들은 긴 널조각을 짚단 위에 걸쳐놓고 그 널판의 양끝에 마주 서서 뛰면 서로 번갈아 올라갔다 내려왔다 하여 몇 자까지 올라간다. 그렇게 힘이 빠져 지칠 때까지 즐겁게 논다. 이것을 널뛰기라고 하는데, 정월 초까지 한다"고 설명하였다.

| | |
|---|---|
| 뜰에 가득 모여 널판에서 춤추는 작은 아가씨들 | 盈庭板舞小鬟娘 |
| 파란 덧옷 붉은 치마 한 모양으로 꾸몄네 | 綠褶紅裙一樣裝 |
| 힘껏 뛰어 더 높이 올라가는 것을 다투는 | |
|   날렵한 몸은 | 超躍爭高便捷體 |

---

[7]   도판(跳板): 널뛰기.

온몸이 앞 담에 나오는 것을 부끄러워 않네      不羞全面出前墻

마지막으로 "작절"[8](35, 43) 두 편을 본다. 선생은 『동국세시기』에 부럼을 "보름날 아침에 밤·호두·잣·무우 뿌리 등을 깨물면서 '일 년 열두 달 무사태평하며, 종기나 부스럼이 생기지 않게 해주시 오'라고 기원한다. 이것을 부럼이라 한다. 혹은 부럼은 치아를 단단 히 하는 방법이라고 한다"고 적어놓았다.

생밤과 호도같이 둥근 것이 좋은데            生栗胡桃顆尙圓
이로 씹어 깨뜨리는 게 어찌 의미 없으리오      牙間嚼破豈徒然
"몸에 종기와 부스럼이 없게 해주세요" 말하며    願言身上無癰癤
이를 튼튼히 하는 좋은 방법이라고
　　세속에선 전한다네                      固齒良方俗說傳

딱딱한 잣씨와 복숭아씨를                   海松子硬核桃堅
재갈 물리듯 부럼 깨는 소년들               嚼破如箝訝少年
비록 피부병이 없기를 바라나                縱願皮膚無痛癢
잇몸 아픈 것은 어찌 하려느냐               奈渠齦齶已騷然

선생은 "단단한 열매를 씹어서 종기가 없기를 바라는 것을 작용

---

**8**　작절(嚼癤): 부럼 깨기.

이라고 한다"[9]고 주석까지 달아놓았다.

9    嚼硬果祈無腫病 謂之嚼癰.

## 참고문헌

이석호 역, 『동국세시기』(대양서적, 1972)

이관성, 「도애 홍석모 문학 연구」(원광대학교 일반대학원 박사학위 논문, 2017)

조성산, 「18세기 후반~19세기 중반 조선(朝鮮) 세시풍속서 서술의 특징과 의의: '중국'(中國) 인식의 문제를 중심으로」, 『조선시대사학보』제60집(조선시대사학회, 2012)

한국고전종합DB

# 8장

–

## 호산 조희룡 『석우망년록』

하늘 아래 가장 통쾌한 일이다


구름이 흘러가고 비 오며, 새 우지지고 벌레 우는 소리가

모두 마음에 관계되지 않는 게 하나도 없다.

길을 가거나 서거나 앉거나 눕거나

이것을 잠시라도 잊어서는 안 된다.

여기에서 생각은 길이 트이고 더욱 예리해진다.

# 조희룡의 생애

**이름**　조희룡(趙熙龍)

**별칭**　자는 이견(而見)·치운(致雲)·운경(雲卿)이며, 호는 우봉(又峰)·
호산(壺山)·범부(凡夫)·철적도인(鐵篴道人)·단로(丹老)·매수(梅叟)·
매화두타(梅花頭陀) 등이 있다.

**시대**　1789(정조 13)–1866년(고종 3)

**지역**　서울

**본관**　평양

**직업**　화가 겸 여행가 및 실학자

**가족**　선생은 이성계를 도와 조선을 개국하는 데 공을 세운 조준(趙
浚)의 15대손이다. 고조부 근항이 정3품 당상관이던 첨지 중추부사
를 지냈고, 증조부 태운은 문관 정5품인 통덕랑, 할아버지 덕인은
인산첨사를 지냈다. 아버지 상연(相淵)은『풍요삼선』[1]이라는 여항
시집에 시가 실릴 정도로 문학적 소양이 있었으며 어머니는 전주
최씨(全州崔氏)다. 선생은 3남 1녀 중 장남이었다.

　선생의 집안은 영락한 중인 무반직이었으나 경제적으로 상당
히 여유가 있었던 듯하다. 젊은 시절 "서호에서 삼 일간 놀이를 하
면서 함께 노닐던 사람들과 산대를 잡고 기생들에게 뿌린 돈이 삼
만 전에 이르렀다. 이를 궁한 친척이나 가난한 친구에게 베풀어주

---

[1]　직하시사(稷下詩社)의 시동인인 유재건(劉在建), 최경흠(崔景欽) 등이 펴낸 위항시
집(委巷詩集)으로 1857년(철종 8)에 7권 3책으로 간행되었다.

었다면 좋았을 것이다"라며 후회를 하는가 하면 그의 친구 유최진이 "조희룡이 새로 지은 집이 만 칸에 이른다"고 과장된 술회를 할 정도였다.

**어린 시절**  선생은 1789년 5월 9일 경기도 양주 각심(恪心) 마을(지금의 서울 노원구 월계동)에서 태어났을 것으로 추정된다.

**그 후 삶의 여정**  선생의 부인은 진주진씨 익창의 딸이다. 슬하에 성현, 규현, 승현 세 아들과 딸 셋을 두었다.

20세인 1808년이 될 때까지 시 공부를 하며 서화가들과 교유하고 이재관과 도봉산 천축사에 놀러갔다.

26세인 1814년에 부친상을, 다음 해에는 모친상을 당하다.

30세인 1818년경부터 그림 공부를 시작하다.

48세인 1836년 큰아들의 혼례를 치르다.

52세인 1840년 선생과 호적수인 김정희(金正喜)가 제주도로 유배되다. 이후 추사는 9년간 제주도에서 생활한다. 선생은 40-50대에 매화도와 난 그림으로 이름을 떨친다. 매화와 난 그림에서 자신만의 개성을 강조하고 '수예론'(手藝論)을 제창하였다. '수예론'이란 '그림은 빼어난 손재주에서 나온다'는 말이다. 매화도를 '장륙대매'(丈六大梅)라 하고 난을 '경시위란'(經詩緯蘭)으로 이름 붙였다. 이 시절쯤 『호산외기』를 집필하였다.

58세인 1846년 금강산을 유람하다.

59세인 1847년에 벗들과 자신을 따르는 후배들을 모아 벽오시사(碧梧詩社)²를 결성하다.

60세인 1848년 조정의 액정서에서 근무했던 것으로 추정되며 헌종의 명으로 궁중 문향실의 편액을 썼다. 이해 2월 11일 선생의 부인 진씨가 사망하다. 추사가 제주도 유배지에서 선생과 선생을 따르는 화가들을 비난하는 편지를 아들 상우를 통해 보내온다.

1849년 5월 9일 회갑을 맞다. 같은 해 6월 20일에서 7월 14일 사이 화루팔인과 묵진팔인이 서화를 만들어 선생과 추사의 평가를 받다. 9월 전기와 유재소가 이 평가서를 모아 『예림갑을록』(藝林甲乙錄)을 엮었다.

63세가 되던 1851년에 나이 '63'을 대구로 하는 시구를 얻다. 8월 조정의 전례문제에 개입하였다는 죄목으로 전라도 임자도(荏子島)에 유배되다(같은 사건으로 김정희는 북청, 권돈인은 화천, 오규일은 고금도에 각각 유배되었다). 추사의 조아심복(爪牙心腹, 측근)으로 지목되어 귀양살이를 하였는데, 선생은 여러 글에서 불만을 토로한다. 선생은 이 유배지에서 묵죽도와 괴석도(怪石圖)를 시작한다.

1852년에 선생의 사위와 큰아들 규일이 각각 임자도를 찾아오고 홍재욱(洪在郁)과 주준석(朱俊錫)이 선생의 문하에 들어왔다. 선생은 이 유배지에서 『화구암난묵』, 『우해악암고』, 『수경재해외적독』, 『한

---

**2**  1847년 봄, 선생은 친구·후배들과 함께 모여 벽오시사를 결성하였다. 벽오당(碧梧堂)은 유최진(柳最鎭)의 집 이름이다. 인원은 모두 아홉인데, 선생이 나이가 가장 많아 좌장이었다. 유최진과 이기복(李基福)은 동갑으로 57세, 전기(田琦)는 23세, 유숙(劉淑)은 21세, 나기(羅岐)는 20세, 유재소(劉在韶)는 19세였다. 이들은 의형제를 맺고 서로를 형님 동생으로 불렀다 한다.

와헌제화잡존』 등 4권을 집필하였다. 유배 생활을 하며 중국 곽희의 산수화 이론을 수정하는 등 그림 이론도 개발하였다. 선생의 그림은 최고 수준에 이르렀는데 당호가 있는 19점 그림 중 8점이 이 시기에 그려졌다.

65세인 1853년 3월 6일 선생의 해배가 결정되고 3월 18일 임자도 만구음관을 떠나다.

68세인 1856년 10월 10일 김정희가 서거하다.

70세인 1858년 5월 큰아들 조규일이 42세의 나이로 사망하다.

73세인 1861년 1월 15일 선생과 친구들이 벽오사에 모여 시회를 연다(유숙이 이 모임을 그리고 〈벽오사소집도〉라 이름하였다).

75세인 1862년 『석우망년록』을 탈고하다. 유재건의 『이향견문록』에 "서"를 쓰다.

76세인 1863년 임자도에 유배되었던 김령이 해배되면서 선생의 『우해악암고』와 『한와헌제화잡존』을 가지고 고향으로 돌아가, 그의 후손들에게 전하다.

79세인 1866년 7월 11일 선생이 서거하다.


대표적인 그림으로 〈매화서옥도〉를 비롯하여 〈사군자 8첩 병풍〉, 〈홍매대련〉, 〈묵죽 8첩 병풍〉, 〈묵란〉 등이 있다. 『근역서화징』(槿域書畵徵)을 편저한 오세창(1864-1953)은 선생을 "묵장(墨場)의 영수"라 칭했다. 추사 김정희가 선생의 스승이다. 그러나 선생도 추사도 서로 썩 좋아하지 않은 듯하다. 추사의 「우아에게 주다」(與佑兒)를 보면 선생의 스승이지만 평이 그리 좋지 않다.

난을 치는 법은 또한 예서 쓰는 법과 가까우니, 반드시 문자의 향기와 서권(書卷)의 정취가 있은 다음에야 될 수 있는 것이다. 또 난 치는 법은 그림 그리는 법칙대로 하는 것을 가장 꺼리는 것이니, 만일 그림 그리는 법칙을 쓰려면 일필도 하지 않는 것이 옳다. 조희룡 같은 무리는 나에게서 난 치는 법을 배웠으나 끝내 그림 그리는 법칙 한 길을 면치 못하였으니, 이는 그의 가슴속에 문자의 향기가 없었기 때문이다.[3]

추사와의 사제 관계는 아마도 이 기록에서 연유한 듯하다. 이를 보면 선생이 추사의 난 치는 법을 배우기는 한 듯하다.

그러나 추사는 선생과 세 살 차이밖에 나지 않으며 선생 저서 어느 곳에도 추사 김정희를 선생으로 대하는 글이나 이름 석 자를 찾을 수 없다. 묘한 것은 위 글에서도 그렇지만 「조희룡의 화련에 제하다」(題趙熙龍畵聯)란 글에서도 "근자에 마른 붓과 검묵[4]을 가지고서 억지로 원나라 사람들의 거칠고 간략한 것을 만들어내는 자들은 모두 자신을 속이고 나아가서는 사람을 속인다"[5]라고까지 폄훼하였다. 분명 선생의 그림을 낮잡아 보는 말이다. 선생을 "문자기가 없다" 하는 아들에게 준 글과 연결 지으면 사제 관계라기보다는 맞수에 대한 불편한 심기를 노골적으로 표현한 글이 아닌가 싶다. 결론적으로 선생과 추사는 정상적인 사제 관계라 보기 어렵다.

---

3  『완당전집』 제2권 서독(書牘) 「우아에게 주다」(與佑兒).
4  검묵(儉墨): 물기 없는 마른 먹.
5  近以乾筆儉墨 强作元人荒寒簡率者 皆自欺以欺人也.

## 『호산외기』, 풀처럼 시들어가고 나무처럼 썩어버린다

『호산외기』(壺山外記)는 '위항인'(委巷人) 39명의 전기를 수록한 책이다. 1844년경, 선생 나이 40대 중반쯤 쓴 책이다. 선생은 위항인 중에서도 특히 시·서·화 삼절과 관련한 이들의 독특한 성격에 주목하였다. 이 위항인들은 양반 사대부가 아닌 계층인 서얼, 중인 이하 하급 계층이지만 문화를 알고 진정한 예술을 추구하던 신지식인들이었다. 선생은 이러한 특수 집단이 역사에 나타났음을 예리하게 간파하고 의미를 부여하였다. 『호산외기』와 『고금영물근체시』 "서", 『이향견문록』 "서"에는 선생의 이러한 생각이 잘 드러나 있다.

어느 날 선생의 은거지로 유재건(劉在建)이 찾아 위항인들의 시를 모은 『고금영물근체시』(古今詠物近體詩)의 원고를 보여주자 그 서문을 자청하여 썼다. 선생은 그 서문에 "위항 사람들의 글은 지는 꽃, 흩어지는 수초와 같은데 누가 주워 모으겠는가. 나 또한 위항 사람들 중 한 사람이다. 후세 사람들에게 위항 선비들의 시문학의 융성함을 알 수 있게 하였으니 어찌 아름다운 일이 아니랴"고 하였다.

또 한 해 뒤, 유재건이 『이향견문록』(里鄕見聞錄)이란 책을 탈고한 다음 다시 선생을 찾아왔다. 『이향견문록』은 선생의 『호산외기』처럼 위항인들의 전기였다. 선생은 또 서문을 잡아 "벼슬이 높고 글을 잘 쓴 사람들의 이름이 세상에 전해지는 것은 당연하다. 그러나 위항지사에 이르러서는 칭찬할 만한 업적까지는 가지고 있지 않다손 치더라도 혹 언행과 시문 중 전할 만한 것이 있는 경우라도 모두 풀처럼 시들어가고 나무처럼 썩어버리는 실정이다. 이런 사람들의 이야기를 엮어 책을 저술한 것은 참으로 큰 의미가 있다"고 하였다. 여항인으로서 강개한 심정을 피력한 서문이다. 수록된 인물들은 학행이 높은 사람, 시·서·화에 뛰어난 인물, 가객, 효자, 의원, 악공, 열녀, 신선, 승려, 심지어 노비에 이르기까지 대부분 미천한 신분이다.

선생은 『호산외기』 "서"에서 "내가 집에 있으면서 무료하여 귀로 듣고 눈으로 보았던 바, 약간의 사람들을 기억해내어 그것을 전(傳)으로 만들었다"며 미적지근하게 쓰고는 말미를 이렇게 적었다.

옛사람의 언어와 행동이 전할 만하여 전해진 것이 있고 또 반드시 전해야 할 것이 아님에도 전하는 것이 있는데, 이는 다 대인(大人)과 거필(巨筆)들의 큰 붓을 빌린 뒤에야 전하게 되었다. 내가 어찌 큰 인물, 큰 사람이겠는가! 내가 쓴 이 글들은 끌어다가 불살라 버린다 해도 아깝지 않겠지만, 또한 나름대로 느끼는 바가 있는 것이다.

비록 여항 약간인의 전할 만한 것이 있을지라도 어디로 좇아가 자료를 얻을 수 있겠는가? 세상에 대인과 거필이 있어 혹 좋아서 그 자료를 찾을 경우에 행여 이 책에서 얻음이 있으리라. 이에 이 책을 보존해둔다.

선생의 말이 맞다. 선생이 이를 거두어두지 않았다면 이들의 행적을 어디에서 찾겠는가. 아래는 『호산외기』의 차례다.

1. 박태성전(朴泰星傳), 박수천전(朴受天傳), 2. 김수팽전(金壽彭傳), 3. 유세통전(庾世通傳), 4. 김신선전(金神仙傳), 5. 이상조전(李湘藻傳), 6. 최북

전(崔北傳), 7. 이단전전(李亶佃傳), 8. 김억전(金檍傳), 임희지전(林熙之傳), 9. 권효자전(權孝子傳), 10. 이익성전(李益成傳), 11. 김홍도전(金弘道傳), 12. 김종귀전(金鍾貴傳), 13. 박영석전(朴永錫傳), 14. 김석손전(金祏孫傳), 15. 김완철전(金完喆傳), 16. 장우벽전(張友璧傳), 17. 김영면전(金永冕傳), 18. 박기연전(朴基淵傳), 19. 조신선전(曺神仙傳), 20. 엄열부전(嚴烈婦傳), 21. 김완전(金琬傳), 22. 이양필전(李陽祕傳), 23. 강치호전(姜致祜傳), 24. 이흥윤전(李興潤傳), 25. 천수경전(千壽慶傳), 26. 장혼전(張混傳), 27. 왕한상전(王漢相傳), 28. 이동전(李同傳), 29. 김양원전(金亮元傳), 30. 이재관전(李在寬傳), 31. 유동자전(劉童子傳), 32. 장오복전(張五福傳), 천흥철전(千興喆傳), 33. 엄계흥전(嚴啓興傳), 34. 조수삼전(趙秀三傳), 35. 오창열전(吳昌烈傳), 36. 신두병전(申斗柄傳), 37. 전기전(田琦傳), 38. 농산대사전(聾山大師傳), 39. 박윤묵전(朴允黙傳)

아래는 『호산외기』 2, 「김수팽전」 일부다.

김수팽은 영조 때 사람이다. 호걸스러운 성격에 큰 절도를 보여준 일이 많아 옛 열장부의 풍모가 있었다.…하루는 수팽이 그 아우의 집에 이르니 동이가 뜰에 죽 늘어놓아졌고 무엇인가 걸러낸 검푸른 흔적이 있어, "이것이 무슨 물건이냐?"고 물었다. 아우가 대답하기를 "집사람이 염색업을 합니다" 하였다. 그러자 수팽이 성을 내어 아우를 매질하면서 말하였다. "우리 형제는 모두 많은 녹봉을 받고 있는데도 이 같은 것을 업으로 한다면 저 가난한 백성들은 장차 무슨 일을 하여 먹을 것을 얻겠느냐." 그러고는 동이를 모두 엎어버리게 하였다.

하루는 수팽이 공문서를 가지고 판서의 관저에 가서는 결재해주기를 청하였다. 판서가 마침 손님과 더불어 바둑을 두다가 다만 머리만 끄덕이고는 여전히 바둑 두기를 그치지 않았다. 수팽이 마루에 올라가 손으로 바둑판을 쓸어버리고는 말하였다.

"죽을죄를 지었습니다. 죽을죄를 지었습니다. 그러나 이 일은 국가에 한시라도 늦추지 못할 공문서입니다. 속히 결재를 청하오니 다른 서리에게 주어 실행케 하소서" 하고는 곧장 사임하고 나갔다. 판서가 사과하고는 그것으로 그쳤다.

김수팽과 같은 이를 특별한 지조와 절개를 지닌 기절인(奇節人)이라고 한다. 당시 세태로 보아서는 응당 이런 기절인은 보통 사대부의 몫이다. 그러나 선생은 여항인에게서 찾았다. 돌아가신 아버지에게 효도하였다는 1. 박태성·박수천으로부터, 위의 김수팽과 유세통·권효자·박영석·장우벽·엄열부·이홍윤·천흥철·박윤묵 등 11인이 모두 이에 속한다.

또한 『호산외기』에는 천재적 재능의 기재인(奇才人)이 보인다. 기재란 천재적 재주를 지닌 사람이다. 서서 만언(萬言)의 글을 짓고 누워서 천언(千言)의 글을 짓거나, 몇 시간 만에 오언율시 백 수를 지었다는 「이상조전」, 다 진 바둑을 가지고 이겨 온 좌중을 놀라게 하였다는 「김종귀전」, 처음 중국에 가 수레를 타고 가는 사이에 중국말을 다 배워서 소통하였다는 「조수삼전」, 목소리를 듣고 종기를 찾는 신기한 의술의 소유자 「이동전」 등을 찾을 수 있다. 그중 12. 「김종귀전」 대략을 정리하면 이렇다.

종귀의 뒤를 이어 우리나라에 바둑 고수 세 사람이 있었는데 김한홍, 고동, 이학술이다. 한번은 한홍과 종귀가 내기 바둑을 두었다. 한홍은 바둑판을 뚫을 듯 보면서 종횡으로 끊고 찌르기를 준마나 굶주린 매처럼 하였다. 종귀는 늙어 병들어 바둑돌을 손으로 놓는 것조차 무게를 이기지 못하는 듯했다. 그 형세를 보니 이미 종귀가 반 국을 지고 있었다.

구경꾼들도 "오늘 한 판은 한홍의 독보에 양보해야겠군"이라고 하였다. 종귀가 바둑판을 밀어놓으며 탄식하였다.

"늙어서 눈이 침침하구나. 놓아두고 내일 아침에 정신이 조금 맑아질 때를 기다려야겠다" 하였다. 그러자 여러 사람들이 "옛날부터 명수가 한 판 바둑을 이틀씩 둔다는 말은 듣지 못하였다"고 비아냥대자 종귀가 눈을 비비며 다시 바둑판을 당겨서 앉았다. 그러고는 한참 동안 똑바로 들여다보더니, 홀연히 한 기묘한 수를 내니 흐르는 물을 끊고 관문을 무찌르듯 하였다. 마침내 종귀가 다 진 바둑으로 승리하니 보는 이들이 놀라 감탄하였다. 이것을 두고 "그가 잘 둘 때를 두려워 말고 그가 잘못 두었을 때를 두려워해야 한다"고 말한다.

또 한 부류는 충격적 행동으로 강개한 자의식을 드러낸 기행인(奇行人)이다. 바로 사회적 모순에 대한 강렬한 비판의 삶을 산 이들이다. 이들 중 문학가와 화가 등 문화예술인이 특히 많은 것은 조희룡이 문인화가라는 점에서 이해할 수 있다. 이들은 조선 후기의 사회에 대해 충격적인 행동과 자의식으로 기행(奇行)을 일삼는다. 신묘한 의술을 지닌 「이익성전」, 매화광인 「김석손전」, 시시비비를 가린 「김완철전」, 협기가 있었던 「김양원전」과 「장오복전」, 「천흥철전」

등이 그것이다.

그중 화가 「최북전」의 대략은 이렇다.

최북에게 높은 벼슬아치가 "누구냐?"라 묻자, 최북은 이렇게 답한다. "먼저 묻노니, 그대의 성명은 무엇인가?" 그의 오만함이 이와 같았다. 한번은 금강산을 유람하다가 구룡연에 이르러 갑자기 크게 부르짖었다. "천하의 명사가 천하의 명산에서 죽으니 만족이다" 하고는 못에 뛰어들어 죽을 뻔하였다. 한 귀인이 최북에게 그림을 요구했는데 그려주지 않자 협박을 했다. 최북이 성내어 "남이 나를 저버리는 것이 아니라 내 눈이 나를 저버린다" 하고는 제 눈을 찔러서 실명했다.

선생은 이러한 각 전기의 끝에 '찬왈'(贊曰), '호산거사왈'(壺山居士曰)이라는 논찬 부분을 넣었다. 도입부·전개부·논찬부의 3단 구성은 전통적인 전(傳)의 방식이다. 그런데 선생은 다소 눙친 『호산외기』 "서"와는 달리 강한 발언을 한다.

기개와 절조가 있어서, 비록 가난하고 천하여 보잘것없는 사람이라도 반드시 힘을 다하여 치료하여주지만 예절로서 대하지 않으면 비록 정승·판서와 같은 귀한 사람이라도 그를 굽히게 할 수 없었다(「이익성전」).

만약 화려한 관복을 입고 밝은 조정에 섰더라면 비상시국에 큰 공을 세웠으리라(「유세통전」).

보배[재주]를 가슴에 품은 채 [드러내지 못하고] 파묻혀 사라지는 자가 어찌 한둘이겠는가. 그러나 이양필은 발자취를 밀접히 가까운 곳에 붙였으니, 임금에게 알려질 만도 했는데 마침내 은총이 미치지 못하였다. 이 때문에 탄식한다(「이양필전」).

신선의 골격과 신선의 인연은 태어나면서부터 갖는 것이지 배워서 얻을 수 있는 게 아니다. 신선의 골격과 신선의 인연도 없으면서 한갓 단약(丹藥) 달이는 솥 사이에서 일삼는 자는 굶어죽지 않으면 요절하기 마련이다. 김신선은 허공을 거닐고 곡기를 끊으며 정기를 삼키고 장을 씻어냈으니, 그것이 어찌 배워서 할 수 있는 일이겠는가(「김신선전」).

만약 그를 낭묘[1]의 자리에 두었다면 어찌 그가 명신의 한자리를 차지하지 않았겠는가?(「이홍윤전」)

걸어 다니며 글을 읽는 것은 진(晉)나라 차윤(車胤)이 가난하여 반딧불에 책을 비추어 글을 읽었다는 일과 한(漢)나라 광형(匡衡)이 가난하여 벽을 뚫어 이웃집에서 흘러나오는 불빛으로 책을 읽었다는 이야기와 고금에 일치하나 그 수고로움은 더하다. 이미 글을 숭상하는 교화에 잠기고도 입신양명하지 못했으니 운명이로다!(「왕한상전」)

---

1    낭묘(廊廟): 정부 고위 관료들이 모여서 국사를 의논하는 곳.

## 『화구암난묵』

선생은 『화구암난묵』(畵鷗盦讕墨)의 제목을 이렇게 풀이해놓았다.

> 황산곡이 자기가 지은 시문을 취하여 내편을 삼고, 주공과 공자의 뜻에
> 합치하지 않는 것은 외편으로 보존하고자 하였다. 이미 주공과 공자에
> 합치하지 않음을 알고서도 외편으로 남기고자 하는 것은 차마 버리지
> 못하기 때문이다. 내가 이런 온갖 터무니없는 말을 '난묵'(讕墨)이라 이
> 름 붙여 보존하는 것 또한 차마 버리지 못하기 때문이다.
>
> 인하여 논해보건대 천하에 버릴 물건은 없는 것이다. 깨진 자기와 해
> 진 빗자루가 무슨 소용이 있으리오만, 간혹 쓸 데가 있기도 하다. 이 책
> 을 보는 자는 또한 마땅히 이러한 관점에서 보아야 할 것이다.

『화구암난묵』의 원 제목은 '해외난묵'(海外讕墨)으로 '화구암주
록'(畵鷗盦主錄)이다. 1851년 영광 임자도에 유배되어 쓴 글 중 하
나다. 선생은 유배 시절[2] 자신이 머무는 집에 '화구암'(畵鷗盦), '만
구음관'(萬鷗唫館)이라는 당호를 붙였다. '화구암'은 갈매기로부터
화의[3]를 얻었다는 뜻이요, '만구음관'은 '만 마리 갈매기 소리가 들

---

**2**　선생은 유배 시절 책 네 권을 남겼다. 『화구암난묵』과 해배될 때까지 자신의 마음
　　행로를 기록한 시집 『우해악암고』(又海嶽庵稿), 가족들에게 보낸 절절한 사랑과 친
　　구들에게 보낸 우정의 편지글을 모은 『수경재해외적독』(壽鏡齋海外赤牘), 또 청년
　　시절 이후 치열했던 예술혼을 담은 그림이론서 『한와헌제화잡존』(漢瓦軒題畵雜存)
　　이 그것이다.
**3**　화의(畵意): 그림 그리려는 마음.

리는 집'이란 뜻이다. '난묵'은 '터무니없는 글' 정도의 의미다. 정리하자면 『화구암난묵』은 유배지 섬에서 겪은 일들과 자신을 유배 보낸 사람들을 원망하다가 마음속에서 화해한 내용을 기록한 산문집이다.

선생은 '화구암'에서 두 제자[4]의 도움을 받으며 집필 활동을 하였다. 서문은 이렇게 시작한다.

> 서울 번화한 거리 속에서 황량한 산과 고목 그리기를 좋아했다. 엉성한 울타리와 초가 사이에 사람을 그려 넣지 않아 그림 속의 집이 누군가를 기다리고 있는 것 같았다. 그 집이 지금 내가 사는 집이 되었으니 명나라 동기창이 말한 화참[5]이 아니고 무엇이겠는가? 참(讖)이란 머지않아 닥칠 일의 조짐을 말하는 것이니 지금 나의 바다 밖 귀양살이는 진실로 면할 수 없는 것이었는가? 연기와 구름, 대나무와 돌, 그리고 갈매기가 지금 나에게 그림의 정취를 주고 있으니 내 어찌 그림 속의 사람이 되지 않겠는가?
>
> 실제의 산과 물은 사람마다 알고 있지만 그림으로 그린 산과 물은 그림을 아는 자가 아니면 알 수 없다. 그림은 실물이 아니어서 사람의 필묵과 기백과 운치에 따라 그 이치가 다양하다. 이 때문에 그림을 아는 자는 드물다.

---

**4** 두 명의 유배지 제자는 홍재욱(洪在郁)과 주준석(朱俊錫)이다.

**5** 화참(畵讖): 동기창이 말한 화참은 시참(詩讖)에서 끌어온 말이다. 시참은 우연히도 자신이 지은 시와 뒷일이 꼭 맞는 경우다.

내 저서 『화구암난묵』을 보는 사람들도 이것을 한 폭의 졸렬한 그림 쯤으로 보지 않을까? 그림을 그리는 자가 6법을 궁구하지 않고 함부로 칠하고 그어대 놓고 칭찬받기를 바란다면 어리석거나 아니면 망령된 일이다. 책을 쓰는 것도 어찌 그림 그리기와 다르다 하겠는가?

개펄 독기 서린 바다의 적막한 물가에서 얻은 이 책을 하찮은 것쯤으로 돌려버리지 못하는 것은 차마 버릴 수 없기 때문이다. 그러나 나에게 버릴 수 없는 것이라 하여 다른 사람에게까지 '버리지 마라' 할 수 있을까? 한 번의 웃음거리를 마련해본다.

철적도인 조희룡이 만구음관 가을 등불 아래에서 쓴다.

선생은 자신의 저서를 "애오라지 한 번의 웃음거리"(聊一博粲)라 하였으나 어찌 그 말을 곧이들을 것인가. 선생은 자기 나름의 화법을 창안하였다.

내 대나무 그림은 본래 법이 있는 게 아니다. 내 가슴속에 느낌으로 그렸을 뿐이다. 그러나 어찌 스승이 없겠는가. 텅 빈 산의 만 그루 대나무가 모두 내 스승이니 곧 한간(韓幹)의 마구간에 만 필의 말이 있는 것과 같다.

한간은 8세기 중엽에 활동한 당나라 화가다. 한간은 말 그림을 잘 그렸다. 그는 흐트러짐 없는 필선과 대단히 명확한 구도로 수많은 말들의 힘과 고귀함을 강조했다. 선생은 한간이 말을 그리듯 자신은 대나무를 그렸다고 말한다.

선생은 작품 속에서 고아한 것을 가볍게 여기고 속된 것을 중히 여기는 '경아중속'(輕雅重俗)을 미학으로 삼았다. 특히 선생은 10년이 넘는 수련을 통하여 매화와 난 그림의 이치를 깨달았다. 여섯 자 크기의 대작 〈장륙매화〉(丈六梅花)는 그 결정체다. 추위를 이기고 봄이 오기 전에 피는 매화는 추상같은 선비의 정신이기도 하다. 선생은 이 매화 줄기의 전체 구도를 용으로 대체해 화려하고 격렬한 역동성을 부여했다.

난 그림에서도 시를 통해 얻은 오언절구의 깊고 그윽한 즐거움을 표현했다. 시를 보편으로, 난을 외부로 표출된 미의 실체로 규정한 것이다. 이러한 자신의 이론을 선생은 '경시위란'(經詩緯蘭)이라 이름 붙였다.


## 『석우망년록』, 하늘 아래 가장 통쾌한 일

『석우망년록』(石友忘年錄)은 선생이 살아가며 느낀 단상으로 노년의 자서전적인 저술이다. '석우'(石友)는 벼루를 의인화하여 붙인 명칭이다. 저작 시기는 1858년 전후로 3년간 유배 생활을 마치고 1853년 봄에 다시 서울로 돌아온 이후의 기록들이다. 180항을 기록했고 이는 두 항으로 대별된다. 하나는 일상생활이고, 다른 하나는 고인의 일화와 명언을 다시 새겨보는 글이다. 이제 몇 항을 따라가며 선생의 말년을 생각해본다.

**19항**: 문밖에 나가지 않아도 손으로 달 속의 굴을 더듬고 발로 하늘 끝을 밟아 조화옹의 수단이 가슴에 있다. 바람과 구름이 변하는 양태가 그 손가락 끝에 있어서 놓으면 하늘과 땅이 도리어 작게 되고 거둬들이면 한 주먹에도 차지 않는다. 이것이 마음 가운데 통쾌함이다. "하늘 아래 가장 통쾌한 일은 문장만 한 게 없다"라 말하는 까닭이다.

선생이 문장 하는 자긍심은 저러했다. 어떤 이가 시 빨리 짓는 법을 묻자 선생은 "다만 책 많이 읽는 게 아니다"[6] 뚝 부러지게 말하고 이렇게 덧붙였다.

24항: 구름이 흘러가고 비 오며, 새 우지지고 벌레 우는 소리가 모두 마음에 관계되지 않는 게 하나도 없다. 길을 가거나 서거나 앉거나 눕거나 이것을 잠시라도 잊어서는 안 된다. 여기에서 생각은 길이 트이고 더욱 예리해진다.

한낱 두어[7]에 지나지 않으려면 곱씹어볼 말이다.

선생은 선인들이 이미 천하 이치 다 써놓았기에, 후인들이 아무리 애써도 고인을 벗어나지 못함을 전제로 삼고, 벗어나는 방법을 송나라 문인인 섭석림(葉石林)의 말을 인용해 귀띔해준다.

68항: 세상에 어찌 문장이 있겠는가? 다만 글자 줄이고 글 바꾸는 법만

---

6    非徒多讀書.
7    두어(蠹魚): 책벌레.

있다.

"글자 줄이고 글 바꾸는 법", 선생은 여기서 문장이 새로워진다며 고인들이 한 말을 말하지 않은 듯 만들라고 주문한다. 바로 언어 재구성이다. 선생의 몸은 늙었으나 붓은 늙지 않았음을 볼 수 있다.

> **100항:** 나는 금눈동자 상[8]이 없고 위대하고 널리 통달한 상이 없고 금마(金馬)와 석거(石渠)의 상(相)[9]도 없고 일구(一邱)와 일학(一壑)의 상(相)[10]도 없으니 장차 어디로 돌아가리오? 가히 손을 이끌어 함께 금석, 서화의 사이에 숨을 뿐이다.

선생은 금석, 서화와 더불어 세상에 숨어 지내겠다고 이렇게 다짐한 것이다.

> **169항:** 글씨와 그림은 모두 솜씨에 속한다. 솜씨가 없으면 비록 총명한 사람이 종신토록 배워도 능할 수 없다. 그런 까닭에 "손끝에 있는 것이지 가슴속에 있는 것이 아니다" 한다.

선생의 글을 읽으며 글씨와 그림에 관한 솜씨(手藝)를 인정하지 않

---

8   금정안상(金睛眼相): 예민한 눈빛의 소유자.
9   금마와 석거는 한대 장서각의 일종, 즉 학술 장소.
10  일구와 일학은 한 언덕과 한 골짜기, 즉 은사가 거처하는 공간.

을 수 없다.

　선생은 좋은 재주를 가졌지만 신분은 중인이었고 이를 자각하였다. 『고금영물근체시』 "서"에서 "나도 여항(위항)인이다"(余亦閭巷人) 한다. 하지만 선생은 '남의 수레 뒤를 따르지 않는다'는 '불긍거후'(不肯車後) 자세로 예술에 임했다. 당시 널리 퍼진 '진경문화'를 답습하지 않았을뿐더러 중국 화법이 추구하는 이념과 기법을 비판적으로 받아들였다. 이는 조선인, 그것도 여항인으로서 자신의 예술세계를 개척하려는 창조적 삶이요, 예술가로서 뚜렷한 주체 의식이요, 조선의 독창적인 미의식이다.

　183항: 시란 청화의 보고요 중묘로 들어가는 문이다. 비루한 사람이 배울 수 있는 게 아니다.

청화(淸華)란 '맑고 빛남'이요, 중묘(衆妙)란 '뭇 절묘함'이다. 선생은 시를 통하여 맑은 인간의 내면세계로 들어가고자 하였다.

　선생은 시문을 여행과도 연결시킨다. 선생은 "유람하는 벽이 있어 명승지를 다 찾아다녔고 옛사람들의 기록도 모두 보았다"고 하였다. 또 "산을 보는 방법이 글을 보는 방법"이라고도 한다.

## 참고문헌

실시학사고전문학연구회 역, 『석우망년록』 1–6(한길아트, 1999)

김영호 편역, 『소치실록』(서문당, 1976)

김상엽 저, 『소치허련』(학연문화사, 2002)

한국고전종합DB

# 박물학과 고증학

4부

# 9장
—
## 서파 유희 『문통』

일생을 늘 시비 속에서 살았네


우리 남악은
유사 이래 드문 사람
지금은 쓰이지 못하지만
뒷세상엔 영원하리라

# 유희의 생애

**이름**  유희(柳僖)

**별칭**  초명은 경(儆), 자는 계중(戒仲), 호는 서파(西陂)·방편자(方便
子)·남악(南嶽)·단구(丹邱)·관청농부(觀靑農夫)·비옹(否翁). 40세가
넘어 이름을 희(僖)로 개명

**시대**  1773(영조 49)–1837년(헌종 3)

**지역**  경기도 용인군 모현면 매산리(속칭 말미)

**본관**  진주(晉州)

**직업**  음운학자이며 의사 및 실학자

**당파**  소론

**가족**  아버지는 역산(曆算)과 율려(律呂)에 조예가 깊은 현감 유한규
(柳漢奎, 1718-1783)이며, 어머니는 통덕랑 이창식(李昌植)의 딸로
경사에 능통하여 『태교신기』(胎敎新記)를 저술한 전주이씨 사주당
(師朱堂, 1739-1821, 주자를 스승으로 삼는 집)이다. 당시 아버지는 55
세였다. 부친은 네 명의 부인 사이에 2남 5녀를 두었다. 선생의 어
머니 사주당 이씨는 네 번째 부인으로 1남 3녀를 두었다. 사주당은
동해모의[1]라는 호칭을 받을 정도로 견식이 높아 영조의 경연관(經筵
官)이었던 한원진·송명흠 같은 호서 지방 유자들의 칭찬을 받았다.
특히 한원진은 사주당이 12세인 1751년에 사망한 사람이어서 그
가 10대 소녀인 사주당을 칭찬했던 것으로 보이니 사주당의 영특

---

[1]  동해모의(東海母儀): 조선 어머니의 모범.

성을 짐작할 수 있다. 후일 호조 참판이 되는 이양연, 진사시에 합격한 이면눌 같은 이가 성인이 된 뒤에 가르침을 받기도 했다. 사주당은 경사(經史)를 주로 연구했으며 결혼 직후엔 당호를 희현당(希賢堂)으로 했다가 '주자(朱子)를 배운다'는 뜻인 사주당으로 바꿨다.

사주당이 시집온 후 선생 집안은 다소 활기를 되찾기 시작했다. 1755년 을해옥사 때 선생의 집안은 영락하였다. 선생의 종조부인 유수(柳綏, 1678-1756)는 남구만의 문인으로 좌승지를 역임하였는데, 을해옥사에 연루되어 북천으로 유배를 가는 도중에 홍원에서 세상을 떠난다. 유수의 동생인 유정(柳綎, 1684-1752)은 형조 참판을 역임하다 옥사가 일어나기 몇 해 전에 세상을 떠났으나 역시 삭탈관직을 당한다. 유희의 부친인 한규도 당시 형조 정랑으로 재직하다 유수의 조카라는 이유로 옥에 수감되었다 풀려났다. 이 과정에서 동생인 한기(漢箕)가 자살을 하였고 부인 평강전씨도 스스로 목숨을 끊었다. 선생의 부친은 경릉령을 거쳐 1779년 6월에 목천현감을 지냈다.

**어린 시절**  돌 무렵에 천연두를 앓아 건강이 좋지 않았다. 5세 때 강화학파의 거두인 이광려(李匡呂)에게서 글을 배웠다.

7세 때 천문학과 회화에 조예가 깊었던 정철조(鄭喆祚)에게서 주역을 배우고 『성리대전』과 『사략』, 『통감』을 읽다.

9세 때 『서경』(書經) 기삼백(朞三百)에 주설을 짓다.

10세 때 『통감』을 깨쳐 신동 소리를 듣다.

11세에 아버지를 여의고, 13세에 이미 시부(詩賦)를 짓고 구장산

법(九章算法)을 이해하였으며, 15세에 『주역』을 꿰뚫다.

**그 후 삶의 여정**  16세인 1788년 처음으로 과거에 응시하고 18세에 향시에 합격하다. 이 무렵 청하 현감이던 윤형철(尹衡喆)의 아래에서 과거 공부를 익히다. 그러나 어머니의 가르침을 받아 과거에 나아가지 않고 학문과 농사에 전념하다. 선생은 어머니를 '조선의 어머니'로서 존경하고, 어머니의 일생을 기록한 행장에서 어머니의 삶을 "본질은 장부요 바깥으로 드러난 행실은 부인이었다"[2]고 하였다.

19세인 1791년 어머니가 위중하여 단지를 하다.

22세인 1794년 2월에 칠촌인 유성태의 과거시험 사건에 휘말려 양지(陽智)의 옥에 수감되었다가 전라도 해남으로 귀양을 가다.

25세인 1797년 2월에 용인 모현촌의 관청동에 복거하였는데, 이듬해까지 지은 한시를 모아 『관청농부집』(觀靑農夫集)으로 엮다.

27세인 1799년 1월 1일에 점을 쳐서 비괘(否卦)가 나오자, 1799년부터 이듬해 6월까지의 한시를 모아 『비옹집』(否翁集)이라 하였다. 1799년 4월 4일부터 5월 2일까지는 해서 지방을 유람하고 「서유시축」(西遊詩軸)을 엮어 교유하던 이들에게 보냈다. 「비옹칠가」(否翁七歌)를 지어 정신적 지향, 내면의 굴곡진 심리를 그대로 드러냈다.

28세인 1800년 3월 11일의 정시에 응시하지 않고 시류에 부합하지 못하는 자신을 자조하는 「기사가」(己巳歌)를 짓고 고향으로 돌아가다.

---

**2**  質丈夫, 行婦人.

29세에는 옴을 치료하기 위하여 온양으로 가다.

33세인 1805년부터 경학에 침잠하다.

38세인 1810년에 충청북도 단양 협곡으로 들어가 농사를 짓다.

47세인 1819년에 고향인 경기도 용인으로 돌아오다.

49세에 어머니 상을 당하다.

52세인 1824년 5월 상순에 『언문지』를 저술하다.

53세인 1825년에 둘째 누나의 권유로 과거에 세 번 응시하여 생원시에, 57세에 황감제(黃柑製)에 3등으로 입격하는 데서 그치다.

1837년 2월 초하루에 영면하니 향년 65세였다. 이해에 재취한 부인 안동권씨가 선생의 전기를 작성하였다.

1937년에 조선어학회에서 『한글』(5권 1호, 5권 2호)의 부록으로 『언문지』를 간행하였고, 이듬해에 단행본으로 출판하였다.

**저서**  『문통』(文通) 100권[3]이 초고로 전해왔는데, 6·25동란 중에 소재가 불분명해졌다. 진주유씨 문중의 기탁으로 44책 69권이 현재 한국학중앙연구원 장서각에 소장되어 있다. 선생은 천문·지리·의약·복서·종수(種樹)·농정(農政)·풍수·충어(蟲魚)·조류 등에 두루 통하여 방대한 『문통』을 저술하였다. 『문통』 속에 수록된 작품 중에 특히 『시물명고』(詩物名考), 『물명유고』(物名類考), 『물명고』(物名考), 『언문지』(諺文志)는 국어학사적 사료로서 중요하다.

---

**3**  위당(담원) 정인보 선생이 1931년 1월 19일부터 5월 11일까지와 7월 6일에 걸쳐서 「동아일보」에 "조선고서해제"를 18회 연재하면서 그 여덟 번째(1931.2.23)에 소개하였다.

# 『문통』, 일생을 늘 시비 속에서 살았네

'문통'(文通)은 '문헌의 통칙', 혹은 '고금의 문물·제도에 대한 총체적인 고찰'이라는 뜻이다. 선생의 학문 폭이 광대한 자부심을 바탕으로 이루어졌음을 짐작할 수 있는 서명이다. "시를 읊조리는 것 말고는 아무것도 할 게 없나니, 일생을 늘 시비 속에서 살았네"라는 선생의 표현은 서파의 고단한 삶과 시벽을 단적으로 보여준다.

## 「비옹칠가」

선생은 두보의 「동곡칠가」(同谷七歌)에서 형식을 따와 「비옹칠가」를 지어 자기 삶을 되돌아보았다. 첫째 수에서 성취한 것 없이 나이가 들어가는 것을 한탄하였다. 그 뒤로 자신에게 영향을 준 이광려, 정철조, 어머니인 사주당, 넷째 누이, 윤형철과 자신이 살고 있는 경기도 용인 모현촌 관청을 소재로 각각 읊었다. 마지막 시에서는 관청 산골 마을에서 유유자적하면서 살겠노라 다짐하는 것으로 맺는다. 그중 둘째 수를 보겠다.

### 둘째 노래

| | |
|---|---|
| 비옹이여! 비옹이여! 지난날 아주 어렸을 때 | 否翁否翁昔嬰孩 |
| 유씨 일가들이 신동이라고 경하하였지 | 柳氏宗族賀神才 |

---

1    萬事更無吟咏外 一生長在是非中, 「방편자구록」, 「비옹집」, 「여경사부지이복」(如京師不至而復) 2연.

다섯 살에는 월암(이광려)의 무릎에서

    글을 지었고                              五歲屬文月巖膝

일곱 살에는 석치(정철조)의 품에서

    주역을 논했기에                          七歲論易石癡懷

도성 사람들은 기이한 일이라고

    거품을 물고 칭찬했거늘                  都下噴噴誦異事

한 자 소나무가 동량의 재목이 되리라

    기대했건만                              尺松待作棟樑材

나이 들지 않아도 이미 똑똑히 알았으니         未必老大亦了了

요동에선 기이한 흰 돼지도 하동에선 흔한 것처럼

    세간 비웃음을 받았네                  遼東白豕世所咍

오호라! 두 번째 노래여,

    노래하다가 가슴이 막히누나             嗚呼二歌兮歌抑塞

쓸쓸하게도 석양은 제 빛을 이루지 못하누나    荒荒斜日不成色

이 시를 지은 것이 선생 나이 27세, 1799년이다. 한참 꿈을 펼칠 나이이건만 자탄에 가까운 시다. 우선 선생이 형식을 따온 「동곡칠가」만 해도 그렇다. 이 시는 전란으로 떠돌았던 두보(712-770)의 시다. 두보의 시는 대개 침울한 정서가 깃들어 있다. 두보가 낙향하여 가족을 데리고 방랑하던 중 동곡현이라는 곳에서 자신의 심정을 읊은 시 7수로 쓸쓸한 풍경에 내면의 슬픔을 토로하였다. 선생이 이 「동곡칠가」 형식을 빌렸다는 데서 그 마음을 십분 이해할 수 있다. 선생이 젊은 시절 과거를 보지 않은 이유는 어머니의 뜻에 따른 듯하다. 안동권씨가 지은 선생의 전기에 어머니 사주당이 "벼슬살이에 뜻을 두기보다 차라리 이름 난 산에 살 곳을 점쳐 그곳에서 하늘이 준 참마음을 지켜 사는 게 좋다"고 권하였다. 선생은 일생 어머니의 가르침을 따라 자기 내면의 덕을 기르는 공부를 하였다.

이제 위의 시를 좀 살펴보자. 위 시 8행에서 선생은 자신을 '요동백시'(遼東白豕)로 표현하였으니 자못 눈길을 끈다. '요동의 흰 돼지'는 경험의 폭이 좁고 견문이 짧다는 뜻이다. 중국 요동 지방에서는 까만 돼지만 기르고 있었는데, 어느 날 한 집에서 머리가 흰 돼지가 태어났다. 사람들은 놀라면서도 기뻐하여 그 돼지를 왕에게 바치기로 하고 왕이 있는 하동으로 떠났다. 요동 사람이 하동에 이르러 보니, 하동의 돼지들은 모두 하얀 것이 아닌가. 그래 요동 사람들은 모두 부끄러워하며 되돌아갔다는 고사다.

이로 미루어 보건대 선생은 자신의 학문이 보잘것없다고 여기고 있다. 하지만 세상이 선생의 재주를 그렇게 만든 것이지 선생의 깜냥이 모자란 것은 아니다.

선생은 농사를 짓는 한편, 유의[2]로 생계를 꾸렸다. 1814년 6월에 손에 마비 증세가 왔을 때 쓴 「수병」(手病)이란 산문에서, "나는 빈천하면서 할 일이 많은 사람"이라 규정하고는 손이 다시 나으면 남의 병을 고치고 또 남의 서찰에 응수하며 남의 일을 떠맡아 힘쓰겠다고 하였다.

---

2    유의(儒醫): 유자로서 의술을 행하는 선비.

선생은 1819년에 지은 「희보본초」(戱補本艸) 제2조와 1831년 9월에 지은 「문책」(文責) 따위에서 글을 쓰는 것에 대해 자조하면서도 자부심을 내비쳤다.

「희보본초」는 '장난스레 본초경에 보충을 한다'는 뜻으로 본초학의 글 형식을 빌려 통보(通寶, 돈)와 문장의 쓰임에 대해 논한 글이다. 제2조에서는 문장이 본래 입언(立言)이란 이름을 지니고 있고 그 맛은 맵고 쓰다고 서술함으로써 문장의 본질을 규정하였다. 「희보본초」 제2조의 해설부는 이렇다.

문장은 본래 이름이 입언(立言)이다. 맛은 맵고 쓰며 기운은 차다. 양기 가운데 양기로 독이 없지만 조금 독이 있다고도 하였다. 심경(心經)으로 들어가고 또 간담경(肝膽經)이 된다. 약으로 먹으면 주로 장부의 온갖 병을 치료할 수 있는데 또한 어린아이를 기르고 부인을 조절할 수 있다. 일체의 탁한 기운을 치료하여 가슴에 가득하면 마음을 활짝 열어, 귀와 눈을 아주 밝게 하고 지혜를 더하고 담을 장대하게 한다. 기품과 인격을 길러주고 음성을 윤택하게 하며 더러운 때를 없애고 신명을 통하게 한다. 그 가운데 좋은 것은 조화롭게 하고 천지를 편안하게 하며 온갖 잡무를 안정되게 하여 마침내 만물을 낳는 공이 곳곳마다 있게 된다.

본디 종자가 없는데 한때에 감응하여 청수한 기운이 명산대천 사이에서 생겨난다. 채취하는 데 정해진 시간이 없고 조제하는 데 방법이 일

정치 않다. 대개 진부하고 오래된 조박³에서 취하여 삼키고 씹고 하기를 여러 번에 걸쳐 한다. 사용할 때는 소나무 그을음[먹]과 토끼털[붓]에 넣고 닥나무의 흰 껍질로 완성한다. 혹은 네 글자를 한 단으로 하되, 다섯 글자나 일곱 글자도 있다. 혹은 많고 적음에 구애받지 않고 길게 끌어서 크게 만들기도 한다. 혹은 두 단을 서로 같게 하는데, 그것을 하나의 대구라 한다. 여러 종류들이 그때그때 만들 때마다 다른데 각각 명칭이 있으니 일일이 다 열거할 수 없다. 이것을 복용하는 사람들은 그 소리를 취하기도 하고 그 빛깔을 택하기도 하며, 혹은 그 맛만 취하기도 하고 혹은 그 성질까지 아울러 취하기도 하며 혹은 그 뼈만 전적으로 사용하기도 하고 혹은 그 마음까지 아울러 쓰기도 한다.

복용을 다 하고 나면 문득 배와 대추나무[목판]에 얹혀서 후대 사람이 또 그것을 삼키고 씹도록 갖추어 두어 비록 연한이 오래되어 좀이 생기더라도 버리지 않는다. 하지만 이 약은 때때로 귀하기도 하지만 또 때때로 천하기도 하다. 귀하게 되면 무소뿔, 코끼리 상아, 구슬, 옥이라도 이것과 값을 따질 수 없지만, 천하게 되면 한 시대의 박대를 당하고 온 사람의 짓밟힘을 입으니, 그 치욕스러운 꼴을 당하는 것이 도리어 견줄 데가 없을 정도다.⁴

선생은 『본초강목』의 서술법을 이용하여 '문장'을 여러 가지 약재

---

3    조박(糟粕): 옛 서적과 문장.
4    『문통』, 『방편자문록』(方便子文錄), 「문록」 2, 장서각 고문서실, 『진주류씨 서파 류 희 전서 II』, 한국학자료총서 38 (한국학중앙연구원, 2008), 409~412.

를 섞어 조제한 약으로 취급하였다. 우선 선생 문장의 본래 이름이 '입언'이라는 것부터 본다.

『춘추좌전』 양공 24년 조에 전하는 이야기다. 기원전 500여 년 전 춘추시대 때, 노나라의 숙손표와 진나라의 범선자가 죽어서도 오래 남는 불후(不朽)가 무엇인가를 놓고 한바탕 설전을 벌였다. 범선자는 선조가 대대로 귀족으로 이어졌음을 들어 "집안이 대를 이어 현달하고 제사가 끊이지 않는 게 불후"라 하였다. 그러나 숙손표는 "벼슬하고 제사를 지내는 것도 훌륭한 일이지만 불후라고 할 수 없다며 덕을 쌓는 '입덕'(立德), 공을 세우는 '입공'(立功), 문장을 남기는 '입언'(立言) 세 가지가 '삼불후'(三不朽)"라 하였다.

죽어서도 오래도록 남는 덕과 공, 문장을 쓰기란 쉽지 않다. 그야말로 부모로부터 받은 천혜의 재주에 시대의 운수 또한 받쳐줘야 한다. 순수한 개인의 노력만으로 솔직히 어려운 일이다.

선생의 위 글은 이 셋 중, 입언에 대한 서술이다. 입언은 다름 아닌 글쓰기다. 선생은 이 글쓰기(입언)가 귀하게도 천하게도 된다고 한다. 귀하게 되는 것이야 언급할 바 없지만 천하게 되면 "시대의 박대를 당하고 온 사람의 짓밟힘을 입는다며 그 치욕스러운 꼴을 당하는 것이 견줄 데가 없다"고 한다. 문장 밖의 선생의 삶과 문맥의 전후로 비추어볼 때 선생의 글은 누구 하나 봐주지 않는 천한 물건이 되어버렸다. 가만 생각하니 이 글을 쓰는 나 역시 앞 문장과 이하동문인 듯싶다.

또한 『본초강목』의 해설 방법과 문헌집성법을 이용하여, 해설부에서는 문장의 창작 과정과 장르에 대해 일괄 서술하고 가공의 문헌을 집록하는 방식으로 문장의 기능과 효과 및 해악을 제시하였다. 그리고 마지막에는 문헌 인용의 형태로 문장의 해악에도 불구하고 벽(癖)이 되어 하지 않을 수 없는 창작의 모순을 자조적이면서도 해학적으로 제시하였다.

## 「도협서」

선생은 농민, 상인, 공인, 노복 등 하층민의 삶을 소재로 한 작품을 다수 창작하였다. 「대호리행」(代狐狸行), 「농부세서가」(農夫洗鋤歌)와 같은 악부시에서 관리들의 수탈로 인해 고통 받는 농민들의 상황을 풍자하기도 하였고 「갈분부」(葛粉賦)와 「매우부」(梅雨賦) 따위에서는 가난 속에서 목숨을 연명해가는 일반 백성의 삶을 사실적으로 묘사하였다.

선생은 도협(盜俠)에 관한 견해를 작성하고 일화들을 모아 「도협서」(盜俠敍, 1812. 10)를 썼다. 당시에 '도협'의 '도'는 도적이고 '유협'(游俠)은 『한비자』(韓非子) 「오두」(五蠹)의 "협객은 무력으로 법을 위반한다"(俠以武犯禁)라는 말을 근원으로 한다. 그러나 선생의 글에서 협객은 사마천의 「유협열전」(游俠列傳)에 더 가깝다. 사마천은 『사기』 권124 「유협열전」에서 '유협'의 의의를 이렇게 정의한다.

지금 유협은 그 행위가 반드시 정의에 합치되지는 않는다. 하지만 그들의 말은 반드시 신용이 있고 행동은 반드시 과감하며 이미 승낙한 일은 반드시 성의를 다한다. 자신의 몸을 아낌없이 바치어 남의 곤액에 달려가서 생사를 넘나들면서도 자신의 능력을 과시하지 않고 자신의 공덕을 자랑하지 않는다. 대개 또한 칭찬할 만한 점이 있다.

선생의 「도협서」는 사마천의 이러한 도협의 예로서 적합하다. 선생은 서문에 해당하는 부분에서 이 글을 짓게 된 배경을 이렇게 써놓았다.

주자가 『자치통감강목』에서 자객을 도(盜)로 썼는데, 자객의 행동은 법을 무릅쓰고 남을 해치며 대비하지 않은 때를 틈타 그 분노를 드러내 도적이 되는 게 분명하다. 그러나 하·은·주 삼대의 백성 중에 훌륭한 인재들이 이 한때의 속습에 종사하여 다투어 그것을 우러러 사모하여 문사들이 칭찬하고 저술하는 자가 사마천 이후로 그치지 않으니 어째서인가?…지위에 있는 자들은 권세를 끼고 관직이 없는 자는 부를 가지고 백성들을 무력으로 억압하고 오직 방자하게 굴려고만 생각한다. 애처롭다, 저 외롭고 약한 사람들은 무슨 죄로 이런 상황에 닥쳤나. 구차하게 아첨하면 집안이 결딴나고 몸이 욕됨을 당하며, 명령을 어기면 앞에는 쇠칼고리요, 뒤에는 쾡이다. 호랑이 앞에 개처럼 죽어도 감히 소리를 내지 못하고 개미 앞에 구더기처럼 힘으로 많은 무리에게 저항하지 못하니 수족이 어찌할 바를 몰라 죽고 사는 것도 어렵다. 실제로 옥사를 담당한 자는 사정을 자세히 듣지 않고, 징벌을 주관하는 자는 그 죄를 처벌치 않아서 깊고 깊은 구중궁궐에 계신 임금에게 하소연할 수도 없고 까마득하게 먼 하늘님께 알릴 수도 없다.…아! 똑같이 하늘과 땅이 낳은 사람인데 유독 억울한 일을 당해 가혹함이 이 지경에 이르렀다. 인생길에서 분노가 치솟고 귀신도 외롭고 애처로운 처지가 되었다. 화기가 손상되고 서릿발과 뙤약볕이 이르렀으니, 마침내 원망으로 인한 독기가 맺혀 역병이 생겨났다. 이러한 때에 만약 분개하는 기운과 굳센 힘을 지닌 자가 있어 약자들을 위해 한을 풀어주기를 시험 삼아 한두 번 하여 그 나머지 사람을 놀라 경악하게 해서 포악한 자들로 하여금 조금이라도 자제할 줄 알게 한다면 비록 예나 형법으로 다스리는 것보단 못하겠지만, 소문이 나면 강한 자는 감동하여 울고 유약한 자는 의지할 수 있을 것이다.

선생은 이 글의 마지막 구절을 "천리(天吏)가 미천한 자라 하더라도 무방하다"[5]고 맺는다. 여기서 "천리"는 『맹자』 「공손추」 상에 나오는 어휘로 "천하에서 무적인 자가 천리이다"[6] 하였다. 선생은 유협을 이 천리라 한다. 또한 선생은 "민속에서 소위 의협이라 하는 자들은 모두 말로 약자를 도와주거나 재물로 곤경을 구제해주는 데 불과하다"[7]거나 "일찍이 의심스럽고 괴이한 것을 경계하여 우리나라에서만 유독 과격한 한 사람도 내지 못하여 근 천년 사이에 잠시도 출현하지 않은 것인가?"[8] 하였다. 유협을 기다리는 선생의 심기가 간절해 보인다. 가만 생각해보면 법치주의 이 대한민국에도 저 천리가 필요하다는 생각이 든다. 이제 선생이 들었다고 써놓은 유협의 이야기로 들어간다. 선생이 소개한 첫 번째 일화는 경기 지

---

5  不書其爲天吏之淺小者也.
6  無敵於天下者 天吏也.
7  民俗 所謂義俠者 擧不過言語扶弱 貨財周急.
8  儆嘗疑怪 豈於左海之大 獨不産過激之一人 不暫出現 近千年之間乎.

4부 박물학과 고증학

방에 실제 있었던 여장 협객의 이야기다.

경기도 한 조정의 관리가 노복의 재물 수만 전을 강탈하여 늘 옆에 두었는데 어느 날 아침 감쪽같이 금고 속의 재물을 털렸다. 관리는 사방에 염탐하는 사람을 보냈다. 그러다 벼랑 끝에서 부인네 하나를 찾아냈다. 가만히 보니 십칠팔 세 되는 여장 남자였다. 그는 "네 주인에게 갖다주라"며 봉투에 싼 물건 하나를 던져주고는 산을 넘어 사라졌다. 염탐하는 사람은 바위가 심히 높아 따라가지 못하였다. 마침내 물건을 전했고 열어보니 수놓은 베개 한 쌍과 편지 한 통이 들어 있었다. 편지를 본 관리는 낯빛이 확 바뀌었다. 그러고는 더 이상 도둑의 뒤를 쫓지 않았다. 그 편지의 내용이 대략 이러했다. "삼 년 전에 너는 남의 아내를 불러 동침하였다. 내가 너와 그 여인이 함께 잔 베개를 가져왔으니 악행을 고치기 바란다. 이제 만약 그렇지 않을 때엔 '베개 위에 놓인 물건'을 또 가져올 것이니 그깟 수만 냥쯤이야 족히 말해 무엇하랴!"

관리로서는 기함할 노릇이다. "베개 위에 놓인 물건"을 가져온다 하였으니 그것은 '관리의 머리'를 말한다. 하기야 노복의 재물을 빼앗고 남의 여인을 욕보였으니 죽어 마땅한 경우다. 협객의 응징이 다소 약할지 모르나 당하는 쪽에서는 평생 불안한 삶일 것이다.

다음 일화는 선생이 22세인 1794년 전라도 해남 유배지에서 풀려나 돌아오다가 영암의 여관 주인에게서 들은 협객 임점방(林占房)의 이야기다. 임점방은 바보인데 백성에게 포악하게 굴던 부호를 칼로 죽였다. 남의 처첩에게 음란하게 군 귀공자를 어떤 객이 유인하여 눈을 도려내 죽였다거나 지방관인 형의 권세를 믿고 방자하게 구는 사람이 남편을 죽이자, 그 아내가 복수를 하고 죽었다는 이야기 등이다.

선생은 이렇듯 전(傳)·제문·행장·묘갈명 등을 이용해서, 불우한 인사, 여성, 요절한 아이들에 대한 깊은 관심과 동정을 드러내기도 하였다. 불우한 인사들과 여항의 사람들을 위한 전으로는 「홍희조전」(洪熙祚傳, 1801?)과 「손임전」(巽任傳, 1801?) 등이 대표적이다. 여성을 위한 행장이나 제문과 광명으로는 「발서자록모부인덕행」(跋徐姊錄母夫人德行, 1806.4.20), 「제부인전주이씨」(祭婦人全州李氏, 1814), 「선비숙인이씨가장」(先妣淑人李氏家狀, 1822.윤3.임인), 「제박매문」(祭朴妹文, 1824.3.20), 「밀양부사이공숙인오씨합장광지명」(密陽府使李公淑人吳氏合葬壙誌銘, 1830.11.무자) 등이 있다. 요절한 아이들을 위해 쓴 묘도문자로 「순묘지」(順墓誌, 1803.1.13), 「봉아광지」(峯兒壙誌, 1820.3), 「장아광지」(莊兒壙誌, 1823.2)가 있다.

선생은 장인이나 상인, 심지어 종복의 삶에도 깊은 관심을 갖고 그들의 삶을 이용하여 우언(寓言)을 만들거나 교훈적인 요소를 찾기도 하였다. 「박장대」(剝匠對, 1807), 「석동」(釋僮, 1807.12), 「명가」(明賈, 1808.4), 「판가점우사상기」(板街店遇簁商記, 1819) 등은 그러한 작품들이다. 「판가점우사상기」에서는 몰락 양반으로 체 장수에 나선 상인의 언설을 통해서 문학의 의미에 대해 반추하였다.

본 항에서 살필 작품들에서는 우언(寓言)의 방식을 통해 세태를 풍자했다. 선생의 우언에서는 상인과 공인(工人)이 중요한 역할을 한다. 상인과 공인은 '사농공상'이라는 전통 사회의 계층으로 「박장대」에서는 세 명의 인물이 등장한다. 바로 비옹(否翁), 박장,[9] 객(客)이다. 비옹은 선생의 자호이니 선생 자신으로 신분이 양반이다. 객 역시 양반으로 신분의 차이를 문제로 던지는 보조 인물이다. 거복은 이름은 '큰 복'이나 복은커녕 천인 무두장이다. 무두장이는 모피의 털과 기름을 뽑고 가죽을 부드럽게 다루는 일을 업으로 하는 사람이다.

그 대략의 내용은 아래와 같다.

비옹이 뜰을 거니는데 (천인이나 쓰는) 패랭이를 쓴 자가 지나갔다. 둘은 대화를 하게 되고 잠깐 있다 객이 와서는 깜짝 놀란다. 패랭이를 쓴 자가 천한 무두장이 거복이어서다. 객이 비옹이 천한 무두장이와 마주 앉아 대화하는 것에 대해 비판하자 거복이 무두장이도 사람이라며 함께 앉아 대화도 못 하느냐고 발끈 화를 낸다. 그러나 비옹은 무두장이가 살생을 업으로 삼기 때문에 어질지 못하다고 비판한다. 그러자 거복은 우리는 사슴을 사냥하고 당신들은 물고기를 낚시질한다며 결국 살생은 동일하다고 반론을 편다.

이에 비옹이 발끈 화를 내며 "네가 감히 벼슬아치가 되고자 하느냐? 사냥하고 낚시하고 벼슬하면서 남을 죽이는 것은 모두 제 뜻으로 살생하는 것이다. 너는 남의 지시를 받아 도살하여 가축을 괴롭혀 돈이나 구하면서도 아직도 비루하지 않다고 여기느냐?" 하였다. 이러니 거복이 어이없어 웃으며 말했다. "소인은 어리석고 우둔한데 어디서 벼슬하는

---

**9** 박장(剝匠): 무두장이로 이름은 거복(巨福).

일을 들었겠는지요. 소인이 일찍이 재상과 이웃이 되어 재상을 뵈었습니다. 그때 어떤 객이 와서는 재상의 키가 작은데도 그 객은 키가 크다고 말했고 재상의 허리가 굽었는데도 그 객은 곧다고 말했습니다. 이 객이 가고 나서 얼마 지나지 않아 다시 왔는데, 객의 이름이 이미 누런 종이[10]에 적혀 있었습니다. 한편, 재상의 키가 작으니 어떤 객이 키가 작다고 말했고 재상의 허리가 굽었으니 그 객은 굽었다고 말했습니다. 이 객이 가고 나자 재상은 이전에 왔던 객을 급히 불러다 귀에 대고 무어라 속삭였습니다. 얼마 지나지 않아 '키가 작다', '허리가 굽었다'라고 말했던 객은 이미 형벌을 받아 죽었다는 말이 들렸지요. 귓속말을 들었던 객이 다시 왔는데 그는 이미 관복을 입고 있었습니다. 그러니 다른 이의 지시를 받는 것도 똑같고, 다른 이를 죽여서 무언가 구하는 것도 똑같습니다. 다만, 작은 것을 작다 하고 굽은 것을 굽었다고 말한 사람은 가축을 괴롭히는 것에 비견할 수 없겠으나, 높은 벼슬과 많은 재물이 서로 얼마만큼 거리가 있는지는 잘 모르겠습니다." 비옹이 망연자실하여 억지로 응대하기를 너희들은 양반과 달리 피와 오물로 스스로를 더럽히며, 도끼를 사용한다고 비판한다. 거복은 또 어이없다 하며 양반이 아첨이나 하여 남을 죽임으로써 관직을 얻는 행위는, 무두장이가 가축의 피로 옷과 신발을 적셔 이득을 구하는 것과 다를 바 없다고 반론을 편다. 또한 무두장이는 자신의 도끼를 사용하지만, 양반은 남의 형구를 빌려 다른 이를 죽이므로, 오히려 무두장이가 나은 점이 있다고 한다.

---

**10**  누런 종이(黃紙): 과거 합격자의 이름을 적어서 위에 바치는 종이.

자 그렇다면 결과는 어떻게 되었을까? "비옹이 거복의 말에 승복하여 조용히 사례하고 읍하며 문밖으로 전송하였다"[11]로 끝난다.

## 『언문지』

> 서파는 나의 새 벗으로 뛰어나게 총명하고 식견이 있어 시서(詩書)며 집례(執禮)가 실로 고상한 말이라. 그 학문이 『춘추』에 특히 깊고 음양·율려·천문·의학·수리 서적에 관해 그 근원까지 이르지 않음이 없고 그 지류까지 통달하였다.

선생과 교유하였던 강화학파의 신위(申緯, 1760-1828)가 「태교신기」(胎敎新記) "서"(序)에서 선생의 학문에 대해 한 말이다. 또한 동해(東海) 조종진(趙琮鎭, 1767-1845)은 「남악류진사묘지명」(南岳柳進士墓誌銘)에서 "이용후생으로 급무를 삼고 정주학으로 근본을 삼아, 마음으로 연구하여 깊이 체득하였다"고 기록해놓았다. 그러나 선생의 학문이 '이용후생을 급무로 삼은 것'은 맞으나 '정주학으로 근본을 삼았다'고 규정한 것은 현재 학계의 견해로 미루어 옳지 못하다.

위당(담원) 정인보는 선생의 학문이 정주학을 토대로 하되 신독(愼獨)을 중시함으로써 양명학과 연계되었으며 다시 청초 고증

---

11    翁乃語窮 從容而謝之 揖而送之門.

학의 학풍을 띠었다고 평가하며 "구시구진[12]을 학문에서 실천한 인물"이라고 평가하며 아래와 같은 글을 남겼다.

그의 시문은 실로 이러한 내면의 솔직한 고백을 위주로 하는 문학이었다. 또한 민중의 노래와 시가에 관심을 지니고, 삶의 모습이 살갑게 녹아 있는 시문을 창작하였다. 또한 유희는 하곡 정제두 이후의 조선 심학이 훈민정음학 등 주체적 학문의 영역을 확장할 때 그 일각을 담당하였다. 유희의 『언문지』는 정음의 특성을 밝혀내고자 하였다. 또한 유희는 1820년경에 완성한 『물명고』에서 동물, 식물 등 사물의 이름을 경험의 빛으로 조명하여 이름과 실질의 관계를 탐구하였다.

위당은 하곡 정제두 이후로 심학의 계통은 화를 두려워하여 자취를 감추었지만 그 유풍을 이어 우리나라의 전고(典故)를 중시하는 학문이 홍기하였다고 한다. 위당은 또 『조선고서해제』(朝鮮古書解題)에서 역시 선생이 지은 「감서」(憨書)를 해제하며 "조선의 학풍이 구시구진의 본로로 전향하여 정치, 경제, 역산, 수지(水地), 민속, 어문에 전공하는 고진(苦進)이 있었으며, 더욱이 조선을 중심으로 한 연구가 비로소 연구일 줄 통각(痛覺)하게 되매"라고도 적었다.

『언문지』(諺文志)는 선생이 52세 되던 1824년(순조 24)에 완성하였다. 정동유와 훈민정음에 대하여 수개월 강학한 뒤 이 책을 저

---

12   구시구진(求是求眞): 사물의 옳음을 구하고 진리를 찾는다.

술하기 시작해서, 15-6년이 지난 뒤 『사성통해』(四聲通解)를 구하여 읽고 의견을 보태어 완성하였다. 본래 독립된 저서로 전하지는 않고, 선생의 저술을 모아 100권 분량으로 엮은 문집 『문통』 권19 중 「소학집주보설」과 「상서고금문송의」 사이에 수록되어 있었다. 초고는 1818-9년 사이에 작성했을 가능성이 크다. 선생은 신숙주, 최세진, 박성원, 정동유 등의 학설을 들고 자신의 견해를 덧붙이는 방식을 취하였다. 박성원의 『화동정음통석운고』를 특히 자주 인용하였다. 이 책은 1938년 3월 조선어학회에서 단행본으로 펴냄으로써 세상에 널리 알려졌다. 일제이기에 선생의 책은 민족학의 일환으로 이해되었다.

## 서문

선생은 정동유(鄭東愈, 1744-1808)에게 정음학을 배웠다. 『언문지』 서문에는 정동유가 선생에게 가르침을 준 내용이 정리되어 있다. 정동유는 "한자는 획이나 음이 잘못 전해지기 쉬우나 언문은 글자의 형태나 음이 잘못 전달될 우려가 없다며 언문이 아녀자들 공부라고 깔보고 우습게 여기지 말라"고 한다. 선생은 이러한 스승의 생각을 계승하였다. 그러나 의외로 「한견수록」(聞見隨錄)에서 정동유의 품행이 매우 엄격하다고 평한 것 외에는 별다른 기록이 없다.

### 제1장-4: 훈민정음 15초성

우리 세종 임금께서 신하들에게 명하여 몽고 파스파 글자 모양에 의거하고 명나라 학사 황찬(黃瓚)에게 한자음을 질문하여 만드셨다.

선생이 주장하는 이 '몽고 파스파 문자 기원설'은 이익의 『성호사설』에도 보인다. 그러나 초성 'ㄱ(其), ㄴ(尼), ㄷ(池), ㄹ(梨), ㅁ(眉), ㅂ(非), ㅅ(時), ㅇ(異), ㅋ(箕), ㅌ(治), ㅍ(皮), ㅈ(之), ㅊ(齒), ㆆ(屎), ㅱ(특히 입술 불어내는 소리)' 15글자가 파스파 글자 모양에서 왔다거나 황찬에게 한자음을 질의했다는 설은 모두 현재 학자들은 부정적으로 본다.

## 제5장

한글이 비록 몽고 파스파 글자에서 창안되어 우리나라에서 완성되었지만 실로 세상에서 지극히 오묘한 물건이다. 한문 글자에 비교하면 그 정밀함이 두 가지를 지적할 수 있다.

선생은 한문에 비하여 우리 한글이 두 가지가 더 정밀하다고 하였다. 그 하나는 "한글이 중성이 초성에, 종성이 중성에 관계되어 정연하기에 부인과 어린이들도 깨우치기 쉬운 문자로 그 질서가 정밀하다." 또 하나는 "초·중·종 3성으로 완전히 글자가 끝나기에 그 쓰임이 정밀하다"라 한다.

또 선생은 다음과 같이 한글의 장점과 한글을 쉽게 익힌다고 몰라주는 세태를 안타깝게 서술하고 있다.

사람의 마음은 둥글고, 사람의 혀는 재빠르다. 따라서 발음해서 내는 소리가 여러 짐승들의 소리를 합쳐도 외려 100배나 더 많다. 붓과 먹이 정교하다 한들 어찌 그 소리를 온전히 갖추지 못하고서 화공처럼 사람의 초상을 그대로 그려내겠는가? 지금 사람들이 부르는 소리를 하나만 빠뜨리더라도 우리 한글의 지극히 오묘함이 아니며, 하나만 중첩시켜놓더라도 또한 우리 한글의 지극한 오묘함이 아니다. 다만 한스러운 것은 내가 (한글의 좋은 점을 다른 사람들이 몰라줄까 두려워) 아무리 소리 치더라도 한글을 보고 깨닫는 사람이 오히려 드물다는 점이다. 누가 한글을 쉽게 깨우친다고 얕잡아 본다는 말인가?

선생은 "슬프도다! 내가 이 책을 쓰지만, 다만 한나라 때 『방언』을 지은 양웅과 같이 언어학을 아는 큰 학자를 기다릴 따름이다"[13] 하고 글을 맺는다. 양웅(揚雄, BCE 53-CE 18)은 전한 시대의 사상가이며 학자로 『방언』(方言)을 지은 이다.

요즈음 길거리에는 국적불명의 외래어 간판이 넘치고 각종 미디어에서는 뜻조차도 알 수 없는 어휘들이 대량 유통되고 있다. 선생의 한탄은 이때까지 이어진다.

이제 『언문지』 전체에서 선생의 주장 중 의미 있는 부분을 정리해본다. 선생은 'ㅇ'과 'ㅇ' 혼용은 잘못이라고 했고 사성점은 한문에서는 필요하나 우리말에는 불필요하며, 된소리는 각자 병서하

---

**13**    嗟乎 余爲此書 秪以待後之子雲而已耶.

는 것이 옳다고 주장했다. 또한 초성, 중성, 종성의 문자 음운을 새롭게 해석하고 표기하여 한자음을 제대로 표기할 수 있도록 한글을 교정할 것을 강조했다. 선생의 『언문지』는 이전의 한자음 위주의 연구에서 벗어나, 우리말 위주의 연구를 시도한 것으로 조선 시대 국어학 연구서 중 가장 뛰어나다는 평가를 받고 있다.

선생은 『언문지』 전반에 걸쳐 한자음을 제대로 표기할 수 있는 한글이 되도록 교정(校定)하기에 힘썼다. 표음문자로서의 한글의 우수성을 인정하고 한자음뿐만 아니라 사람의 입에서 나오는 모든 소리를 다 적을 수 있다고 한다. 그 내용을 몇 개 찾으면 다음과 같다.

1) 표음문자로서 한글의 우수성을 강조하고 '훈민정음 15초성'이라 하여 'ㄱ, ㄴ, ㄷ, ㄹ, ㅁ, ㅂ, ㅅ, ㅇ, ㅋ, ㅌ, ㅍ, ㅈ, ㅊ, ㅎ, ㅸ'을 들었으며, 한글이 몽고문자에서 나왔다고 하였다.

2) 순조 시대의 조선 한자음에서는 '雙'(쌍), '喫'(끽) 두 한자만이 전탁음(全濁音)으로 발음된다고 하고 탁성(濁聲)의 표기에는 쌍형(雙形)이 정당하다고 하였다.

3) 18세기의 구개음화현상(口蓋音化現象)에서는 당시 '댜뎌'를 '쟈져'와 같이 발음하나, 오직 관서(關西) 사람들이 '天'(텬)과 '千'(쳔)을 달리 발음하고 있다고 하고, 유기음(有氣音)의 발생이 전청음(全淸音)과 'ㅎ'음의 결합으로 생긴다고 하였다. 이와 함께 'ㆁ'과 'ㅎ'의 구별을 주장하였다.

4) 모음자의 수를 'ㅏ, ㅑ, ㅘ, ㅑ, ㅓ, ㅕ, ㆌ, ㅖ, ㅗ, ㅛ, ㅜ, ㅠ, ㅡ, ㅣ, ㆍ'

의 15글자로 교정하였고, 'ㆍ'의 음가가 불명하여 'ㅏ' 또는 'ㅡ'와
혼동되어 쓰인다고 한 다음 'ㅏ'와 'ㅡ'의 간음(間音)이라고 하였다.

5) 전자례(全字例)에서 인간이 발음할 수 있는 성음(成音)의 총수, 즉 언
문자 총수(한글로 기록할 수 있는 음)를 1만 250개라고 계산하였다.

특히 아래아(ㆍ)의 음가를 'ㅏ, ㅡ'의 간음(間音)으로 본 것, 사이시옷
표기 등의 주장은 탁견이다.

### 『물명고』

이제 『물명고』(物名考) 좀 보겠다. 물명고는 '물명유'(物名類)라고도
한다. 여러 가지의 물명을 모아 한문으로 풀이하여 만든 일종의 어
휘사전이란 뜻이다. 원래 선생의 저술을 모은 『문통』 속에 포함되어
있었다. 5권 1책의 필사본인데 원본은 존재하지 않고 이를 전사한
것으로 보이는 책이 유희 후손 소장본(현재 한국학연구원 소장본), 국
립중앙도서관본, 서울학교 가람문고본, 일본의 점패방지진 소장본,
정량수 소장본 등 다섯 가지 이본이 있다.

18, 19세기에 청대 고증학의 영향으로 사물의 명칭에 대한 관
심이 높아졌다. 물명을 다룬 서적은 주로 18세기 후반부터 20세
기까지 분포하는데 알려진 저자는 대부분 실학자들이다. 이학규,
유희, 정약용 등이 그들이다.

18세기 유서는 백과전서식의 유서들이 대부분이었는데 19세
기로 오면서 '물명' 중심으로 변화하여갔다. 이것은 '명물'과 '도
수'에서 '명물'로 관심이 옮아간 것이다. 이제 경세치용보다는 이용

후생과 실사구시에 무게를 둔다는 의미다. 이렇게 물명이 주목받게 된 것은 실학의 실용주의가 주원인이다.

이는 어휘를 통한 실학 정신의 한 흐름이다. 실생활에 접근하기 때문이다. 『물명고』는 약 7,000여 물명을 수집하여 해박하게 주석한 물보류(物譜類)다. 그 주석에 쓰인 우리 어휘는 무려 1,600개가 넘는다.

그렇다면 선생이 이러한 물명고를 왜 만들었을까? 다산 정약용의 『죽란물명고』 "발문"에 나오는 "중국에서는 물명에 혼란이 없는데 우리나라에서는 사물의 명칭에 혼란이 있어서 이를 바로잡으려고 한다"에서 귀띔받을 수 있다.

『죽란물명고』 1권은 내가 편집하였다. 중국은 말과 글이 일치하므로 한 물건을 입으로 부르면 그것이 바로 글이고, 한 물건을 글로 쓰면 그것이 바로 말이다. 그러므로 이름과 실재가 서로 어긋나지 않고 표준말과 방언이 서로 다르지 않다. 그러나 우리나라는 그렇지 않다. 마유(麻油) 한 가지만 예를 들더라도, 방언으로는 '참길음'(參吉音)이라 하고, 문자로는 '진유'(眞油)라고 하는데, 사람들은 '진유'가 표준말인 줄만 알고, 향유(香油)·호마유(胡麻油)·거승유(苣蕂油) 등의 본래 이름이 있는 줄은 모른다.…이런 까닭으로 말미암아 중국에서는 한 가지만 배워도 충분하지만, 우리나라에서는 세 가지를 배워도 오히려 부족하다.[14]

---

**14** 「죽란물명고에 대한 발문」(跋竹欄物名攷), 『여유당전서』 시문집(산문) 14권.

『물명고』의 분류 체계부터 본다.

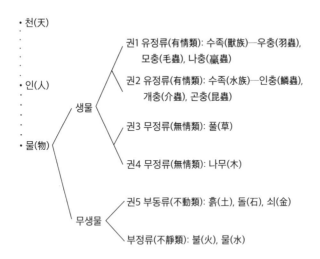

- 천(天)
  · · · · ·
- 인(人)
  · · · · ·
- 물(物) ─ 생물 ┬ 권1 유정류(有情類): 수족(獸族)─우충(羽蟲), 모충(毛蟲), 나충(臝蟲)
                 ├ 권2 유정류(有情類): 수족(水族)─인충(鱗蟲), 개충(介蟲), 곤충(昆蟲)
                 ├ 권3 무정류(無情類): 풀(草)
                 └ 권4 무정류(無情類): 나무(木)
           └ 무생물 ┬ 권5 부동류(不動類): 흙(土), 돌(石), 쇠(金)
                      └ 부정류(不靜類): 불(火), 물(水)

이 분류 방식은 기존의 다른 유서들과는 다르다. 어휘 분류에서 '유정'과 '무정'으로 나누고 '부동'과 '부정'이라는 사물의 본질을 유기적·유동적으로 해석하려 하였다. 선생의 창의성이 돋보이는 분류 방식이다.

이제 『물명고』에 보이는 어휘망의 예를 보겠다.

**가. '우충'의 어휘망**: '털' 관련어들은 '날개'나 '깃'의 관련어와 연관되어 제시되어 있다. 이 어휘들은 '새'의 두드러진 특성을 나타낸다. 그런데 '털'은 또한 '네 발 짐승'의 특성이 되기도 한다. '수족'(獸族)을 이루는 '모충'과 '나충'은 모두 털과 관련되어 그 부류가 결정된 것이기 때

문이다. 이런 점에서 보면, '우충'의 '털' 관련어가 자세히 제시된 것은 '새'의 특성을 나타내기 위해서일 뿐만 아니라 '날개'나 '깃'과의 차이를 보이기 위한 것이다.

羽翼(鳥毛曰羽 左傍曰翼), 翰(羽), 翅(翼), 鬜(羽莖), (鬜上短羽)…

毛(털), 毳(服毛), 絨毛(소옴티), 翁(頸下毛), 毹(毛落), 韸毸(毛張)

**나. '수족'의 어휘망**: '짐승'의 '털' 관련어는 '짐승'의 한 특징을 나타냄과 동시에 '털' 명칭의 차이를 밝히는 역할을 한다.

毳(소옴티), 風毛(슨), 珍珠毛(희모), 毫(긴털)

**다. '풀'의 어휘망**: '뿌리, 줄기, 넝쿨, 잎, 싹, 꽃, 열매' 등과 같은 어휘가 나열되면서 풀을 구성하는 각 요소들의 의미 변별이 이루어지고 있다.

荄(草根), 莖(草茳, 줄기), 蔓(草莖蔓延), (音鳩蔓繞他物), 葉(닙), 芽(始生如牙), 萌(草始生), 黃(슨)…華(꽂),…實(열미), 緷(草含實)

**라. '나무'의 어휘망**: '가지'(枝, 條柯)에는 "肆(再生枝), 葰(細枝), 椏(岐枝), 稊(稚條), 髀(死木生枝)" 등과 같은 다양한 '가지'의 유형이 함께 나열되어 있는 것을 볼 수 있다.

根(샬희),…鬚(草木細根), 幹(莖正出者), 木心(고긔양), 理(결), 枝(가디), 條柯

(슨), 肆(再生枝), 葰(細枝), 椏(岐枝), 稊(稚條), 髀(死木生枝)…葉(닙),…花(꽂),…實(열미), 果(實可食者), 子(實可種者)

**「공과격변」**(『방편자문록』 권2)

선생 당시, 1800년 초 불교의 기복신앙은 민간에 대단히 악영향을 끼친 듯하다. 아마 이는 말세의 조짐일는지도 모른다. 이를 알려주는 글이 「공과격변」(功過格辨)인데 그 패악이 형언키 어렵다. 아래 글은 「공과격변」의 일부다.

> 불교의 교리를 믿지 않는 사람을 설득하여 믿게 하는 술법에 '공과격'(功過格)이 있다. 사람이 부처 앞에서 어떠한 소원을 발원하고 몇 천 몇 만 가지의 선한 일을 행하겠다 맹세하고 공(功)을 헤아려 소원에 맞추면, 부처가 오른쪽 부절을 잡고서 그 공덕에 따른 응보를 내려준다고 한다. '격'(格)이란 말은 '예'(例)와 같으니 "이러이러한 행동은 '공'이 몇 푼이고 이러이러한 행동은 '과'가 몇 푼이다"라 한다.

위 글에 보이는 '공과격'이란 불교 사상이 도교 사상을 습합하여 만들어진 일종의 윤리 규범서다. '공과격'의 논리는 일상적인 행위를 '공'(功)[善]과 '과'(過)[惡]로 분류하고 '공'에 해당하는 행위를 했을 경우 점수를 더하고 '과'에 해당하는 행위를 했을 경우 점수를 빼서, 일정 기간이 지난 뒤 점수를 합산하면 그 점수에 상응하는 화복이 내려진다는 뜻이다.

선생은 선악의 평가에는 두 가지 기준이 있다고 한다. 첫째는 '행위 자체'(所爲)와 '어떠한 행위를 하게 된 까닭'(所以爲爲)이 있다고 하였다. 그리고 유가의 도를 추구하는 군자라면 후자, 즉 행위를 하게 된 까닭에 준거하여 선악을 판단해야 한다고 주장했다. 그런데 공과격은 '행위를 하게 된 까닭'이 아니라 '행위의 결과'만을 평가함으로써 선과 악의 본질을 호도한다. 이처럼 선생은 공과격이 선악에 대한 판단 기준을 어지럽힘으로써 백성에게 악영향을 끼친다고 보았다. 공과격의 경우, 백성들을 미혹시킬 뿐 물리적인 상해를 입히는 것은 아니다. 그런데 기복 불교의 폐습이 때로는 백성의 목숨을 직접적으로 해치는 데 이르기도 했다. 선생의 또 다른 저서 「한견수록」(聞見隨錄)에는 이 '공과격'에 대해 차마 입에 담지 못할 일화가 실려 있다.

> 경진년(1820)에 권비응(權조應)이 황해 감사로 있었을 때다. 걸사(乞師) 4-5명이 궁벽한 길에서 나이가 어린 한 부부를 만나 남편을 포박하고 부인의 음부를 도려냈는데, 마침 한 행인이 때려잡아 관아에 붙잡혀 왔다. 그들은 '음부를 도려내어 그것을 말려서 소고(小鼓) 속에 넣으면 사람들을 속여서 돈을 벌 수 있다. 전에 이미 시험해보고 지금 또 그 일을 저지른 것'이라 하였다. 관아에서 감영에 보고하여 이 걸사들을 장살(杖殺)하였다.

여기서 '걸사'란 정식 스님이 아니라 불교에 의탁하여 짝을 지어 집집마다 찾아다니며 노래하고 춤을 추면서 보시를 구하는 자들을 이른다. 선생은 그러니 이들이 하는 행위가 '공과격'이라며 "사악한 교가 백성을 미혹하는 행위를 나라에서 반드시 금지하는 것은 그 술법의 허탄함 때문만이 아니다. 이와 같은 뜻밖의 해악이 있어서이다" 하였다.

이 엽기적인 공과격 이론은 비슷한 시기 혜강 최한기의 「공과학」(功過學) 『인정』 권13 「교인문」 5에도 보인다. 혜강은 "공과의 학문이 근일에 성행하여 복선화음(福善禍淫)으로 어리석은 자를 권계하고 징계한다. 이것이 비록 도움이 있을 것 같지만 실지는 해가 된다"¹⁵고 하였다.

선생을 사우로 존중한 조종진의 「남악유진사묘지명」에 보이는 시로 끝을 맺는다.

| 우리 남악은 | 維我南岳 |
|---|---|
| 예로부터 드문 사람 | 古昔鮮有 |
| 지금은 쓰이지 못하지만 | 不試于今 |
| 뒷세상엔 영원하리라 | 後世不朽 |

이 책을 교정하다가 2020년 1월 25일, 설날을 맞았다. 또 새해가 밝은 셈이다. 어제 오늘이 다르지 않은데도 다르게 느낀다. 아마도 '설'이 우리에게 건네는 '한 살 더 나이를 먹었다'는 부담감 때문일 듯하다. 이는 '만만찮은 인생살이를 그만큼 더 잘 살아내야 한다'는 일종의 살아가는 데서 오는 긴장감 때문이 아닐까 한다.

문득 선생의 글 중 『방편자문록』(方便子文錄)에 수록된 「석미」¹⁶라는 글이 떠오른다. 어렸을 때 천연두를 앓아 얼굴이 얽었고 일생 병치레를 한 가난한 선생, 그러나 평생 『문통』 100권을 저술하였다. 선생의 세상 사는 맛에 대한 기록인데 글맛이 자못 짭짤하여 첨부한다.

---

15  功過之學 從近熾行 以福善禍淫 勸懲愚迷 雖若有補 其實有害.
16  석미(釋味): 맛을 풀이하다.

우리 집에 손님들이 모여 세상 사는 맛을 이야기한 적이 있다. 누구는 쓴맛이라 하고, 누구는 신맛이라 하고, 누구는 덤덤하여 아무런 맛도 없다고 하였다. 단맛이라고 하는 사람은 거의 없었다.

나는 모르겠다. 세상의 맛은 똑같은데 맛보는 사람이 각자 입맛에 따라 달리 느끼는 것인가. 아니면 사람의 입맛은 똑같은데 세상에 여러 가지 맛이 있어 사람들이 각기 한 부분만 맛보기 때문인가.

여기 참외 하나가 있다 치자. 참외는 몹시 작지만 꼭지는 쓴맛이고 몸통은 단맛이다. 하물며 세상은 넓으니 무슨 맛인들 없겠는가. 다만 사람들이 태어나면 항상 한 가지 일만 하느라 늙어 죽을 때까지 다른 부분을 맛보지 못한다. 그러니 성대한 제사 음식이 간소한 제사 음식보다 맛있는 것이 당연하다.

노자가 말하기를, "다섯 가지 맛은 사람의 입맛을 상하게 한다" 하였다. 넓은 세상에는 없는 맛이 없으니 세상을 맛본 사람들은 대부분 입맛이 상하였으리라. 그렇다면 온갖 일을 두루 맛보더라도 참된 맛을 모를 것이다. 병든 사람이 죽을 쓰다고 여기고 똥물을 달다고 여기는 것도 무리가 아니다.

어떤 사람은 이렇게 말한다. "쓴 것은 원래 쓰고 단 것은 원래 달다. 그렇지만 풀뿌리를 씹으면 고기 맛도 잊을 수 있는 법이다. 어찌 세상일이 전부 마음대로 되어야 세상 사는 맛이 달다고 하겠는가." 이 말은 옳지 않다. 차의 쓴맛은 그래도 냉이처럼 달게 여길 수 있지만, 황벽[17]으로 말하자면 참을성이 좋은 사람도 끝내 달다고 말하지 않는다. 도량이 넓

---

17 황벽(黃蘗): 나무 속껍질이 노란 데서 유래한 이름이며 몹시 쓰다.

은 성인조차도 "환난에 처하면 환난에 맞추어 행동해야 한다"라고 하였을 뿐, 사람들과 반대로 고통을 즐기고 안락을 싫어했다는 말은 듣지 못했다.

그렇기는 하지만 맛이 쓰거나 시다고 해서 반드시 버려야 하는 것도 아니고 맛이 달다고 해서 반드시 먹어야 하는 것은 아니다. 쓴맛과 신맛, 단맛은 각기 쓰임새가 있다. 독한 약은 입에 쓰지만 병에 좋고, 칼날에 바른 꿀은 반드시 내 혀를 상하게 한다. 그러므로 딱딱한 것은 뱉고 부드러운 것만 삼키면 소인이 되며, 쓴 것만 먹고 단 것을 사양하는 것도 군자의 중도가 아니다.

하늘이 만물을 낳을 적에는 각기 마땅한 바를 두었다. 발굽이 있는 동물은 풀을 먹고, 날카로운 이를 가진 동물은 산 짐승을 먹는다. 쇠똥구리는 똥을 먹고 날다람쥐는 불을 먹는다. 단장초[18]는 맹독이 있어 사람이 먹으면 반드시 죽지만 범이 먹으면 백 일 동안 배가 고프지 않다. 올빼미는 썩은 쥐보다 꿩을 좋아하지만 매와 경쟁하여 잡으려고 하지는 않는다.

얻는 것은 모두 어길 수 없는 운명이 있기 마련이다. 내가 기어이 단 것을 먹어야 한다면 쓴 것과 신 것은 누구에게 줄 것인가. 단맛은 나의 복이며 쓴맛과 신맛은 나의 분수다. 분수를 넘어서고 운명을 어기면 큰 화를 당하지 않는 경우가 드물다. 오직 군자라야 조화를 이룰 수 있다. 그러므로 『중용』에 "먹고 마시지 않는 사람은 없지만 맛을 아는 사람은 드물다"라고 한 것이다.

---

18 　단장초(斷腸草): 독성이 강한 식물.

## 참고문헌

『물명고』(국립중앙도서관 소장)

김구경, 『교간 유씨 언문지』(국립중앙도서관 소장, 1934)

유창돈, 『언문지주해』(신구문화사, 1958)

홍순택, 이을호 편, 「서파 유희」, 『실학논총』(전남대학교출판부, 1975)

김민수, 「유희의 전기」, 『도남 조윤제 박사 회갑 기념논문집』(신아사, 1964)

정인보, 「조선고서해제: 문동」, 『담원정인보전집』 2(연세대학교출판부, 1983)

최경봉, 「물명고(物名考)의 온톨로지와 어휘론적 의의」, 『한국어 의미학』 17(한국어의미학회, 2005)

김근태, 「서파 유희의 생애와 시론」, 『온지논총』 14(온지학회, 2006)

한국학중앙연구원장서각, 『진주유씨 서파유희전서』 1(한국학중앙연구원출판부, 2007)

심경호, 「유희(柳僖)의 한문문학에 나타난 통속성」, 『고전문학연구』 35(한국고전문학회, 2009)

김지홍, 『언문지』(지식을만드는지식, 2012)

홍윤표, 「『물명고』에 대한 고찰」, 『진단학보』 제118호(진단학회, 2013)

심경호, 「유희의 문학과 학문에 드러난 '求是求眞' 경향」, 『진단학보』 제118호(진단학회, 2013.8)

김덕수, 「『문통』(文通)의 계통 연구」, 『정신문화연구』, 37(한국학중앙연구원출판부, 2014)

오보라, 『서파 유희 문학 연구』(고려대학교대학원 박사 논문, 2018)

[네이버 지식백과] 유희 [柳僖] (한국민족문화대백과, 한국학중앙연구원)

기와 지리

5부

# 10장

–

## 혜강 최한기 『기학』

대동일통의 이상세계를 구현하다

대개 천지와 인간 만물의 생겨남은
모두 기(氣)의 조화로 말미암는다.
이러한 기에 대해서는 후세로 오며 여러 일을 겪으며
경험으로 점점 기가 밝아졌다.

# 최한기의 생애

**이름**  최한기(崔漢綺)

**별칭**  자는 지로(芝老). 지만(芝畫)·운로(芸老) 따위도 사용했다 하나
오사(誤寫), 혹은 오전(誤傳)이 아닌가 한다. 호는 혜강(惠岡, 또는 惠
崗)·패동(浿東), 당호는 기화당(氣和堂)·태연재(泰然齋)·명남루(明南
樓)

**시대**  1803(순조 3)-1877년(고종 16), 조선 말기

**지역**  서울 남촌(南村) 창동(倉洞)

**본관**  삭녕(朔寧)

**직업**  실학자이자 과학사상가

**당파**  알 수 없음

**가족**  평생 학문에 진력하였고, 세 살 연상인 부인 반남박씨(潘南朴
氏)와 사이에 2남 5녀를 두었다. 이 혼인으로 중인층에서 양반층으
로 신분이 상승했다고 자처했을 수도 있다. 큰아들 최병대(崔柄大)
는 1862년 문과에 급제하여 고종의 시종을 지냈으나 후손의 존재
는 알려져 있지 않다. 생부(生父)와 양부(養父)가 다 같이 시고(詩稿)
10권(卷) 또는 문집(文集) 1권(卷)을 남길 정도의 식자층이었다. 그
러나 선생의 직계 조상 중 무려 10여 대에 걸쳐 단 한 사람의 문과
급제자도 없었으나 재산은 넉넉했던 듯하다. 외조부는 한경리(韓敬
履)로 조유선의 문인이고 조유선(趙有善, 1731-1809)은 김원행(金元
行, 1702-1772)의 문인이다. 선생은 이 외조부 한경리를 선생으로,
자신을 소자로 칭하여 사제 관계임을 밝혔다. 또 한 사람 스승은 김

헌기(金憲基, 1774-1842)였다.[1] 따라서 선생의 학통을 굳이 따지자면 노론 낙론 계열과 가깝다.

**어린 시절**   아버지는 최치현(崔致鉉)이며, 어머니는 청주한씨(淸州韓氏) 한경리의 딸이다. 외동아들로 출생했고, 출생지는 개성으로 추정된다. 한경리는 개성의 유학자로 『기곡잡기』를 남겼다.

10세인 1812년에 생부 치현이 26세로 사망하다. 치현의 시고 10권이 있었다.

어린 시절 큰집 재종숙 광현(光鉉)의 양자로 입적하다. 광현은 무과에 급제하였으며 고증학에 조예가 깊었다. 또한 집안이 넉넉하여 선생이 학문할 수 있게 하였으며 청 고증학을 알려주었다.

**그 후 삶의 여정**   17세인 1819년 장남 병대(柄大)를 출생하다.

18세 즈음에 선생 일가가 서울 남부 회현방 장동에 거주하다.

21세에 차녀를 출생하다.

23세인 1825년에 생원시에 합격하다.

28세인 1830년에 『농정회요』(農政會要, 현존 여부 미상) 20권 10책을 엮다.

31세에 양모 안동김씨가 사망하다.

32세인 1834년 『육해법』(陸海法) 2권 1책을 간행하다. 책머리에는 농업에서 관개의 중요성을 역설한 저자의 자서가 붙어 있다. 『만국경위지구도』(萬國經緯地球圖), 「지구전후도」(地球前後圖) 혹

---

1   김헌기는 조유선의 제자였고 문집 『초암전집』(初庵全集)을 남겼다.

은 「지구도」(地球圖)²(판각은 김정호가 하였다. 현존 여부 미상)³를 중간 (重刊)했고, 김정호의 『청구도』에 『청구도제』(靑邱圖題) 2쪽 1장이 있다. 이즈음에 선생은 서울 남촌 창동에 살았다.

33세에 『소모』(素謨)를 저술하다. 『소모』는 '일정한 직위가 없는 소인(素人)의 처지에서 국가를 운영하고 세상을 경영하는 방안을 설명한다'는 의미다. 경전 사적을 토대로 역대 치란을 살펴보고 시의(時宜)를 파악하여 경세제민(經世濟民)의 방안을 정리하고 있다.

34세에 『신기통』(神氣通) 3권 2책, 『강관론』(講官論) 4권 1책, 『추측록』(推測錄) 6권 3책, 『추측록』과 『신기통』을 묶어 『기측체의』(氣測體義) 9권 5책을 묶다(후일 중국 인화당에서 활자로 간행). 외할아버지 한경리의 시문집인 『기곡잡기』(基谷雜記)를 7권 3책으로 편집·간행하였다. 권말에 선생의 발문이 있다. 이해에 차녀가 사망하다.

35세인 1837년 양부 광현이 78세로 사망하다. 어머니 청주한씨가 사망하고, 차남 병천이 출생하다.

36세에 『감평』(鑑枰)을 저술하다.⁴

37세에 『의상이수』(儀象理數)를 저술하다.

---

**2**  1800년에 청나라 사람 장정빙(莊廷聘)이 만든 『지구도설』(地球圖說)을 입수하여 도설은 제외하고 「지구도」만 중간한 것이다.

**3**  고산자(古山子) 김정호(金正浩, 1804?-1866?)는 최한기가 벗이라고 칭한 유일한 사람이었다. 땅의 이치인 지리(地理)는 김정호가, 하늘의 이치인 기(氣)는 최한기가 맡아 연구했다. 선생은 김정호와 함께 중국에서 나온 세계지도를 대추나무에 새겼으며, 1834년 김정호가 『청구도』를 만들자 여기에 제를 써주기도 하였다. 교유한 인물로는 이규경(李圭景)과 정기원(鄭岐源)이 있다.

**4**  뒤에 『인정』(人政) 권7 측인문(測人門)에 수록했음.

38세에 장손 윤행이 출생하다.

39세인 1841년 영의정 조인영이 산림으로 추천하려 하나 거절하다. 과거 응시도 거절하다.

40세에 『심기도설』(心器圖說) 1책을 저술하다. 연암의 『열하일기』 내용 중 수차 부분을 직접 인용하고 있다. 연암 사상을 선생이 이어받았음을 알 수 있다.

41세에 『소차류찬』(疏箚類纂) 상·하를 저술하다.

1851년에 창동에서 서울 서부 양생방 송현계 상동으로 이사하고 기화당(氣和堂)을 짓고 서고(書庫)는 장수루(藏修樓)라 칭하다. 자제를 교육하는 곳은 긍업재(肯業齋)라 하고는 기문(記文)을 짓다.

48세에 『습산진벌』(習算津筏) 5권 2책을 저술하다.

51세인 1853년 가을 청풍부(충청북도 제천군 청풍면) 친척집에 머물고 있는 이규경을 찾아가 책을 간행하였다는 이야기를 하다. 당시 이규경은 66세였다. 두 사람은 나이 차이가 현격함에도 교류가 깊었다(다음 해에 책 한 질을 이규경에게 보냄).

55세인 1857년 『지구전요』(地球典要) 13권 6책, 『기학』 2권 1책 서문을 기화당에서 쓰다.

58세인 1860년 『인정』(人政) 25권 12책, 『운화측험』(運化測驗)을 저술하다.

60세인 1862년 장남 병대가 43세로 문과에 합격하다. 증손 성학이 출생하다.

61세에 좌의정 조두순이 병대에게 혜강의 토지 개량에 대한 저술을 보여달라고 청하다.

63세에 반남박씨 부인이 66세로 사망하다.

64세에 『신기천험』(身機踐驗) 8권을 저술하다. 가세가 기울어 도성문 밖으로 이사하다. 가세가 기운 이유는 책 구입비로 돈을 썼기 때문이었으니 이를 사람들은 어떻게 이해할까.

65세인 1867년 『성기운화』(星氣運化) 12권을 저술하다.

66세에 『승순사무』(承順事務) 1책을 저술하다.

68세인 1870년 『향약추인』(鄕約抽人) 1책을 저술하다.

70세인 1872년 첨지에 배하다(장남 병대가 조정의 시종지신이기에 첨지에 배함).

74세에 장남 병대가 시국에 관한 상소를 올렸다가 전라도 익산으로 귀양 가다.

75세인 1877년 6월 21일 서거하다. 녹번리에 임시 매장되었다가 고양군 하도면 여현리에서 장례 후 개성 동면 적전리 세곡 선영 아래에 안장되다(1879 설도 있다).

1892년 대사헌 겸 좨주로 추증되다.

**저서**  저간의 연구에 따라 선생의 저술 목록을 학문 영역으로 분류해 보면 아래와 같다. 목록만 보아도 그 어느 실학자에 비하여 뒤지지 않는다. 그러나 우리는 이 혜강에 대해 무엇을 알고 있는지 곰곰 짚어볼 일이다.


1. 자연과학: 선생의 저술에 자연과학 및 기술 분야가 가장 많이 보인다. 하지만 서양과학의 지식을 받아들여 소개하는 데 더 비중을 두었다. 이 서구 자연과학이 선생의 사상 전반에 큰 자극

을 주었고 여기서 선생 자신만의 독특한 기술 철학을 세우게 되었다. 따라서 선생에게 서양에서 들어온 자연과학적 지식은 그의 철학과 분리될 수 없는 연관성을 보인다.

① 농업·농기계
- 『농정회요』(農政會要): 현존 미상, 『육해법』에 앞선 저작으로 추정
- 『육해법』(陸海法): 2권 1책, 32세(1834) 작

② 기계 일반
- 『심기도설』(心器圖說): 1책, 40세(1842) 작

③ 지리
- 고산자 김정호와 합작하여 『만국경위지구도』(萬國經緯地球圖): 현존 미상, 32세 모각(摸刻)
- 『청구도』(靑丘圖) 서(序): 32세 작
- 『지구전요』(地球典要): 13권 7책, 55세(1857) 작

④ 천문
- 『의상이수』(儀象理數): 3권(권3만 현존), 37세(1839) 작
- 『성기운화』(星氣運化): 12권, 65세(1867) 작
- 『준박』(踆駁): 1권, 연대 미상

⑤ 수학
- 『습산진벌』(習算津筏): 3권 2책, 48세(1850) 작

⑥ 의학
- 『신기천험』(身機踐驗): 8권, 64세(1866) 작

2. 철학: 선생의 철학적 저술인『신기통』과『추측록』은 34세에 이루어졌다. 이미 자연과학을 바탕으로 한 철학적 사유 완성이 30대 중반에 이루어졌다는 사실이 놀랍다. 곧 그것은 신기(神氣)가 천(天)·인(人)과 인(人)·물(物)을 소통케 하는 원리로서 작용한다는 뜻이다. 선생은 이러한 소통의 방법으로서 추측(推測)이, 기(氣)·이(理)·정(情)·성(性)·동(動)·정(靜)·기(己)·인(人)·물(物)·사(事)에서 실현된다고 한다. 즉 추측은 처음에는 멀지만 자꾸 생각하다 보면 가까워지고 다시 먼 곳에 있는 것이 가깝게 다가오는 것이다.

- 『추측록』(推測錄): 6권 3책, 34세(1836) 작

- 『신기통』(神氣通): 3권 2책, 34세 작

- 『기측체의』(氣測體義): 9권 5책, 『신기통』과 『추측록』을 합한 책으로 1836년(헌종 2)에 중국 베이징의 인화당(人和堂)에서 간행되었다.

- 『명남루수록』(明南樓隨錄): 2권 1책, 저작 연대 미상

- 『기학』(氣學): 2권 1책, 55세(1857) 작

- 『운화측험』(運化測驗): 2권 1책, 1860년 동지에 기화당(氣和堂)에서 쓴 서문이 있다. 『명남루전집』 제3책에도 수록되어 있다.

- 『우주책』(宇宙策): 12권 6책, 현존 미상, 『지구전요』에 앞선 저작으로 추정, 현존 『명남루수록』과 내용상 연관성이 있는 것으로 보인다.

3. 사회사상 및 제도: 선생의 학문 영역은 자연스럽게 이러한 자연
   과학과 철학적 기반 위에서 사회문제까지 확대되었다.

   - 『강관론』(講官論): 4권 1책, 34세 작
   - 『감평』(鑑枰): 1권, 36세(1838) 작, 『인정』 권7에 수록됨
   - 『소차류찬』(疏箚類纂): 2권 1책, 41세(1843) 작
   - 『인정』(人政): 25권 12책, 58세(1860) 작

선생의 저술은 현재 10분의 1정도만 보존되어 전해진다. 1000권
중에 100여 권이 남아 있는 셈이다. 선생의 저술은 꽤나 독특하
였다. 북한에서조차 그를 조선 후기 실학자들과 달리보고 있다.
"기본적으로 성현들의 경전을 인용하거나 전통적 유학자들의 말을
인용하지 않고 독자적 사상을 제기"[5]하기 때문이다.

---

**5**    정성철, 『실학파의 철학사상과 사회정치적 견해』(사회과학출판사, 1974), 401.

## 『기측체의』, 인간 만물의 생성은 모두 기의 조화다

선생은 당대의 학문을 허무학(虛無學)·성실학(誠實學)·췌마학(揣摩學)·낭유학(稂莠學)이라 일소(一笑)에 부치고 자신의 학문을 운화학(運化學, 기학)이라 하였다. 허무학은 귀신, 허무를 이론 근거로 삼는 유해하거나 무익한 학문으로 방술잡학, 외도이단, 선과 불교, 서양 종교가 여기에 속한다. 성실학은 유학으로 허무학의 귀신잡설을 물리치기는 하였으나 기에 대한 증험이 없기 때문에 통일된 기준이 흔들리고 주관적 억측으로 빠져든다고 하였다. 다음이 췌마학이다. '췌마'란 아무런 근거도 없이 남의 마음을 미루어 헤아리려 상상하고 억측한다는 의미다. 췌마학으로는 음양학, 성리학 등이 있다. 선생은 당시에 성리학을 췌마학으로 내치고 "있거나 없거나 상관할 것 없는 것"(有無不關者)이라 하였으니 대단히 독기 서린 말이다. 다음이 낭유학(稂莠學)이다. '낭유'란 잡초를 뜻하는데 낭유학은 방술학, 외도학(불교, 도교, 천주교 등)을 가리킨다. 선생에게 이런 학문들은 모두 헛된 학문이었다.

그렇다면 선생이 주장하는 자신의 학문은 무엇인가. 선생은 '기'(氣)를 요체로 하는 운화학을 만들었으니 이것이 바로 '기학'(氣學)이다. 이 기학을 학술적·논리적으로 가장 먼저 체계화한 글이 『기측체의』(氣測體義)다. 『기측체의』는 선생 나이 34세, 1836년에 기(氣)의 용(用)에 대해 논한 『추측록』 6권과 기(氣)의 체(體)를 논한 『신기통』 3권을 묶어 만든 책이다. 이 책이 후일 중국 인화당에서 활자로 간행되었으니 그 명성을 짐작할 만하다. 『기측체의』 서문은 이렇다.

대개 천지와 인간 만물의 생겨남은 모두 기(氣)의 조화에 말미암는다. 이러한 기는 후세로 오면서 여러 일을 겪으며 경험으로 점점 밝아졌다. 그러므로 이치를 궁구하는 자들이 표준을 가지게 되었으므로 (기가 먼저냐, 이가 먼저냐는) 분란을 종식시키게 되었다. 이로부터 연구하는 사람이 진량¹이 생겨 거의 어그러지고 잘못되는 일이 없게 되었다. 기의 체(體)를 논하여 『신기통』을 짓고 기의 용(用)을 밝혀 『추측록』을 지었는데, 이 두 글은 서로 겉과 속이 된다. 이 기는 사람이 날마다 쓰고 행함에 품성을 기르고 발동하는 것이므로 비록 이 기를 버리고자 해도 버릴 수 없다. 지식을 만들어내는 것도 이 기를 통달하는 데서 나오지 않는 것이 없으니, 기를 논한 글을 여기에 대략 그 단서로 열어놓았다. 두 책을 합하여 편찬하였는데, 『추측록』이 6권이고 『신기통』이 3권으로 총 9권이다. 이것을 이름하여 『기측체의』라 하였다.²

『기측체의』를 짓는 선생의 서문이다. 선생은 모든 만물을 만드는 것도 기요, 우리의 일상을 주재하는 것도 기요, 지식을 만들어내는 것도 기라 한다. 선생이 말하는 '기'는 전통적 주자학에서의 기가 아니다. 즉 공기와 같은 것을 말한다. 선생은 그 근거 예를 여섯 가지나 들었다. 가장 이해하기 쉬운 예를 들자면 '앞 동쪽 창을 닫으면

---

1    진량(津梁): 나루와 다리로 연구하는 사람이 중심을 가지게 된 것을 비유함.
2    『기측체의』, "서", 한국고전종합DB(이하 원문은 모두 같음).

서쪽 창이 저절로 열리는 것이 바로 기가 있다는 증명'이라 한다. 선생은 이 기의 무한한 쓰임의 공덕을 '신'(神)이라 하였다.

선생은 또 이 기가 체와 용으로 이루어진다고 하였다. 그렇다면 체는 무엇이고 용은 무엇인가? '체'를 논한 것이 『신기통』이고 '용'을 밝힌 것이 『추측록』이다. 선생은 위 글 뒤에 "즉 기는 실리의 근본이요 추측은 지식을 확충하는 요체다. 이 기에 연유하지 아니하면 궁구하는 것이 모두 허망하고 괴탄하다. 추측에 말미암지 않으면 안다는 게 모두 근거 없고 증험할 수 없는 말일 뿐이다"³라 하였다.

선생은 당시의 학문체계를 허무학·성실학·췌마학·낭유학이라 하고 이 학문들을 배척하는 이유는 '기가 없어 허망하고 괴탄하며 추측이 없어 근거 없고 증험할 수 없다'는 데서 찾았다.

이제 기의 체를 논한 『신기통』을 본다. 선생은 "하늘이 낸 사람의 형체는 모든 쓰임을 갖추고 있는데, 이것이 신기를 통하는 기계⁴다. 눈은 빛깔을 보여주는 거울이고, 귀는 소리를 듣는 대롱이고, 코는 냄새를 맡는 통이고, 입은 내뱉고 거둬들이는 문이고, 손은 잡는 도구이고, 발은 움직이는 바퀴다. 통틀어 한 몸에 실려 있는 것이요, 신기(神氣)가 이것들을 맡아 처리한다"라고 『신기통』 서문을 시작한다. 즉 선생이 말하는 '신기통'은 모든 감각기관이 서로 통하는 것이다. 선생은 신기통을 체통(體通, 몸), 목통(目通, 눈), 이통(耳通,

---

3    則氣爲實理之本 推測爲擴知之要 不緣於是氣 則所所究皆虛妄怪誕之理 不由於推測.
4    기계(器械): 귀·눈 등 신체의 기관.

귀), 비통(鼻通, 코), 구통(口通, 입), 생통(生通, 생산 양육), 수통(手通, 손), 족통(足通, 발), 촉통(觸通, 피부), 주통(周通, 두루함), 변통(變通, 변함)으로 나누었다. 이 중, 변통만을 보겠다.

공명·부귀에는 저절로 하늘과 사람의 통하는 바가 있다. 만약 변통을 통하여 얻었다면 그것은 진정한 공명·부귀가 아니다. 변통을 기다리지 않았는데 남들이 나에게 돌려주는 것이 진정한 공명이요, 부귀다. 대개 공명을 이루는 것은 대소를 막론하고 그 이룬 것이 나에게 있는 것이지만, 그 공명을 공명으로 여겨주는 것은 오로지 남에게 달려 있다.

그러므로 내가 비록 공명을 숨기려 하여도 남들이 알아주는 공명에는 덜해짐이 없고, 내가 비록 공명을 과장하려 해도 남들이 알아주는 공명에는 더해짐이 없다. 부귀를 높여 비록 스스로 부귀를 자처하려 해도 남들이 우러르고 인정해주지 않으면 부귀한 사람 노릇 하기도 어렵다.…그러므로 무릇 부귀공명은 천명을 순수히 받아들이고 인사에 호응하여 구차하게 변통하는 것을 일삼지 말아야 한다. 일신의 공명부귀를 공명부귀로 여기지 말고, 공론의 공명부귀를 진정한 공명부귀로 삼아야 할 것이다.[5]

『신기통』이 이렇듯 기의 실체를 다루었다면 『추측록』은 기의 작용을 다룬 책이다. 선생은 『추측록』 "서"에서 "하늘을 이어받아 이루

---

5    『신기통』 제3권 변통(變通)에 보이는 "공명과 부귀의 변통"

어진 것이 인간의 본성(性)이고, 이 본성을 따라 익히는 것이 미룸(推)이며, 미룬 것으로 바르게 재는 것이 헤아림(測)이다. 미룸과 헤아림은 예부터 모든 사람들이 함께 말미암는 대도(大道)다"라 하였다. 즉 선생은 인간의 본성을 과학적인 방법으로 분석하였다. 물론 추측은 경험을 토대로 하여 이루어지는 인식 작용이다. 따라서 단순한 것이 아니라 인과관계를 따라 정확히 원인을 캐고, 그로부터 아직 경험하지 않은 범위의 분야까지 유추하여 예측하는 것이 추측이다. 선생은 이 추측으로 유학의 궁극적인 이상향인 대동사회(大同社會)를 실현하려는 야심찬 논의를 진행한다.

선생은 『신기통』에서 "인간은 눈·코·입·귀 등의 감각을 통해 경험을 쌓음으로써 그의 기를 더욱 밝혀가게 된다"고 하였다. 일종의 경험론이다. 여러 감각 경험을 통하여 확인된 지식일수록 그 확실성이 높아지는 것은 당연한 귀결이다. 이 감각 경험을 선생은 이통·목통·구통·수통 등으로 부르고 보강된 경험을 토대로 주통과 변통도 만들었다.

선생은 『신기통』 제3권 "주통"에서 "먼저 일을 처리하고 사물을 대하는 데 통하지 못한 것부터 통하기를 기약한 다음, 연구 사색에까지 미쳐 통하는 것이 익숙하게 습관이 되면, 신기의 통함이 밝고 빛나는 데 이르게 된다"며 이것이 곧 주통하는 방법이라 하였다.

이것이 선생의 경험을 통한 자기 생각 확장이요, 이 과정이 바로 추측이다. 즉 귀납법과 연역법을 함께 아우르는 선생의 추측법이다. 선생은 "추측제강"(推測提綱)에서 "물건을 씹어서 맛을 가리는 것은 미루어서 헤아리는 것이고, 조화해서 맛을 내는 것은 헤아려서 미루는 것이며, 글을 읽어서 뜻을 아는 것은 미루어서 헤아리는 것이고, 글을 지어서 말에 통달하는 것은 헤아려서 미루는 것이다"라 하였다. 그러고는 다음과 같이 구체적으로 5단계의 추측 방법을 제시하였다.

① 기를 바탕으로 미루어 이를 추측하는 것(推氣測理)

② 정의 나타남을 미루어 성을 알아내는 것(推情測性)

③ 움직임을 미루어 정지 상태를 알아내는 것(推動測靜)

④ 자기 자신을 미루어 남을 알아보는 것(推己測人)

⑤ 사물 보는 것을 미루어 일을 짐작하는 것(推物測事)

선생은 이 『기측체의』를 통해 자연과 인간의 소통인 동시에 나와 남의 소통을 구현하려 하였다. 이는 자연·인간·사회가 서로 소통을 확장하여 조화적 일체를 추구하는 논리를 전제로 한다. 따라서 선생의 학문 영역은 이러한 철학적 기반 위에서 자연스럽게 자연과학뿐만 아니라 사회문제로까지 확대되었다.

사회제도와 관련한 선생의 저술로서『강관론』(講官論)과『소차류찬』(疏箚類纂)이 있다. 이 글들은 군왕과 신하 사이의 의사소통 문제와 관련된 것이요, 바로 선생의 철학적 핵심 원리로 사회제도의 기본 양상을 검토한 것이라 할 수 있다. 선생은 이와 기 중, 기를 중심으로 하는 유기론을 주장한다. 이는 위원(魏源, 1794-1857)[6]의 사상과 비슷하다.

## 『기학』, 대동일통의 이상세계를 구현하다

19세기 실학자 중 남한에서 최고로 치는 학자는 두말할 것 없이 다산 정약용이다. 다산 정약용은 약 550여 권의 책을 저술하였다. 그렇다면 북한에서는 누구일까? 바로 혜강 최한기다. 최한기는 약 100여 권의 책을 저술하였다.

반면 남한에서 혜강은 낯설고 북한에서 다산의 『목민심서』는 얼마 전까지만 하여도 금서였다. 사상을 떠나 두 사람의 실학은 차이가 있다. 다산의 글이 국가를 위한 담론이라면 혜강의 글은 더 나아가 세계 평화를 위한 거대담론이다. 그리고 혜강 쪽이 평등, 민주주의, 인도주의에 더 가깝다.

---

**6** 청말 공양학파(公羊學派)의 대표적 학자다. 청대 중기에 성행했던 고증학이 고전 해석, 고증에 편중하여 실제성을 상실한 점을 강하게 비판하고, 사회·정치에 활용 가능한 '경세치용'(經世致用)의 학(學)을 주장하면서, 이 입장에서 『시경』, 『서경』의 연구를 발표하였다. 스스로도 정치의 실천에 참가하며, 아편전쟁(1839-1842)에서는 임칙서(林則徐) 등과 함께 영국군과 싸웠지만, 태평천국(1851-1864)의 운동에는 반대하였다. 아편전쟁 후, 자국의 방위와 세계의 대세에 대해 기술한 『해국도지』(海國圖志)를 1844년에 간행하였다. 선생은 『해국도지』에서 세계관의 확대를 가져온 듯하다.

혜강은 1,000권의 저술을 남겼는데, 아마도 이것이 진역[7] 저술상 최고
의 기록이고 신·구학을 통달한 그 내용도 퍽 재미있다.

최남선의 「조선상식문답속편」에 보이는 글이다. 그러나 선생의 저
저술은 지금 극히 일부만 남아 있다.

혜강 최한기는 서울에서 책만 사다 책값으로 재산을 탕진해버렸다. 그
래서 도성 밖으로 이사를 가야만 했다. 어느 친구가 "아예 시골로 내려
가 농사를 짓는 게 어떻겠느냐" 하니까, "에끼 미친 소리 말게. 내 생각
을 열어주는 것은 오직 책밖에 없을진대, 책 사는 데 서울보다 편한 곳
이 있겠는가?" 하고 면박을 주었다.

이건창의 『명미당집』에 보이는 말이다.

『기학』(氣學)은 2권 1책이다. 1권은 서문과 100개의 문단, 2
권은 125개 문단과 혜강의 장남인 병대가 쓴 발문이 있다. 선생
은 『기학』 "서"에서 "무릇 기의 본성은 원래가 활동운화하는 물건
이다"[8]라고 명백히 밝혔다. 그리고 우주는 이 기로 꽉 차 있다고 하
였다.

선생은 "활동운화가 기학의 핵심"[9]이라 하였다. 기학을 '활동

---

7    진역(震域): 동쪽에 있는 나라라는 뜻으로 우리나라의 별칭.
8    夫氣之性 元是活動運化之物.
9    活動運化 氣學之宗旨.

운화' 단 녁 자로 정리하지만 그 의미는 다대하다. 지금까지 구구히 내려오는 이(理)와 기(氣)에 대한 명쾌한 정리이기에 그렇다. 여기서 활(活)은 끊임없이 움직이는 생명성이고, 동(動)은 진작(振作)시키는 운동성이며, 운(運)은 주선(周旋)이란 순환성이요, 화(化)는 변통(變通)이라는 변화성이다. 그래 만단변화가 모두 기가 쌓여 서로 밀고 당기면서 질서정연하게 운행하는 거라고 인식한다. 이 세상이 이 기의 활동에 의해 스스로 창조되었다는 우주론이다. 선생은 "이 우주에는 오직 이 기만 있다고 믿는다"[10]고 단언한다. 그렇기에 선생은 천하에 형체 없는 사물은 없다는 '무무'[11]론을 편다.

선생은 이 기를 '형질(形質)의 기'와 '운화(運化)의 기'로 나누었다. 선생은 『기학』권1-6에서 "형질의 기는 우리가 쉽게 볼 수 있는 지구, 달, 태양, 별과 형체가 있는 만물이다. 비와 갬, 바람과 구름, 추위와 더위, 건조하고 습함 등은 사람이 보기 어려운 운화의 기라 한다. 또 형질의 기는 운화의 기로 말미암아 모여 이루어진 것이니 큰 것은 장구하고 작은 것은 곧 흩어진다"고 설명한다. 즉 형질의 기는 보고, 듣고 맛보고 만질 수 있으나 운화의 기는 감각으로 파악하기 어렵기 때문에 사람들이 잘못 본다고 하였다.

선생은 이렇듯 세상을 생동하는 기의 집적체로 보았기에 모든 것은 살아 움직인다고 인식하였다. 따라서 '가정운화'니 '학문운화' 따위 표현도 거리낌 없이 사용하였다. 사실 선생 표현을 따질 것

---

10   方信宇宙惟有此氣.
11   무무(無無): 없는 것은 없다.

도 없이 이 우주에 존재하는 모든 것은 끊임없이 생성, 성장, 소멸하는 변화 속에 존재한다.

그렇다면 기학의 학(學)은 무엇인가? 선생은 "선각자가 깨우친 것을 아직 깨닫지 못한 자에게 가르치면 배우는 자는 자기가 배운 것을 생업으로 삼아 살아가면서 이것을 뒷사람에게 전승하게 되는데 이러한 것을 일컬어 학"이라 하였다. 그러고는 예로부터 내려온 학을 셋으로 분류한다. 첫째가 백성의 삶에 보탬이 되는 것, 둘째가 백성의 일에 해로움이 되는 것, 셋째가 백성의 도리에 아무런 손해나 이익이 없는 것이다. 이 학을 가르는 기준은 허를 버리고 실을 취하는 '사허취실'(捨虛取實)이라 하였다. 선생은 물론 첫째가 진정한 학이고 『기학』이 여기에 속한다고 하였다. 이는 인문, 사회, 자연을 아우르는 통합 학문적인 성격이다. 선생은 이를 '일통학문'(一統學問)이라 명명하였다. 이 일통학문이야말로 세계 평화를 외치는 지도자들이 새겨들을 만한 이상세계를 구현하는 거대담론이다.

선생은 일통학문을 구현하기 위한 구체적 방법으로 '삼대운화론'을 펼친다. '천인운화',[12] '활동운화',[13] '통민운화'[14]가 그것이다. 천인운화와 활동운화는 개인의 인식에 대한 깨달음이다. 특히 천인운화란 하늘과 사람이 일치되는 삶이다. 천인(天人)은 천도[15]와

---

**12**  천인운화(天人運化): 그 근원을 말한다면 학문의 근본 바탕이요 그 끝을 말한다면 학문의 표준이다.
**13**  활동운화(活動運化): 기학의 근본.
**14**  통민운화(通民運化): 기학의 중심 축.
**15**  천도(天道): 천지자연의 도리.

인도[16]를 합한 말이다.

통민운화는 이 깨달음을 정치와 교육에 의해서 인류사회에 확산시켜서 인류 공동체가 도달하게 되는 세계다. 이 통민운화를 선생은 다시 사등운화(四等運化)로 설명한다. 수신(修身)의 요체로서 깨달음으로 얻은 천인운화를 개인의 삶에 적용하는 '일신(一身)운화', 제가(齊家)의 요체로서 천인운화를 가족에게 적용하는 '교접(交接)운화', 다음이 치국의 요체로서 천인운화를 국가에 적용하는 '통민(統民)운화', 마지막으로 평천하(平天下)의 요체로서 천인운화를 천하에 적용하는 가장 큰 '대기(大氣)운화'다. 이른바 '수신제가치국평천하'라는 관용어를 요령 있게 기학에 적용시켰다.

선생은 대기운화에서 일신운화까지 '일통(一統)운화'를 이루면 사해가 동포될 수 있다고 하였으니, 그야말로 거대담론 중 거대담론이다. 18세기 중엽, 조선의 한곳에서 이런 생각을 하는 거인이 있었다. 작금의 일본(아베) 행태를 보면 그야말로 소인배 짓거리일 뿐이다.

그 대략을 정리하면 아래와 같다.


• 방금운화(方今運化)는 현재의 기로 인간 삶을 돕는 근본 바탕이다. 『기학』에서 가장 중요한 시점은 현재다.

• 사람의 기는 대기에서 얻어왔다. 몸과 마음으로 운화의 기를 받아들여라. 운화의 기는 정치와 교육을 시행하는 불변의 기준이다. 기의

---

**16**  인도(人道): 인간의 정신적·물질적 삶과 관련한 일체의 사무.

밝은 것을 영(靈)이라 하고, 기의 능한 것을 신(神)이라 하고, 기의 조리(條理)를 리(理)라 하고, 기의 경험을 지(知)라 하고, 기의 순환활동을 변화라 한다.

- 선각자가 깨우친 것을 아직 깨우치지 못한 자에게 가르치면 배운 자는 그 배운 것을 생업으로 살아가며 뒷사람에게 전승하게 된다. 이것이 학(學)이다.

- 사람의 심기는 천기와 통하니 오장육부, 신체, 피부는 하나의 기계(器械)다. 이 말은 유기체적인 사고를 말한다.

- 기에는 형질의 기와 운화의 기가 있다. 지구, 달 등 만물의 형체는 형질의 기이고 비, 바람, 추위, 더위 등은 운화의 기다. 형질의 기는 운화의 기로 말미암아 모여 이루어졌다. 운화는 유형의 기로 하늘과 인간이 일치한다.

- 개인이 품부받은 기는 각기 다르다.

- 방술학, 외도학, 서양학, 천방학(이슬람교)은 모두 천박하고 비루하다. 선생이 이유로 든 것은 무형한 운화상에서 신을 구하기 때문이라 한다. 하늘로 올라가려 하는 것은 비루한 행위라고도 한다.

- 기는 견줄 곳이 없을 만큼 크다.

- 운화의 기는 유형의 신(神)과 유형의 리(理)다. 신과 리는 명백한 증거를 대야 한다.

- 기의 조리가 리(理)니 리가 곧 기다. 리는 항상 기 가운데 있으면서 기를 따라 운행한다.

## 『인정』, 사회의 정치적 질서도 인간에 근본하는 것

선생 철학의 근본 입장과 사회사상을 밝혀주는 저술이 바로『인정』(人政)이다.『인정』은 25권으로 4문 1천 4백 36조로 구성되어 있다. 선생의 저술 중 가장 방대하다. 36세 때 지은『감평』을 그 속에 포함하여 58세 때 완성한 것으로서 사상적 원숙기에 이룬 저술이다. 선생은『인정』에서 "사회의 정치적 질서도 인간에 근본하는 것이요, 자연과 인간의 조화도 인간을 통하여 추구될 수 있다"는 인도(人道) 철학을 사회적으로 해명하였다.

『인정』의 체계는 크게 측인문(測人門), 교인문(敎人門), 선인문(選人門), 용인문(用人門) 네 편으로 구성되어 있다. '측인'은 사람을 헤아려 인성과 적성을 탐색해보는 일이요, '교인'은 인재를 가르치고 기르는 일이며, '선인'은 인재를 선발하는 일이며, '용인'은 심사숙고해서 뽑은 사람을 적재적소에 등용하는 일을 의미한다.

선생은 사람을 자품과 국량에 따라 4등급으로 나누었다. 사람의 자품[17]에는 청탁혼명[18]이 있고 국량(局量)에는 대소천심[19]이 있기에 그 자품과 기국(氣局)에 따라 가르침을 달리해야 한다는 말이다. 그 4등급은 아래와 같다.

---

17  자품(資稟): 자질과 품성.
18  청탁혼명(淸濁昏明): 맑고 흐리고 어둡고 밝음.
19  대소천심(大小淺深): 크고 작고 얕고 깊음.

품기[20]가 맑은(淸) 사람으로

국량이 크면 넓고 통달한 가르침이 들어가고

국량이 작으면 규모 있고 정결한 가르침이 들어가며

국량이 얇으면 겉만 훑는 허망한 가르침이 들어가고

국량이 깊으면 묵중하고 두루 통하는 가르침이 들어간다.


품기가 흐린(濁) 사람으로

국량이 크면 넓고 진실한 가르침이 들어가고

국량이 작으면 자질구레한 가르침이 들어가며

국량이 얇으면 쉽고 소박한 가르침이 들어가고

국량이 깊으면 근본 있고 간략한 가르침이 들어간다.


품기가 어두운(昏) 사람으로

국량이 크면 넘치고 허탄한 가르침이 들어가고

국량이 작으면 면전에서 미혹시키는 가르침이 들어가며

국량이 얇으면 잠시만 속이는 가르침이 들어가고

국량이 깊으면 동떨어져 이익 없는 가르침이 들어간다.


품기가 밝은(明) 사람으로

국량이 크면 하늘과 사람의 부드러운 가르침이 들어가고

국량이 작으면 만물을 시험하는 가르침이 들어가며

---

**20** 품기(稟氣): 타고난 기질.

국량이 얄팍하면 편리에 따라 분별하는 가르침이 들어가고

국량이 깊으면 심오하게 해석하는 가르침이 들어간다.[21]

선생은 이처럼 천품은 타고날 때 이미 가르침을 받아들이는 우열이 갖추어져 있다고 한다. 이를 보면 "품기가 밝은(明) 사람으로 국량이 큰" 사람만이 선생이 바라는 천인운화를 할 수 있다. 선생의 말처럼 사람의 타고난 자질을 이렇게 나눠야 하는지 잘 모르겠지만 사람마다 일을 해내는 깜냥이 다른 것은 넉넉히 인정할 만하다.

글의 뜻 풀기를 구하면서 다만 책에 있는 글자의 뜻과 구두(句讀)만을 통하여 문득 제 의견을 내는 것은 바로 초학자가 하는 일이다. 만약 평소에 신기를 존양한 것이 사물의 운화를 명백히 한 데 있다면, 글을 해석하는 데에도 이것에 의하여 신중히 생각하고 조사하여, 작자가 뜻한 깊고 얕음과 우수하고 열등함을 알 수 있다. 이것은 바로 사물의 운화를 들어 취사했기 때문이지, 근거 없는 나의 마음을 가지고 논평하는 것이 아니다.[22]

우리 학문은 공허함이 병폐다. 지금도 책과 삶이 어우러지는 '실학'은 찾아보기 어렵다. 최한기 선생은 이 책에서 "사무가 참된 학문"(事務眞學問)이라고 단언한다. 요즈음에도 들어보기 어려운 말

---

21 『인정』 권9, 교인문2, "교입각이"(教入各異).
22 『인정』 권11, 교인문 4, "해문의"(解文義).

이다. 이 시절에도 고루한 학문만을 일삼는 자들이 강단에 득시글하다. 저 시절 선생 말이 이 시절에도 유용하다는 사실을 어떻게 이해해야 하나?

> 무릇 온갖 사무가 모두 참되고 절실한 학문이다. 온갖 사무를 버리고 학문을 구하는 것은 허공에서 학문을 구하는 격이다.…만약에 상투적인 고담준론만 익혀 문자로 사업을 삼고 같은 출신들로 전수받은 자들에게 일을 맡긴다면 안온하게 처리하지 못한다. 그들에게 남을 가르치게 해보아도 조리를 밝혀 열어주지 못한다. 이름은 비록 학문한다고 하나 실제 사무를 다루고 계획함에 몽매하니 실제로 남에게 도움과 이익을 주는 일도 적다.[23]

지금도 이어지는 우리의 헛된 교수 행태를 지적하는 말이다. 선생은 '사(士)·농(農)·공(工)·상(商)과 장병(將兵) 부류'를 '학문의 실제 자취'(皆是學問之實跡)라 하였다. 현재 우리 국문학계만 보아도 그렇다. 국문학과가 점점 개점폐업 상태가 되는 까닭은 실학이 안 되기 때문이다. 거개 학자들의 논문은 그저 학회 발표용이니 교수자리 보신책일 뿐이다. 심지어 대중들의 문학인 고소설조차 그렇다. 「춘향전」, 「흥부전」, 「홍길동전」 등 정전화한 몇 작품에 한정되고 그나마 작품 연구 자체만 '순수학문연구'라고 자위(自爲)한다. 고소

---

**23**  『인정』 권11, 교인문 4, "사무진학문"(事務眞學問).

설 연구가 사회 각 분야로 방사(放射)되어도 살아남기 어려운 이 시대다. 이렇게 몇몇이 모여 학회랍시고 '그들만의 리그'나 운용하고 '같은 대학 출신들'로만 패거리 짓고 '사회가 외면하는 글을 논문'이라 치부하며 자신이 한껏 고귀한 학문을 한다고 으스댄다. 점점 사회와 학생들로부터 배척을 받을 수밖에 없는 이유다.

이는 학문을 한다는 이들이 소인이라 그렇다.『맹자』「고자 상」(告子上)에 나오는 이야기다. 공도자가 물었다. "똑같은 사람인데, 누구는 대인이 되고 누구는 소인이 되는 것은 무슨 까닭입니까?" 맹자는 "대체(大體)를 따르면 대인이 되고, 소체(小體)를 따르면 소인이 된다"고 일러주었다. 소체는 귀와 눈과 같은 기관이다. 귀는 듣기만 하고 눈은 보기만 하여 소체다. 대체는 바로 마음이다. 마음은 귀와 눈, 코, 입만이 아닌 온몸을 생각하기 때문이다.

내 일신의 안녕과 영화만을 생각하니 국문학 전체가 보일 리 없다. 나 자신도 우리나라 국문학 발전을 저해하는 소인임에 통렬히 반성하며 이 글을 쓴다.

각설하고 선생은 당시의 학자들이 숭상하는 경사자집(經史子集)을 '문학'(文學)이라 하고 자신이 행하는 학문은 '기학'(氣學)이라 구분 지었다.

옛것을 널리 들어 지금을 통하는 것은 문학(文學)의 일이니 그 통함은 다분히 옛것에 끌린다. 지금을 통해 옛것을 증험하는 것은 기학(氣學)의 일이니 그 통함은 다분히 지금에 있다. 실천의 뜻으로 학문을 삼게 되면 형세상 지금의 것을 먼저 통한 뒤에 옛것을 증험하게 되나, 문사

(文辭)의 널리 들음을 학문으로 삼게 되면 자연히 먼저 옛것을 박람한 뒤에 지금의 것을 통하게 된다. 만약 옛것과 지금으로써 취하고 버림을 논한다면, 내가 힘입어 생육되고 의뢰하는 바가 지금에 있지 옛것에 있지 않고 내가 모름지기 쓰고 좇아 행하는 바가 지금에 있지 옛것에 있지 않으니, 차라리 옛것을 버릴지언정 지금을 버릴 수는 없다.[24]

선생이 말하는 기학은 옛 학문이 아닌 현재성을 갖고 있다. 선생은 "차라리 옛것을 버릴지언정 지금을 버릴 수는 없다"[25]고 단정한다. 선생의 기학이 현재 지향성임을 분명히 정의하는 글이다.

이제 『인정』 권20, 용인문(用人門) 1, "청민출척"(聽民黜陟)을 본다. 선생은 민(民)과 관(官), 국(國)을 서로 의지하는 관계로 파악한다. 백성의 의견을 국가가 반드시 들어야 한다고 몇 번씩이나 강조한다. 특히 백성과 관리가 서로 의지하여 정치가 이루어진다며 백성이 관리보다 더 먼저라 한다. 선생은 못된 관리를 내쫓고 착한 사람을 들어 쓰는 것도 오로지 백성의 의견을 들어 써야 한다고 아래처럼 써놓았다.

백성들의 관리에 대한 비방과 칭찬을 듣고 고과[26]를 결정하는 것이 사람을 쓰는 데 있어서의 실다운 근거가 된다.…백성은 윗사람을 의지하

---

24  『인정』 권11, 교인문 4, "고금통불통"(古今通不通).
25  寧可捨古 而不可捨今.
26  고과(考課): 관리의 근무 성적.

고 윗사람은 백성을 의지하여 양쪽이 서로 의지하는 나라를 형성한다. 그러므로 백성들에게 그 고통을 물어 관리를 교체하고 백성들을 편안하게 잘 다스리는지 그렇지 않은지를 탐문하는 직책을 잘 수행한 관리를 승진시키는 것은 백성을 위하여 관리를 뽑았기 때문이다. 어찌 백성을 버리고 관리만 영화롭게 여기겠는가? 이런 까닭에 백성이 중요하고 관리는 가벼우며 백성이 먼저이고 관리는 나중이다. 어찌 민심을 들어보지 않고 마음대로 관리를 승진시키고 내친다는 말인가.

선생은 『인정』의 최종 단계로서 측인·교인·선인은 모두 용인을 기준과 목적으로 삼아 그 효과와 우열이 결정된다 한다. 실용적 입장에 섰을 때 측인·교인·선인이 아무리 잘 이루어졌다 하더라도 인재를 잘 쓰지 못한다면 이익이 없다는 뜻이다.

선생은 용인의 근본 원리는 인간사회가 개인의 행동으로 이루어질 수 없고 인간집단의 협력과 조화 위에서 이루어져야 한다고 보았다. 따라서 사람의 도리인 '인도'(人道)를 사람과 사람이 서로 잘 쓸 때에 이루어지고 잘 쓰지 못할 때에 무너지는 것이라 전제하고 「인정용인」(人政用人) "서"(序)에서 "내가 남을 위해 쓰인 다음에 남을 쓰는 것이요, 남을 위해 쓰이지 않으면 남을 쓸 수도 없다"[27]고 한다.

즉 인간의 모든 관계는 상호적이다. '서로 쓰는 원리'(相爲用之

---

**27** 我爲人用而后可以用人 我不爲人用則不可以用人.

道)가 제대로 작동하면 곧 '아비는 자식의 도리로서 아비 노릇하고 자식은 아비의 도리로서 자식 노릇하여 상호 작용'하는 데서 용인이 실현되고 이것이 바람직한 인간사회로 나아가게 한다. 결국 '쓰이는 사람'보다 '쓰는 사람'이 중요하다.

선생의 아들 최병대는 발문에서 이를 이렇게 적어놓았다.

> 인물(人物)에 통해야 조화(造化)가 생기고, 인물에 통하지 못하면 만사가 막히게 된다.…오륜은 용인에서 밝혀지고 용인은 오륜에 기준을 두고 있다. 사람과 사람 사이의 교접운화도 자연히 이를 이어 순응하는 것이요, 어긋나게 넘어설 수 없다.…세상에 이것이 통행되면 상하가 서로 막히는 걱정이 없고, 또 쓸 만한 인재는 나아가고 쓸 수 없는 인재는 물러가게 될 것이다.

이쯤 되면 오륜의 재해석으로 이해해봄 직하다. '용인'과 '오륜'의 절묘한 재구성으로 세계가 화평하게 된다. 선생 자신도 『인정』의 가장 중심 뜻을 "운화를 이어 순응하며 치안을 도모하여 이루는 것"[28]이라 밝히고, 그것은 곧 "하늘과 인간이 접속하는 혈맥이요 정치와 교화가 성쇠하는 준적이라"[29] 하였다. 여기서 『인정』은 사회·우주·역사를 포괄하고 하늘과 인간을 연결시킨다. 이는 인간의 정치적 질서와 도덕적 완성을 성취할 수 있는 원리를 모색하고 정립시키는

---

28  承順運化 圖成治安.
29  天人接續之血脈 政敎弛張之準的.

전체적 통일의 체계를 제시한다. 이것이 바로 선생이 추구하는 세계를 구현하는 체계이며, 이 체계를 꿰뚫고 있는 이념은 한마디로 '전 세계 사람이 사람으로서 살아가는 도리'라 적시할 수 있을 것이다.

마지막으로 『인정』 권7, 측인문 7, 『감평』을 일별한다. 선생은 『감평』 "서"에서 "사람이 세상을 살면서 크고 작은 일을 경영함에 있어, 사람을 얻어 성공하기도 하며 사람 때문에 실패하는 일도 있으니, 사람을 고르지 않을 수 있겠는가?"라 하며 '사람을 선택하는 방법만을 논하기보다는 사람을 알아보는 방법을 연구', 즉 인품을 감별하는 것이 사람을 선택하는 급선무라 한다. 방법론으로 선생이 끌어온 것은 『논어』 "위정편"(爲政篇)에서 공자가 한 이 말이다. 곧 "사람이 어떻게 속일 수 있겠는가?"(人焉廋哉)이다. 선생은 이를 들어 이는 그 사람의 행동을 자세히 관찰했기 때문이라며 다음과 같이 여섯 가지를 들었다.

먼저 기품(氣稟)의 강약(强弱)·청탁(淸濁)을 살피고, 다음은 심덕(心德)의 성위(誠僞)와 순박(純駁)을 관찰하며, 체용(體容)의 후박(厚薄)·추미(醜美)와, 문견(聞見)의 주비(周比)·아속(雅俗)과, 처지(處地)의 귀천(貴賤)·빈부(貧富)를 관찰해야 한다. 그러나 그 사이에 분수(分數)의 많고 적음에 따라 자연히 우열이 있게 되는 것이니, 절대로 한 가지만 가지고 논해서는 안 된다.

또 사람의 재주와 국량(局量)은 기품에서 생기며, 응변(應變)은 심덕에서 생기며, 풍도(風度)는 체용에서 생기며, 경륜(經綸)은 문견에서 생기며, 조시[30]는 그 사람의 처지에서 생긴다.

이제 구체적으로 그 다섯 가지를 따라가면 이렇다.

① 논기품(論氣稟)

강(强): 굳건하면서도 곧고 오래되어도 게으르지 않아 처음과 끝을 잘 맺는 것이요, 강의(强毅)한 것을 말함이 아니다.

약(弱): 외물에만 순순히 따라 자기대로 서지 못하므로 비록 직임을 맡더라도 항상 흔들릴까 걱정한다.

청(淸): 마음과 외모가 맑고 깨끗하여 어두운 면이 거의 없으며, 일을 능란하게 처리하는 솜씨가 선천적으로 타고난 것 같다.

탁(濁): 한 덩이의 티끌과 찌꺼기가 컴컴하게 잠겨 있어 이끌어주어도 깨닫지 못하고 도리어 노여워한다.

② 논심덕(論心德)

성(誠): 진실하여 속임이 없고 행동이 정직하다. 그 진실은 어떠한가 하면 산처럼 고요하고 흐르는 물처럼 활기차다.

위(僞): 명언(名言)을 꾸며대는 것을 도(道)라 생각하여 남을 그르치는 일도 매우 많지만 먼저 자기부터 그르치고 있다.

순(純): 이치를 정숙하게 연구한 나머지 모든 생각이 일치되어 해로운 것을 제거하기를 마치 김을 맬 때 가라지를 없애듯 한다.

---

**30** 조시(措施): 사무를 처리하는 능력.

박(駁): 마음은 마치 원숭이와 같고 뜻은 말(馬) 같아서 선과 악을 구별
하지 못한다. 처세는 어떻게 하는가 하면 경우에 따라 이랬다저
랬다 한다.


③ 논체용(論體容)

후(厚): 도량이 넓고 관대하여 하늘처럼 포용력(包容力)이 있기 때문에
그에게 은혜를 받으려고 하는 사람이 매우 많다. 그러나 그가 풍
부해서 그런 것은 아니다.

박(薄): 항상 눈살을 찌푸리고 냉랭하기가 마치 가을에 삼베옷을 입은
것과 같다. 남에게 피해를 주는 것은 아랑곳하지 않고 오직 자기
의 이익만을 힘쓴다.

미(美): 마음속에 온축된 것이 밖으로 발로되어 행동이 한아(閒雅)하다.
그를 바라보면 기쁘고 향취(香臭)가 성하게 풍기는 듯하다.

추(醜): 행색이 괴상하고 가는 곳마다 오만하여 남과 어울리지 않으므
로 사람들이 싫어하고 매사에 거칠고 차분하지 못하다.


④ 논문견(論聞見)

주(周): 옛것을 익혀 새로운 것을 알며, 앎에 있어 남과 자기를 구별하지
않는다. 그리고 모든 일을 미리 긍정하거나 부정하지 않고 오직
의(義)만을 따를 뿐이다.

비(比): 자기와 같은 무리는 서로 밀어주고 자기와 다른 자는 기필코 비
난하여, 조정에서는 붕당을 이루고 사림(士林)에서는 파벌(門
戶)을 조성한다.

아(雅): 경쇠(磬)가 운림(雲林)에서 울리는 듯하고 연꽃이 흙탕물 속에서 핀 것과 같다. 이는 청허(淸虛)함을 숭상하는 것이 아니라 군자의 지조다.

속(俗): 본디 변통에 어두워 몹쓸 폐단을 이럭저럭 그대로 따르하여, 일정한 표준이 없고 오직 남을 시비하는 것만 일삼는다.


⑤ 논처지(論處地)

귀(貴): 많은 사람이 복종하여 항상 남의 촉망을 받고 있으므로 자연 천작(天爵)을 누리게 되니, 어찌 초당³¹뿐이겠는가?

천(賤): 행동이 평범하여 여기에 속한 사람들이 수없이 많다. 혹은 부림을 당하여 자유를 누리지 못하기도 한다.

부(富): 재력도 있고 부릴 사람도 있어 남에게 은혜를 베풀 수 있으나, 만일 예의로서 하지 않으면 비루하고 패려한 행동이 많다.

빈(貧): 살아가는 방도에 구애되는 것이 많으므로 어려움과 근심 때문에 뜻이 해이해질 때가 없지 않다.


선생은 기품·심덕·체용·문견·처지 이 다섯 가지는 사람마다 다 갖추고 있기 때문에 5구라 하였다. 선생은 이 중 기품을 가장 중시했고 다음이 심덕→체용→문견→처지 순이다. 선생은 이를 ⑥ 논분수소장에서 구체적으로 수치화하였다.

---

31    초당(貂璫): 환관을 말하나 여기서는 높은 관리를 뜻한다.

⑥ 논분수소장(論分數消長)

대개 모든 것이 다 완비된 자를 10분인(十分人)으로 삼는다. 그래서 기품·심덕·체용·문견·처지의 경중을 헤아려 10분으로 나누었는데, 기품이 제일 중요하므로 4분을, 강(强)과 청(淸)은 장(長) 4분을 주고 약과 탁은 소(消) 4분을 준다. 심덕이 다음 중하므로 3분을, 성과 순은 장 3분을 주고 위와 박은 소 3분을 준다. 체용이 그다음이므로 2분을, 후와 미는 장 2분을 주고 박과 추는 소 2분을 준다. 문견이 그다음이므로 1분을, 주와 아는 장 1분을 주고 비와 속은 소 1분을 준다. 처지가 그다음이므로 반분(半分)을, 귀와 부는 장 반분을 주고 천과 빈은 소 반분을 준다.

선생은 이렇게 다섯 가지 격(格)을 통틀어 미루어 보면 인품의 분수를 알 수 있다며 표를 아래와 같이 만들었다.

| 기품 | | 심덕 | | 체용 | | 문견 | | 처지 | |
|---|---|---|---|---|---|---|---|---|---|
| 강(强) | 장 4분 | 성(誠) | 장 3분 | 후(厚) | 장 2분 | 주(周) | 장 1분 | 귀(貴) | 장 반분 |
| 약(弱) | 소 4분 | 위(僞) | 소 3분 | 박(薄) | 소 2분 | 비(比) | 소 1분 | 천(賤) | 소 반분 |
| 청(淸) | 장 4분 | 순(純) | 장 3분 | 미(美) | 장 2분 | 아(雅) | 장 1분 | 부(富) | 장 반분 |
| 탁(濁) | 소 4분 | 박(駁) | 소 3분 | 추(醜) | 소 2분 | 속(俗) | 소 1분 | 빈(貧) | 소 반분 |

표를 보는 방법은 이렇다.
• 기품·심덕·체용·문견·처지 다섯 가지 격(格)에 소분이 없는 자는 10분 완전한 사람이다.

- 장분(長分)이 없는 자는 10분을 갖추지 못한 사람이 된다.
- 소분과 장분이 섞인 자는 소분을 장분과 비교하고 혹 장분을 소분과 비교하면, 8분인, 9분인으로부터 1분인, 반분인까지 있을 수 있다.
- 가령 기품이 강한 자는 비록 장 4분이지만 만일 그의 심덕이 위(僞, 거짓)가 되어 위의 소 3분을 장 4분에서 빼면 1분이 남게 된다.

선생의 책을 일별하며 느꼈다. 선생은 평생을 일개 생원으로 지냈지만 남겨놓은 업적은 그야말로 조선의 어느 왕 못지않다는 것을. 선생의 글을 읽고 이 글을 쓰며 혜강 선생을 만난 것에 내내 행복했다. 모쪼록 이 땅에 선생이 말한 '대기운화'와 '통민운화'가 조화롭게 펼쳐지고 '일신운화' 또한 상승하는 융융한 세상이 오기를 소망해본다.

# 참고문헌

『명남루총서』(성균관대학교 대동문화연구원, 1971)

『명남루전집』(여강출판사, 1986)

최한기 저, 손병욱 역주, 『기학』(통나무, 2004)

최한기 저, 김락진·강석준 역, 『신기통』(여강, 1996)

최한기 저, 이종란 역, 『운화측험』(한길사, 2014)

이돈녕, 「최한기의 『명남루집』」, 『실학연구입문』(일조각, 1973)

박성래, 「한국근세의 서구과학 수용」, 『동방학지』 20(연세대학교 국학연구원, 1978)

권오영, 『최한기의 학문과 사상 연구』(집문당, 1999)

정성철, 『실학파의 철학사상과 사회정치적 견해』(사회과학출판사, 1974)

계명대학교 철학연구소, 『실학사상과 근대성』(예문서원, 1998)

김용헌 편저, 『혜강 최한기』(예문서원, 2005)

야규 마코토, 『최한기 기학 연구』(경인문화사, 2008)

이현구, 『최한기』(민속원, 2014)

김인석, 『최한기에 길을 묻다』(문현, 2014)

김용옥, 『독기학설』(통나무, 2004)(개정판)

이우성 외, 『혜강 최한기 연구』(사람의무늬, 2016)

[네이버 지식백과] 최한기 [崔漢綺] (한국민족문화대백과, 한국학중앙연구원)

한국고전종합DB

# 11장

–

## 고산자 김정호 『대동여지도』

지도로 천하의 형세를 살필 수 있다



대대 여지(輿地)에 도(圖)와

지(志)가 있는 것은 오래전이다.

지도는 직방(職方)이 있고

지지에는 한서(漢書)가 있다.

지도로 천하의 형세를 살필 수 있고

지지로 역대의 제작을 알 수 있다.

이는 실로 나라를 다스리는 큰 틀이다.

# 김정호의 생애

**이름**  김정호(金正浩〔鄠〕)

**별칭**  자는 백원(伯元)·백원(百源)·백온(伯溫)·백지(伯之), 호는 고산
자(古山子)

**시대**  1804(순조 4?)-1866년(고종 3?) 이후 추정

**지역**  태어난 곳은 황해도 봉산(鳳山) 또는 토산(兎山). 언제 서울로
왔는지는 모르나 도성 숭례문 밖의 만리재나 약현(현재 중림동) 부근
에 살았다는 설이 유력

**본관**  청도(淸道)[1]

**직업**  실학자 겸 지리학자이며 지도 제작자, 각수(刻手), 소설가(?)

**신분**  '광우리 장수의 남편', 혹은 '군교(軍校) 다니는 집'이라 하여 분
명하지 않으나 미천한 신분이었던 듯하다.

**가족**  일설에 외딸이 있다고 하나 정인보의 「고산자의 대동여지도」에
의하면 아들이 있었던 듯하다.

『대동여지도』를 만든 김정호를 모르는 한국인은 없다. 그러나
선생에 대한 기록은 『청구도』에 수록된 최한기의 『청구도제』(靑邱
圖題), 이규경의 『오주연문장전산고』(五洲衍文長箋散稿)에 수록된
「만국경위지구도변증설」(萬國經緯地球圖辨證說)과 「지지변증설」(地
志辨證說), 신헌의 『금당초고』(琴堂初稿)에 수록된 「대동방여도서」

---

[1]  그러나 족보 어디에도 선생의 기록은 찾을 수 없다. 이로 미루어 보건대 아마도 잔
반 계층이나 중인층일 가능성이 높다.

(大東方輿圖序), 유재건의『이향견문록』(里鄕見聞錄)에 수록된「김고산정호」(金古山正浩), 그리고 일제하『조선어독본』, 정인보의「고산자의 대동여지도」에 산재해 약간 남아 있다.

그 대략을 따라 잡으면 이렇다.

**삶의 여정** 31세경인 1834년 이전부터『신증동국여지승람』(新增東國輿地勝覽)에서 시문(詩文)·인물 등을 제외한 내용을 큰 글씨로 적고 다른 자료를 참고하여 여백이나 첨지에 깨알 같은 글씨로 교정·첨가한『동여편고』(東輿便攷) 2책(1책 결본)을 편찬하다.

1834년『청구도』2첩을 완성하다. 최한기의 부탁으로 보급용의 중형 낱장본 지도로 판각한 서양식 세계지도인『지구전후도』(地球前後圖)를 편찬하다.

37세경인 1840년 후반까지 3차에 걸쳐 개정판『청구도』를 제작하다. 한양 지도인 목판본『수선전도』(首善全圖), 전통식과 서양식이 결합된 세계지도『여지전도』(輿地全圖)를 편찬하다.

1834-1850년까지『동여도지』(東輿圖志) 3책(경기·강원·황해)의 편찬을 시작하였지만 완성하지 못하고 포기한다.

50세경인 1853-1856년에『여도비지』(輿圖備志) 20책을 최성환(崔瑆煥)과 함께 편찬하다.

1856-1859년에 기본 내용을 완전히 개정한 필사본『동여도』23첩을 편찬하다.

54세경인 1857년에 전국 채색 지도인『동여도』를 편찬하다.

1860년에 목판본『대동여지도』22첩이 너무 커서 한눈에 조선 전체를 보기 어려운 단점을 극복하기 위해 목판본『대동여지전도』

(大東輿地全圖)를 교간(校刊)하다.

1861년에 『대동여지도』 22첩을 완성하여 교정 간행하다. 『동여도지』에 서문을 작성하여 수록하다.

58세경인 1861-1866년 3월경까지 『대동지지』(大東地志) 32권 15책을 편찬하다 미완으로 남겼다. 『대동지지』 권1에 고종이 민비를 맞았다는 "중궁전하는 민씨이며 본적은 여주이고 부원군 민치록의 딸"[2]이라는 기록이 있다. 이해가 1866년 3월이다. 선생의 생존 근거는 여기까지가 마지막이다. 이후 현재까지 선생의 졸년을 찾을 수 있는 근거는 없다. 이때의 나이가 63세경이 아닐까 한다. 기록이 있다 하더라도 선생의 삶은 선생이 남긴 지도만큼 풍성하지 못할 듯하다.

---

**2**  中宮殿下閔氏 籍驪州 府院君致祿女.

## 『대동여지도』, 지도로 천하의 형세를 살필 수 있고
## 지지로 역대의 제작을 알 수 있다

아! 어떻게 이 정도로 자료가 없을까? 우리 역사상 최고, 최다 지리
지를 편찬한 지리학자인 선생, 그것도 겨우 200여 년 전이다. 없어
도 너무 없기에 다시 한번 우리의 역사의식을 되돌아본다. 문득 연
산군의 섬뜩한 저 말이 생각난다.『연산군일기』에 보이는 글줄이다.

> 임금이 두려워하는 것은 역사뿐이다.⋯이제 이미 사관에게 임금의 일
> 을 쓰지 못하게 하였다. 그러나 차라리 역사가 없는 게 더욱 낫다. 임금
> 의 행사는 역사에 구애될 수 없다.

선생을 가장 유명하게 만든 것은 1861년(철종 12)에 제작한 목판본
『대동여지도』(大東輿地圖) 22첩이다. 그리고 연구가 깊어지면서『청
구도』·『동여도』·『대동여지도』란 3대 지도와『동여도지』·『여도비
지』·『대동지지』를 제작한 사람으로 알려지게 되었다. 선생은 국토
정보의 효율적이고 체계적인 이해를 위해 많은 사람들이 효과적으
로 이용할 수 있는 지도 제작과 지리지 편찬에 평생을 매진한 진정
한 학자이자 출판인이요, 조각가였다.

　　그러나 안타깝게도 '김정호' 이름 석 자가 알려지기 시작한 것
은 일제강점기였다. 기록 중, 비교적 상세한 내용은 일제하『조선어

독본』 권5 제4과[1]에 보인다. 식민지 조선 백성 교화용 교과서이기에 식민사관이 숨겨져 있다. 식민사관이란 '김정호도 못 알아보는 어리석은 조선'이다. 이만한 기록이라도 남았다는 사실이 반가우면서도 반갑지 않은 까닭이 여기 있다. 독본 내용을 간추리면 이렇다.

『대동여지도』를 완성하는 데 10여 년이 걸렸다. 팔도를 돌아다닌 것이 세 차례, 백두산에 오른 것이 여덟 차례다. 인쇄 판목을 구하기 위해 경성에 자리 잡고 소설을 지어 자금을 마련했다. 딸과 함께 지도판을 새기는 데 10여 년이 걸렸다. 인쇄된 몇 벌은 친구들에게 주고 한 판은 자기가 소장하였다. 병인양요가 일어나자 어느 대장에게 주었고 그 대장이 흥선대원군에게 바쳤다. 흥선대원군은 완성된 지도가 외국에 알려질 경우를 두려워하여 수십 년간 고생하여 만든 목판을 태워버리고 김정호와 그의 딸을 함께 옥사시켰다. 『대동여지도』는 러일전쟁에서 군사 활동에 지대한 영향을 끼쳤고 총독부 토지조사사업에도 긴요하게 활용되었다.

그러고 책 말미를 "아, 정호(正皥)의 간고(艱苦) 비로소 혁혁(赫赫)한 빛을 나타내엿다 하리로다"라 끝맺는다. 백두산을 여덟 차례 오르고 대원군에 의해 지도 판목은 태워지고 딸과 함께 옥사했다는 말의 진원지가 여기였다. 더욱이 러일전쟁 운운까지 읽으면, 또 한 번

1    조선총독부 발행, 조선인쇄주식회사, 1934.

선생을 생각게 한다. 선생이 이런 치욕을 받으려 『대동여지도』를 만든 것은 아니기에 말이다. 더욱이 이 기록에는 교활한 식민사관이 숨어 있기에 선생의 삶과 『대동여지도』가 서글퍼진다.

더욱 가슴 아픈 것은 해방 후 대한민국에서 출간된 우리 초등 국어 5-1학기(혹은, 5-2학기) 교과서에 일제하의 저 기록이 그대로 수록되었다는 슬픈 사실이다. 지금까지 온 국민이 알고 있는 선생에 대한 왜곡된 이야기는 저 해방 후 교과서가 정점을 찍어놓았다. 해방 후 교과서 집필진의 이러한 교과서 왜곡 제작은 통탄할 일이며 만고의 못된 행위다.

사진1. 초등국어 5-1(혹은 5-2, 1966) 13과 "김정호"에 수록

그런데 『조선어독본』 권5 제4과 김정호에 대한 내용은 「동아일보」 1925년 10월 9일 자에 "고산자를 회함"이란 글을 바탕으로 엮은 것이었다. "고산자를 회함"은 "一. 아직 알리지 아니 하였지마는 알리기만 하면 조선 특히 요즈막 조선에도 그러한 초인초업이 있느냐고 세계가 놀라고 감탄으로 대할 자는 고산자 김정호 선생과 및 그 대동여지도의 대성공이다. 그렇다. 그는 대성공이다. 누구에게든지 보일만 하고 언제까지든지 내려갈 위대한 업적이다. 그는 세간에 알려지지 않은 불우한 사람이다. 그러나 김정호 및 대동여지도는 조선의 국보이다"로 시작한다. 이렇게 시작한 글은 一-六까지 1925년 10월 9일, 10일 자 이틀에 걸쳐 강개한 논조로 이어진다. (이 글에서는 『대동여지도』 원본이 다 불태워졌다고 하였다. 그러나 1923년에 이미 조선총독부에서 『대동여지도』 목판을 소장하고 있었다.)

**사진2. 『조선어독본』 권5 제4과(1934년) "김정호" 마지막 쪽**

이제 그 기록의 대강을 간추려본다.

三

그는 그때 사람들이 꿈도 꾸지 못하는 일을 해냈다. 그는 밀려드는 세계의 풍조 앞에서 조국을 지켜야 한다는 신념으로 자기가 스스로 지도를 작성하리라는 대원을 세웠다.

　그는 정확한 정황을 알기 위하여 팔역(八域)의 산천을 샅샅이 답험(踏驗)함을 사양하지 아니 하였으며 진실한 역사를 찾기 위해서는 만춘(萬春)의 재적(載籍)을 낱낱이 조사하기를 어려워하지 않았다. 이를 위하여 백두산만을 일곱 번 올라갔으며 이를 위하여 수십 년 나그네질을 하였다. 그만하면 삼천리 산하 형승이 불획(不劃)의 도(圖)로 안전에 널리게 되었을 때에 어떠한 점으로든지 당시의 지견(知見) 및 기술의 극치를 보인 조선 공전(空前)의 정도(正圖)가 한 폭 한 폭씩 그의 손끝으로 조성되어 나왔다.…그러나 조선은 이를 몰랐으며 조선인은 이를 깨닫지 못하였다. 이 때문에 그의 배가 곯고 옷이 몸에 걸치지 아니하고 생기는 것은 멀쩡한 미친놈이라는 매도뿐이었건마는 광국(光國)의 대사명을 자담(自擔)한 그의 뜨거운 손을 걷잡을 것은 아무것도 있을 수 없었다. 인간의 모든 것, 소유와 욕망 그리고 사랑하는 아내까지를 이 속에 빼앗겼으나 아무것도 아까운 것이 있지 아니 하였다. 오직 하나 남은 과년한 딸을 대수(對手)로 하여 아는 것은 그림으로, 그린 것은 판각으로 차례차례 한 손 끝에서 알파와 오메가를 이루어나갔다. 북풍설한의 수십 년이 지나서 마침내 대동여지도란 위대한 보물이 철종 신유의 세(歲)로서 조선의 소반 위에 덩그러니 얹히게 되었다.

# 四

이러한 대업을 이룩한 고산자에게 조선인들은 어떻게 대했던가? 재주는 있는데 과거 공부는 안 하는 어리석은 놈이라고 욕하든지 가정을 돌보지 아니하고 먹을 것 생기지 않는 일에 골몰하는 미친놈이라고 욕하였다. 심지어 저 재주가 암만해도 양인에게서 나왔겠다는 혐의는 필경 국가의 험요(險要)를 외인에게 알릴 장본이 되겠다는 죄안(罪案)으로 구을러서 반생의 심혈과 일가의 희생으로서 고심하여 축조하였던 조선 특절(朝鮮特絕)의 영적(營的) 보탑(寶塔)인 대동여지도는 그만 몰이해한 관헌에게 그 판본을 몰수당하고 '회벽(懷璧)이 시비(是非)'[2]인 그 작자는 인간 최참의 운명으로서 그 뜨거운 마음의 불을 끄지 아니치 못하게 되었다.

그러나 대동여지도만은 그 값을 할 수밖에 없었다. 그중에도 갑오년 일청의 전쟁이 시작되매 시방 같은 육지측량부의 제도를 가지지 못한 일청 양군은 다 같이 이 지도를 군용지도로서 사용하니 이 때문에 그 정밀한 구성과 위대한 가치가 비로소 드러나게 되었다. 행인지 불행인지 모르겠지만 작자의 본의가 아닌 외인의 이용물이 되어 도리어 탈 잡던 당년 관헌의 명견을 들어낸 듯함이 이 무슨 파라독스인지 비극이 아닐 수 없다.

---

**2**  옥과 같은 귀중한 것을 가지고 있는 것이 죄가 된다는 뜻으로, 죄 없는 사람도 분수에 맞지 않는 보물을 지니면 도리어 재앙을 부르게 됨을 비유하여 이르는 말.

六

왕년에 조선광문회가 조선의 지도에 대동여지도가 있음을 알고 애쓴 결과로 그 작자가 김정호임과 김정호의 비참한 사적을 약간 사득(査得)하야 그 유업을 중광(重光)하는 의미로 22첩 수백 폭의 도판을 번각 발행하고 남문 외 약현(藥峴)의 그 유허에 기념비를 건립하기 위하여 다방으로 힘썼으나 아직 그 완성을 보지 못하고 있음은 실상 조선인의 민족적 수치다.[3]

글쓴이가 경성제대에서 실시한 고지도 전람회에 『대동여지도』가 전시된 것을 보고 쓴 것으로 추정된다. 이 글은 "아직도 잘 알려지 아니 하였지마는 마침내 아무 보람도 더 드러나게 될 이 잠룡적 위인에 대한 경앙이 새로워짐을 스스로 깨닫지 못하노니 조선이 은인 구박의 잘못을 통매심책(痛悔深責)할 날이 과연 언제나 오려나 어허"라는 체념으로 맺는다.

문제는 이 글이 김정호에 대한 최초의 자세한 기록이란 사실이다. 이 기록을 바탕으로 『조선어독본』 권5 제4과 '김정호' 이야기가 만들어졌고 해방 후 『초등국어 5-1학기』(혹은 5-2학기)로 이어지게 된 것이다.

이는 우리 민족의 어리석음을 간교하게 주입시키려는 일제치하 식민사관이 분명하다. 그러나 지금도 우리는 우리 것보다는 외

---

**3** 필자가 현대어로 일부 교정하였다.

국 문물을 더 선호한다. 학문 역시 우리 고전보다 외국 현대 이론에 더 귀 기울인다. 저 말이 지금도 맞기에 마음이 불편하다.

이제 몇 남은 기록들로 선생이 간 길을 따라가 보겠다.

『청구도』에 대한 기록은 오주 이규경의 『오주연문장전산고』 「지지변증설」에 보인다. 이규경은 "근자에 김정호가 『해동여지도』 두 권을 만들었는데 바둑판 모양이고 자호(字號)에 따라 볼 수 있도록 하였다. 그 정밀함이 이전에 만든 사람들의 작품보다 훨씬 훌륭하다" 하였다.

여기서 이규경이 말하는 『해동여지도』는 지도의 설명으로 미루어 보아 『청구도』(靑邱圖)를 지칭한 듯하다. 또 같은 글에서 "『방여고』(方輿考) 20권을 저술하였는데 『동국여지승람』에서 시문(詩文)을 제거하고 빠지고 생략한 것을 보충하였다"고도 하였다. 연구 결과 이 『방여고』는 현재 영남대학교 소장본 『동여도지』(東輿圖志)로 밝혀졌다.

그런데 이러한 지도를 만들게 한 사람이 있었다. 그의 이름은 위당(威堂) 신헌(申櫶, 1810-1884)이다. 신헌은 무신의 가문에서 태어났으나 정약용·김정희 등과 교류하며 실사구시 학문을 추구한 사람이다. 그는 1862년 통제사, 1864년에 형조·병조·공조 판서를 지냈다. 1866년 병인양요 때 강화의 염창(鹽倉)을 수비했다. 난이 끝난 후 좌참찬 겸 훈련대장을 지냈고 수뢰포(水雷砲)를 제작한 공으로 가자되기도 하였다. 1868년 어영대장, 공조 판서를 역임하고, 1875년 운양호 사건이 일어나자 이듬해 판중추부사로서 일본의 구로다(黒田淸隆)와 강화에서 병자수호조약을, 1882년 경리통리기무

아문사(經理統理機務衙門事)로 미국의 슈펠트와 조미수호통상조약을 각각 체결하였고 이해 판삼군부사(判三軍府事)가 되었다.

이런 이력으로 보아 신헌은 국방과 외교에 매우 밝았을 것으로 추론된다. 당연히 지리에 대한 이해가 있었을 것이고 선생과 가까운 사이였을 것이라는 데 설득력이 있다. 실질적으로 선생이『대동여지도』를 제작할 때 참고자료의 수집과 고증을 해주었을 정도로 지리학에 대한 식견도 상당하였다.

또 관리였기에 국가 창고나, 비변사 등에 있는 지도를 열람하거나 빌릴 수도 있었을 것이고 이를 선생에게 보여주었을 것도 추론케 한다.

아래는 신헌의 「대동방여도서」[4]다.

나는 일찍이 우리나라 지도에 관심을 갖고 있었다. 비변사나 규장각에 있는 지도나 옛날 집에 좀먹다 남은 지도 등을 널리 수집하여 증거로 삼고 여러 지도를 서로 대조하고 여러 서적을 참조하고 편집하여 완벽한 지도를 만들고자 하였다. 그리하여 이 작업을 김군백원(金君百源)에게 위촉하여 완성하였다.

그런데 위 글에서 맨 마지막 구절을 유념해 볼 필요가 있다. "그리하여 이 작업을 김군백원에게 위촉하여 완성하였다"[5]라고 하였다.

---

4    대동방여도서(大東方輿圖序): 『금당초고』(琴堂初稿).
5    因謀金君百源 屬以成之.

신헌은 선생을 "김군백원"이라고 하였다. 분명 나이로는 신헌이 김정호보다 7-8세 아래다. 그런데 "김군"이라 호칭하였다. 선생의 신분이 양반이 아님을 추측케 하는 어휘임이 분명하다. 같은 신분이라면 '김공' 정도로 호칭했을 것이다.

이제 유재건의 『이향견문록』 권8, 『서화』(書畵)에 수록된 「김고산정호」(金古山正浩)를 본다.

> 김정호는 스스로 호를 고산자라 하였다. 본디 공교한 재주가 많고 여지[6]에 관한 학문에 벽이 있어 널리 살피고 수집하여 일찍이 『지구도』를 만들고 또 『대동여지도』를 만들었다. 그림을 잘 그리고 또 판각도 잘하여 인쇄하여 세상에 펴냈는데 상세하고 정밀하기가 고금에 견줄 만한 것이 없었다. 내가 그 한 부를 얻었는데 진실로 보배로 삼을 만하였다. 또 『동국여지고』 10권을 편집하였는데 미처 탈고하지 못한 채 몰(沒)하였다. 매우 슬픈 일이다.[7]

유재건은 "선생이 만든 지도를 소장하고 있으며 선생의 지도에 대한 학문적 관심이 상세하고 정밀하여 진실로 보배"라고 극찬하고 있다. 유재건의 『이향견문록』 서문을 조희룡이 썼는데 이해가 1862년이다. 위 인용문의 『겸산필기』는 인용 서목인데 이 역시 유재건이 지었으나 남아 있지 않아 출간연도를 알 수 없다. 선생이 1866년까

---

**6** 여지(輿地): 지구 또는 대지.
**7** 『겸산필기』(兼山筆記).

지는 생존하였기에 유재건이 『이향견문록』을 후일 증보했음을 알 수 있다. 또한 열 권의 『동국여지고』 운운은 『대동지지』 32권이 아닌가 한다.

선생의 『대동여지도』는 위에서 살핀 여러 경우의 수와 이전에 있었던 농포자(農圃子) 정상기(鄭尙驥, 1678-1752)와 같은 지도 제작자들에 힘입어 만들어진 것으로 보아야 한다.[8] 물론 지도 제작 과정에서 선생이 여러 곳을 직접 가보고 한 것은 분명하다.

『대동여지도』는 현존하는 전국지도 중 가장 크다. 학계의 연구결과 밝혀진 특이사항을 적으면 아래와 같다.

1) 크기가 6.7m×3.8m다. 지도는 동서 80리, 남북 120리를 한 면으로 총 227면이다. 2면이 1판으로 제작되어 이러한 판이 동서 19단, 남북 22단으로 배열되었다. 남북 22단으로 나뉜 한 단이 각각 하나의 책자 형태다. 이 책자를 '첩'이라고

---

8  정상기는 지도 제작에 있어 과학적인 백리척(百里尺)을 이용한 축척법을 사용한 점에서 획기적이었다. 즉 1척을 100리로, 1촌을 10리로 기준하여 계산한 축척법에 의거하여 세밀한 대축척지도의 제작에서 정확성을 높이는 데 크게 공헌하였다.
그가 제작한 『동국지도』(東國地圖)에 대하여 이익은 『성호사설』에서 "정상기가 처음으로 백리척을 축척으로 써서 지도를 그렸고, 또 가장 정확하다"고 찬탄하였다.
영조 때의 대지리학자인 신경준(申景濬)도 "척량촌탁(尺量寸度)에 의한 정밀한 지도는 정상기가 처음으로 만들었다"(『동국여지도』 발문)고 하였고, 정상기의 『동국지도』를 바탕으로 『동국여지도』(東國輿地圖)를 만들어 왕에게 바쳤음을 기록하고 있다(『동국여지도』 발문). [네이버 지식백과] 정상기 [鄭尙驥] (한국민족문화대백과, 한국학중앙연구원)

한다. 한 첩은 약 20×30cm 정도로 휴대하기에 편하게 제작되었다. 한 첩에 담긴 지도를 펼치면 한반도의 동서가 펼쳐지고, 연이은 첩을 상하로 잇대면 남북이 이어진다. 각 첩의 표지에 주요 지명을 표기하여 필요한 부분만 쉽게 찾아가지고 다닐 수 있도록 만들었다.

2) 목판 한 장에는 지도 2면을 앞뒤로 새겨 넣어 총 60장의 목판이 있었을 것으로 추정된다. 현존하는 목판은 12장(보물 1581호)으로 국립중앙박물관이 11장(25면), 숭실대기독교박물관이 1장(2면)을 소장하고 있다.

3) 『대동여지도』는 다른 지도와 달리 필사가 아닌 목판본이다. 이는 필사할 때 생기는 오류를 줄이는 것은 물론 많은 사람들이 이용할 수 있게 대량생산이 가능했다. 또한 『대동여지도』는 전국 지도이지만 도성도와 한성부의 상세 지도가 별도로 추가되어 있다.

4) 『대동여지도』는 모눈을 그려 축척을 표시하였다. 범례 부분에 가로 8개, 세로 12개의 눈금을 그려 '한 칸은 10리', '한 면은 세로 120리, 가로 80리', 한 칸에 사선을 그어 '14리'라고 축척을 표기하였다. 『대동여지도』는 100리를 1척(尺), 10리를 1촌(寸)으로 하였다. 당시의 1촌, 1보(步)가 현재의 몇 cm인지 정확히 알 수는 없다. 현재 우리는 10리를 약 4km로 환산하는데, 이것은 구한말 이후 일본의 거리 기준이 도입된 뒤에 정해진 것이다. 현재 학계에서는 19세기의 거리 기준으로, 10리를 4.2km와 5.4km로 보는 2가지 견해가

있다. 10리를 4.2km로 보는 견해는 지도의 크기와 실제 지 표면의 크기를 대비하여 계산한 것이고, 5.4km로 보는 견 해는 19세기 경위도 1도의 거리 관계에 대한 기록을 바탕으 로 얻은 값이다. 따라서 『대동여지도』의 축척은 전자에 따르 면 160,000분의 1, 후자를 따르면 216,000분의 1의 지도가 된다.

5) 『대동여지도』는 철종 12년(1861)에 처음 찍어낸 뒤 고종 1 년(1864)에 다시금 재판하였다. 초판과 재판의 간행 부수는 확실하지 않으나 남아 있는 본은 5-6부 정도 된다.

6) 조선 후기의 지도는 크게 두 가지 계열로 발전하였다. 하나 는 18세기 중엽 정상기(鄭尙驥)의 『동국지도』(東國地圖) 이 후 민간에서 활발하게 전사되었던 전국지도·도별지도다. 다른 하나는 국가와 관아가 중심이 되어 제작했던 상세한 군현지도다. 『대동여지도』는 이 두 계열의 장점을 독자적 으로 취합하여 군현지도처럼 상세하게 전국지도를 만든 것 이다.

7) 군현지도처럼 상세하게 전국지도를 만들 수 있었던 가장 주요한 이유는 독자적 기호의 사용에 있다. 『대동여지도』는 도면의 글씨를 가능한 줄이고 기호화된 지도표(14개 항목 22 종)로 표기하여 11,760여 개 지명을 수록하였다. 즉 능·역· 산성 등의 명칭을 기호로 표기하였으며 옛 지명들도 표기하 여 역사지리적인 정보도 함께 제공하였다. 또한 산은 독립 된 산이 아닌 산맥(산줄기)으로 표시하였으며, 산줄기의 굵

기로 산의 크기와 높이를 짐작게 하였다. 물길은 단일 곡선과 이중 곡선 2가지로 표현하였다. 단일 곡선으로 된 것은 배가 다닐 수 없는 물길이고 이중 곡선은 배가 다닐 수 있는 뱃길이다.

8) 『대동여지도』 충주 방면을 보면 답사하지 않고는 도저히 그릴 수 없는 부분이 있다. 이러한 곳이 여럿이다. 선생이 전국 방방곡곡을 돌아다니지는 않았지만 의심스러운 곳은 반드시 현장을 찾았을 것임은 넉넉히 추론할 수 있다.

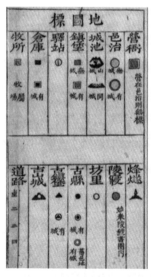

사진3. 『대동여지도』 각종 기호표
(출처: 성신여자대학교 박물관)

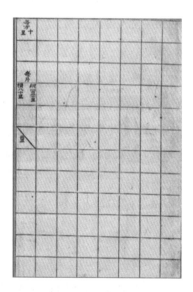

사진4. 『대동여지도』 축척표
(출처: 성신여자대학교 박물관)

5부  기와 지리

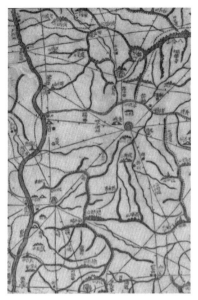

**사진5. 『대동여지도』 대구 부근이다. 왼쪽의 큰 강이 낙동강이다.
남쪽부터 창녕, 현풍, 대구, 칠곡 등이 보인다(출처: 성신여자대학교 박물관).**

『대동여지도』를 제작한 고산자에 대해 조선학의 대학자 정인보는 이렇게 그 의의를 부여하였다. 지금의 우리들이 고산자의 『대동여지도』에서 무엇을 배워야 할지를 제시하는 글이다.

이제 고산자의 『대동여지도』를 보는 이, 이에서 조선인의 손으로 묘사한 조선의 고매한 정신을 보고 이에서 우리 선대 사람의 구시[9]·구실[10]의 진

---

9  구시(求是): 바름을 구함.
10  구실(求實): 실질을 구함.

학문[11]을 보고 이에서 주(州)와 현(縣)이 나누어지고 합함, 성터가 옮겨지고 바뀐 것을 찾아 옛 역사가 남긴 흔적을 어루만지고 이에서 산수, 역참, 방면, 마을터의 본명을 알아 고어의 잔형을 살피게 된다. 이 『대동여지도』의 가치는 스스로 정해지는 것이나 이보다 명리에 마음이 없는 고산자의 분발하는 마음과 뜻 앞에는 밖으로부터 닥치는 어려움이 없다. 고산자의 지극한 정성이 화폭 밖에 은은하게 비치어 말없는 큰 교훈을 길이길이 후인에게 끼치는 이 한 가지가 이 『대동여지도』의 가치를 더 한창 솟구치게 하는 것임을 우리들은 반드시 알아야 할 것이다.[12]

인터넷에 있는 흥미로운 글 하나를 소개하며 고산자 장을 마친다.

지난 2009년 10만 원권 화폐 도안으로 『대동여지도』를 쓰려다 취소되는 해프닝이 있었다. 그 이유는 『대동여지도』 목판본에 독도가 나오지 않기 때문이다. 김정호는 분명히 독도를 알고 있었고, 이전에 제작한 『청구도』에 독도를 표기하였다. 따라서 『대동여지도』에 독도가 나오지 않는 이유는 명확하지 않다. 『대동여지도』가 목판으로 제작되어 정확한 축척의 위치에 독도를 표기하는 것이 어려웠을 것이라는 것이 현재의 추정이다. 안타까운 일이다. 김정호의 업적을 기념하여 천문학자인 전영범이 2002년 1월 9일 보현산천문대에서 발견한 소행성 95016의

---

11  진학문(眞學問): 참 학문.
12  정인보, 「고산자의 대동여지도」, 양주동 편, 『민족문화독본』 상(청년사, 1946), 129(『양주동 전집』, 동국대학교출판부, 1998에 재수록). 저자가 현대에 맞게 풀어 썼다.

이름을 김정호(Kimjeongho)라고 지었다. 김정호는 하늘에 있다.[13]

그러나 최근 일본에서 발견된 『대동여지도』 채색 필사본을 통해 울릉도 부분에 독도가 기록되어 있음이 밝혀졌다.

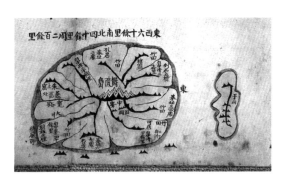

**사진6. 『대동여지도』 채색 필사본. 독도가 보인다.**

울릉도를 그린 『대동여지도』다. 울릉도 둘레를 동서 60여 리, 남북 40여 리, 둘레 200여 리라 하였다. 울릉도 동쪽에 '우산'(于山)이 보인다.

 "일본의 개인이 소장하고 있는 필사본 『대동여지도』로, 그 전래는 20세기 초 평양부립도서관에 소장되었던 자료이다. 판본과 형태적인 규모는 목판본(신유본, 갑자본)과 같이 22첩(段)으로 구성되어 있으며, 절첩된 전질은 사각의 책갑(冊匣)으로 한 질을 이루고 있다. 이 지도는 필사하여 그린 것으로, 지명과 자연경관, 역사 기록 등등을 추가로 기록하고, 지역별로 채색함과 더불어 지리적인 측면에서 '독도'를 추가하는 등, 전체적으로는 '한국연구원 소장 필사본 『대동여지도』'와 유사한 점이 많다. 특히 이 지도의 제작년도는 "1864년 이후 어느 시기부터 1889년 이전에 제작된 것"으로 규명된다."[14]

---

**13** [네이버 지식백과] 대동여지도―김정호가 만든 자세하고 편리한 지도(다큐사이언스, 홍현선, 국립과천과학관).

**14** 남권희·김성수·등본행부, 「새로 발견한 '일본 소재 필사본 『대동여지도』'의 서지적 연구」, 『서지학연구』 제70집(한국서지학회, 2017.6), 295-335, '초록'에서 인용.

마지막으로 선생이 남긴 「동여도지서」(東輿圖志序)를 본다. 선생이 왜 지도 제작에 힘썼는지를 알 수 있다. 그것은 일신의 영화가 아니다. "천하의 형세를 살핌이고 나라를 다스리는 틀"이라 하였다. 이야말로 거대담론 아닌가.

> 대체로 여지(輿地)에 도(圖, 지도)와 지(志, 지리지)가 있는 것은 오래전 이다. 지도는 직방[15]이 있고 지지에는 한서[16]가 있다. 지도로 천하의 형 세를 살필 수 있고 지지로 역대의 제작을 알 수 있다. 이는 실로 나라를 다스리는 큰 틀이다.

---

**15** 직방(職方): 주나라 때 관명으로 천하의 지도를 관장하는 직책.
**16** 한서(漢書): 역사서.

# 참고문헌

정인보, 「고산자의 대동여지도」, 양주동 편, 『민족문화독본』 상(청년사, 1946; 『양주동 전집』, 동국대학교출판부, 1998에 재수록).

이상태, 「고산자 김정호의 생애와 사상」, 『대한지리학회지』(대한지리학회, 1991)

원경렬, 『대동여지도의 연구』(성지문화사, 1991)

방동인, 『한국지도의 역사』(신구문화사, 2001)

양보경, 「고산자 김정호의 지리지 편찬과 그 의의」, 『고산자 기념사업 연구 용역 논문집』(국립지리원, 2001)

최두환, 『대동여지도에서 낙타전쟁』(집문당, 2003)

와카바야시 미키오 저, 정선태 역, 『지도의 상상력』(산처럼, 2006)

국립중앙도서관, 〈김정호의 꿈, 대동여지도의 탄생〉(대동여지도 간행 150주년 특별전, 2011)

최선웅 도편, 민병준 해설, 『해설 대동여지도』(진선출판사, 2017)

"고산자를 회함", 「동아일보」(1925. 10. 9)

EBS 역사채널e, 〈미스터리유물, K93〉_#001(2014. 5. 8)

한국사 데이터베이스

종교와 사상

6부

# 12장
—
## 백운 심대윤 『복리전서』

**많이 읽을수록 복리가 더욱 많아진다**


한 번 읽으면 한 번의 복리를 얻을게요.
열 번 읽으면 열 번의 복리를 얻으니
많이 읽을수록 복리가 더욱 많아진다.
일 할만큼 실행하면 일 할의 복리를 얻고
십 할만큼 실행하면 십 할의 복리를 얻으니
부지런히 실행할수록 복리가 더욱 쌓이리라.

## 심대윤의 생애

**이름** 심대윤(沈大允)

**별칭** 자는 진경(晉卿), 호는 백운(白雲)·석교(石橋)·동구자(東邱子)

**시대** 1806(순조 6)-1872년(고종 9)

**지역** 경기 안성

**본관** 청송(青松)

**직업** 실학자이며 사상가

**당파** 소론

**가족** 고조는 영조 때 영의정을 지낸 준소(峻少, 소론 강경파)의 맹주였던 심수현(沈壽賢, 1663-1736)이며, 증조부는 이조 판서를 지낸 심악[1](沈鑵, 1702-1755)이다. 심악은 을해옥사[2]에 연루되어 처형당하고 가족은 흩어져 노비 신세가 되었다. 심악의 아내 경주이씨는 5살 난 아들 신지를 데리고 남해로 유배를 갔다가 관장의 수모를 견디지 못하여 자결하였다. 신지의 누이도 13-4세쯤 되었는데 경상남도 사천으로 귀양을 가서 도착한 날 자결하였다. 신지의 숙부 필(鉍)은 부령으로, 숙부 약(鑰)은 갑산으로, 사촌 열지(說之)는 기장

---

1 청송심씨 족보에는 '심확'으로 되어 있다. 자전의 독음을 따라 '심악'으로 한다. 심악은 유수원을 비호했다는 이유로 하루 사이를 두고 처형당하였다. 유수원은 영조 31년(1755) 5월 25일, 나주괘서(羅州掛書) 사건에 연루되어 대역부도죄로 처형된 소론 농아 실학자다.

2 '나주괘서사건'이라고도 한다. 조선 영조 31년(1755)에 윤지(尹志)가 나주 객사에 붙인 벽서와 관련하여 일어난 역모 사건이다. 소론이 연루되면서 노론이 득세하게 되고 탕평책의 균형이 깨지는 계기가 되었다.

으로 유배되었다. 위의 신지가 선생의 조부다. 신지는 우여곡절 끝에 소론 4대신인 조태구(趙泰耉)의 손녀와 혼인하게 된다. 신지의 차남이 완륜(完倫)이고 선생의 생부다. 이 완륜이 심악의 막내 아우인 발(鈸. ?-1752)의 아들 무지(戊之)에게 출계하여 서울로 오게 되었다. 심발은 을해옥사 이전에 사망하여 화를 면하였다. 그러니까 선생의 조부 때까지 남해에서 살다가 생부가 무지에게 입양되면서 서울로 오게 되었고 이후 안성으로 가게 된 것이다. 선생의 어머니는 의령남씨다.

**어린 시절**  1806년 부친 완륜과 어머니 의령남씨 사이에 장남으로 태어났다. 선생의 집안은 증조부 심악이 을해옥사에 연루되면서 일거에 몰락하였다. 이 사건의 후유증으로 집안은 대대로 벼슬길이 막히고 겨우 양반의 명맥만 유지하게 되었다. 이러한 처지는 선생이 학문 연구에 몰두하게 된 원인이 되었다.

어린 시절에 삼종형 계양에게 수학하였다. 선생의 증조부 심악의 형인 심육(沈錥. 1685-1753)이 조선 양명학의 개척자 정제두(鄭齊斗. 1649-1736)의 수제자였다. 선생의 양명학적 사유는 이러한 집안의 학풍과 관련이 있다.

**그 후 삶의 여정**  15, 16세부터 경서를 읽었으나 정해진 스승은 없었다. 경전과 제자백가, 음양, 술수 등을 폭넓게 독서하여 기학적(氣學的) 사유를 바탕으로 경학 및 역사를 연구하였다.

선생은 한양에서 경주이씨(慶州李氏)와 혼인하였는데, 처가에 대한 구체적인 사정은 확인되지 않고 있다. 혼인 후 오랫동안 자식이 없어 넷째 동생인 심의돈(沈宜敦)의 아들 심명택(沈明澤)을 양자로 들었다.

34세인 1839년 무렵부터 『논어』 등 주석 작업을 하다.

1842년에 『주역상의점법』(周易象義占法)을 완성하다.

37세인 1843년 무렵 병으로 죽을 고비를 넘기다. 이 무렵부터 학문적 체계를 구축하여 서학에 대응하고자 한다. 『대학고정』(大學考正), 『중용훈의』(中庸訓義)를 완성하다.

1844년 4월 30일 외아들을 잃고 시를 짓다.

39세인 1845년에 경제적 처지가 매우 곤란하여 노모와 두 동생을 데리고 경기도 안성 가곡(佳谷. 용인시 원삼면 가좌리)으로 이사하여 반상을 제작하는 공방과 약방을 운영하다. 이 시절 『정법수록』(政法隨錄), 『대순신서』(大順新書), 『흠서박론』(欽書駁論)을 저술하였다. 『흠서박론』은 정약용의 『흠흠신서』를 비판한 책이다.

1851년 『논어』, 1859년 『서경채전변정』(書經蔡傳辨正), 57세인 1862년 『복리전서』(福利全書)를 저술하다.

1872년 7월 25일 67세를 일기로 한 많은 삶을 마감하다. 묘소는 경기도 안성군 구만리에 있다.

이희영(李曦榮. 1821-1868), 강혜백(姜惠伯), 유영건(柳榮健), 정치형(鄭稚亨) 등은 선생과 교유한 인물들이다.

위당 정인보는 선생에 대하여 "근세의 학자로서 이익과 안정복은 역사학으로 빼어났고, 정약용은 정치학으로 뛰어났다. 그러나 심대윤은 적막한 가운데 외롭게 지켜, 명성이 파묻히게 되었다.… 그러나 공정하게 논평하건대 정밀한 뜻과 빼어난 해석이 여러 학설 가운데에서 빼어났으니 삼한(三韓, 조선) 경학의 밝은 빛이라 하겠다"라 평하였다.

**저서**  선생의 저술은 경학과 역사 방면을 아우른다. 『복리전서』(福利全書), 『한중수필』(閒中隨筆) 등 모두 110책이 넘는다. 시문을 전하는 책자로 현재 파악된 것은 5종으로 『백운문초』(白雲文抄, 서울대 규장각 소장), 『한중수필』(연세대 도서관 소장), 『백운집』(白雲集, 한국학중앙연구원 장서각 소장), 『백운집』(영남대 동빈문고 소장), 『백운유초』(白雲遺草, 개인 소장)와 듣고 본 사실을 기록한 『북행백절』(北行百絶)이 있다.

# 『복리전서』, 많이 읽을수록 복리가 더욱 많아진다

"고절궁산(苦節窮山)의 반생(半生) 학산(學山) 정인표(鄭寅杓) 장서(長逝)"

「동아일보」 1935년 12월 17일 사회면에 실린 정인표(鄭寅杓, 1855-1935)라는 분의 부음을 알리는 기사다. 이 기사에서 고인을 "심대윤 학파의 유일한 고제(高弟)"라고 하였다. 정인표는 선생의 만년 제자로 행장인 「동구선생서술」(東邱先生敍述)을 지었다. 정인표는 자가 형백(衡伯), 호가 학산(學山)으로 동래정씨다. 그는 문과에 급제하여 벼슬이 비서승(秘書丞)까지 올랐으며, 을사조약 이후 충청도 순무사에 제수되었으나 끝내 사양하고 진천에 은거하였다. 또 정인표가 지은 『송오선생사략』(松塢先生事略)은 정기하(鄭基河, 1827-1887)의 사적인데 이는 바로 선생의 주제자다. 정기하는 동래정씨로 자가 '기하'다. 이를 보면 선생의 학맥이 존재했음을 알 수 있다.

이제 『복리전서』(福利全書)로 들어간다. 『복리전서』의 체제는 서문과 본문으로 이루어져 있고, 「천지인물귀신지소자생」(天地人物鬼神之所自生) · 「천인감응지리」(天人感應之理) · 「언성심정지체용」(言性心情之體用) · 「인도명리충서중용」(人道名利忠恕中庸) · 「인도삼강오상」(人道三綱五常) · 「인도근로사업」(人道勤勞事業) · 「유명시종지리」(幽明始終之理) · 「귀신지정상」(鬼神之情狀) · 「경전지훈」(經傳之訓) · 「가언선행」(嘉言善行) · 「화복지치」(禍福之致) · 「귀신지사」(鬼神之事) 등 12편 311조항, 약 38,500여 자다. 본문은 1-8편까지는 저자의 세계관·인성관·도덕관을 담은 이론편이며, 9-12편은 위의 이론을 실증할 수 있는 일화를 역사 속 유명인들의 전기에서 뽑은 실증편으로 구성되어 있어 『소학』의 체제와 유사하다.

현재 3개의 한문 필사본과 언해본 하나가 전해지고 있다. 내용은 권선징악과 천인감응 사상에 기초한 일종의 선을 권장하는 책이다. 전체적인 요지는 '사람은 자신이 한 행위와 생각에 따라 유사한 천기를 초래하여 그에 상응하는 화복을 받게 되며 이는 피할 수 없으니 생전에 복리를 받을 수 있는 선행을 실천해야만 한다'고 강조한다.

선생은 이 책을 한문으로 썼으나 대상은 일반 백성이었다. 저술 시기는 1862년, 선생 나이 57세였다. 학자로서는 거의 완숙기의 저작이다. 이 책은 『논어』, 『중용훈의』(中庸訓義), 『주역상의점법』(周易象義占法) 등 경학서와 중복되면서도 독립적인 구성이다.

이 책은 연구자에 따라 "경전을 민중이 생활지침으로 삼을 수 있도록 요약한 책"이라거나, "동양의 전통 종교인 유교를 부흥시키기 위한 기획 아래 저작된 일종의 유가적 복음서"라거나, "19세기 유학의 통속화 산물" 등 견해가 분분하다.

## 『복리전서』 "서"

일단 선생의 자서부터 본다. 이 서는 1862년 철종 13년 5월에 썼다. 이 시절 조선은 전국적으로 민란이 일어났다. 그 원인은 세도정치와 삼정문란이었다.

이 "서"에는 선생의 저술 의지가 분명히 드러난다. 선생은 뒤숭

숭한 세상을 살아가는 백성들에게 참된 경전으로 혼미한 방향을 바로잡는 방법을 제시해준다고 하였다. 그 책이 바로 『복리전서』다. '복리'란 이해화복(利害禍福)을 줄인 말로, 이(利)와 복(福)은 구하고 해(害)와 화(禍)를 버리는 방법이요, '전서'는 온전히 갖춘(全) 책이다. 즉 『복리전서』는 '이로움과 복은 구하고 해로움과 화는 버리는 것을 온전히 갖춘 책'이라는 뜻이다. 따라서 이해니 복리니 하는 말 자체가 복선화음에 해당하는 것이니 순정한 유학의 세계를 추구하는 유학자로서는 매우 꺼리는 내용이다. 하지만 선생은 '선악을 행함으로써 얻어지는 복과 화는 하늘이 사사로이 하는 것이 아닌 공적인 것'으로 이해하였다.

대상은 선생이 밝혔듯이 '일반백성'(愚夫愚婦)들이다. 선생은 "복리를 누리고 앙화를 모면할 수 있게 하려 한다. 그러므로 이름을 '복리전서'라 하였다."

선생은 또 "한 번 읽으면 한 번의 복리를 얻을게요 열 번 읽으면 열 번의 복리를 얻으니 많이 읽을수록 복리가 더욱 많아진다. 일 할만큼 실행하면 일 할의 복리를 얻고 십 할만큼 실행하면 십 할의 복리를 얻으니 부지런히 실행할수록 복리가 더욱 쌓이리라"[2] 한다. 또 마지막을 "비록 지극히 어리석은 사람이 내 말을 믿지 않는다 할지라도 시험 삼아 읽어보고 시험 삼아 행해보면 그 효과가 저절로

---

1    皆得享其福利 而免於禍殃. 故名 曰 '福利全書'.
2    讀之一番 得一番之福利 讀之十番 得十番之福利 讀之愈多 而福利愈厚 行之一分 得分二利 行之十分 得十分之福利 行之愈勤而福利愈積.

따라 드러난다"³ 하였으니 실행해볼 일이다.

　　정인보(鄭寅普, 1893-?) 역시 「지문」(識文)에서 "대개 그 설은 이해화복을 주된 뜻으로 삼고 공과 사로 선악을 구분하였다. 이 글은 어리석은 사람들을 깨우쳐 인도하기 위한 것"⁴이라 하였다.

## 본문

이제 본문으로 들어가 본다. 본문 구성은 아래와 같다.

### 1. 천지, 인물, 귀신의 유래를 밝히다(14조)

제1편 "저천지인물귀신지소자생"(著天地人物鬼神之所自生)은 14조로 기 중심의 세계관을 기반으로 한 전체 논리 구조와 기(氣), 형(形), 정(精), 신(神)의 생성 및 작용 원칙에 대한 기본 설명이다.

> 하늘은 기이고 땅은 형이다. 기가 처음 생겨나는 것을 태극이라 한다. 태극은 양의 성질이다. 기의 본성은 움직임이니 태극이 움직여서 굽혔다 폈다 하면 음기가 거기서 생겨난다. 현묘한 이치로 두 가지가 서로 합하여 사물을 이루고 두 가지가 서로 짝하여 사물을 낳는다. 따라서 양기가 굽혔다 폈다 하여 서로 짝하여 음기가 생겨나니 음은 양에서 생겨나는 것이요, 음양이 서로 합하여 기를 이룬다. 이것을 하늘의 기(天氣)라고 말한다. 양 가운데 또 음양이 있고 음 가운데도 또 음양이 있다.

---

3　雖有至愚之人不信予言 然試讀之試行之 則其效自然隨見.
4　蓋其說以利害禍福爲主旨 而以公與私分善惡 此書爲牖導愚賢.

음양과 음양이 서로 짝하며 형(形)이 생기니 형은 기에서 생겨난다. 형과 기가 서로 합하여 형을 이룬다―형은 기가 없으면 생겨날 수 없고 기는 형이 없으면 존재하지 못한다―이것을 '땅의 형'(地形)이라고 말한다.

선생은 하늘과 땅의 형성을 오로지 기를 통하여 설명한다. 이 기는 천지자연의 형성에 가장 중요하고 본질적인 재료였다. 선생은 이 기가 처음 생겨난 것을 태극이라 하였다. 유학, 특히 성리학에서 모든 존재와 가치의 근원이 되는 궁극적 실체가 이 태극이다. 이는 일반적인 유학의 자세가 아니다. 유학에서는 기가 맑고, 탁하고, 빼어나고, 척박한 차별성을 가진다고 여긴다. '기가 태극'이라는 선생은 기존의 유학자적 자세와 완연히 다름을 보여준다. 그렇기에 선생은 "사람이 하늘에서 얻은 게 기이니, 행하는 바가 이 기를 따른다면 그 천성을 온전히 하는 것이요, 행하는 바가 이 기와 어긋난다면 그 천성을 망치는 것"이라 하였다.

기가 쌓여서 형을 낳고, 형이 움직여 다시 기를 낳는다. 기의 성질은 비슷한 유끼리 서로 감응하는 것이다. 사람과 만물이 처음 태어날 적에, 천기(天氣)의 음양과 지기(地氣)의 음양이 서로 배합하여 축적되는데 거기서 종자도 없이 저절로 만물이 태어난다. 즉 기가 쌓여 형을 낳는 이치다. 비유하자면 물과 토지의 기가 서로 배합되어 두텁게 쌓여 있으면 물고기와 자라가 저절로 생겨나는 것과 같다.

천지만물이 생기는 이치를 그린 글이다. 선생은 모든 만물을 '기'(氣)로 파악하고 있다. 그리고 기를 '천기'와 '지기'로 나누고 이 두 기에 각각 음양을 붙여 만물을 만들어낸다. 이렇듯 앞에서도 설명한 것처럼 '태극이 곧 기'라는 기 중심의 세계관은 이(理)를 중시하고 기(氣)를 낮추어 보던 재래(在來)의 위상을 뒤바꾼 것으로, 성리학적 질서를 완전히 뒤집어 인간의 주체성과 개성을 존중하려는 사상이다.

> 남자는 양의 형체이고 여자는 음의 형체이다. 양은 만물을 낳는 주체가 되고 음은 만물을 이루는 보좌가 된다. 그러므로 양이 아니면 낳지 못하고 음이 아니면 이루지 못한다. 사람이 태어날 적에 아비에게 양의 정을 받고 어미에게 음의 정을 받는다. 아비가 감소[5]한 천지 음양의 합기가 부모 음양의 정과 하나를 이루어 자녀의 형체를 이룬다. 양은 만물을 이룰 수가 없고 음은 만물을 낳을 수가 없다. 그러므로 아비가 감소한 기는 자손이 될 수 있으나 어미가 감소한 기는 자손이 될 수 없다. 자손이 있고 없고 현명하고 어리석음은 모두 아비와 할아비에게 달려 있는 것이지 부인에게 달려 있지 않다. 자손의 신체 강약과 수명은 어머니의 음정(陰精)이 아버지의 양정(陽精)을 받아서 완성한 것이다. 형체를 이루는 것은 음의 공이지만 또한 양을 받아서 보좌하는 것이니 양은 음을 겸할 수 있으나 음은 홀로 공을 이룰 수 없다.

---

**5** 감소(感召): 감소는 일반적으로 감응보다 좀 더 적극적인 의미로 쓴다. 즉 감응은 상호작용인 데 반해 감소는 주체가 있어 능동적으로 비슷한 기를 불러들인다.

선생은 음과 양 중, 양을 우위에 두고 있다. 선생은 이 예로 노새를 들었다. 노새는 암말과 수탕나귀 사이에서 이종교배로 태어난 동물이다. 유전적으로 열성 형질을 가지고 있어 불임 등으로 후손을 남기지 못하는 것이 일반적이다. 노새와 달리 수말과 암탕나귀 사이에서 태어난 잡종은 '버새'라고 한다. 한자어로는 나(騾)라고 한다.

### 2. 하늘과 사람이 감응하는 이치를 밝히다(8조)

제2편 "명천인감응지리"(明天人感應之理)는 8조로 기의 운용에 따른 천인감응과 화복자래의 필연적인 원리를 기술하였다.

> 사람은 하늘의 기를 받아 태어나고 기 속에 묻혀 움직인다. 그러므로 하늘과 사람이 서로 감응하는 것은 북소리, 메아리나 그림자보다도 빠르다. 그러나 기가 축적되지 않으면 형을 이룰 수가 없다. 때문에 선과 악의 기가 축적된 뒤에야 복과 재앙으로 드러난다. 선을 하면 당장 복을 받지 못하더라도 결국에는 반드시 복을 얻으며, 악을 하면 당장 화를 받지 않더라도 결국에는 반드시 화를 받는다. 그러나 천도(天道)는 멀고 인심(人心)은 가까워서 사람이 하늘에 바라는 바는 급하고 하늘이 사람에게 대응하는 것은 더디다. 때문에 어리석은 백성들은 대부분 깨닫지 못하여 거리낌 없이 함부로 행동하는 것이다.

선생이 말하는 화와 복은 결국 자신에게서 나온다. 다만 그 드러나는 것이 더딘 것은 천도, 즉 우주만물을 주재하는 질서가 멀어서라고 한다.

하늘이 사람에 대응하는 방법은 오직 기뿐이고, 사람이 하늘을 감동하는 방법은 오직 마음뿐이다. 사특하고 망녕된 생각이 마음에서 일어나면 그 마음이 좋지 않게 되니, 사람은 오직 마음 하나 있을 뿐인데 나빠진다면 다시 할 수 있는 게 없다. 사람의 외물에 대한 욕망은 구할 수 있는 방법이 많고 얻을 수 있는 문호도 많아서 비록 잃은 것이 있을지라도 다시 바랄 수 있으므로 큰 낭패가 되지 않는다. 그러나 하늘에 감응하는 것은 오직 마음 하나뿐인데 스스로 그를 망치고서 하늘에 복을 구하려고 한다면, 이는 입을 막고 먹으려 하며 발을 자르고 걸으려고 하는 것과 같아서 할 수 없는 게 분명하다. 이뿐만 아니라 그 마음이 한번 망가지면 그 마음에서 나오는 것이 모두 악하리라. 이러고서 하늘의 화를 면하고자 한다면, 이는 얼음을 쌓아놓고 따뜻하기를 구하며 숯을 태우면서 시원하기를 구하는 것이니 화를 면할 수 없는 게 분명하다.

선생은 하늘을 감동시키는 방법은 오로지 마음뿐이라고 한다. 하지만 이 '마음'을 잡는 것이 그리 쉽지만은 않다. 나 혼자 살아가는 것이 아니라 이해관계로 얽힌 수많은 사람들과 뒤엉켜 살아내는 것이기 때문이다. 이제 인간의 욕망이 등장한다. 선생은 외물을 구하려는 욕망을 인정한다. 또 그 방법도 많다고 하며 이렇게 말한다.

사람이 하늘과 서로 감응하여 화복을 만들고, 사람과 사람이 서로 교접하여 이해를 만든다. 복(福)은 리(利)와 만나고 화(禍)는 해(害)와 함께 돌아온다. 하늘과 사람 사이에 도가 다를 것이 없고 화복과 이해의 이치가 다름이 없으니, 이로운 것을 하면 복을 받는 것이요, 해악을 끼치면 화를 받는다.

선생이 말하는 이 하늘과 사람이 감응[6]하는 원리는 매우 중요하다. 사람이 선하게 행동하면 하늘이 복을 주고 악하게 행동하면 화를 준다는 논리이기 때문이다. 그 이론적 전제는 기로 구성된 하늘과 인간 세계는 비슷한 것을 서로 당기는 기의 법칙으로 운행된다는 것이다.

### 3. 성, 심, 정의 체용에 대해 말하다(11조)

제3편 "언성심정지체용야"(言性心情之體用也)는 성(性)은, 즉 욕(欲)이란 인성론에 입각해서 선악의 기준을 공사의 구분으로 보고 사단과 정도 욕에 기초한 것이라 설명한다.

『서경』에 "하늘이 백성을 낳으매 욕망이 있다" 하였다. 그러니 욕망이란 하늘이 명한 천성이며 사람과 만물이 함께 가지고 있는 바로 바꾸거나 증감할 수 있는 게 아니다. 마치 하늘에 태극이 있는 것과 같으니, 태극의 도는 철두철미하여 어디를 가든 있지 않은 데가 없고 어떤 사물이든 없는 데가 없어 만물을 통솔하는 우두머리가 되며 모든 조화의 강령이 된다. 이러므로 욕망은 성(性), 심(心), 정(情)의 주인이다. 사람으로서 욕망이 없으면 목석과 다름이 없다. 말하고 움직이고 보고 듣고 생각하고 먹고 자는 것이 욕망으로 인하여 일어나기 때문이다. 사람으

---

**6**    감응(感應): 하늘과 사람이 서로 느끼어 움직임.

로서 욕망이 없다면 어떻게 사람이라 하겠는가?

선생은 그래 "사단[7]이 발생하는 까닭은 욕망이 있기 때문이니, 욕망이 없으면 발생하지 않는다. 따라서 욕망이 마음의 주인이다"라한다. 이는 자연스럽게 욕망을 받아들이라는 것이다. 선생은 "성, 심, 정이, 곧 욕"이라 한다. 성리학에서는 천리와 인욕을 대립시켜인욕을 멸절의 대상으로만 여긴다. 선생은 이와는 반대로 해석해사람의 본성을 명예와 이익을 추구하는 욕망이라고 보았다. 그리고이것이 인간이 추구해야 할 본질이라고 긍정하였다. 심지어 "사람으로서 욕망이 없다면 어떻게 사람이라 할 수 있겠는가?"[8] 한다. 이는 마음의 주인을 욕망으로 단정하는 것이다.

선생은 또 "마음의 밝은 지각이 발하여 외물과 접하면 정(情)이생기니, 희로애락이 이것이다. 평소 마음속에는 본래 정이 없지만사물이 밖에서 접촉해오면 발생하는 것인데, 마음의 혈기에서 움직여 함부로 발하면 마음을 상하게 된다", "정이 발생해야 할 데에서발생하고 발생하지 말아야 할 데에서 발생하지 않으며, 발생하되모두 법도에 맞으면 마음이 평온해진다"고 한다. 선생 글은 다음과같이 이어진다.

그러므로 그 본성을 이루고자 하는 자는 먼저 그 덕을 닦아야 한다. 그

---

7    사단(四端): 인의예지.
8    人而無欲 何以爲人哉.

덕을 닦고자 하는 자는 먼저 그 몸을 선하게 해야 한다. 그 몸을 선하게 하고자 하는 자는 먼저 그 마음을 다스려야 한다. 그 마음을 다스리고자 하는 자는 먼저 그 정을 조절해야 한다. 무릇 사람이 공부할 적에 반드시 정으로부터 시작한다. 정이 발생하는 까닭은 욕망이 있기 때문이니 욕망이 없으면 정이 발하지 않는다. 정이 조절되는 까닭도 욕망이 있기 때문이니 욕망이 없으면 정을 조절하지 못한다. 따라서 욕망이 정의 주가 되는 것이다.

이제 마음을 다스리는 구체적인 방법이 보인다. "마음을 다스리는 법은 자신을 극복하는 것으로 주"를 삼아야 한다고 강조한다. 사물이 외부에서 저촉해서 정을 일으키고 마음의 혈기를 움직여 망령되이 발하는 것을 자세히 살펴 막으라고 한다. 그렇게 마음을 발해야 하는지 발하면 안 되는지를 신중히 살펴 발하면 반드시 이치에 타당하고 함부로 발하지 않는다면 마음이 점차 평온해지고 마음이 평온해지면 정기가 점차 순일해지고 잡된 기가 점차 소멸된다고 한다. 선생은 이것이 마음을 다스리는 '지극히 오묘한 비결'이라 하였다.

극기 공부는 혈기가 다 없어지고 정기가 순일해져 털끝만치의 잡됨도 없어야 한다. 이 경지에 이르면, 영(靈)이 밝아지고 신(神)이 변화하여 천지와 더불어 조화에 참여하게 된다. 이것이 성인의 극치이니 진실로 보통 사람이 할 수 있는 게 아니다. 보통 사람이 할 수 있는 것은 각자 자기 재주의 크기와 장단에 따라 그 분수를 다하고, 각기 그 성취하는 바에 따라 그 복리를 누리는 것이다.

선생의 견해 중, 가장 설득력 있게 다가온 마음 다스리는 방법이다.
사람의 깜냥은 모두 다르다. 하고 싶다고 모든 일을 다 할 수 없다.
그것은 하지 않아서가 아니다. 능력으로 할 수 없어서다. 다만 자신
의 능력만큼 가야 할 길은 최선을 다해 가야 한다. 선생은 농부를 예
로 들었다. 농부가 자기 땅이 아무리 척박하더라도 힘을 다해 경작
하지 않을 수 없으며, 집으로 가려는 나그네가 걸음이 아무리 둔하
더라도 힘을 다해 앞으로 나가지 않으면 안 되는 것과 같은 이치라
고 설명한다. 그러며 선생은 "어째서이겠는가?" 반문하며 이렇게
답한다. "여기에 힘을 다하지 않으면 다시 할 수 있는 게 없으니 그
화가 더 사나워지고 그 재앙은 더 커질 것"[9]이기 때문이라고.

## 4. 사람의 도리인 명리, 충서, 중용을 밝히다

제4편 "명인도명리충서중용야"(明人道名利忠恕中庸也)에서는 명리
의 추구를 기본 욕망으로 긍정하며 사람들과 함께 이익을 얻는 방
법으로 중용과 충서를 제시한다.

선생은 사람이 천지의 기운을 받아 성품으로 삼은 것이 '욕망'
인데 욕망에는 두 가지가 있다 한다. 바로 명리(名利), 즉 '이익'과
'명예'다. 사람이 처음 태어나면 입술을 오물거리며 먹기를 구하

---

9    不盡力於此 則更無可爲 而其禍尤暴 其殃尤大也.

는 게 이익의 시작이요, 아이가 지각이 생겨 칭찬하면 기뻐하고 꾸짖으면 우는 것이 명예의 시작이라 한다. 선생은 사람으로서 이익을 좋아하지 않는다면 이는 금수만도 못하다고 극언도 서슴지 않는다. 그리고 사람의 도리가 금수와 다른 까닭은 사람은 명예와 이익 둘 다를 이룰 수 있기 때문이라며 '이익은 실상'이고 '명예는 허상'이라고도 한다.

> 다른 사람과 이(利)를 함께하는 게 지극히 공정한 도리다. 이의 속성이 남에게 이로우면 나에게 해롭고 나에게 이로우면 남에게 해롭다. 그렇다면 둘 다 온전할 수 없는데 어떻게 해야 함께할 수 있을까?
> 일 가운데 나와 남이 모두 이로우면 빨리하라. 나에게 이로우면서도 남을 해치지 않고 남에게 이로우면서도 나를 해치지 않는다면 빨리하라. 나에게 이로움은 많으나 남을 해침이 적고 남에게 이로움이 많으나 나를 해침이 적다면 또한 하라. 나에게 이롭지만 남을 해침이 심하고 남에게 이롭지만 나를 해침이 심하거든 해서는 안 된다. 나와 남을 저울질해보아서 어느 한편으로 치우치지 않는다면 이것이 이(利)를 함께하는 지극히 공정한 도리다.

선생은 사람의 마음의 주인은 욕망이고 욕망은 이해[10]에서 일어난다고 하였다. 이 이해를 잘못 다스리면 화를 부른다. 그렇다면 이

---

**10** 이해(利害): 이로움과 해로움.

6부 종교와 사상

해관계를 어떻게 할까?

선생은 남에게 명예를 양보하는 게 지극히 어진 덕이라 한다. 명예의 속성은 내가 높으면 남이 낮아지고 남이 성대하면 내가 쇠퇴하여서 병립할 수 없기 때문이란다. 선생은 명리를 추구하는 데 있어서 사회적 갈등을 해소하는 방법으로 중용과 충서를 제시하였다. '중용'은 과하거나 부족함이 없이 떳떳하며 한쪽으로 치우침이 없는 상태나 정도이고 '충서'는 자기에게 충실하여 정성을 다하며 그러한 자세로 다른 사람을 용서하라는 말이다.

그러므로 남에게 명예를 양보하고 그 실행에 힘써라. 그 실행한 데서 나오는 명예는 남에게 유익하고 남을 핍박함이 없으므로 남들도 모두 기꺼이 복종하고 시기하지 않는다. 명예를 양보하면 명예가 더욱 성해지고 이(利)를 함께하면 이가 더욱 많아지는 것이 지극히 선한 중용의 도다.

## 5. 사람의 도리인 삼강오륜을 분명히 밝히다

제5편 "명인도삼강오륜야"(明人道三綱五倫也)에서는 유교적 덕목으로 삼강오륜의 사회질서를 강조하되 기준은 민중의 수준으로 하향해 재설정하였다.

## 6. 사람의 도리인 근로사업을 분명히 밝히다

제6편 "명인도근로사업"(明人道勤勞事業)에서는 근로의 중요성을 강조하여 근태가 선악의 기준이 됨을 역설하였다.

## 7. 저승과 이승의 이치를 분명히 밝히다

제7편 "명유명시종지리"(明幽明始終之理)에서는 귀신론을 설파하였다. 선생은 명계의 선악이 기의 작용으로 유계[11]와 자손으로 연계되는 원리를 기술하였다.

## 8. 귀신의 정상을 밝히다(16조)

제8편은 "명귀신지정상"(明鬼神之情狀)인데 육신과 영혼, 천당과 지옥을 이분하는 천주교 교리를 비판하고 불교의 윤회설과 민간신앙을 인정하고 있다.

유학에서는 귀신을 인정하지 않는다. 주자학에서 귀신은 자연의 작용이자 일부로서, 억울하게 죽은 유귀(幽鬼)를 제외하고는 인정하지 않는다. 이것이야말로 유학, 즉 성리학의 특징이다. 하지만 선생은 이 귀신의 존재를 적극 인정하였다.

> 인간 세상은 양계이고 귀신은 음계이다.…정백(精魄)이 형기(形氣)에서 생겨나서 기와 정을 합하여 귀신이 되니, 사람은 기의 형체요, 귀신은 사람의 기다.…하늘에서 품부받아 생명을 가진 기(氣)가 백(魄)과 하나를 이루면 귀신이 된다. 기가 백과 하나를 이룬 것을 '혼'(魂)이라고 부르니 그 실제는 하나의 기다.

---

11  유계(幽界): 저승계.

선생은『복리전서』말미에 귀신으로 인해서 발생했던 화복의 사례를 72항목에 걸쳐서 제시하였다. 이것은『복리전서』각 구성항목 가운데 가장 많은 숫자다. 선생은 하늘, 사람, 귀신의 차이를 혈육의 형기와 마음을 통하여 설명하고 있다. 하늘은 특별한 마음을 가지고 기를 움직이는 것이 아니라 사람이 감화를 받아 인하여 응할 따름이란다.

그러나 사람과 귀신을 설명할 때에는 혈육의 형기와 정을 제시하였다. 혈육의 형기와 정은 기의 영역에 속한다. 선생은 귀신은 혈육의 형기가 정련된 것이므로 정이 없을 수는 없다고 한다. 귀신이 무감각한 존재가 아니라는 말이다. 이는 귀신도 살아 있는 사람처럼 인격을 갖는다는 말로 기쁨과 고통을 느끼는 감정적 존재라는 사실을 의미하였다. 이것은 '인과응보'를 강조하는 선생으로서는 피할 수 없는 귀결이다.

> 사람은 천지의 정수한 기다. 살아서는 천지의 조화를 사용하여 이해(利害)의 일을 행하고 죽어서는 천지의 신령을 보좌하여서 화복(禍福)의 일을 행한다. 귀신은 기운을 따라 행하는데 길신(吉神)은 길한 기를 따르고 흉신(凶神)은 나쁜 기를 따른다. 기가 감응하는 바에 귀신도 따라서 감응한다.

사람이 살아서는 '이로움과 해로움'을, 귀신이 되어서는 '화와 복'을 따른다고 한다. 선생은 죽음 이후의 세계도 인생의 한 부분으로서 삶과 죽음을 단절시키지 않는다고 믿었다. 현재의 연속성으

로서 사후의 세계가 있다고 믿은 것이다. 선생은 "기로부터 사람이
되고 사람으로부터 귀신이 되어 기에서 시작하여 귀신에서 종결
된다.…귀신이란 사람과 만물의 귀결이다"[12]라 한다.

그렇기에 사람으로 지닐 때의 행실이 매우 중요하다고 보았다.
인간세상의 공도 귀신에서 이루어져 그 보상을 받는다고 여겼다.
그래 "귀신은 사람의 결판이다. 그러나 귀신이 되어 고초를 받는다
면 이것이야말로 큰 근심거리다"[13]라고 하였다. 그리고 그 귀신은
살아 있을 때 자기의 공적으로 인해서 천만 년 동안 없어지지 않는
존재가 될 수도 있고, 혹은 형체가 썩기도 전에 흩어져 버리는 존재
가 될 수도 있다 한다.

참 듣고 보니 선생의 말이 서늘하다. 그러나 이 부분에 대해서
는 필자가 더 이상 논하기 어렵다. 아는 것도 없거니와 선생의 세계
를 좀처럼 따라가기가 어려워 그렇다. 아무튼 선생은 이승에서 열
심히 공덕을 닦으며 살라고 말한다.

### 9. 불교 경전의 훈계에 대해 분명히 밝히다

제9편 "명석경부지훈"(明釋經傳之訓)에서는 『소학』 등 경전의 경구
를 인용하고 자신의 훈계를 기술하였다.

---

12    自氣而爲人自人而爲鬼神始於 氣而終於鬼神…鬼神者人物之歸結也.
13    善矣鬼神者人之結局 而受其苦楚 則是乃大患也.

## 10. 아름다운 말과 선행을 기록하다

제10편 "기가언선행"(記嘉言善行)은 중국 위인의 선행 사례로『소학』의 사례와 중복이 많은데 반드시 그에 대한 자신의 평설을 붙여 재평가하고 있다.

## 11. 복을 부른 일을 기록하다(60조)

제11편은 "기화복지치"(記禍福之致)에서는 생전의 선악이 자손의 화복으로 나타난 사례를『좌전』과『국어』에서 초록하고 우리나라의 사례도 일부 수록하였다.

## 12. 귀신의 일을 기록하다(72조)

제12편 "기귀신지사"(記鬼神之事)에서는 선을 행하면 복을 받고 악을 행하면 화를 받는 '복선화악'(福善禍惡) 류의 중국과 우리나라의 귀신 일화를 대거 수록하였다. 그 한 일화를 본다.

> 한나라 여태후(呂太后)가 조왕(趙王) 여의(如意)를 독살하였다. 태후가 외출하였다가 푸른 개(蒼狗)에게 겨드랑이를 물려 상처가 나서 이 때문에 병이 생겼다. 점쟁이가 말하기를 "조왕 여의가 빌미가 되었다"고 하였다. 여후가 마침내 죽고 나서 여씨들은 어른 아이 할 것 없이 모두 참수되어 멸족되었다.

선생은 "여후가 질투 때문에 척부인(戚夫人)의 손과 발을 자르고 눈을 빼고 귀를 지져서 측간에 두고 '사람돼지'라고 불렀으며, 척씨의 아들 여의를 독살하였다"는 주석을 달아놓았다. 원한을 맺으면 반드시 응보를 맺는다는 말이다. 선생은 사람이 죽으면 반드시 귀형[14]을 이룬다고 보았다. "우리 옆 마을에 그 평소 행적과 마음 씀씀이가 어떠한지를 자세히 알고 있던 자가 죽어서 초혼을 할 때면 나는 그가 어떤 사물이 되었으리라 하고 마음속으로 짐작하고 있었다. 그러다가 재에 남아 있는 자국을 열어보면 맞추지 못한 적이 없었으니 이 이치가 분명해서 속일 수가 없다"라는 주석도 보인다. 그러나 또 이런 말도 덧붙인다. "그중에 더러 평소 한 일도 없고 마음 쓴 것도 없던 자가 죽으면 재에 자국이 없다" 하며 "모르겠다. 이는 환생한 것인가? 아니면 혼백이 사라져 흩어져 버린 것인가? 이것만은 내 정확히 알지 못하겠다"[15]고 고백한다.

선생은 사람에 따른 귀형의 차이를 꽤 고심한 듯하다. 필자 또한 이 부분은 알지 못한다. 더 이상의 설명을 약한다. 결론을 내든 안 내든 독자 몫이다.

선생은 「주역상의점법자서」에서 자신의 생을 여덟 자로 정리하였다. "태어나서는 우환이요, 자라서는 곤궁이라."[16] 저 음계에서 선생의 귀신 생활은 어떠한지 자못 궁금하다.

이제 이 글을 맺을 때다. 대다수 선생의 글들은 극심한 가난 속에서 나왔으니 이에 대해서만 짚는다. 선생이 마흔 살을 앞둔 1843

---

**14** 귀형(鬼形): 귀신의 형상.

**15** 是未知還遷生者耶? 是未知魂消魄者耶? 惟此余所不能的知者也.

**16** 生於憂患 長於困窮.

년에 벗이자 제자인 유영건(柳榮建, ?-1843)에게 쓴 편지인 「여유군하원서」(與柳君夏元書) 한 구절을 본다. 이 글에서 선생은 양반으로서 체면을 포기하고 상업에 뛰어들었던 자신의 28세 이래의 경험을 가감 없이 썼다.

> 그러다가 마침내 읍내로 들어갈 계책을 세웠습니다. 남의 집에 빌붙어서 밥을 얻어먹고 쓴맛 단맛 다 보면서 장사꾼의 무리에 끼어 이익을 다투었지요. 제가 썩은 땅과 쓰레기 더미 속으로 스스로 몸을 던져 남에게 모욕을 받으면서도 돌아보지 않았던 까닭은 한두 푼의 이득이라도 얻어서 하루나마 부모를 봉양하는 기쁨을 누리고자 하였기 때문입니다.…슬프다. 족하는 장차 내가 어떻게 하면 좋겠습니까? 앞으로 나가고자 하면 뒤가 걱정되고 왼쪽으로 가려 하면 오른쪽을 돌아봐야 하니 어디로 가고 무엇을 따라야 하며 무엇이 길하고 무엇이 흉합니까?… 저는 지금 앞에 구덩이가 거듭 파여 있고 뒤에는 맹호가 기다리고 있어 사방이 짙은 안개에 싸여 있으니 어디로 갈지 알 수 없는 처지입니다.

구구절절 어려움에 처해 있는 자신의 처지를 그리고 있다. 선생은 폐족의 장남으로서 가정을 꾸리기 위해 상업에 종사하지만 몹시 수치스럽고 암담하고 고통스럽다. 선생의 가혹한 현실에 굳이 해석을 더 붙인다는 것이 송구스러워 이만 펜을 놓는다.

# 참고문헌

익선재 백운집 강독회 역, 『백운 심대윤의 백운집』(사람의무늬, 2015)

김성애, 「심대윤의 『복리전서』 교주 번역」, 『고려대학교대학원 석사논문』(고려
　　대학교, 2010)

장병한, 「19세기 '천인화복론'의 일양상: 백운 심대윤의 『복리전서』를 중심으
　　로」, 『한국양명학회 학술대회 논문집』(한국양명학회, 2007.12)

손혜리, 「조선 후기 지식인의 생업에 대한 인식과 현실적 대응: 19세기 백운
　　심대윤의 경우를 중심으로」, 『한국고전연구』 제30집(한국고전연구학회,
　　2014)

김하라, 「심대윤(沈大允)의 자기서사: 노동하는 양반의 정체성과 자기 해명」,
　　『한국실학연구』 Vol.30(한국실학학회, 2015)

진재교 외, 「19세기 한 실학자의 발견: 사상사의 이단아, 백운 심대윤」, 『대동문
　　화연구총서』 28(성균관대학교 대동문화연구원, 2016)

# 13장

—

## 수운 최제우 『동경대전』

### 학문으로 말하자면 '동학'이라고 해야 한다

양학(洋學)은 우리 교와 비슷하면서도 다르다.

즉 주문을 외는 것은 같으나 양학에는 결실이 없느니라.

그러나 시대를 타고난 운수도 같고

주문을 외는 방법도 같지만

그 교리는 다르니라.

# 최제우의 생애

**이름**  최제우(崔濟愚)

**별칭**  초명은 복술(福述)·제선(濟宣), 개명은 제우(濟愚), 자는 성묵(性默), 호는 수운(水雲)·수운재(水雲齋)

**시대**  1824년 음력 10월 28일(순조 24)–1864년 3월 10일(고종 1)

**지역**  경주(경북 월성군 현곡면 가정리)

**직업**  동학의 교조 겸 실학자

**본관**  경주(慶州)

**가족**  몰락 양반인 근암 최옥(崔鋈, 1762-1840)과 재가한 어머니 한씨(韓氏) 사이에서 태어났다. 최옥은 두 부인과 사별하고 63세에 30세쯤 되는 세 번째 부인을 맞았으니 이이가 선생의 어머니인 한씨 부인이다. 한씨 부인은 최옥의 제자 고모로 20세에 남편과 사별한 과부였다. 재가녀의 자식은 재주가 있어도 쓰이지 못할 때였다. 문중에서도 집안에서도 동네에서도 선생은 천덕꾸러기였다. 어릴 때 동네 아이들이 "저 복술이 놈의 눈깔은 역적질할 눈깔"이라고 손가락질하자 "오냐! 나는 역적이 되겠으니 너희는 착한 사람이 되거라"했다는 이야기도 전한다.

**어린 시절**  1811년에 양자로 들인 형님 최제환(崔濟寏, ?-1879) 내외의 보살핌을 받고 자랐다. 1833년 10세 때 어머니가 사망하고, 1840년 17세 때 아버지가 사망한다. 부친에게 유학을 배웠다. 부친 최옥은 퇴계 학풍을 정통으로 계승한 유학자였다. 7대조 최진흥(崔震興), 생7대조는 최진립(崔震立)이다. 6대조 승사랑(承仕郎) 최동길

(崔東吉)은 최진립의 4남으로 최진홍의 후사가 되었다. 최진립은 임진왜란과 병자호란 때 혁혁한 공을 세워 병조 판서의 벼슬과 정무공(貞武公)의 시호가 내려진 무관이었으나, 6대조부터는 벼슬길에 오르지 못한 몰락 양반 출신이었다.

선생은 총명하여 일찍부터 경사(經史)를 익혔으나 기울어져 가는 가세와 함께 조선 말기의 체제 내부적 붕괴 양상 및 국제적인 불안정이 그의 유년기에 커다란 영향을 미쳤다. 더욱이 재가녀 자식이기에 문과에 응시할 수 없었다.

**그 후 삶의 여정**   19세인 1842년 울산박씨(朴氏)와 혼인하다(13세에 울산 출신의 박씨와 혼인하였고 4년 뒤 아버지를 여의었다는 기록도 있다).

20세에 화재로 생가가 전소되었고 전국을 유랑하며 구도의 길을 찾다. 이 시절 갖가지 장사와 의술(醫術)·복술(卜術) 따위 잡술(雜術)에 관심을 보였고 서당에서 글을 가르치기도 하였다.

31세인 1854년까지 유불선 삼교, 서학, 무속, 도참 사상을 두루 접하다.

32세인 1855년에 『을묘천서』(乙卯天書)를 얻다.

1856년 여름 경상남도 양산 통도사 근처에 있는 천성산(千聖山)에 들어가 구도(求道)하다.

1857년 적멸굴(寂滅窟)에서 49일간 기도하다.

36세인 1859년 10월 처자를 거느리고 경주로 돌아온 뒤 구미산 용담정(龍潭亭)에서 계속 수련하다.

37세인 1860년 음력 4월 5일, 오전 11시 하늘님(상제[上帝], 천주[天主])과 문답 끝에 동학을 창시하였다. 선생이 하늘님에게 정성을 드리고 있던 중, 갑자기 몸이 떨리고 정신이 아득해지면서 천지가 진동하는 듯한 소리가 공중에서 들려왔다. 이러한 체험을 통하여 종교적 신념이 확립되기 시작하여 1년 동안 가르침에 마땅한 이치를 체득하고, 도를 닦는 순서와 방법을 만들게 되었다. 이를 '내린'(천사문답)이라 한다. 이때 하늘님에게 무극대도[1]인 천도(天道)와 21자 주문(呪文)과 영부(靈符, 부적)를 받았다.

1861년 음력 6월 본격적으로 동학 포덕활동을 시작하다. 「포덕문」을 짓고, 해월(海月) 최시형(崔時亨, 1827-1898)이 입도하다. 많은 사람들이 동학의 가르침을 따르게 되었고 같은 해 11월에 경주 일대 유림들의 박해로 전라도 남원 교룡산성 은적암(隱寂庵)으로 피신하여 「논학문」(일명 동학론)·「안심가」·「교훈가」·「도수사」 따위를 짓다.

39세인 1862년 3월에 남원에서 경상도 흥해 손봉조의 집으로 돌아오다. 같은 해 9월 사술(邪術)로 백성들을 현혹시킨다는 이유로 경주 진영에 체포되었으나 수백 명의 제자들이 석방을 청원하여 무죄방면 되다. 이 사건은 사람들에게 동학의 정당성을 관이 입증한 것으로 받아들여져 신도가 더욱 증가하였으며, 포교 방법의 신중성을 가져와 마음을 닦는 데 힘쓰지 않고 오직 이적만 추구하는 것을 신도들에게 경계하도록 하였다. 신도가 늘자 12월에 접주제(接主制)를 실시하다. 접주제란 각지에 접(接)을 두고 접주(接主)가 관내의 신도를 다스리는 것으로 경상도·전라도뿐만 아니라 충

---

1    무극대도(無極大道): 그 무엇에 비길 바 없는 가장 크고 위대한 가르침.

청도와 경기도에까지 교세가 확대되어 1863년에는 교인 3,000여 명, 접소 13개 소를 확보하다.

40세인 1863년 7월에 최시형을 '북도중주인'(北道中主人, 경상도 북부 지방 포덕 책임자)에 임명하고 해월(海月)이라는 도호를 내린 뒤 8월 14일 도통을 전수하여 제2대 교주로 삼다. 이때 조정에서는 이미 동학의 교세 확장에 두려움을 느끼고 그의 체포 계책을 세우고 있었다. 11월 20일 선전관(宣傳官) 정운귀(鄭雲龜)에 의하여 제자 20여 명과 함께 경주에서 체포되다.

41세인 1864년 1월 서울로 압송되는 도중 철종이 죽자 대구 감영으로 이송되다. 이곳에서 심문받다가 3월 10일 좌도난정률[2]이라는 죄목으로 참형을 받고 순교하였다.

1880년 선생의 글을 모아 『동경대전』을 간행하였다는 기록이 남아 있다.

1883년 경주에서 『동경대전』을 간행하다.

**저서**  『용담유사』(龍潭遺詞), 「안심가」(安心歌), 「교훈가」, 「도수사」(道修詞) 등이 있다.

---

**2**  좌도난정률(左道亂正律): 그릇된 도로 정도를 어지럽힌 죄.

# 『동경대전』, 학문으로 말하자면 '동학'이라고 해야 한다

설명에 들어가기 전에 세상에 동학(東學)을 새롭게 알린 도올 선생의 말부터 들어본다.

> 동학이 창도된 애초로부터 동학의 가르침을 따르는 사람들은 '동학을 믿는다'라는 표현을 쓰지 않았다. 지금도 이러한 표현은 천도교단 내에서 운용되지 않는다. 동학의 동지들은 반드시 '동학을 한다'라고 말한다. 다시 말해서 동학은 '믿음'(Belief)의 대상이 아닌 것이다. 동학의 학은 '함'(Doing)일 뿐인 것이다. 함이란 잠시도 쉼이 없는 것이다. 동학은 했다 안 했다 할 수 있는 그런 것이 아니다. 다시 말해서 어떤 믿음의 실체로서 나로부터 객화될 수 있는 그런 것이 아니다. 동학은 우리 삶의 끊임없는 실천일 뿐이다. 수운은 결코 하나의 종교를 창시한 사람이 아니다. 단지 선각자로서, 우리 삶의 실천의 실마리를 제공한 큰 스승님(大先生主)일 뿐이었다. 그는 동학을 하나의 종교교리로서 체계화한 적이 없으며, 교단을 만들지도 않았으며, 자신을 교주로 생각한 적이 없다. 접(接)제도라 하는 것도 사회적 실천을 위한 상부상조의 운동조직이었을 뿐이었다.[1]

1800년 6월 28일, 정조가 승하하고 7월 11세의 어린 나이로 순조

---

[1]    표영삼, 『동학 1』(통나무, 2004), 13-14.

가 즉위했다. 대왕대비 정순왕후가 수렴청정하였다. 조선의 세도정치는 그날부터 시작되었다. 대왕대비가 수렴청정을 하다가 3년 후에 죽었다. 이후 순조의 장인 김조순이 집권하여 안동김씨의 세도정치가 시작되었다. 순조에 이어 헌종·철종으로 승계되는 임금은 하나같이 무능하였다. 나라의 기강은 무너지고 쇠망의 나락으로 빠져들었다.

민란이 그 서곡을 알렸다. 철종 13년(1862) 연초부터 전국 각지에서 민란이 일어난 데 이어 10월에는 다시 제주, 함흥, 광주에서 민심이 폭발하였다. 철종은 1863년 10월부터 최제우의 동학 탄압을 논의하고 11월 20일 정운귀를 선전관으로 임명하여 체포령을 내렸다.

이 무렵 선생의 가세는 거의 절망적인 상태에까지 기울어져 있었다. 국내 상황은 삼정의 문란으로 민란이 일어났고 천재지변으로 흉년까지 들었으며, 국제적으로도 애로호사건(Arrow 號事件)을 계기로 중국이 영불연합군에 패배하여 톈진조약(天津條約)을 맺는 등 민심이 불안정하던 시기였다. 선생은 이러한 상황에서 천주(天主)님의 뜻을 알아내는 데 유일한 희망을 걸고 이름을 제우(濟愚)라고 고치면서 구도의 결심을 나타냈다. '제우'는 어리석은 중생을 구제한다는 뜻이다.

선생을 체포한 정운귀(鄭雲龜)의 장계 내용부터 본다. 문경새재로부터 경주까지 조정의 선전관 정운귀가 명을 받고 선생을 체포하기까지의 경과가 『비변사등록』(備邊司謄錄)²에 「선전관 정운귀의 서계」로 상세히 기록되어 있다. 정운귀가 서울을 출발한 날은 1863년 11월 20일 오시 가량이었다. 정운귀의 기록을 보면 당시 동학의 위세를 가늠할 수 있다.

새재를 넘은 후부터 여러 가지로 탐색하였으며 별도로 가려진 것을 찾아내려고 듣거나 본 것을 단서로 하여 말과 글자를 확인하면서 그 죄상을 밝히려 하였습니다. 새재에서 경주까지는 400여 리가 되며 고을도 십수 주군입니다. 동학에 대한 이야기는 거의 날마다 듣지 않은 날이 없었고 경주를 둘러싼 여러 고을에서는 더욱 동학에 대한 이야기가 심하였습니다. 주막집 아낙네도 산골 초동도 주문을 외지 않는 이가 없었고 위천주³ 또는 시천지⁴라 하며 조금도 계면쩍게 여기지도 않으며 숨기려 하지도 않았습니다.

신은 감히 이 모든 사람이 그 학을 하는 것은 아니지만 이미 물든 지 오래여서 극성스러움을 가히 알 수 있었습니다. 이렇게 된 내력을 캐고 도를 전한 스승을 물어보니 모두가 최 선생이라며 혼자 깨달아 얻었고 집은 경주에 있다고 하였습니다. 이처럼 많은 사람이 떠드는 것이 한 사람이 말하는 것과 같았습니다.

---

2   비변사는 조선 시대 변방 경비를 위해 군국기무처를 관장하던 문무(文武) 합의기구다. 임진왜란·정유재란 이후 권한이 강화되어 군사에 관한 사무뿐 아니라, 일반 정무까지 비변사에서 의논·결정하게 되어 의정부의 기능이 약화되었다. 비변사에서 의논한 나라의 중요사항을 적은 『비변사등록』은 지금까지 남아 있다.

3   위천주(爲天主): 하늘님을 위함.

4   시천지(侍天地): 侍天主를 잘못 쓴 것임. 하늘님을 모심.

그래서 신은 경주에 도착하는 날로부터 저잣거리나 절간 같은 곳에 드나들며 나무꾼이나 장사치들과 사귀어 보았습니다. 어떤 이는 묻지도 않았는데 먼저 말을 꺼내기도 하고 어떤 이는 대답도 하기 전에 상세히 전해주기도 하였습니다.

동학의 위세를 짐작할 수 있는 글이다. 글에 보이는 '시천주'(侍天主)는 동학의 핵심으로 두 가지 해석이 있다. 하나는 하늘님은 초월자이나 부모님같이 섬길 수 있는 인격적 존재라는 것이고, 다른 하나는 사람은 누구나 나면서부터 하늘님을 모시고 있다는 것을 강조하는 뜻으로 본다. 즉 사람이 곧 하늘이라는 '인내천'(人乃天) 사상이다.

따라서 선생의 하늘님은 인간의 내면에 존재함과 동시에 인간 밖에 존재하는 초월자의 성격을 지니고 있다. 이러한 선생의 신관은 매우 독특한 것으로 자신의 종교 체험이 무속적인 원천에 뿌리박고 있다는 주장과 접맥될 수 있다고 보인다. 정운귀의 장계는 이렇게 이어진다.

그들이 칭하는 최 선생이란, 아명은 복술이요 관명은 제우이며, 집은 이 고을 현곡면 용담리에 있다고 하였습니다. 5-6년 전에 울산으로 이사가 무명(白木) 장사로 살았다고 하는데 홀연히 근년에 고향으로 돌아온 후 때로는 사람들에게 다가가 도를 말한답니다. 그가 이르기를 "내가 하늘에 치성 드리는 제사를 지내고 돌아오자 공중에서 책 한 권이 떨어

지므로 이에 따라 학(學)을 받게 되었다"고 했답니다.[5]

『동경대전』(東經大全)은 「포덕문」(布德文), 「논학문」(論學文), 「수덕문」(修德文), 「불연기연」(不然其然), 「축문」(祝文), 「주문」(呪文), 「입춘시」(立春詩), 「절구」(絶句), 「강시」(降詩), 「좌잠」(座箴), 「탄도유심급」(歎道儒心急), 「팔절」(八節), 「제서」(題書)로 구성돼 있다.

선생은 동학도들을 '도유'(道儒)라 칭하였다. 동학을 믿는 사람들이 이미 유자(儒者), 즉 선비라고 본 것이다. 이제 차례를 좇아가며 글을 독해해보겠다. 종교적인 색채가 있는 부분은 다루지 않았다.

## 「포덕문」

'포덕'은 덕을 널리 편다는 의미다. 선생이 도를 깨친 과정을 상세히 기록하였다.

서양 종교가 들어오고 선생의 득도 과정이 기록되어 있는 부분만 보겠다. 선생의 득도는 필자가 운운할 바 아니다. 다만 선생은 서양 열강의 침략과 천주교가 들어오자 꽤 혼란스러워했고 이에 대한 고민이 동학을 창시케 한 동기인 것만은 분명한 듯하다. 또한 질병에 걸린 사람들을 구제하고 천하 사람들에게 덕을 펴려는 데 동학의 목적이 있음을 알 수 있다. 선생이 말하는 경신년이 바로 동학이

---

5    『비변사등록』, 철종 14년 12월 20일조.

창시된 1860년이다.

경신년에 접어들어 전해 들으니 "서양 사람들이 천주의 뜻이라 하여 부귀는 취하지 않는다면서도 천하를 쳐서 빼앗아 그 교당을 세우고 그 도를 행한다"고 하였다. 그러므로 나 또한 그것이 '그럴까? 어찌 그러할까닭이 있을까?' 하는 의심이 들었다.

뜻밖에도 4월에 마음이 선뜩해지고 몸이 으슬으슬 떨렸다. 병이라 해도 무슨 병인지 알 수도 없고 말로 표현하기도 어려울 즈음이었다. 어떤 신비스러운 말씀이 갑자기 귀에 들렸다. 깜짝 놀라 일어나 소리 들리는 쪽으로 향하여 물으니 대답하시었다. "두려워 말고 두려워 말라. 세상 사람이 나를 하늘님이라 이르거늘 너는 하늘님을 알지 못하느냐?" 내가 그 까닭을 물으니 대답하셨다. "나 또한 공이 없으므로 너를 세상에 내어 사람들에게 이 법을 가르치게 하려 한다. 의심하지 말고 의심하지 말라!" 묻기를, "그러면서 도로써 사람을 가르치리이까?" 대답하셨다. "그렇지 않다. 나에게 영부[6]가 있으니 그 이름은 선약[7]이요, 그 형상은 태극[8]이요, 또 형상은 궁궁[9]이다. 이 영부를 받아 사람들을 질병에서 건지고 나의 주문을 받아 사람을 가르쳐서 나를 위하게 하면 너도 또한 장생하여 덕을 천하에 펴리라" 하셨다.

---

6  영부(靈符): 신비한 글.
7  선약(仙藥): 신묘한 약.
8  태극(太極): 우주의 근원.
9  궁궁(弓弓): 태극 모양.

# 「논학문」

동학의 학에 대해 논리적으로 설파한 글이다. 서학과 동학에 대한 비교 설명이 흥미롭다. 글은 제자들과의 문답식으로 되어 있다.

(제자들이) 묻기를, "지금 하늘님의 신령한 기운이 선생님께 내렸다고 하니 어찌 그렇게 되었습니까?

(최제우가) 답하기를, "가면 반드시 돌아오는 순환의 이법을 믿고 따랐느니라."

묻기를, "그러면 선생님이 받은 도의 이름을 무엇이라 합니까?"

답하기를, "하늘의 도이니라."

묻기를, "그것은 서양의 도와 다른 것이 없습니까?"

답하기를, "양학(洋學)은 우리 교와 비슷하면서도 다르다. 즉 주문을 외는 것은 같으나 양학에는 결실이 없느니라. 그러나 시대를 타고난 운수도 같고 주문을 외는 방법도 같지만 그 교리는 다르느니라."

선생이 말하는 동학과 서학은 "운즉일,[10] 도즉동,[11] 이즉비[12]"로 정리된다. "타고난 운세가 같다는 말"은 이미 불교와 유학의 시대는 갔고 서학과 동학의 시대가 왔다는 말이다. 선생은 무조건 서학을 배척하려 하지 않았고 또 서학에 대항하여 동학을 만든 것이 아님이

---

10 운즉일(運則一): 타고난 운세는 같다.
11 도즉동(道則同): 주문을 외는 방법도 같다.
12 이즉비(里則非): 교리는 다르다.

여기서 드러난다.

선생이 구체적으로 말한 서학과 동학의 다른 점은 이렇다. 시시비비는 독자의 몫이기에 정리해놓기만 한다.

**동학**: 하늘님의 섭리에 따라 자연스럽게 세상일을 감화한다. 저마다 그 본연의 마음을 지키고 그 기질을 바로잡아 그 타고난 천성에 따르면서 하늘님의 가르침을 받으면 자연히 감화가 이루어진다.

**서학**: 하늘님을 위하는 실속이 없고 다만 제 몸을 위한 방도만 빌 뿐이다. 몸에는 하늘님 조화와 같은 신령함이 없고 하늘님의 참된 가르침도 배울 수가 없다. 형식만 있고 실은 없으며 하늘님을 생각하는 것 같지만 하늘님을 위하지 않는다.

선생은 "하늘님의 섭리에 따라 자연스럽게 세상일을 감화한다" 하였다. 이는 노장철학에서 말하는 '무위이화'(無爲而化) 사상이다. 천도교에서는 이를 '전지전능으로 나온 자존 자율의 우주 법칙'쯤으로 여긴다. 인위적인 수단이 아닌 어떤 궁극적인 섭리에 의해 저절로 감화된다는 의미다. 대화는 계속 이어진다.

묻기를, "도는 같다고 말하셨는데 그렇다면 선생님의 도를 '서학'(西學)이라 불러도 됩니까?"

답하기를, "그렇지 않느니라. 나 역시 동쪽나라 조선에서 태어나 동쪽에서 도를 받았으니 도는 비록 '천도'[13]지만 학문으로 말하자면 '동학'(東學)이라고 해야 한다. 더욱이 땅이 동쪽과 서쪽으로 나뉘었는데 어찌 서쪽을 동쪽이라 하고 동쪽을 서쪽이라 하겠느냐."

선생은 '천도'와 '동학'이라 하였다. 이는 동학이 종교와 분명 다름을 말한다. 종교는 '믿는 것'이지만 동학은 하나의 학문으로 '하는 것'이다. 사실 철학(哲學)도 그렇지만 종교(宗教)라는 용어도 일본을 통해 들어왔다. 이규경도 『오주연문장전산고』, 「석전총설」에서 불교를 '교'(教), 혹은 '불씨'(佛氏)라 칭할 뿐이었다. 즉 서양의 'Religion'의 번역어인 종교와는 이해의 폭이 다르다. 1900년대가 넘어야 지금처럼 종교라는 말이 퍼졌다. 따라서 선생은 서양의 학에 대응하는 조선의 학으로서 동학을 말한다. 주체적인 우리의 학을 동학에서 찾은 것으로 이해하면 된다. 선생은 동학과 서학을 분명히 가르라고 한다.

### 「수덕문」
선생이 교인들을 가르쳐온 경험에 비추어 교인들이 덕을 닦는 올바른 방법을 제시한 글이다. 정성과 믿음을 강조했다. 맨 마지막 문장만 본다.

대저 우리 도는 마음으로 확고히 믿어야만 정성이 되느니라. 믿을 신

---

13    천도(天道): 하늘의 도.

(信) 자를 풀어보면 사람(人)의 말(言)이다. 사람의 말에는 옳고 그름이 있으니 옳은 것을 취하고 그른 것을 버리되 거듭 생각하고 또 거듭 생각하여 마음을 정하라. 한번 정한 뒤에는 다른 뒷말은 믿지 않는 것을 일러 믿음(信)이라 하니 이와 같이 닦으면 마침내 그 정성을 이룰 것이니라.

정성과 믿음은 그 법칙이 멀리 있는 게 아니다. 사람의 말로써 이루는 것이니 먼저 믿고 뒤에 정성을 다하도록 하라. 내가 지금 밝게 가르쳤으니, 어찌 믿음직한 말이 아니겠느냐. 공경과 정성을 다하여 내 말을 어기지 말도록 하라.

## 「불연기연」

'연'(然)은 '그렇다'는 의미다. '불연'(不然)은 '그렇지 않다'이고, '기연'(其然)은 '그렇다'이니, 불연기연은 '그렇지 않기도 하고 그렇기도 하다'이다. 즉 그러한 이치로 보면 그렇고 그렇지 않은 이치로 보면 또 그렇지 않다는 역설의 논리다. 선생은 그 도입부를 이렇게 썼다.

노래하여 말하기를, "영원한 만물이여, 제각기 이루어졌고, 제각기 형태가 있도다." 얼핏 본 대로 따져보면 그렇고 그럴듯하지만 하나부터 온 바를 헤아려보면 그 근원이 멀고 심히 멀어서 이 또한 아득한 일이어서 미루어 말하기 어렵다.

내가 나를 생각하면 부모가 여기에 있고, 뒤의 후대를 생각하면 자손이 저기에 있다. 오는 세상에 결부시켜보면 내가 나를 생각하는 이치와

다름이 없다. 그러나 지나간 세상을 더듬어 보면 사람이 어떻게 사람이
되었는지는 분간하기 어렵다.

세상 이치가 이렇기에 선생은 "아아, 이 같은 헤아림이여, 그러한
이치(其然)로 보면 그렇고 그런 것 같지만, 그렇지 않은 이치(不然)
로 생각해보면 그렇지 않고 그렇지 않다"[14]고 하였다. 아마도 이 세
상을 살아가는 사람치고 이런 의문 한번 안 품어본 사람은 없을 듯
한 보편적인 의문이다.
　　선생의 논의를 더 들어본다.

알 수 없으며, 알 수 없노라. 나면서부터 그런 것인가? 저절로 그렇게 된
것인가? 나면서부터 알았다 해도 마음은 깜깜해 풀리지 않고 저절로 그
리 되었다 해도 이치는 멀고 아득하기만 하다. 무릇 이러하니 그렇지 않
은 까닭(不然)을 알지 못하기 때문에 그렇지 않다고 말하지 못하며, 그
런 까닭(其然)을 알기 때문에 그러하다고 믿게 되는 것이다. 이에 그 끝
을 헤아려 보고, 그 처음을 헤아려 보면 사물이 사물이 되고 이치가 이
치 되는 큰 일이 얼마나 멀고도 먼 일인가. 하물며 이 세상 사람들아! 어
찌 앎이 없으며, 어찌 앎이 없으랴.

선생은 이렇게 맺음말을 적었다.

---

**14**　噫 如斯之忖度兮 由其然而看之 則其然如其然 探不然而思之 則不然于不然.

이러므로 단정하기 어려운 것이 그렇지 않음(不然)이라 하고, 쉽게 단정하는 것은 그러함(其然)이라 한다. 사물의 근원을 탐구해보면 그렇지 않고 그렇지 않으며 또 그렇지 않은 일이요, 사물이 이루어진 것에 의지해보면 그렇고 또 그러한 이치가 있다.

「불연기연」은 세상일을 풀어가는 묘한 진리를 담고 있다. 기연은 '부정을 통한 대긍정'의 의미로 해석된다. 전부 부정적인 것도 생각해보면 이해 못할 게 하나도 없다는 대긍정이다.

## 「주문」

동학의 핵심인 주문을 적어놓았다. 선생 주문과 제자 주문이 있는데 제자 주문 21자가 그 핵심이다. 제자 주문은 강령주문 8자와 본주문 13자다. 이 21자의 주문을 다시 줄이면 본주문이다. 본주문은 "시천주 조화정 영세불망 만사지"[15]다. 풀이해보면 "하늘님을 모시면 조화가 정해지고 영원히 잊지 않으면 모든 이치를 알게 된다"이다. 이 구절에서 핵심은 '하늘님을 모심'이란 '시천주'다.

## 「좌잠」

「좌잠」은 마음을 닦는 요령이다. 제자 강수(姜洙)가 찾아와 수도 절차를 묻자 써준 글이다. 5언으로 간단하게 풀어내 명쾌하다. 선생은

---

**15**   侍天主 造化定 永世不忘 萬事知.

말과 뜻에 얽매이지 말고 정성(誠)·공경(敬)·믿음(信) 석 자에 의지하란다. 즉 마음공부를 하란 말이다.

　마음공부를 하라는 이 글은 우리 인생길의 좌우명으로 부족함이 없다. 자기 삶에 정성을 다하고 사람을 공경하며 하는 일에 믿음을 갖는 마음은 몸으로부터 나온다. 즉 모든 마음은 행동으로 옮겨진다. 몸의 실천 없이는 마음공부가 존재할 수 없기 때문이다.

　선생이 풀어낸 최고의 공부 방법, 그것은 강건한 몸에서 힘차게 솟는 마음공부인 셈이다. 강수는 후일 최시형을 도와 동학 재건에 온몸을 바친다.

| | |
|---|---|
| 우리 도는 넓고 간략하니 | 吾道博而約 |
| 많은 말과 뜻이 필요 없네 | 不用多言義 |
| 별로 다른 도리가 없으니 | 別無他道理 |
| 정성(誠)·공경(敬)·믿음(信) 세 자(字) | 誠敬信三字 |
| 이 속에서 열심히 공부하여 | 這裏做工夫 |
| 터득한 뒤에라야 깨달음 있어 | 透後方可知 |
| 잡념이 일어남을 두려워 말고 | 不怕塵念起 |
| 오직 깨달음 더딤을 걱정하라 | 惟恐覺來知 |

## 「탄도유심급」

「탄도유심급」은 '교도들이 조급해하는 것을 탄식하다'이다. 「좌잠」에서와 마찬가지로 선생은 마음공부라는 가르침을 준다. 마음을 조급하게 굴지 말고 정성을 다하라는 말이다.

산하의 큰 운수가 모두 이 도로 돌아오리니 그 근원이 아주 깊고 그 이 치는 아주 멀다. 나의 심주가 굳건해야 곧 도의 맛을 알 것이요 한결같 은 마음을 지니면 만사가 뜻대로 되리라. 탁한 기운을 쓸어버리고 맑은 기운을 아기 기르듯 하라. 단지 마음만 지극할 뿐만 아니라 오직 마음 을 바르게 하는 데 있다. 그러면 은은한 총명이 스스로 비범하게 나타나 리라. 앞날에 있을 모든 일은 한 이치로 같이 돌아가리라. 다른 사람의 사소한 허물을 내 마음에 논하지 말고 나의 적은 재주(小慧)라도 남에 게 베풀어라. 이처럼 큰 도를 작은 일에 정성 드리듯 하지 말라. 큰 일을 당하여 헤아림을 다하면 자연히 도움이 있으리라. 풍운에 대처하는 솜 씨는 그 기국에 따르느니라. 현묘한 기틀은 드러나지 않으니 마음을 조 급히 말라. 공을 이루는 훗날에 좋게 신선의 연분이 지어지리라.

## 「제서」

「제서」는 1863년 11월 중순 경상도 북부 지방에 풍습[16]이 유행하자 쓴 글이다. 영월 접주 박하선(朴夏善)은 선생을 찾아와 대책을 마련 해달라고 청한다. 그때 선생이 지은 시다. 「최선생문집 도원기서」 (崔先生文集 道源記書)에는 당시를 이렇게 적고 있다.

앞서 선생께서 몸에 풍습(風濕)이 있어, 구슬 같기도 하고 마마(媽媽) 같 기도 한데 몸 구석구석 생기지 않은 곳이 없었다. 또 가려움증이 있어서 헐지 않은 곳이 없었다. 선생께서 풍습을 앓고 난 후로 북도중(北道中)

---

16    풍습(風濕): 바람과 습기로 인하여 뼈마디가 저리고 아픈 병.

에 풍습의 기운이 유독 극성을 부려, 남녀노소 할 것 없이 풍습으로 인하여 오랫동안 공부에 힘쓸 수가 없었다. 이런 까닭으로 도인들이 선생께 이런 고민을 말씀드리니, 곧 말하기를, "가서 차후에 뜻한 바를 지어 한울님께 고하라" 했다. 그 후 영월 사람 박하선이 글을 지어 선생께 보이니, 곧 말하기를 "내가 반드시 명(命)을 받고 제목(題目)을 받겠다" 하며 붓을 잡고 잠시 멈추어 쉬니 제(題)가 내렸다.

이 역시 선생이 줄곧 말하는 마음공부다. 동학은 종교처럼 '믿는 것'이 아닌, '하는 것'임을 알 수 있다.

선생이 이러한 말씀들로 포교를 시작했다. 1861년 6월부터 1863년 12월까지 약 1년 반 정도의 짧은 시간이었다. 그리고 곧 놀라울 정도로 동학이 세력을 얻게 되었다. 기존 유림층에서는 비난의 소리가 높아졌다. 1863년 유림은 「동학배척통문」을 만들어 사방으로 돌렸다. 동학을 배척하는 유림의 글 속에 동학이 세력을 얻은 이유가 있다.

귀천과 등위를 차별하지 않으니 백정과 술장사들이 모이고 남녀를 차별하지 않는다. 유박[17]을 설치하니 홀아비와 과부들이 모여들고 돈과 재물을 좋아해 있는 사람과 없는 사람이 서로 도우니 가난하고 궁핍한 자들이 기뻐하였다.[18]

---

17 유박(帷薄): 동학의 모임 장소인 집강소.
18 박맹수 역, 『동경대전』(지식을만드는지식, 2012), 113쪽에서 재인용.

정녕 저러한 세상이 왔으면 좋겠다. 나에게나 독자들에게나 봄날같이 화평한 세계가 오기를 기대하며 「제서」 마지막 구절을 옮긴다.

> 얻기도 어렵고 구하기도 어려우나
>> 실은 어려운 게 아니다 　　　　　　得難求難 實是非難
> 마음을 화평하게 하고 기운을 화평하게 하여
>> 봄날같이 화평하기를 기다리라 　　　　心和氣和 以待春和

선생이 세상을 구제하고 백성을 편하게 한다는 제세안민(濟世安民)의 기치를 내걸고 우리 민족 고유의 '동학'을 창시한 지 올해로 160년이 되었다. 동학은 종래의 풍수 사상과 유·불·선 사상에 서학까지 아울러 사람이 곧 하늘이라는 인내천(人乃天)을 품었다. 모든 인간이 존엄하고 만민은 평등하다는 사상이다.

　그러나 선생은 공권력에 의해 포교를 시작한 지 3년 만인 1864년 3월 10일, '좌도난정률'이라는 죄목으로 대구 장대(지금의 달성공원 안)에서 참형을 당했다. 선생의 머리는 남문 밖에서 사흘 동안 조리돌림을 당했다. 좌도난정률은 '그릇된 도로 정도를 어지럽게 한 죄'다. 이후 동학농민운동가 김개남이 1893년에, 녹두장군 전봉준이 1895년에 처형당했다. 늘 동학을 알리느라 보따리를 자주 썼다는 최보따리, 동학 2대 교주 최시형도 1898년 6월 2일 지금의 돈화문로 26(묘동 59-8)에서 스승과 같은 죄명으로 교수형을 당했다.

　이제 우리는 누가 '그릇된 도'이고 누가 '정도'인지를 잘 알고 있다. 잊으면 또다시 '그릇된 도'가 '정도'를 해치는 세상이 온다.

## 참고문헌

최동희 역, 『용담유사』(대양서적, 1973)

최동희 역, 『동경대전』(대양서적, 1973)

박맹수 역, 『동경대전』(지식을만드는지식, 2012)

최동희, 『동학의 사상과 운동』(성균관대학교출판부, 1980)

이현희 편, 『동학사상과 동학혁명』(청아출판사, 1984)

표영삼, 『동학 1』(통나무, 2004)

[네이버 지식백과] 최제우 [崔濟愚] (한국민족문화대백과, 한국학중앙연구원)

# 14장

—

## 동무 이제마 『격치고』

이 책이 천리마가 되지 않겠는가?


어두운 마음은 배우는 데 어두운 것이다.

닫힌 마음은 분별하는 데 닫힌 것이다.

막힌 마음은 묻는 데 막힌 것이다.

얽힌 마음은 생각하는 데 얽힌 것이다.

# 이제마의 생애

**이름**   이제마(李濟馬)

**별칭**   호는 동무(東武),[1] 자는 무평(懋平)·자명(子明)이다. 어릴 적 이
름은 제마(濟馬)다. 전주이씨 안원대군파 『선원속보』(璿原續譜)에는
그의 이름이 섭운(燮雲)·섭진(燮晉)으로 되어 있다. 별호로 반룡산
노인(盤龍山老人)을 썼다.

**시대**   1837(헌종 3)–1900년(광무 4)

**지역**   함경남도 함흥

**본관**   전주

**직업**   의학자이자 실학자

**출생 배경**   선생의 아버지 이진사는 원래 술이 약한 사람이었다. 어느
날 향교에서 일을 보고 오다가 주막에서 술을 많이 마시게 되었고
주모의 딸과 하룻밤을 보냈다. 이 주모의 딸은 박색이었다고 한다.

　　열 달이 지난 어느 날 새벽, 할아버지 이충원(李忠源, 1789-1849)
의 꿈에 어떤 사람이 탐스러운 망아지 한 필을 끌고 와서 "이 망아
지는 제주도에서 가져온 용마인데 아무도 알아주는 사람이 없어
귀댁으로 끌고 왔으니 맡아서 잘 길러 달라"하고는 가버렸다.[2]

　　그때 주모의 딸이 강보에 갓난아기를 싸안고 왔다. 충원은 꿈과

---

1　무관 벼슬을 하여 호를 동무라고 지었다.
2　이능화는 『조선명인전』에서 어머니가 제주도에서 가져온 말 꿈을 꾸었다고 하
　　였다. 그러나 이능화의 기록에는 연대 등이 부정확하다.

연결 지어 모자를 받아들였다. 그리고 꿈에 '제주도 말'을 얻었다 하여 아기 이름을 '제마'(濟馬, 제주도 말)라 지었다고 한다.

**가족**  전주이씨로 태조 이성계의 고조인 목조의 2남 안원대군의 19대 손이다. 1837년(헌종 3) 3월 19일 갑신일 오시에 함경남도 함흥군 주동사면 둔지리 사촌에 있는 반룡산(盤龍山) 자락 아랫마을에서 진사 이반오(李攀五, 1812-1849)의 넷째 부인인 경주김씨에게서 장남이자 서자(庶子)[3]로 태어났다. 반오는 아버지 충원의 둘째 부인 의령남씨에게서 태어난 셋째 아들이다.

**어린 시절**  7세부터 큰아버지에게 글을 배우고 10세에 문리가 트였다. 말타기와 활쏘기 등 무예를 좋아하였다.

13세인 1849년 향시에 장원을 한다. 아버지와 할아버지가 같은 해에 모두 작고하였고 집을 떠났다.

**그 후 삶의 여정**  13세에 가출하여 각지를 떠돈다. 의주의 홍씨 집에 머물며 서책을 탐독했다고 전한다.

27세인 1863년 운암(芸菴) 한석지(韓錫地, 1769-1863)의 『명선록』(明善錄)[4]을 발견하다. 선생은 운암을 '조선의 제일인자'라 칭송

---

**3**  이 진사에게 아들이 없었기 때문에 할아버지가 서자로 입적을 안 시켰다. 따라서 호적상으로는 서손이 아니다.

**4**  '명선'(明善)은 유학의 근본정신을 선으로 규정하고 당시 성리학적 유학 이해를 넘어서서 유학의 원류를 찾아 '밝힌다'(明)는 비판적 의미가 담긴 책이다. 「치지편」(致知篇) 482조, 「천오편」(闡奧篇) 312조, 「변무편」(辨繆篇) 322조로 구성되어 있다. 각 편마다 각각 5절씩 되어 있으며, 모두 합해 15절, 1116조문으로 나누어져 있다. 주제는 성인이 되는 학문으로서 유학이다. [네이버 지식백과] 명선록 (한국민족문화대백과, 한국학중앙연구원) 참조.

하였다고 한다.

35세인 1871년 연해주를 여행하고 「유적」을 짓다.

39세인 1875년 무과에 등용되어 다음 해에 무위별선(武衛別選) 군관(軍官)이 되었다.

44세인 1880년 『격치고』(格致藁)의 집필을 시작하다.

50세인 1886년 경상남도 진해 현감 겸 병마절도사에 제수되다. 이듬해 2월 현감으로 부임하여 1889년 12월에 퇴임하다.

54세인 1890년 관직에서 물러나 서울로 오다.

58세인 1894년 4월 13일에 서울 남산에 있는 이능화(李能和, 1869-1943)[5] 집에서 『동의수세보원』(東醫壽世保元) 상·하 2권의 저술을 완료하다. '동의수세보원'은 '우리나라 의술로 평생을 장수하고 원기를 보전한다'는 의미다. 선생은 다음 해에 서울에서 함흥으로 내려간다.

60세인 1896년에 최문환(崔文煥)의 난을 평정한 공로로 정3품인

---

[5] 이능화는 『조선명인전』에서 이제마에 관한 평전을 썼다. 이능화는 일제시대 때의 친일사학자이지만 학문적 업적은 방대하다. 당시 이능화의 집은 한남산에 있었다. 선생의 『동의수세보원』은 이능화의 도움을 받아 지어진 책이다. 이능화의 아버지와 선생이 절친한 친구 사이였다. 이능화와 선생 사이에는 이런 이야기가 전해 온다.

선생이 보았을 때 이능화가 꽤 병약했던 듯하다. 선생이 이능화를 보고 "너는 소양인이다. 그러니 닭고기, 인삼은 먹지 마라. 화를 내도 안 되느니라" 하고 말해주었다 한다. 이후 이능화는 선생의 말씀을 어기지 않고 음식과 감정에 주의하여 평생 건강하게 살았다 한다.

통정대부 선유위원(宣諭委員)에 제수되다.[6] 이듬해 고원 군수(高原郡守)로 임명되었으나 부임하지 않았다. 1902년에 최문환 난을 평정했다고 고원군의 군민들이 추모비를 건립하였다. 비문의 내용은 「전고원군수이공제마추모비」[7]에 남아 있다.

62세인 1898년 함흥에서 1900년 가을까지 만세교 옆에 '원기를 보존하는 곳'이란 뜻의 보원국(保元局) 약국을 열었다.

64세인 1900년 9월 21일 문인(門人) 김영관의 집에서 생을 마감한다. 선생은 죽기 전에 자신의 묏자리를 미리 보아놓고 그곳에 무덤을 쓰라고 일러주었다 한다. 그곳은 '좌청룡'이 없는 못자리였다. 그런데 뒷날 왼쪽에 저수지가 생겨 '수청룡'이 생겼다고 한다.

---

**6** 1896년은 명성황후 시해사건으로 전국에서 유생들이 의병을 일으킬 때였다. 강원도 일대에서 의병을 일으킨 민용호의 지휘 아래 최문환(崔文煥)이 이곳의 소모장(召募將, 군사를 모으는 직책) 또는 진북장(鎭北將, 북쪽을 진압하는 군사 직책)이 되어 있었다. 그가 주동이 되어 함흥에서도 항일의병 봉기가 일어났다. 이로 인해 최문환의 난은 항일의병활동의 일환으로 보는 견해가 우세하다. 현재 국가로부터 민영호는 '애국장'을 수여받았고 최문환은 국가보훈처 공적조서에 그 이름이 보인다.

선생은 "수구하는 자는 나라를 그르치고 개화하는 자는 나라를 어지럽힌다"(『동무유고』 「답동천우순서」)고 하였다. 즉 수구와 개화 모두에 대한 양비론을 견지한 것으로 미루어 보면 선생이 최문환을 못마땅해한 것은 사실로 보인다.

그러나 당시 의병들은 왜놈으로부터 나라를 지키겠다는 결의로 나섰지만 머리 깎는 것, 옷을 바꾸는 것 따위의 개화정책에 반대했고, 심지어 양반과 문벌을 지키고 서자와 천민을 차별하는 것을 가리켜 하늘이 내려준 질서이자 진리라고 외쳤다(이것을 역사에서는 제1차 의병이라고 부른다). 서자 출신에 소외된 지역 출신, 개화 의지를 지니고 있던 이제마로서는 의병들의 주장에 동조할 수 없었을 것이다.

이에 대해서 박성식, 「동무 이제마와 최문환의 난(亂)」, 『사상체질의학회지』 9(대한의학회, 1997) 참조.

**7** 이창일 역, 『동무유고』(청계, 1999), 189-290쪽에 원문이 있다.

선생이 세상을 떠나고 1901년 6월에 문인들이 모여 생전에 개편을 끝내지 못하였던『동의수세보원』의 증보판을 출판하였다. 이 증보판은 성명론·사단론·확충론·장부론·의원론·광제설·사상인변증론 등 7편으로 되어 있다.

**저서**　『동의수세보원』과『격치고』외에도『천유초』(闡幽抄),『제중신편』(濟衆新編),『광제설』(廣濟說) 등이 있다. 선생은『주역』을 애독하여 '태극설'을 적용해 태양(太陽)·소양(少陽)·태음(太陰)·소음(少陰)의 사상원리(四象原理)를 인체의 기질과 성격에 따라 사상인(四象人)으로 구분하였다. 이것이 유학을 이용한 조선의 창조적 이론인 사상의학(四象醫學)이다.

# 『격치고』, 이 책이 천리마가 되지 않겠는가?

선생은 『격치고』 "서" 마지막 문장에서 "『격치고』라는 원고가 어찌 곽외가 말한 천리마와 같은 역할을 하지 않겠는가?"라 외쳤다. 하지만 『격치고』를 아는 사람은 드물다. 아직 『격치고』의 시대가 천리마처럼 등장하지 않았지만, '그 또한 모를 일이다'라는 생각을 하며 이 글을 쓴다.

『격치고』(格致藁)라 하였으니 '격치'(格致)라는 말부터 풀어 본다. 격치는 『대학』에 보이는 '격물치지'(格物致知)에서 가져온 말이다. 이치를 궁구하는 공부를 오래도록 힘써 하면 하루아침에 활연관통[2]하게 된다는 뜻이다. 선생은 '격'을 바로잡는다는 의미로 해석했다. 즉 '사물의 고유한 법칙을 궁리하여 알고 그 올바른 법칙에 따라 자신을 바로잡아 『중용』의 도와 『대학』의 덕을 자신에게 구현함으로써 도덕을 완성하는 것'이다.

이 격치는 1880년대에 중국에서 백화문으로 서양의 과학(science)이라는 말을 번역할 때 썼다. 장지연도 이 격치를 'science'로 이해하였다. 그렇다면 '격치고'는 '과학에 대한 책' 정도의 의미로 이해해봄 직하다.

『격치고』는 세 권이며 부록으로 「제중신편」을 넣어 엮었다. 이제 『격치고』 중 우리에게 유용하게 사용될 만한 글줄을 따라잡는다.

---

1    藁亦 豈非郭隗千里馬之乎.
2    활연관통(豁然貫通): 모든 이치가 툭 트이게 됨.

## 『격치고』 권1, 「유략」

'유략'(儒略)은 유학 사상을 요약해서 핵심을 파악한다는 의미다. 구체적으로는 사심신물(事心身物)이라는 사원(四元) 구조로 세계를 파악하기 위한 인식론을 제시한다. 사심신물은 선생이 독창적으로 유학사상을 바라보는 틀이다. 이를 통해서 유학의 기본 경전인 『사서』에 담긴 중요한 철학적 주제인 학문사변(學問思辨), 성의정심(誠意正心), 수신제가(修身齊家), 치국평천하(治國平天下) 등을 재해석한다.

### 사물(事物)

> **1조목**: 사물(物)은 몸(身)에 깃든다. 몸은 마음(心)에 깃든다. 마음은 일(事)에 깃든다.

이른바 선생이 말하는 '사상'(四象)이다. '사심신물'로 선생은 사물, 몸, 마음, 일, 이 넷이 상호작용하면서 사상의 기초가 된다고 한다. 물과 사가 본체라면 신과 심은 작용으로 체용의 관계다. 또 물과 신은 공간으로, 심과 사는 시간으로 볼 수 있으니 시간과 공간의 일체화다. 선생은 사심신물의 '사상'과 인의예지 '사덕'을 항상 결부시켜 설명한다. 이는 사상이 인간 본성에 내재화된 사덕을 통해 드러난다는 뜻이다. 선생은 기본적으로 인간의 본성을 선하다고 판단하여 자신의 논리를 전개한다.

2조목에서는 "사물은 머물러 있는 것, 몸은 활동하는 것, 마음은 깨닫는 것, 일은 맺는 것"이라고 풀이하였다. 선생은 이렇게 모든 것을 넷으로 풀어낸다. 아래 12-2조목은 살아가며 난관에 부딪칠 때 도움을 줄 수 있는 말이다.

12-2조목: 어두운 마음은 배우는 데 어두운 것이다. 닫힌 마음은 분별하는 데 닫힌 것이다. 막힌 마음은 묻는 데 막힌 것이다. 얽힌 마음은 생각하는 데 얽힌 것이다.

## 관인(觀仁)

1조목: 어짊을 관찰한다(觀仁)는 것은 무엇을 의미하는가. 힘써 일하는 것을 봄이다.

아래 6조목은 우리가 잘 아는 사단(四端)을 끌어왔다. 즉 인의예지로 이 역시 네 개가 서로 상호작용을 한다.

6조목: 지혜가 없는 어짊(仁)은 깊이 생각하지 않는 어짊이다. 이는 어진 것 같지만 어진 게 아니다.
어질지 못한 지혜(智)는 간교하고 교활한 지혜다. 이는 지혜로운 것 같지만 지혜가 아니다.
의로움 없는 예의(禮)는 번거롭고 실속 없는 예다. 이는 예의인 것 같지만 예의가 아니다.
예의 없는 의로움(義)은 강제적이고 억압하는 의로움이다. 이는 의로

움인 것 같지만 의로움이 아니다.

## 천하(天下)

하나의 힘이 먼저 힘을 쓰면 모든 힘들이 그 힘을 따르게 된다. 하나의 담력이 먼저 담력을 쓰면 모든 담력들이 그 담력을 돕는다. 하나의 염려가 먼저 염려하면 모든 염려들이 그 염려를 이루게 된다. 하나의 계획이 먼저 계획을 하면 모든 계획들이 그 계획을 구하게 된다.

과문의 소치이지만 '하나'의 힘을 이렇게 긍정하는 글은 본 적이 거의 없다. '나 하나쯤'이 아니라 '나 하나'가 중요하다. 우리는 알고 있다. 세상은 끊임없이 변하고 그 변화는 어떤 한 사람이라는 사실을. 다만 우리는 그 한 사람이 '내가 아닌 너였으면 한다'는 것을, 외면하고 있다는 사실을.

## 사계(四戒)

말, 마음, 몸, 힘에 대해서 말한다. 선생은 말은 순수하고 마음은 어질고 몸은 현명하고 힘은 충실하라고 조언한다.

## 천시(天時)

선생은 격물치지할 대상을 인간의 본성과 현실에서 발현되는 구체적인 인간의 마음으로 보았다. 왜 인간의 본성과 마음을 알아야 하는가? 선생은 이렇게 답한다.

35조목: 앎에 이르면 뜻이 성실해지고 뜻이 성실해지면 본성에 능하게 된다. 사물을 연구하면 마음이 바르게 되고 마음이 바르면 사물에 능하게 된다.

선생은 인간의 본성과 마음을 연구하고 지극한 앎을 추구하는 목적은 성실에 있다고 한다. 성실한 뜻은 인간의 본성을 올바르게 유지할 수 있게 하고 마음에서 거짓을 제거할 수 있게 하기 때문이다. '앎'과 '행동'의 초점은 성실과 상호작용에 있다고 선생은 말한다.

### 천하색아(天下索我)

5조목: 천하가 기만하더라도 너는 반드시 기만하지 말아야 한다. 천하가 거짓말할지라도 너는 반드시 거짓말하지 말아야 한다. 천하가 거짓일지라도 너는 반드시 거짓이지 말아야 한다. 천하가 속일지라도 너는 반드시 속이지 말아야 한다.

선생의 글을 몇 번이고 읽는다. 분명 일반 백성에 대한 글인데 선생은 성인이나 할 법한 이야기를 한다. 그만큼 이 글을 읽는 사람들을 높이는 게 아닌가.

### 아지(我止)

16-2조목: 타인에 기대어 요행을 바란다는 것은 속으로 방심하고 있기

때문이다. 자신이 마땅히 행동해야 하는 일에 태만한 것은 속에 게으른 마음을 품고 있어서다. 몸이 행동해야 할 때 앞장서서 행동하면 세상이 도울 것이다. 마음이 요행을 바라는 것을 끊어버리면 사방에서 도울 것이다.

선생의 말을 믿든 안 믿든 실행한다고 나쁠 일은 없다. 구구절절 옳은 말 아닌가.

### 『격치고』권2, 「반성잠」

권2 「반성잠」(反誠箴)은 『주역』(周易)의 팔괘(八卦)를 편명으로 삼아서, 『대학』과 『중용』(中庸)의 도(道), 태극(太極)의 도(道) 등을 세부적으로 논의하고 있다. 반성(反誠)은 '진실로 돌아간다'는 의미다. 선생은 어려서부터 거짓을 행하면 반드시 낭패를 겪었다며 진실로 돌아가라고 한다.

### 태잠(兌箴)(下截)

5조목: 한 사람의 마음에는 군자의 마음과 소인의 마음이 있다. 군자의 마음은 알기 쉽고 소인의 마음은 알기 어렵다. 알기 쉬운 마음이 많고 알기 어려운 마음이 적은 사람을 이름하여 군자라 한다. 알기 어려운 마음이 많고 알기 쉬운 마음이 적은 사람을 이름하여 소인이라 한다.

사람들은 누구나 군자의 마음을 좋아하고 소인의 마음은 싫어한다.

그러나 「반성잠」 "들어가는 글"에서도 선생이 밝혔듯이 누구나 군자의 마음과 소인의 마음을 갖고 있다. 이 글을 쓰는 나를 미루어 보아도 그렇다.

### 손잠(巽箴)

> **15조목**: 가난은 스스로 원하는 것은 아니지만 거짓을 좋아하는 것은 스스로 원하는 것이다. 비천은 스스로 원하는 것은 아니지만 게으름을 좋아하는 것은 스스로 원하는 것이다. 곤궁은 스스로 원하는 것은 아니지만 사치를 좋아하는 것은 스스로 원하는 것이다. 궁핍은 스스로 원하는 것은 아니지만 인색하기 좋아하는 것은 스스로 원하는 것이다.

누구나 가난, 비천, 곤궁, 궁핍을 원하지 않는다. 그렇다고 노력이 모자라서 그러한 것도 아니다. 선생 역시 이를 부정하지 않는다. 그러나 14조목에서 "잘못을 지으면 저절로 가난해지고 입신이 빗나가 저절로 비천해지고 도모하는 데 헤매면 저절로 곤궁해지고 성공하는 데 헤매면 저절로 궁핍해진다"고 하였다. 선생은 23조목에서 가난은 서로 도와야 한다고 가난의 해결 방안을 써놓았다.

거짓, 게으름, 사치, 인색, 이 네 가지는 개인의 노력 여하에 달려 있다고도 한다.

> **26조목**: 원망을 만약 보복하지 않으면 악한 사람이 함부로 행동하게 되고 덕을 만약 보답하지 않으면 착한 사람이 쇠잔하여 미미하게 된다. 악

한 사람이 함부로 행동하는 것을 어질지 못하다고 말할 수 있고 착한 사람이 쇠잔하여 미미해지는 것은 의롭지 못하다 말한다.

선생의 악에 대한 견해가 자못 흥미롭다. 선생은 악한 사람이 함부로 행동하지 못하게 보복하라고 한다.

### 『격치고』 권3, 「독행편」

「독행편」(獨行篇)은 인간의 심성에 대한 논의로서, 인의예지(仁義禮智)의 실현과 그것을 실현하지 못한 비박탐나(鄙薄貪懦)의 원인 및 결과에 대해 분석한다. 「독행편」은 1882년에 썼다. 선생 작품 중에서 완결도가 높은 작품으로 그의 사상이 살 녹아 있다. 글은 문답식으로 되어 있다.

> 이 편 이름을 독행이라 한 뜻은?
> 대답한다: 좋아하면서도 그 사람의 나쁜 점을 안다면 중립을 지켜서 한쪽으로 쏠리지 않는다. 나쁘면서도 그 사람의 좋은 점을 안다면 화목하면서 휩쓸리지 않는다. 이와 같이 하면 자연히 독행하게 된다. 독행은 마음이 흔들리지 않는 것이다. 사람의 진실과 거짓에 대해 알면 미혹될 까닭이 없다. 미혹되지 않으면 마음이 바르게 된다. 마음이 바르면 흔들리지 않는다. 마음이 흔들리지 않으면 세상에 은둔하더라도 중용을 지켜 고민함이 없다.

선생은 '독행'을 '흔들리지 않는 마음', 곧 부동심(不動心)이라 정의하였다. 이 「독행편」 시작은 『대학』 8장, 『중용』 10장, 『주역』 「문언 건괘」, 『중용』 11장을 연결한 문장이다. 『대학』 8장에서 "좋아하면서도 그 사람의 나쁜 점을 알고 나쁘면서도 그 사람의 좋은 점을 아는 사람은 드물다"고 하였다. 『중용』 10장에서 "군자는 화목하게 지내지만 중립을 지켜서 한쪽으로 쏠리지 않는다"고 하였다. 『주역』 「문언 건괘」에서는 "세상에 은둔하더라도 고민하지 않는다" 하였고, 『중용』 11장에서는 "군자는 중용의 길을 걷기에 세상에 은둔하더라도 후회하지 않는다. 이러한 모습은 오직 성인만이 한다"를 끌어왔다. 결국 선생이 지은 이 「독행편」은 성인, 군자가 되는 방법이다.

선생은 이 「독행편」을 등불과 반딧불에 비교하며 "어두운 밤과 같은 이 시대에 도움을 줄 수 있다"고 하였다. 선생이 구체적인 방법으로 예를 든 것은 간사한 거짓을 막고 찾은 '순수한 마음 확립'(己誠立)이다. 이 '순수한 마음 확립'이야말로 진실과 거짓을 아는, 즉 사람을 아는 '지인사상'의 출발점이다.

사람이, 사람을 아는 것이야말로 선생이 주창하는 사상의학의 단초인 지인지학(知人之學)이다. 선생의 글은 이렇게 이어진다.

사람의 성실과 거짓에 대해 알면 의심하지 않고 의심하지 않으면 마음이 바르게 되고 마음이 바르게 되면 마음이 흔들리지 않고 마음이 흔들리지 않으면 세상을 벗어나 은둔하여 중용에 힘쓰고, 세상이 나를 알아주지 않음을 근심하지 않는다.

선생은 "사람에 대해 알려고 한다면 비록 온갖 지혜를 다 동원하더라도 반드시 자신의 성실함이 확립되어야 하고 자신의 성실함이 확립되어 있지 않으면 끝내 사람의 거짓을 알고 그 마음을 알 수 없다"[3]고 하여 사람을 안다는 것이란 인간심성과 거짓을 아는 것이며 사람을 아는 전제조건은 자신의 성실을 먼저 확립해야 한다고 말한다. '성실하지 않으면 사람의 거짓과 그 심정을 알 수 없다'가 선생이 사람을 알 수 있다는 요지다.

1조목: 선생은 사람을 네 가지 유형으로 나누어서 파악했다. 이는 선한 인간형이다.

> **예자(禮者)**: 밝고 성의가 있다.
> **인자(仁者)**: 즐겁고 편안하다.
> **의자(義者)**: 가지런하고 단정하다.
> **지자(智者)**: 도량이 넓고 활달하다.

선생은 이를 바탕으로 사상의학의 '예의 바른 자-태양인, 어진 자-태음인, 의로운 자-소음인, 지혜로운 자-소양인'을 창안하였다. 이른바 『맹자』의 사단(四端, 인의예지)을 인용하여 네 인간형을 만들어놓았으니 사람을 보는 새로운 패러다임의 제시다.

3조목: 인간 유형을 비루한 자, 경박한 자, 탐욕스러운 자, 나약한 자

---

3    欲知人者 雖竭智千百 而若己誠不立 則終莫能知人之僞 而悉其情也.

네 유형으로 나누었다. 이는 악한 인간형이다.

> **비자(鄙者)**: 비루한 자는 견문이 좁고 탐욕스럽다. 권세를 탐하는 인간
> 형이다.
> **박자(薄者)**: 교활하고 간사하다. 명예를 탐하는 인간형이다.
> **탐자(貪者)**: 교만하고 제멋대로다. 재물을 탐하는 인간형이다.
> **나자(儒者)**: 사기 치고 속인다. 지위를 탐하는 인간형이다.

그런데 흥미로운 점은 앞서 살펴본 선한 인간형인 예자, 인자, 의자, 지자의 경우와는 다르게 비자, 박자, 탐자, 나자의 특성은 설명이 지리할 정도로 길다는 점이다. 선은 성인, 군자, 소인에게 모두 한가지로 같아 알기 쉽지만 악과 소인의 마음은 백 가지 만 가지로 다르기 때문에 알기 어렵다고 보았기 때문이다. 이는 우리가 살아가면서도 느낀다. 나를 속이려는 자의 마음을 알아내기란 보통 어렵지 않기 때문이다.

지면 관계도 있어 비자만 살펴본다. 대충 적었는데 아래와 같다.

> 비자는 어리석고 불성실하며 예를 버려 방종하며 거짓으로 꾸며 행동
> 하고 충자를 해치고 다른 사람까지도 불충하게 만드는 특성이 있다. 자
> 기 자신이 방종하고 불성실하여 견문이 좁고 탐욕스럽다. 충자와 공적
> 인 자리를 다투고 권세를 욕심낸다. 함께 예의 바를 수 없다. 자신은 일
> 을 하는 데 있어 한가하고 남은 부지런하게 한다. 함께 도울 수 없고, 언

제나 다른 사람을 속이고, 마음은 오로지 훔치는 것이고, 거짓으로 성실하고 두터운 척 꾸미고, 마음은 탐욕스러운 이리의 마음이다. 반드시 우두머리가 되고자 하고, 마음 전체가 제멋대로 하려는 계획뿐이다. 또한 공로를 달갑게 여기지 않는다. 초야에서 비자와 함께 서로 성공할 수 없다. 욕심이 싫증냄이 없고, 지조가 굳어 변하지 않는 사람을 남몰래 해친다. 비자의 눈은 청렴한 사람을 우습게 본다. 다른 사람의 손님으로 그 집에 가면 그 집 사람들 모르는 사이에 어른에게 충성하지 않도록 만든다. 비자는 공적인 자리를 총괄하여 부귀를 독차지하려는 욕심 때문에 곧고 바른척한다. 어리석은 사람이 지조가 굳어서 변하지 않는 사람을 기뻐하는 것은 진심으로 기뻐하는 것이 아니라 조금만 지나면 깔보는 마음이다. 공을 세우는 일에는 비겁하고 수저하면서 무례하게 남이 이루어놓은 것을 빼앗으려는 마음이 늘 있다. 선을 좋아하고 악을 미워하는 것이 일반적인 인정인데 어리석은 비자의 눈에는 반대로 보인다.

이런 악한 인간형들이 탐하는 것은 오로지 부귀, 명예, 잇속, 권력이다. 모두 공익이 아닌 사리사욕에 끌려 공익을 해치고 상대방을 해코지한다.

하지만 선생은 선인과 악인 유형을 누구나 갖고 있다 하며 이런 악한 마음을 억제하기 위한 방법을 아래와 같이 제시하였다.

비자: 남을 속이는 것을 싫어하지 않기 때문에 자신에게 부족한 점을 충자를 통해 알고 거짓을 제거해야 한다.

탐자: 남을 해치는 것을 싫어하지 않기 때문에 인자의 신용을 통해 해

치는 마음을 버리고 돈독한 마음으로 돌아와야 한다.

**나자:** 교활한 짓을 싫어하지 않기 때문에 지자의 재주와 용기를 통해 뜻을 성실하게 하여 자신을 닦아야 한다.

**박자:** 교만을 싫어하지 않기 때문에 의자의 능히 서는 앎을 통해 사람과 사물을 아끼고 사랑할 수 있어야 한다.

## 『격치고』 부록, 「제중신편」 오복론

부록 「제중신편」(濟衆新編)은 '여러 대중의 삶에 지침이 되는 글'이다. 건전한 삶을 영위하기 위한 '양생'에서 마음을 다스림이 중요하다는 의학·철학적 논의가 간략하게 제시되어 있다.

## 오복론

오복론(五福論)은 기존의 식색재명수(食色財名壽)가 아니라 타고난 수명을 다하는 수(壽), 마음씀씀이가 아름다운 미심술(美心術), 책읽기를 좋아하는 호학서(好學書), 재산을 일구는 가산(家産), 세상에 이름을 알리는 행세(行世)다. 그 이유를 선생은 이렇게 적어놓았다. 선생 글은 뫼비우스 띠처럼 꼬리에 꼬리를 물어 설명한다.

타고난 수명을 다하지 못하면 마음씀씀이가 아름다워도 이익 될 게 없고 마음씀씀이가 아름답지 못하면 책을 읽어도 쓸데가 없고 책을 읽지 않으면 집안에 재산이 있어도 성공할 수 없고 집안에 재산이 없으면 세상에 나가 활동해도 실속이 없다.

선생은 8조목에서 아예 "책 읽는 군자가 훌륭한 사람"[4]이라 하였다. 천학비재(淺學菲才)로 책 읽고 글 쓰며 고통을 매일 절감한다. 내 그래도 선생이 말하는 오복 중 '호학서'란 복은 있나 보다 생각하니 조금은 위로가 된다.

### 권수론

권수론(勸壽論)은 수명과 관련한 글이다. 1조목에서 "치장만 하면 수명이 줄고 게으르면 수명이 줄며 성급하면 역시 수명이 줄고 탐욕스러우면 수명이 준다"[5] 하였다. 그 이유가 2조목에 보인다.

> **2조목:** 사람이 치장을 좋아하면 반드시 사치와 여색을 탐하게 되고, 게으르면 술과 음식을 탐하며, 성급하면 반드시 권세를 다투고, 욕심이 많으면 반드시 추잡해진다.

치장을 좋아하는 사람은 사치와 여색, 게으름 피우는 사람은 술과 음식, 성급한 사람은 권세, 욕심 많은 사람은 재물로 연결된다. 흥미로운 점은 사람의 수명을 단축하는 데 여색, 즉 섹스를 넣었다는 점이다. 선생은 5조목에서도 "거처가 쓸쓸하고 적막하게 느껴지는 것은 여색(섹스) 때문이고 행실이 불량하고 비루한 것은 술 때문이며 마음이 답답하고 괴로운 것은 권세를 바라기 때문이고 사무가 어지

---

**4**  讀書之君子 上人.
**5**  嬌奢減壽 懶怠減壽 偏急減壽 貪慾減壽.

럽고 복잡한 것은 돈 때문"[6]이라 하였다.

선생은 수명을 늘리는 방법도 적어놓았다. 검소함, 부지런함, 침착함, 보고 듣기다.

**3조목:** 간소하고 검소하면 수명이 늘어나고 몸이 부지런하면 수명이 늘어나며 성격이 침착하면 수명이 늘어나고 듣고 보는 것이 많으면 수명이 늘어난다.

## 지행론

지행론(知行論)은 학문하는 방법에 관한 글이다. 선생은 3조목에서 『맹자』「고자장구 상」을 인용하여 학문의 방법에 대해 설명한다. "학문의 방법은 다른 것이 없다. 그 잃어버린 마음을 구하여 평안하게 할 따름이다. 이것을 성(誠)이라 한다. 생각하고 분별하는 방법은 다른 것이 없다. 그 나태한 몸을 경계하여 민첩하고 강건하게 할 따름이다. 이것을 경(敬)이라 한다"[7] 하였다. 여기서 성(誠)은 진정성·성실성으로 경(敬)은 진지함·정중함 정도로 이해하면 된다.

## 유고초

유고초(遺藁抄)는 『중용』에 따른 수양의 가치와 필요성을 논의한 글

---

**6** 居處荒凉 色之故也 行身闟茸 酒之故也 用心領邁 權之故也 事務亂雜 貨之故也.
**7** 學問之道 無他 求其放心從容而已 此之謂誠也 思辨之道 無他 警其逸身 敏强而已 此之謂敬也.

이다. 선생이 남긴 유고들이다.

1조목에서 선생은 말과 행동 중 어느 것이 먼저냐고 묻고는 행동이 먼저라 한다. 또 다른 사람과 나 중 누가 먼저냐 묻고는 남이 나보다 먼저라 한다.

이유는 2조목에 적었다.

어째서 그런가? 만약 행동이 바르고 크다면 말이 아름답지 않을 수 없다. 그러나 말만 아름다우면 행동이 말을 따라가기 어려워서다. 남을 널리 구제하면 내가 얻지 못함이 없다. 그러나 나만 홀로 얻으면 다른 사람과 함께 얻기가 어려워서다.

이상 『격치고』를 살펴보았다.

선생은 『격치고』에서 끊임없이 넷으로 문제를 풀어냈다. 그 문제들은 우리의 삶이었다. 선생은 인간의 질병을 치열하게 삶의 문제와 연결시켜 사상의학을 완성했다. 결코 자신만을 위해서가 아니라 이 땅에 사는 사람들을 위해서다.

선생의 며느리가 평소같이 저녁 밥상을 들고 들어간 날이 1900년 9월 21일이다. 선생은 목침을 베고 반듯이 누워 있었다.

"아버님, 저녁 진지 드세요."

대답이 없었다. 며느리는 이제마의 몸을 흔들어 깨우다가 깜짝 놀랐다. 선생은 64세의 나이로 그렇게 이승을 하직하였다. 양생법으로 수련된 명의다운 죽음이었다. 선생 자신은 사상인 중 태양인이라고 하였다. 전해오는 이야기다.

선생은 "내 죽은 뒤 백 년 안에 사상의학이 온 세상을 풍미할 것이다" 장담했다 한다. 사람들은 선생을 허준과 함께 2대 의성(醫聖)이라 일컫는다.

선생의 약국에는 늘 병자들이 들끓었지만, 그들은 대개 가난해서 약 한 첩 쓸 수 없는 사람들이었다. 선생은 그들에게 돈 한 푼도 받지 않았다고 전한다.

『동의수세보원』'광제설'(廣濟說)로 마지막을 장식한다. '광제설'은 인간을 널리 병에서 구한다는 뜻이다. 선생의 의학 사상을 결론짓는 부분이다.

> 천하의 악은 현인을 질투하고 능력 있는 자를 질시하는 것보다 더 큰 것이 없고 천하의 선은 현인을 좋아하고 선한 자를 즐거이 하는 것보다 더 큰 게 없다.

선생이 말하는 결론은 이것이다. "투현질능[8]은 천하에 가장 많은 병이요, 호현락선[9]은 천하에 아주 큰 약"이다. 선생이 세상의 병을 널리 구제하려 내놓은 처방이다. 병도 약도 결국 '마음'에 있다는 말이다. 장수의 비결은 그저 나보다 나은 자를 좋아하는 마음만 있으면 된다.

선생의 말이 명약(名藥)임이 분명하나 쉽게 복용하기 어렵다.

---

8   투현질능(妬賢嫉能): 현인을 질투하고 능력 있는 자를 미워하는 것.
9   호현락선(好賢樂善): 현인을 좋아하고 선한 자를 즐거이 하는 것.

## 참고문헌

이창일 역주, 『동무유고』(청계, 1999)

이제마, 『동의수세보원』(대성문화사, 1997)

박대식 역주, 『격치고』(청계, 2000)

최대우 역해, 『동의수세보원 역해』(경인문화사, 2012)

이제마 원저, 박성식 역해, 『동의수세보원 사상 초본권』(집문당, 2003)

황인선, 「이제마의 지행론 연구: 『격치고』를 중심으로」, 『철학논총』 Vol.63(새한 철학회, 2011)

배영순, 「이제마의 인간론: 중인의 유형론을 중심으로」, 『민족문화논총』 Vol.50(영남대학교 민족문화연구소, 2012)

임병학, 「『격치고』에 나타난 동무의 역학적 사유체계: 「유략」편의 사심신물을 중심으로」, 『대동문화연구』 84권(성균관대학교출판부, 2013)

이 책은 『아! 나는 조선인이다: 18세기 실학자들의 삶과 사상』의 후속작이다. 아래는 앞 책 「글을 마치며」에 써놓은 글이다.

"이 책의 후속작으로 '아! 19세기'를 준비 중…"

아! 내가 왜 저러한 약속을 써놓았는지를 이 글을 쓰는 내내 후회했다. 한 치 앞도 모르면서 말이다.

19세기 실학자들을 더듬더듬 읽어 내려가며 저이들의 세계를 보고 내 능력이 천학비재(淺學菲才)임을 절감했다. 18세기는 그래도 내 전공인 연암 소설과 인접한 거리이기에 기왕에 읽은 책이 많았다. 하지만 19세기는 아는 학자들도 별로 없고 관심 밖이었기에 다산 저서를 제외하고는 거의 모든 서적을 다시 읽어야만 했다. 더욱이 선생들의 세계는 18세기 실학자들과 완연 딴판이었다. 학문은 더욱 실질적인 것을 찾았고 펼쳐진 세계는 조선을 넘어 세계로 나아갔다. 책은 광대했고 학문은 깊었다.

이 책은 학문서가 아니다. 독서 대중에게 저이들의 사상과 민족에 대한 사랑과 실학을 알리고자 하는 의도에서 썼다. 그러나 선생들의 저서 수백 권을 읽어 이 책 400여 쪽으로 갈무리하며 내 깜냥의 한계를 수백 번 절감해야 했다. 더욱이 19세기 저이들의 책을 읽고 이 시대에 도움을 줄 글줄만을 찾는다는 것은 그리 쉬운 일만은 아니었다. 몇 번이나 망설였다. 여기서 그만두자고. 그러며 여기까지 와 햇빛을 보게 되었다. 모쪼록 독서 대중들께 19세기 조선을 몽당붓으로 버텨내며 미래의 조선을 써 내려갔던 선생들의 꿈한 자락이라도 보였으면 한다.

휴휴헌에서 휴헌 삼가

# 아! 19세기 조선을 독讀하다

19세기 실학자들의 삶과 사상

**Copyright ⓒ 간호윤 2020**

**1쇄 발행** 2020년 3월 3일

**지은이**    간호윤
**펴낸이**    김요한
**펴낸곳**    새물결플러스

**편 집**    왕희광 정인철 노재현 한바울 정혜인
          이형일 서종원 나유영 노동래 최호연
**디자인**    윤민주 황진주 박인미 이지윤
**마케팅**    박성민 이원혁
**총 무**    김명화 이성순
**영 상**    최정호 조용석 곽상원
**아카데미**   차상희

**홈페이지** www.holywaveplus.com
**이메일** hwpbooks@hwpbooks.com
**출판등록** 2008년 8월 21일 제2008-24호
**주 소** (우) 04118 서울시 마포구 마포대로19길 33
**전 화** 02) 2652-3161
**팩 스** 02) 2652-3191

ISBN 979-11-6129-144-4 03810

책값은 뒤표지에 있습니다.

이 도서의 국립중앙도서관 출판예정도서목록(CIP)은 서지정보유통지원
시스템 홈페이지(seoji.nl.go.kr)와 국가자료공동목록시스템(nl.go.kr/
kolisnet)에서 이용하실 수 있습니다. CIP2020007833